U0926376

旧地重游

Brideshead Revisited

〔英〕伊夫林·沃——著
Evelyn Waugh
良品——译

天津出版传媒集团
天津人民出版社

果麦文化 出品

我不是我：你不是他或她：
他们不是他们

——伊·沃

献给 劳拉

目 录

自 序

这部长篇的此番再版，做了多处小小的增补及大幅的删减。源于这样的改动，我亦失去了往日在同代人中享有的推崇，跌入了一个由书迷来信及报刊摄影记者簇拥的陌生世界。小说的主题或许太广了吧——涵盖着那些天恩眷顾的命运迥异却又息息相关的各色人物，即便如此，我并不打算为此道歉。相形之下，小说的表现形式倒是我不甚满意的地方，其中那些比较明显的瑕疵兴许可以怪罪到当初创作的环境上去。

一九四三年十二月，我跳伞负了轻伤，有幸得以离队休养。此次病假又得到仁慈宽厚的指挥官的恩准，得以延至一九四四年六月，直至此部长篇小说完成。创作时，强烈的热情让我很是讶异，也可能是重返战场之心太炽热吧。那是一个物质匮乏、灾难愈演愈烈的萧瑟年代——亦是靠大豆度日及基本英语[1]风行的年代——对酒食的贪婪，对往昔光辉岁月、华丽辞藻修辞的贪恋充斥全书，我也因此找到了依据。可如今，我口福已飨，那样的文字就令人作呕了。许多较为粗俗的段落已被修改，但未完全删掉，毕竟它们是此书的主体。

1. 基本英语（Basic English）是一种人工语言，基于英语的一种简化版本而产生，由查尔斯·凯·奥格登创造。在他一九三〇年所出版的《基本英语——规则和语法的一般约定》一书中有详细介绍。

书中有两段处理让我内心相当撕扯——犯下弥天大罪的茱丽娅的情感爆发以及马奇梅因勋爵的临终独白。当然，这些段落本就未曾企图记录人物的实际对话，只是写作方式不同罢了。比如，查尔斯和他父亲之间早期的几个场景，换作现在，我是不会把这种描述方法运用到以逼真叙事为目的的小说中的。可我在这部作品中保留了近似本真的情节，这正如勃艮第（勃艮第这个词在好多版本中都出现了刊印错误）的“葡萄酒和月光”，它们基本都是写作时的心情，再加之许多读者都喜欢那些段落，所以也就保留了下来，当然这并非需要考量的头等大事。

一九四四年春天，是不可能预见到人们对英国乡下宅子有现如今这般狂热膜拜的。在那个春天，貌似人们觉得那些曾是艺术民粹的古老宅邸注定了颓败毁灭，如十六世纪的庙宇一般。所以带着热烈的虔诚之意，对她们的描写我用笔多少有些夸张。布莱兹赫德庄园今日已向游人开放，园中宝贝也重新由专家安置起来，对那些优美的织物的保存比马奇梅因勋爵还要更加妥帖，其英国贵族的属性也被保留了下来，这在彼时是无法办到的，当然胡珀的进步在这几点上也就彰显无遗。基于此，这本书很大程度上是一首献给空棺的挽歌。若想顺应时势，除非把这本书完全毁掉才能办到。作为第二次世界大战的纪念品，本书是献给年轻一代读者的，并非表面上所描写的二十年代和三十年代的风光。

伊·沃

康贝-佛罗伊，一九五九年

序　幕

旧地重游

到达山头上的C连边界时，停下来回望那爿营房——在清晨灰色的雾霭中，下面的营地清晰映入眼帘。那天我们就要开拔了，可三个月前进驻时，这里还覆盖着皑皑白雪；此时，春日初生的嫩叶正在萌芽。那时我就知道，以后不管再看到如何荒凉的景象，自己也不会畏惧了——没有哪儿能比这里更差。现在再回想起来，这地方没有给我留下哪怕一丁点儿愉快的记忆。

就是在这里，我与军队间的仰慕之情全盘终结。

这里是有轨电车的终点站，所以在格拉斯哥把自己灌得醉醺醺再回营地的士兵们，大可以在座位上打个盹儿，然后直到终点再被人叫醒。从车站到营盘门口还有一段路——四分之一英里[1]的路程——经过警卫岗亭前还有工夫扣好军装，戴端正军帽，这段四分之一英里的水泥路边缘已经是杂草丛生了。这里是这城市的最远端。将鳞次栉比、整齐划一的住宅区和电影院与穷乡僻壤一刀切得泾渭分明。

兵营驻扎的地方不久前还是一片牧场和农耕地；仍旧被小山

1. 英里：英制长度单位。1 英里 =1.61 千米。

环抱的农舍现在做了营部；曾是果园的那些残垣断壁上已经爬满了常春藤，洗衣房后头还有之前果园留下来的小半英亩[1]残损老树。军队进驻前，这块地方本来是想着要清理掉的。要是再多来一年的太平，那里的农庄、围墙和苹果树也就都消失得不见踪影了。半英里长的水泥路在两旁光秃秃的堤坝间修筑起来。马路两旁横七竖八交错的下水明渠，表明市政开发商早先是打算在那里修建排水系统的。如果再多来一年的太平，这块地方可能就已经成了城市近郊的一部分。我们过冬的那些小屋，马上就要轮上被毁的命运。

路的那边，即使冬天也是被树木四周环绕、遮遮掩掩着的，是一家地方精神病院。它也是人们一直讽刺、嘲弄、八卦的绝佳话柄，其高大的铁栅栏和院门让营地上那么粗实的铁丝网也相形见绌，黯黯然失了颜色。天气暖和时，可以看见一群疯子在整齐的碎石子路上和美丽的人工草坪上踱来踱去闲溜达，或者跳过来蹦过去的；这帮子幸运有福、无须为国奉献之人，已经全然放弃了他们承担不起的战斗，毫无疑问地，他们已经尽了力了，是这个发展的世纪无可争议的合法继承人，心安理得地享受着继承来的遗产。我们一从那儿经过，士兵们常常会隔着铁栅栏向那些病人大喊："哥们儿，把床给我焐热乎咯，我马上过来——"但是新来的排长胡珀，显然羡慕嫉妒恨着那些人的舒适生活，"希特勒会把他们送进毒气室毒死"，他这么说，"我觉得我们也可以从他那儿学个一两样。"

我们是深冬季节驻扎到此的，那时候，我带来的是一连身

1. 英亩是面积单位，1 英亩约为 4046 平方米。

强力壮、踌躇满志的棒小伙子。从泥泞沼泽地带调拨到这个码头时，大家都说我们最终会开赴中东。日子一天天过去，我们清扫积雪，平整训练场地，眼睁睁看着士兵们从大失所望变成了听天由命。刚开始时，他们贪婪地嗅着炸鱼铺子里的香味儿，竖起耳朵听工厂里传来的那些熟悉的、和平时期的喇叭声和舞厅乐队的伴奏。可现在一到休假日，他们便蔫头耷脑地站到街角上，一看见有军官走近就侧转身溜了，惧怕着区区一个敬礼，或者让军官看到他们带着小情人逛大街而导致颜面尽失。连部里尚躺着一大堆提请小额借款和开恩给予假期的待批小条；天光才一亮，满世界便充斥着泡病号的军士们的抱怨、带着一肚子牢骚的阴郁脸和呆滞眼，一天就这么开始了。

我呢，照理说应该去帮助提振他们的精气神的——可我也自顾不暇，根本就是自身难保，我帮了他们谁来帮我啊？此前把我们这个组整编起来的上校已经升职调作他用了，继任者是从别的团调过来的一个不那么好说话的年轻人。战争伊始一起受训的那批志愿兵，仍然留在这个烂摊子里的已经所剩无几——他们用着这样那样的理由，差不多都走干净了——一些人因为伤病退伍；一些人转到别的营地，有的进了参谋部，有的自愿当了特工；还有个在野外靶场上一不留神被枪子儿打死了；再有一个遭受了军事审判——这些人的位子已经全都被应征兵们取代了；现在，军官餐厅休息室不停地播放着无线电节目，人们在茶余饭后喝很多啤酒……以前可不这样。

这会儿，我在三十九这个岁数上就开始苍老起来。每天晚上都浑身僵硬、疲惫不堪的，一步也不愿挪出营地；还养成了一人独占哪几把椅子、哪几种报纸的“恶习”；经常在晚饭前喝上三杯杜松子酒，就三杯；听完晚上九点钟的新闻播报立马儿上床；总是在吹起床号前一小时醒来，并且烦躁不安。

在这里，我对军队最后的爱消逝了——完全是在神不知鬼不觉中消逝的。在营地最后一天的前不久，我又在吹起床号之前醒过来，躺在尼森小屋，盯视着一片黑暗，一边听着同屋的那四个人沉重的呼噜声和梦呓，一边在心里反复盘算着今天要办的事情——把两个伍长的名字登在参加携带武器训练的名单上了么？假满归队日，我手下超假的人数会否又是最多的？我能否委托胡珀把一班候补的带出去勘察地形？……躺在黑夜里，会讶异地感觉到心里有某个地方，久治不愈，静悄悄地死去了。就像某一位丈夫可能感觉到的那样，在结婚第四年，才突然发现对那个他一度热爱过的妻子居然不再有热情、温柔，或者尊重了；跟她在一起完全感觉不到一丝快乐，更没有要去取悦她的任何想法，连对她可能要做什么说什么想什么也提不起丝毫的兴致；没有努力改善这种关系的打算，对遭遇到什么不好的事情也不自我谴责……我清楚地知道婚姻破灭后单调乏味的各种境界——我和军队一起经历了这样的境界，从最开始的苦求苦索一直到当下。如今我们之间除了由法律、责任和习惯约束、定规好的冰冷义务之外什么也没剩下。我亲身出演了这一“家庭悲剧”的每一场戏。从看见早期的小争执越来越多、越来越频繁，越来越少地能再被泪水所感染和打动，重归于好的和解再谈不上甜蜜……直到生发出某种内心的冷漠和冷嘲热讽来——这些使我越发相信，错并不在我，而是我原来的爱人。从她的声音里听到了不老实的调调儿后，我便学会了忧虑地侧耳倾听还有没有这种声音；从她眼睛里看到了茫然、仇恨和不可理喻；看到她自私的、紧紧抿起的唇角。我如此了解她，就像了解一个朝夕相处、共同生活了三年半的女人一样：了解她的邋遢习性，她撩骚诱人的手段，她的善妒和自私，以及她说谎时神经质的手指。现在她失去了所有魅惑人心的力量，我可算看出来她与我志趣完全不搭，我们根本就不是一路人……过去，只是我一时痴迷，对她欲罢不能才黏在一起的。

因此在军队开拔的这天早上，我全然不在意是要往哪里去。服役总归照旧服役，默默接受便是，何谈什么热情。我们接到的命令是早晨九点十五分在附近的铁路支线上车，把剩下的口粮放进军用背包里——这就是我需要知晓的一切。副连长已经带着一小支先遣队走了。连里的物资头天已经收拾打包妥当。胡珀被选派去检查营房。全连七点半列队集合，帆布军用背包都摆在营房门前。这是一九四〇年一个让人尤其兴奋的清晨，我们误以为要被派去保卫加来。打那一刻起，我们一年要换防三四回；这一回，新上任的指挥官正进行着不寻常的“安全”演示，甚至不惜麻烦要我们把制服和运输工具上的标志统统摘下来。“这是极为宝贵的战争状态训练，”他说，“要是我发现有军妓在那头等着咱们，那我就知道是泄密了。”

厨房飘出的炊烟在清晨的雾霭中摇曳，营房就驻扎在那里，像一个由多条线路所构建的迷宫，描画在尚未完工的建筑图纸上，新近才由一帮考古学家发掘出来似的。

“代号为‘绿鳕’的发掘物，在二十世纪市民奴隶团体和其后部落无政府状态间，成为有大价值的一环。在这里，你可以看到一个高度文明的民族会修造复杂的排水系统以及永久性公路。但是，却被一个处于最低级发展阶段的人种给毁了。”

我认为未来的学术权威们可能会那么写上几笔。我扭转过头去问军士长：“胡珀先生来过吗？”

“长官，今天早上就没有见过他。”

等到了那间已经被搬空的连部我才发现，在做好了营房设备损耗表之后，又多出来一块打破了的窗玻璃。“夜里风刮的，长官。”军士长说。

（一切损坏都可以归咎于此的百搭原因，否则就归咎于“工程兵演习，长官。”）

胡珀来了。这是个面带菜色的年轻人，梳着背头，头发从前额发际线起就不分缝，直往后背，操着一口让人乏味的中部口音。他来连队已经两个月了。

士兵们不喜欢胡珀，觉得他不懂行。他有时候会面朝大家，嘴里却喊着某一士兵的名字下口令，比如——“乔治，稍息！”但我对他却堪堪已经到了挚爱那样的程度，起因缘自他刚到餐厅吃饭时发生的那件事。

当时新上校才来还没有一个礼拜，我们对这个人根本还不了解。他在餐厅休息室里已经喝了几杯杜松子酒了，带着三分酒意，那是他第一次注意到胡珀。

“莱德，那个青年军官是你们连的对不对？”他对我说，“他的头发该剪剪了。”

“是的，上校，”我说，“早就该剪。我一定想办法让他剪了。”

那上校又喝了几大杯酒，又开始边打量胡珀边大声说：“天哪，现在他们竟然把这样的军官送到我们这儿来！”

那天晚上，上校好像总是忘不掉胡珀。才吃完晚饭，他突然大声说：“在我原来那个团里，要是青年军官这个模样儿，那底下人抵死也得把他头发给剪喽。”

没人表现关注，没人接他的话茬儿，而大家的木呆呆无反应想必激怒了上校。“你，”他转过身去对着A连一个老实巴交的战士说，“你去拿把剪子来，把那军官的头发给我剪了。”

“长官，这是命令？”

“这是你长官的希望，而长官的希望据我所知，就是最好的命令。”

“是，长官。”

就这样，在稍许有些尴尬的气氛烘托下，胡珀坐到了椅子上，同时后脑勺上的头发已挨了几剪子。理发开始时我就离开了休息室，后来因为他被那样对待我还向胡珀道了歉。“这样的事么，在我们团里是很鲜见的。”我说。

“嗨，别不好意思，”胡珀说，“这么点儿玩笑我还禁得住。”

胡珀对军队不抱幻想——确切点儿说，他看万事万物都隔着纱隔着雾的，模糊不明朗。他看军队跟看迷雾一样，没有什么特别的幻想，他尽了自己的一切努力推迟服兵役，最后的最后，还是被迫别别扭扭地进了军队。他说他接受兵役就像接受“麻疹”一样。胡珀绝对不是一个浪漫的人，小时候既没有唯鲁伯特亲王的马首是瞻过，也没有坐在艾克思桑萨德河畔的军营篝火边。我到了某个岁数，除了听诗朗诵（由老师推荐、使大人小孩无一例外都泪如雨下的、关于坚韧不拔的印第安人的）之外，从不流一滴泪——而胡珀却常常掉眼泪，只不过向来不是为国王亨利的圣·克里斯本演讲，或者塞莫皮莱的墓志铭掉眼泪而已。他们给他讲的历史故事里虽没有战争，但却详细地描述了文明立法和近代工业革命。那些战场，比如加利波利、巴拉克拉瓦、魁北克、勒颁多、班诺克平、龙塞瓦利斯和马拉松……还有亚瑟王倒下的地方，以及成百上千这样的古战场的号角，就算目前在我万念俱灰，看破红尘的精神状态中，这些古战场的名称还是悠然越过漫长岁月，以我童年时听到的那般铿锵清楚的声调召唤着我。胡珀听了就无动于衷。

虽然这是一个连最简单的任务我都不能放心交付的人，他却很少发什么牢骚。此人过分重视“效率”，仅凭有限的一点儿商业经验，在间或谈起军饷和供给情况，以及“每小时人均工量”的效率时，他会说：“他们可逃不脱商业上的惩罚。”

他睡得很沉，我却睡不着，烦躁。

在我们一起度过的几周里，我觉得胡珀成了英国青年的象征。所以我一读到报上公开的什么演讲，说本来需要什么什么样的青年，世界怎么怎么要靠青年，我就会拿胡珀代替文中泛指的青年，然后再看是不是合适。这么一来，我在起床号前醒来的黑暗中，便会暗暗想着“胡珀联合会”“胡珀旅店”“国际胡珀合作组织”“胡珀教会”。胡珀是测试以上那些名号最靠谱的耐酸腐实验品。

说到有没有变化，那就是比起刚从“军官训练营”出来时，胡珀的军人气少了。这天早晨，他披挂了全副装备，可看上去却不大像样，倒像个跳舞的。一路滑着过来对着我立正，举起戴着羊毛手套的手对着我敬礼。

“军士长，我要跟胡珀说……哎，你上哪儿去了？我叫你查营房的。”

“对不起，我迟到了？紧急收拾装备来着。”

“这就是你需要勤务兵的目的吗？”

“是，严格讲，我想是的。知道怎么回事么？他自己也有事情要做……要是对这种人不好的话，他们就会使别的法子报复你。”

“嗯，现在去查营房吧！”

“得嘞——啊。”

“天啊，别说什么‘得嘞——啊’行吗。”

“对不起，我确实想记住。刚才是顺嘴溜出来的。”

胡珀才走，军士长回来了。

“长官，指挥官刚刚走上这条小道。”他报告。

我出去迎指挥官。

指挥官猪鬃似的红胡子上凝着细小的水珠。

“嗯，这里都清点好了？”

“清点好了，长官，我想已经好了。”

“你想已经好了？你应该知道是不是真的好了。”

他看见破玻璃窗了，“这块玻璃在营房损失表上登记了没有？”

“长官，还没有。”

“还没有？要不是我看到了，天知道你什么时候才能把这块玻璃登记在册。”

一跟我在一起他就如此不自在，吵吵嚷嚷大多出于胆小怯懦，可我却并未因此而变得更好。

他领我去到小屋后面一段铁丝围栏旁，这段围栏把我们和运输排的驻地隔离开来。他灵巧地跳过铁丝围栏，朝一个长满荒草的沟渠走去，这沟渠一度是那个农场的界线。他在那里用手杖刨着地，像一只用嘴拱着吃菌类的猪一样，没一会儿发出了一声胜利的尖叫。他刨出了一个垃圾坑，爱干净的士兵们就喜欢这种垃圾坑：笤帚把、火炉膛盖儿、锈蚀了的水桶子、袜子和一块面包，连同香烟盒和罐头桶一起埋在酸模草和蛇麻草底下。

“瞧瞧这个，”指挥官说，“这些东西会给接防的团队留下良好印象。”

“太糟糕了。”我说。

“真够丢人的。离开营地前，必须把这些都烧了。”

“是的，长官。军士长，给运输排传话，告诉布朗上尉，指挥官要求把这条沟清理干净。”

不知道上校是否能够容忍我不服从命令，可他容忍了。他犹豫不决地站了一小会儿，用手杖又拨弄了一阵沟里的脏东西，然后转身大步走开了。

“连长，你不应该这么做，”军士长说，自打我到连队以后他一直都是我的指引和依靠。“你真不应该这么做。”

“可那又不是我们的垃圾。”

“连长，可能不是，但你知道是怎么回事对吧。但凡你跟上级的关系没搞好，他们就会用别的法子整治你。”

我们走过疯人院时，有那么三两个疯老头子在栏杆后面客客气气地念叨着什么听来毫无头绪的话。

“老朋友，再见啦！我们会来看你们的。”士兵们对那些疯子高喊，“过不久我们就会再回来了。”“一直笑到再见的那天吧。”

我和胡珀走在先行排前头。

“哎，你知道我们是往哪儿开发吗？”

“不知道。”

“你认为真的要干起来？”

“并不。”

“不过是再折腾一阵子吧？”

“嗯，是。”

“人人都说我们要真刀真枪地开干了。可我也真的给闹糊涂了。也不知道怎么的，我感觉我们要是永远也不去打仗的话，这一切一切的演习和训练就是超级大蠢事。”

“我可不发愁这个。到时候大家都有很多仗要打。”

“哎，你知道，我可不想打太多的仗……只要说我打过仗就行了。”

一列破旧的火车在侧线上等着我们；负责这节车皮的是一个铁路运输官，一群疲惫不堪的士兵正把卡车上最后一批帆布袋子运到行李车上。出发准备半小时业已做好，可一小时之后火车才开。

我和三个排长合用一个车厢。他们只管啃汉堡、吃巧克力、抽烟和睡觉，谁也没带一本书。如惯常情况一样，火车常停在两站之间。在一开始的三四个小时里，只要车一停，他们就把头探到车窗外，去注意该城镇的名字，到后来也慢慢失了兴趣。中午和晚上，人们把温温吞吞的可可饮品用勺从桶里舀到我们的水杯。火车越过干线两侧风景单调的地区，缓缓向南。

这一天的重大事件是指挥官的“命令发布会”。传令兵召集我们在指挥官的车厢里集合，他和副官都戴着钢盔，全副武装的样子。说的头一件事是：“这是命令发布会。我希望你们参加时都全副武装。虽然恰巧是在火车上，但这一事实是相当不重要的。”我还以为他要把我们打发回去重新着装，但他盯着我们看了一会儿便说：“坐下吧。”

“我们让营地处于一种很不体面的情形之中了。随便走到哪个地方都会看到军官没有恪尽职守。丢下的营地是什么样子，最能说明团级军官的效率了。营地和军官们的荣誉就指望这个。而且——”下面的话是他真说出口了，还是我从他愤懑的腔调和目光里读出来的？我想，他是把话咽下去没有说出来——“我不想让几个临时军官的松弛懈怠坏了我的荣誉。”

我们坐着，端着笔记本拿着铅笔等着记录下一步工作的详细指令。某个比较敏感一点的人会看出，他已经不能给人深刻印象了。他自己可能也看出来了，因为随后他就用一个爱发脾气的校长的办法补充了一句：“我要求的只不过是精诚合作的精神。”

然后他看着笔记本念道：

“命令。

“情报。本部正运行于A地与B地之间——这是C地的主线，容易遭受敌机轰炸和毒气攻击。

“意图。我打算到达B地。

“方法。火车大约在二十三点十五分到达目的地。”

……

重中之重出现在结束时宣布的“后勤”子项下头：C连抽出一排人员，在火车抵达侧线时负责卸车，那里有三辆三吨卡车，可把物资全部运到新营地的临时堆放处。一直工作到完成任务；所抽出的一排人员看守堆放处，保持营地四周警戒。

“有什么问题吗？”

“我们能给值勤的人发可可饮品吗？”

“不能。还有什么问题？”

当我把这个命令向军士长传达时，他的反应是：“可怜的C连又要倒霉了。”于是乎，我明白这就是在“变着法儿”地处罚我忤逆了指挥官。

我给几位排长传达了指挥官的命令。

“喂，”胡珀说，“这么个差事会让咱们的小伙子非常、非常难做啊，他们要发脾气的。他怎么老是派咱们干脏活呢。”

“你去执行警戒任务。”

“好。但是……我在暗中怎么能看出警戒线呢？”

灯火管制才开始不久，一个勤务兵闷闷不乐地顺着列车车身走着，嘎嘎的响声惊动了我们。某位有经验的军士大声喊着：“上第二道菜了。”

“敌人在向我们喷液态芥子气，”我说，“务必把窗子关牢。”然后我写了一个简单的情况报告，说明没有人员伤亡，没有什么受到污染，已经派士兵在部队下火车前把车厢外表的毒气消除干净。估摸指挥官对这报告挺满意，因为他再没说过什么了。天一黑我们就都睡了。

末了，夜深时我们到达了要去的铁路侧线。安全作战行动训练要求我们一定要规避车站和月台。但从开动的火车上，在一片漆黑里跳到铺着矿渣的轨道边，仍然造成了混乱和损失。

“到路堤下的大路集合。赖德上尉，C连的行动一如既往慢吞吞。”

“是，长官。我们漂白车皮的工作遇到点儿困难。”

“漂白车皮？”

“给车皮消毒，长官。”

“哦，我明白了，干得非常认真。先把它撂下吧，行动。”

到现在，我那些处于半梦半醒之间的、恼怒的兵士窸窸窣窣地在大路上排起队来。不一会儿，胡珀那个排就出发了，在黑暗中消失不见。我看到几辆卡车，排成一队的士兵把补给品从陡峭的路堤上一件件传递到堤下。当士兵们明确了自己正在做着一件目标明确的工作时，就变得比较欢脱快活起来。我和他们一起传递了半个钟头，后来我就停下来去迎乘坐头一趟卡车回来的副连长。

“那营地很不错，”他报告说，“是在一片宽敞的私人住宅地，还有两三个湖。要是运气足够好，说不准我们还能逮到几只野鸭子。村子里有一家酒店、一个邮政局。方圆几英里内没有别的城镇了。我已经想方设法为咱俩搞到了一间小屋。”

清晨四点运输工作结束。我坐着最后一辆卡车，行驶在弯曲的乡间小道上，垂下的树枝常会撞上卡车的风挡玻璃，不时地，我们偏离小道开到别人家的汽车道上了；不时地，又开到两股汽车道合并的空地上，一串防风灯标志着这里堆放了物资。在这里卸车后，终于跟着向导到了营地，天空中一颗孤星也没有，细雨蒙蒙的。

一觉睡到勤务兵过来叫醒我。疲乏地起床，默默地穿服，刮脸。等走到门口我才问副连长：“这叫什么地方？”

他告诉了我这地方的名字。刹那间，就像是有人突然关掉了无线电——多少日子以来在我耳边持续不停地、愚蠢地嘶吼着的声音一下子就被打断了。紧接着是深重的沉默，起先是一片空虚，但伴随着受创的感官慢慢恢复知觉，在我耳边又逐渐充满了许多甜美的、纯真的，已忘却良久的声音。他说出了我那么熟悉那么熟悉的一个名称，具有古老的、深不可测的、魔法般的地名，只要一听到它，那些魂牵梦萦的岁月的影子就在眼前翩翩起舞。

我呆立屋外。雨停风住，但阴云仍旧密布，低低地压在头上。这是个寂静的清晨，厨房里的炊烟笔直飘升至铅灰色的天空。一条原来用碎石子铺成，后来长满荒草的大车道，现在遍布着条条车辙，活脱脱搅成了烂泥路。这条道顺着山坡延伸，直至没入山顶。路两旁杂乱散布着一幢幢波纹铁皮屋顶的房子，从那里传来阵阵喀里喀啦的声响，像在动物园里一样嘈杂，伴着嘘声四起，俨然人声鼎沸的样子——一营士兵开启了一天崭新的生活。一派更熟稔、更精致的园林风光在我们眼前呈现。这是一个与世隔绝的地方，被孤单、蜿蜒的山谷抱拥着。我们的营地就驻扎在山丘的缓坡上。对面那片感觉还不那么可人的田野一直伸展到近前的地平线外。中间夹着的那条新娘河，发源于两英里外的新娘泉农场，我们曾经走到那儿去喝过茶；顺流而下，小溪在汇入艾冯河之前已颇为壮观成了大河了。艾冯河在此地有大闸拦着，形成了三个湖，其中之一是一片灰蓝的芦苇荡，其他两个湖就要宽阔得多了，湖面倒映出云彩和天空，还有巨大的山毛榉树。林子里都是橡树和山毛榉。橡树是灰的，光秃秃的；山毛榉树才萌芽，带着嫩嫩的绿。这些树与绿色的林间空地以及开阔的绿草坪构成了一个着实简单却又感觉精心设计过的图案——黄毛白斑的小鹿们还在这里吃草么？为了避免眼睛失焦，水边还建了一座古希腊样式的多斯神庙，爬满常春藤的拱门连接着堤坝的最低点……所有这些都是一个半世纪以前就设计和建造好的，人们今天才得以欣赏到如此美景。绿色山峦阻挡了视线，虽然看不到山那边的房子，但我却很清楚地知道房屋的具体位置和它的式样，伏在菩提树间的房子就像羊齿苋草丛里的一只雌鹿。

胡珀侧身走过来，用他大部分是学来的，可是别人却怎么也学不像的姿势向我敬礼。因为做了警卫熬了夜，他面色灰败，也没有刮脸。

“B连接替我们了。我已经让小伙子们洗漱去了。”

“好。”

“房子就在那边拐角。”

“我知道。”我说。

“下周旅司令部要迁过来。这个地方做兵营足够了。刚才侦察了一圈……我觉得真是华丽啊，可奇怪的是怎么还会有一个天主教堂。因此也进去看了看，里头正在做礼拜呢——只有一个神父和一个老头儿，尴尬至极。宗教的事儿你比我在行。”或许看我并没有注意听他讲话，便尽了他最后的努力要来引起我的兴趣，他说：“台阶前还有个特别大的喷泉，都是像雕刻成动物的大石头——你一定没见过这样的喷泉。”

“见过，胡珀。我以前来过这儿。”

这些话就在耳边回荡，因了房屋的穹顶回响而越发清亮。

“哦，那好吧，你都知道了……我得去洗漱、整理一下了。”

我以前到过这里。我知道这里的所有。

第一部

我也曾在阿尔卡迪[1]

1. 阿尔卡迪：原文为拉丁文“Et In Arcadia Ego”，在画家尼古拉斯·普桑的作品中以墓碑铭文的形式出现。阿尔卡迪是希腊伯罗奔尼撒的一个地名，被很多诗人描绘成具有田园风光的乐园。

第一章

我遇见塞巴斯蒂安·弗莱特——还遇见安东尼·布兰奇——

初访布莱兹赫德

“我以前来过这儿！”我说。我以前来过这儿。

第一次到访是二十多年前，和塞巴斯蒂安一起来的。那是六月里的一天，天空澄澈无云，路边的水沟里密密长满了奶白色绒线菊，空气中充盈着夏天的味道，响晴薄日的。我常常去那儿，心境各不相同——在这最后一次故地重游时，萦绕在心头的却是堪堪初识的第一次。

那天，我又漫无目的地来到这里，其时恰逢赛艇周。现在的牛津就像莱昂尼斯那样业已沉没，被人遗忘且无法复原了——它被大水淹了。而彼时的牛津城俨然是一幅精细雕琢的蚀刻版画。在它宽阔、安静的大街上，人们高谈阔论着在纽曼时做过的事。在秋天的薄雾下，春季的沉灰中，还有罕见的晴朗夏日里——就像那天一样——栗子树花团锦簇，钟声飘过高高的山墙和穹顶，呼出荷载了几个世纪的青春的柔软气息。那份寂静回响着我们的欢笑，夹杂着喧嚣，悠长飘远。与以往不同的是，这次的赛艇周迎来了一大帮闲散邋遢的女人，有数百人之多。她们一路叽叽喳喳，推推搡搡，踩着鹅卵石，踏着好多级台阶，东张西望；手里端着红酒杯，嘴里吃着黄瓜三明治，寻欢作乐；女人们撑着方头平底船在河上乱转，成群驶向赛艇比赛的驳船队……如此这般地，在泰晤士河和学生俱乐部里，充斥着她们像是吉尔伯特和沙利文荒诞剧中的奇异滑稽、不合时宜的大声说笑，她们在学校教堂里唱诗班的歌声中着实让人侧目。这帮子闯入者的喧闹声飘进每个角落。然而在我们的学院里，它不是一般的喧闹，实为引发粗俗骚乱的恶之源。这一切发生之时，我们正在举行舞会。在我住的方院前有片空地，此刻帐篷已经支起，地板业已铺就；门房小屋那里挤挤挨挨摆满了棕榈和杜鹃；最糟糕的是，住在我楼上胆小如鼠的自然科学院学监还把自己的房间出租给外人当更衣室了，那张煞有介事打印出来宣示这桩侮辱性行为的告示，就贴在离我的橡木大门没有六英寸远的地方。

没人能比我的校工反应更强烈更巨大了。

“没有偕女伴的先生们，说是要在接下来的几天里都不能入内用餐了，上外边吃去，走得越远越好，”他沮丧地说，“您打算在学校里吃午餐么？”

“不了，朗特。”

“据说是要给这些下人一个机会。多么好的机会啊！我得去买个针垫儿放在更衣室里。可他们为什么要跳舞呀？我想不通。赛艇周从来都没办过舞会，考曼。现在倒成了度假里的重要活动，这和赛艇周没有关系，却郑重其事得就好像喝茶与划艇已经满足不了他们了似的。先生，如果你问我原因，那我觉得这一切都是战争惹出来的。没有战争，这些都不会发生。”对朗特来说，或者，对像朗特一样千千万万的人来说，一九二三年的一切都不会再回到一九一四年的样子。“现在呢，晚上要喝点儿酒，”他继续说着，依着他的老习惯，半拉身子在门里，半拉身子在门外，“瞧，要是一两个绅士吃个正式的午餐，喝点儿酒也算不得什么。但不会有舞会啊。这一切都是被那些打仗回来的人带来的。他们上岁数了，什么都不懂，也什么都不想学。这是真的。他们当中甚至还有些人上共济会跳舞去呢，不过，学校里的纪律学监会逮到他们的，您等着瞧吧……哎呀，塞巴斯蒂安先生来了，我可不能再站在这儿闲聊天了，我要赶紧买针垫儿去。”

塞巴斯蒂安走进来——穿着条鸽子灰的法兰绒长裤，雪纺绸衬衫，打着条邮戳图案的查维特领带——碰巧跟我系的这条一样。“查尔斯，你们学院到底发生了什么事？是马戏团来表演了么？除了没看见大象，我可是什么都看见了。我必须得说整个牛津一下子变得滑稽怪异了……昨天晚上还突然出现了好些女人。你必须走，咱们得逃离这个地方，简直太危险了！我搞了辆车，一篓子草莓，还有一瓶拉佛瑞佩拉庄园产的红葡萄酒——这酒你从来没喝过，别在这儿装洋蒜了——这酒就着草莓，绝了。”

“我们上哪儿去？”

“去见个朋友。”

“谁呀？”

“霍金斯。我们身上得带点儿钱，要是万一想买点儿什么又买不了呢……这车是归那个叫哈德卡斯尔的主儿的，要是我开着开着摔死了，你就替我把这破烂儿还他。我不大会开。”

大门外面，曾经做过门房的冬季花园外面，停了一辆敞篷的双座莫里斯-考利。塞巴斯蒂安的泰迪熊就放在方向盘上。我们把小熊放在两人中间（“小心别让它生病了”），然后就开上车走了。圣玛丽教堂的大钟敲响了九点；我们险些撞上一个牧师——黑草帽，白胡子，骑着一辆自行车——正在大街上逆行着放飞自我。摩托车开过卡尔法克斯，开过车站，不多会儿就开到了波特莱路的农村。那年头很容易就看到农村了。

“天不是还早吗？”塞巴斯蒂安说，“女人们必须把要对自己做的事情全份做足，归置利索了才肯下楼……都是被懒散的臭毛病给毁了……我们走！上帝保佑车主人哈德卡斯尔！”

“哈德卡斯尔到底是谁呀？”

“他本来打算和我们一起来的……懒散的臭毛病也把他给毁了。呃，我跟他说过十点钟见。这人在我们学院算是很阴郁的一个。他过着双重生活——至少，我认为他有双面人生。他总不能白天黑夜的一直都是哈德卡斯尔吧？他能这样吗？——他还不腻味死了。他说他认识我父亲，这不可能。”

“怎么呢？”

“谁都不认识我父亲，人们对他避之唯恐不及。你不知道这个？”

“可惜咱们俩都不会唱歌。”我说。

来到斯文顿时，我们开出大路，随着高升的太阳，来到石墙和石屋间。大约十一点，塞巴斯蒂安毫无征兆地把车开进一条小车道，然后停下。炎热的天气迫使我们去找个树荫待着。几棵榆树下有个山丘，草都被羊啃光了，我们在那儿就着草莓喝酒。跟塞巴斯蒂安所保证的一样，这两样配起来吃果然绝了。然后我们叼着粗大的土耳其雪茄躺在地上，他看着上面的绿叶，我看着他。青灰色的烟雾升腾起来，没有风吹散那烟雾，就让它一直飘升到墨绿色的树荫里头。雪茄烟草的味道、环绕四周的夏日甘恬，还有葡萄美酒的香气混作一处，好像把我们悬浮于草皮之上一个指头宽的高度了。

“这正是埋一罐金子的好地方，”塞巴斯蒂安说，“我想在我幸福快活过的每一个地方都埋一件宝贝，然后等到又老又丑又不幸的时候，我就回去把它们挖出来，好好回忆。”

这已经是我在牛津的第三个学期了，但我跟塞巴斯蒂安的偶然相识才算是我牛津生活的真正开始，这是上个学期的事。我们出自不同的高中，不在同一个学院，要不是仗着有一天晚上他在我们学院喝醉了酒，正好我又住在前院底层房间这么个偶然的机会，我很可能在学校待个三四年也遇不到他。

堂兄贾斯珀警告过我住底层房间有多么多么危险。我初入学校时，只有他，堂兄贾斯珀认为我是适合他周详指导的对象。我父亲那边什么都没有。其时，跟往常一样，父亲有意避免跟我谈论任何严肃的话题。直到离开学不到两周了，他才提起“学校”这个事儿来。他犹犹豫豫、闪烁其词地说：“一直说着你呢。我在‘雅典娜神庙’碰到你未来的学监了。原本是想探讨一下伊特鲁里亚人对永生不朽的看法的，可他偏要谈给工人阶级额外开设讲座的问题。所以双方妥协各退一步，就谈起你来了。我问他将来应该给你多少钱零花。他说：‘三百英镑一年，绝对不用多给。大家都是这么个数儿。’我感觉这个数目十分寒碜。我那时候拿的津贴都比大家的多。让我想想……世界上没有什么地方、什么时候，多个几百英镑就能左右得了一个人的重要与否和受欢迎程度的。我玩味地考虑给你六百英镑——”我父亲一边说着，一边微微抽了抽鼻子，他一感到有趣的时候就抽鼻子，“可转念一想呢，要是给学监知道了这事，他可能会觉得我存心冒犯他，所以么，我就给你五百五十英镑吧。”

我感谢了他。

“是的，没错，我是娇惯了你一些。但你也得知道，这全都是由存款里提出来的，都是钱啊……我想是时候给你些忠告了。除了你堂兄阿尔弗莱德特地骑着马赶到波顿来提建议之外，我本人可从来没有得到过任何别人的指教。你知道他是怎么忠告我的吗？‘内德，’他说，‘有件事我求你务必要做到：在校期间，星期天一定要戴上礼帽。别人判断一个人，根本不靠别的，就靠他的礼帽。’你看看——”我父亲一边接着说，一边用力地抽了一下鼻子，“我总是戴着礼帽的。有的人戴，有的人就不戴。我从来看不出戴或不戴礼帽的这两类人有什么不同，也没有听见有人议论过这个。但我还是戴着。这么做只是可以表明，凡是合时宜的、审慎的忠告是能够产生某些影响的。我多希望能给你一些这样的忠告啊，可我给不了。”

我堂兄贾斯珀——大伯父的儿子很好地弥补了这一缺失。我父亲不止一次半开玩笑地称他为“一家之长”。他正在读大学四年级，估计这个学期结束前会获得穿上牛津划船队蓝色衣服的殊荣。他还是坎宁俱乐部的秘书，低年级学生公共休息室的负责人，是他们学院举足轻重的一个人物。我上大学的第一周，他就来正式拜访过我，饮过下午茶。他吃掉了十分难以消化的一餐：蜂蜜小圆面包、凤尾鱼吐司、福乐氏坚果蛋糕……此后点着烟斗，躺在柳条椅子上，定下我应当遵守的各种行为准则。他说起了很多科目，甚至到现在，我还能逐字逐句地背下他所说的大部分内容：“……你读历史？那是一门够体面的学科。最糟糕的是‘英国文学’，其次是‘当代名著’。你不是第一就是第四，不做龙头老大就只能是土鸡尾巴。任何中间的名次都毫无价值。花时间在看着好看的第二名上，花多少时间等于白白浪费多少时间。你得去听最好的讲座——比如说，阿克赖特论述德摩斯梯尼的那个——不管这些讲座是不是你的学院主办的。至于衣着打扮么，就照着你在乡间别墅时那样。千万不能穿粗花呢外套搭配法兰绒长裤——永远要穿成套的正装。上伦敦的裁缝店找个好裁缝去做，那里做工好，能赊账，账期也长……俱乐部么，现在就进卡尔顿俱乐部去，二年级一开始，就进格里德俱乐部。要是想参加学生会的竞选——其实这倒也不是什么坏事——首先要在坎宁和查塔姆俱乐部把你的好口碑传出去。给报纸投投稿……不要去野猪山……”

对面山墙之上的苍穹闪耀出万道霞光，然后就慢慢昏暗下来。我往火炉里又加了些炭，打开灯，看得见他那条伦敦定制的肥大的灯笼裤和利安德牌领带，仍然颇为有型有款。“别拿对待中学教师那套去对待大学教师，像对待教区牧师那样就行了……你会发现到二年级时你得花上一半时间去甩掉你一年级时结交的那些不入流的狐朋狗友。还要小心圣公会的人，他们都是些搞鸡奸的，口音又难听。事实上，你得很有心眼儿地避开一切宗教团体，它们只会招来祸害……”

堂兄临走时说：“最后一点，调换一下房间吧。”我住的房间很宽敞，有朝内凹进的飘窗，涂上了颜料，还镶有十八世纪的嵌块。我作为大一新生就能搞到这种房间是得有多幸运啊。“我见过许多人，就是因为住在四方院子前排底层给沦落毁掉了。”堂兄严肃认真地说，“人们会顺道进来这里，会把外套乱丢进你房间，然后吃饭前再来取，你给他们拿雪利酒喝……你根本不明就里地还搞不清状况呢，就给学院里的浪子们开了个免费的酒吧。”

我不知道自己是否有意听从了他的建议。当然没有换房间了，这窗下种了些紫罗兰，夏天的夜晚我的房间就充满花香。

回首往事时我才明白，要是把整个青春时期全盘奉献给那种虚假的少年老成或装出来的天真无邪，就犹如去私下里改动别人画在门边记录身高的标识日期一样，都是很轻易的事情么。我很想考虑一下——有时候的确也是这么考虑的——自己用莫里斯和阿伦德尔的作品装饰一下这间房子，再往自己的书架上摆满十七世纪的大开本图书，用俄国皮革和波纹绸做封皮的法兰西第二帝国时期的小说。可这不是事实。在我住进去的第一天下午，我就自豪地将梵高的《向日葵》复制品挂在壁炉上方了，还竖起了一道屏风，上面是罗杰·弗莱画的普罗旺斯地平线。这扇屏风是我在欧米茄工艺品厂因资不抵债而举行拍卖时廉价买来的。我还贴了张麦克奈特·考弗画的海报，从诗书铺子弄来的《韵律表》，还有一想起就悲从中来的那个摆在壁炉架上两支细长黑蜡烛之间的长得像波莉·皮奇恩的瓷娃娃。我的书少量且平常——罗杰·弗莱的《视觉与设计》，美第奇版的《一个施拉普郡的少年》《维多利亚时期名人传》，几本《乔治王朝诗选》《罪恶街》和《南风》——我早年的朋友在这样的背景里显得很般配。柯林斯，温彻斯特学院的，他是未来牛津大学的教师，是个学识渊博、小孩儿心性的人；还有一小群读书人，这些人在浮夸的“美学主义”和在伊弗莱路与惠灵顿广场的公寓里艰苦奋斗的无产阶级学者之间，坚持走着一条中间主义路线。第一学期，我发现自己被这样的文化圈子接纳了，它给我提供了我在中学六年级所喜欢的那样的朋友；反过来讲，中学六年级又培养了我现在的性格。即使在我初进牛津的那些日子，生活的全部内容都在牛津，有自己的房间、自己的支票簿，让人觉得又兴奋又刺激，可我心底里仍然有种感觉，牛津要给我的，远不止这些。

跟塞巴斯蒂安一接近，这些雾霾般的人物便似乎静静地隐入背景渐逝渐远，最后无影无踪了，像是高地羚羊没入雾霭笼罩的灌木丛里去了一样。柯林斯曾向我揭示过现代美学的谬误："……蕴涵着意义的形式存在与否，都取决于量。如果塞尚能够在他两维的画布上表现出三维空间，那么兰西尔犬的忠诚也必能够在长耳犬的眼睛里表现出来……"直到塞巴斯蒂安懒洋洋地翻着克里夫·贝尔的《艺术》，念叨着："'人们对一只蝴蝶或一朵花的感情，会像对一个大教堂或一幅画一样吗？'是的，我就是这么觉得的啊。"——直到他念到这里，我才睁开了眼。

在我见到塞巴斯蒂安的真人以前，我就知道他的模样。这是想当然命中注定的。由于他引人注目的漂亮、乖僻的行为方式，才进学校第一周，就成了这一年新生中最为抢眼的人物。我第一次见他是在杰默理发店，被他电到与其说是因为他的相貌，倒不如说是他带着一只很大的玩具泰迪熊。

"那位是——"我坐到椅子上时理发师对我说，"塞巴斯蒂安·弗莱特少爷。最有趣的年轻绅士。"

"明显是的。"我冷冷地说。

"马奇梅因勋爵家的二少爷。他哥哥布莱兹赫德伯爵上学期离开学校了。那位可与众不同了，是一位安静的绅士，像个老头儿。你猜塞巴斯蒂安少爷来干吗？他来给他的熊要一把发刷，还要鬃毛很硬的……可不是梳熊毛的哦，他说他生气时要用发刷打熊的屁股，要吓唬吓唬它。塞巴斯蒂安买了只很漂亮的发刷，象牙背的，还让人在上面刻上'阿洛伊修斯'——就是那熊的名字。”理发师在他的工作时间里，一定早有大把的机会去烦腻大学生们的幻想，但他显然被这只熊吸引了。但我对塞巴斯蒂安还是吹毛求疵。此后又见到过他几次，一次他坐在双轮轻便马车上，一次他戴着假络腮胡在乔治街的餐厅吃饭。尽管其时柯林斯正在读着弗洛伊德，能用好些技术术语去掩盖一切，但我对塞巴斯蒂安的印象仍然没有变好。

就是我们终于见面的时候，情形也没有好到哪儿去。那是三月初的一个晚上，接近午夜了，我正在请学院里的读书人朋友喝热过的甜葡萄酒，炉火熊熊燃烧，房间里满是烟尘气。谈了太多形而上的东西，真是叫人腻味透了。我打开窗子，外面院子传来很罕见的撒酒疯的笑声和跌跌撞撞的脚步声。有个声音说“等一下”，另一个声音说“来吧”，再一个说“快了……宿舍……等铃声停了的……”，最后出现一个比其他声音更清楚一点儿的声音说：“你知道，我太难受了……得出去一下。”然后一张脸出现在我的窗口，我知道这是塞巴斯蒂安，但不是我以前看到的那张脸——那张神采奕奕、容光焕发的快活脸。他眼神无法聚焦地看了我一会儿，然后弯着腰走进屋里，吐了。

晚餐派对以这种方式收场的并不鲜见，事实上校工清扫的价目表上已经对此有了明码标价。大家都在反复试验、探索着如何调制混合型葡萄酒。塞巴斯蒂安在无路可走的极端时刻，选择了一扇开着的窗户，这做法挟带着某种又疯狂又惹人爱的秩序感。可不管怎么说，这到底算不得一个好的相见。

塞巴斯蒂安的朋友把他背到大门口，几分钟后，他的东道主，一个跟我同年级的、伊顿公学来的和蔼可亲的学生过来致歉。这人自己也喝醉了，翻过来掉过去不断重复地解释，最后还落得个眼泪汪汪。“酒掺的东西太杂了，”他说，“问题不在喝多喝少上，也不在酒本身的质量上，问题在于太杂了……理解了这一点，就理解了事情的真相了。理解一切！原谅一切！”

“是啊。”说是这么说，但翌日清晨见到伦特，他仍是一肚子牢骚的样子。

“你们五个人喝两大壶热葡萄酒，”伦特说，“这事儿就一定避无可避了。连挪到窗边去吐都去不了。喝不了就别这么喝嘛。”

“不是我们，是别的学院的人。”

“不管是谁，收拾起来都够恶心的。”

“碗柜上有五先令。”

“我瞧见了。谢谢您。可随便哪天一大早上起来，我宁可不要这份儿钱，也不愿意收拾这些脏东西。”

我取了大衣走出去，让校工在那里收拾。那时候我还常常去听讲，十一点才回来。我进门发现房间里摆满了鲜花，那些花看起来就像，其实根本就是，足够一个花摊卖上一整天的量。凡是可用的容器都插上了花……每个地方都放上了花。还看到伦特用牛皮纸把最后的一些鲜花打好包，打算偷偷拿回家去。

“伦特，这些花是哪儿来的？”

“先生，昨儿晚上来的那位先生放的，他还给你留了张条子。”

下面的话是用彩色铅笔写在一大张我很喜爱的上等画纸上的：

深感愧悔。阿洛伊修斯要看到您饶恕我了才会再跟我说话。所以，今天请您务必赏脸午餐。塞巴斯蒂安·弗莱特。

现在回想起来，他想当然地认为我应该知道他住在哪里，他一贯如此啦。不过当时我还真知道。

“这位先生最讨人喜欢了！能给他打扫卫生我深感荣幸。先生，我想你是要出去吃午饭了——我跟柯林斯先生和帕特里奇先生这么说了——他们本来是要和你在这里吃饭的。”

“对，伦特，我出去吃。”

这次午餐——结果证明是个午餐会——我生活的新纪元伊始。

我心里打着鼓，并没有十足把握能找到他的住处。那是个我从未去过的陌生地方。况且我耳边还响着一种微弱的、假正经的、像柯林斯那个调调儿的警醒声音，警告我最好别去，赶紧回家。可那些日子我正寻求着情感上的慰藉，所以还是满怀好奇和某种说不清道不明的忧虑去了。我感到终究会找到矮山墙上的那扇门，那扇门，在我之前别人业已找到过，它通往与世隔绝、迷人的花园，就在这座灰色城池的中心，哪扇窗都望不见它。

塞巴斯蒂安住在“基督教堂”，雄踞在“草地建筑”楼里。我到的时候只有他一个人，正从桌子中间长满青苔的大鸟巢中取出鸟蛋来剥壳。

“我刚刚数了一下，”他说，“每人五个，还多两个，我正在吃多出来的两个。今天简直饿坏了。昨晚拼命喝了两种酒，醉得发麻，现在觉得昨天晚上根本就是个梦。不要弄醒我。”他可真迷人，带着不辨雄雌的中性美，会让年轻人全情讴歌，然后在第一缕寒风中萎谢。

他的房间塞满了乱七八糟的东西——一架装在哥特式盒子里的簧风琴，一只象足模样的纸篓，一盘子蜡制水果，两只大得不成比例的塞夫勒细瓷花瓶，几幅镶在画框中的杜米埃尔画作，简陋的学院家具和一张大餐桌，越发显得房间不协调。壁炉架上摆满了伦敦那些女主人送来的请柬。

“混蛋霍布森把阿洛伊修斯搁到隔壁去了。”他说，“不过这样也好，因为这儿也没有鸟蛋给它吃了。你知道吗，霍布森讨厌阿洛伊修斯。我希望我也有个像你的校工那样的管家，早上他对我可好了，要是换作别人可能就很严厉。”

午餐会的客人们来了。其中三位是从伊顿公学来的新生，是那种温文尔雅却为人冷淡的年轻人。头天晚上他们才去了伦敦的舞会，可再谈起这事来，仿佛是参加了一个毫无感情的近亲的葬礼一样。每个人一进来就直奔鸟蛋，然后看看塞巴斯蒂安，再带着种客气的冷漠神情看看我，似乎是说“我们无论如何也不该冒昧地提醒你这是初次见面”。

“今年头一次吃鸟蛋，”他们说，“打哪儿弄来的？”

“我妈妈从布莱德斯赫德庄园给送过来的。鸟儿们总是早早地就给她生蛋。”

吃完鸟蛋，接着在吃纽堡龙虾的时候，最后一位客人到了。

“亲爱的，”他说，“一直走不开。才跟我那位不不不不可理喻的导师共进午餐。我走的时候，他还特奇怪我为什么要离开他。我就告诉他，我得回去换身儿衣服踢踢踢踢足球。”

来者瘦高，肤色很深，双眼漂亮。我们这些人穿着粗花呢衣服和乡村款的结实皮鞋，他却穿着一身棕褐色带着很花哨的亮白条纹衣服，一双小山羊皮鞋，大大的蝴蝶领结，进房门就脱下黄色软皮手套。他有点儿像法国人，又有点儿像美国人，也许，还有点儿犹太人范儿……整体上看蛮异国情调的。

无需多说，这位就是安东尼·布兰奇了，“唯美主义典范”，这个倒霉的绰号与他的风流韵事从切尔韦尔河畔一直跟到萨莫维尔。当他神气活现、趾高气扬地走在大街上时，人们曾多少次地指给我看过。在乔治教堂，我听到他旁若无人般大声嚷嚷着向陈规陋习宣战。这会儿遇见他，在塞巴斯蒂安的强烈感应之下，我发现自己也贪婪地喜欢上安东尼·布兰奇了。

午餐后，布兰奇拿了个喇叭筒——是从塞巴斯蒂安房间的古董堆里意外翻出来的——站到阳台上，用喇叭筒冲着要去泰晤士河边、穿着厚厚的运动服、模糊不清的人，用他那抵死缠绵的声调背诵着《荒原》里的几段：

"我，泰瑞西斯，受尽了苦难。"

他站在威尼斯拱门那儿向着那些人抽抽搭搭地念：

曾在这同一张沙——沙发或床上出演过，
我，曾在底比斯城倚墙而坐，
又曾在最卑——卑微的死者中间独行……

然后他轻巧地走进房里，"我让他们多么惊喜（吓得够呛）！那些划划划船的棒小伙子都是我的心头大爱呀"。

我们坐下来喝橘酒，这时那个伊顿公学来的最斯文、最遗世独立的客人一边哼唱着阿尔弗莱德·德尼斯的"他们把她阵亡的战士带回家"，一边弹着风琴给自己伴奏。

我们四点才散。

安东尼·布兰奇是第一个走的。他轮番跟我们每一个人道别，既正式又表达了倾慕。他对塞巴斯蒂安说："亲爱的，我想在你身上插满有倒刺的箭，像插在针针针针垫儿上一样。"对着我时他说，“塞巴斯蒂安发现了你真是太聪明了。你藏在哪儿来着？我要钻进你的地洞里去，像臭鼬一样去烦烦烦烦你。”

布兰奇走后不久其他人也都走了。我站起来想跟他们一块儿走，但塞巴斯蒂安说：“还有点儿橘酒呢。”这么着，我就留下来了，过一会儿他又说：“我要去植物园走走。”

“为什么？”

“去看那里的常春藤呀。”

听上去不错，我就和他一起去了。我们在默顿学院墙下走着，他挽着我的手臂。

“我还没来过植物园呢。”我说。

“噢，查尔斯，那你要好好补补课了！那里有一个很美的拱门，还有很多我都没见过的常春藤。要是没有了植物园，我真不知道还能去哪里。”

在终于回到自己的房间，发现还是我早晨离开时的老样子时，感到一股沉闷压过来，这种感觉是从未有过的。出了什么问题了吗？除了金黄色的水仙，一切都恍若隔世，似乎什么都不真切了。是那扇屏风作的怪吗？我把它翻转过来，让它面朝墙。好一些了。

这就是那扇屏风的结局。伦特从来就不待见它，几天后，他把屏风搬到他的储物间里，那里尽是墩布和水桶。

那一天，是我和塞巴斯蒂安友谊的开始，所以才会有六月的早晨，在茂密的树荫下，我躺在他身旁，看着他嘴里吐出来的烟一直飘到枝叶上。

不久，我们开上车继续前进，过了一点钟，饿了。我们在一家小旅馆前停下来，那里原本是个农场。我们吃了鸡蛋、火腿、腌胡桃仁和干奶酪，在阴凉的客厅里喝啤酒，古老的挂钟暗地里滴滴答答地走，一只猫在壁炉边睡着。

又接着开车了，下午的早些时候我们到了目的地：两扇熟铁大门，乡间绿草地上两间古典的林间小屋，一条小路，路两旁绿树成荫，又是一扇扇大门，开阔的空地。才拐过弯，眼前突然出现一片崭新又隐秘的景象。我们在山谷的入口，看到下面半英里远的地方，绿树丛中闪现出一所老宅子的穹顶和立柱。

"怎么样？"塞巴斯蒂安停下车来问。穹顶之后是一条逐渐隐去的河流，被一片缓坡的山丘卫护掩映。

"怎么样？"

"真棒！"

"你得看看房前的花园和喷泉。"他俯身向前发动了车子，挂好挡。"这是我家人住的地方。"尽管那时我全副精力都沉浸在如醉如痴的视觉感官里，可听到他所用的字眼时还是感到一股来路不祥的寒意——他用的不是"这是我的家"，而是"这是我家人住的地方"。

"别担心，"他接着说，"他们全都不在，不用拜会了。"

"可是应该要见的。"

"呃，见不了了。他们在伦敦。"

我们绕过前院开进侧庭。"都锁上了。我们最好这边走。"车从仆人的住处过道开过去，那里像个堡垒一样，石板铺路，石头作顶。"我要带你去见见霍金斯保姆。我们来这儿就是为这个。"我们登上没铺地毯但擦得很干净的榆木楼梯，沿着中间铺了一条窄粗呢地毯的宽木板路，经过铺着油布的过道，走过有许多小楼梯和几排暗红和金黄色消防水桶的天井，走上最后一道楼梯，楼梯尽头是一扇门。房屋的圆顶是假的，从下往上看就像法国香波堡屋顶的钟楼。那圆顶不过是个外加楼层，隔出来许多房间。这些房间就是育婴室了。

塞巴斯蒂安的保姆就坐在敞开的窗子旁，喷泉、湖泊、庙宇、远方，以及最后一个山丘上耀眼的尖塔……全部静静伏在她的身后。她双手摊开放在膝上，捏着一串松松垮垮的念珠。她睡熟了。年轻时长久劳作，中年时独当一面，晚年的悠闲和保障都在她那满是皱纹，平静且安详的脸上打下了烙印。

“啊呀，”她醒了，“这真是惊喜啊。”

塞巴斯蒂安亲吻她。

“这位是？”她看着我说，“我想，我没见过他。”

塞巴斯蒂安给我们介绍了一下。

“你来得正是时候。茱丽娅正好在这里待一整天。他们不知道玩得多高兴呢。要是没有他们，只是钱德勒太太，她那两个女儿和老伯特，在这儿待着真能闷死个人。过后他们就都去度假了，八月份，烧锅炉的工人也得打发走，你要去意大利看老爷和在那儿度假的朋友们，得到十月我们才会又安定下来。我还是认为茱丽娅应该跟别的小姑娘一样高兴，只是我一直就闹不明白了，她们为什么总是在夏天最好的时候把花园撇下去伦敦。星期四菲普斯神父来过，我跟他说的也是这个话。”她末了添上这么一句，好像这样她的意见就得到了神权的加持。

“你说茱丽娅在这里？”

“是啊，亲爱的，你刚才一定没有看见她。都怪那些保守党女人，小姐得支应她们，可是她身体吃不消，茱丽娅又在家待不久，一说完话，抬脚就得走，连茶会都不去了。”

“那恐怕我们又见不到她了。”

“亲爱的，可别这么说，她看见你得是多么惊喜呀。不过我告诉她，她应该会等茶会结束的。保守党妇女就是为了喝茶才来的。好吧，来跟我说说有什么新鲜事吧？你读书用功了没有？”

“奶妈，恐怕不是很用功。”

“哈，我猜你整天学你哥哥打板球了吧。可是人家还有时间读书。打圣诞节起，他就没有回过家。不过我想呢，他会回来看农业博览会的。你看到报纸上那篇关于茱丽娅的文章了没有？她带来给我看了。倒不是这篇文章把茱丽娅夸得太好，而是里头的话很好听哪。‘马奇梅因夫人的漂亮女儿在社交季由其母亲提携出道……优雅名媛，诙谐睿智……成为最受欢迎社交新秀。’可不么，这话一点儿不过分。可是，她把头发剪了，真是不应该啊，那头头发多好看啊，跟夫人一样一样的。我对菲普斯神父说这不符合自然，可他说什么‘修女们都这样’。我就说：‘可不是么神父，你当然不会让茱丽娅小姐做修女去吧？这个主意可不行！’”

塞巴斯蒂安和老太太谈下去。这是个很迷人的房间，为了衬托穹顶，房间造得相当特别。墙上贴的是带条纹和玫瑰图案的壁纸。屋角有一个能前后摆动的木马，壁炉架上有一张酷似油画的圣心的石版画；空壁炉被一束南美大草原上的绿蒲苇和灯芯草遮住，衣柜擦得纤尘不污，顶上摆着孩子们在不同时期带回来给她的小礼物：贝雕和火山岩、印花皮革、彩色木制品、瓷器、从地底下挖出来的橡木、波纹银器、萤石、雪花石膏制品、珊瑚，还有许多度假纪念品。

过了不久，保姆说：“亲爱的，摇铃吧，我们喝茶去。往常是下楼去跟钱德勒太太一道喝茶，可今天咱们让人把茶送到这里来。我平常用的那个姑娘也和别人去伦敦了。新来的这个才从乡下来。起先什么也不懂，可是后来还进步得不错呢。摇铃吧。”

但是塞巴斯蒂安说我们得走了。

“不见茱丽娅小姐了吗？她知道一定会难受的。你回家本可以让她大大惊喜一番的。”

“可怜的奶妈，”塞巴斯蒂安在我们离开育婴室的时候说，“她的生活太沉闷了。我很想把她带到牛津和我一起生活，但又怕她老是叫我去做礼拜。趁着我妹妹还没回来我们赶紧走。”

“你为谁害臊呢，我还是她？”

“为我自己。”塞巴斯蒂安严肃地说，“我不愿意你和我的家人搅到一块儿。我们家的人漂亮得让人神魂颠倒，我整个一生中，家人总是从我身上拿走些什么。一旦他们用魅力逮住你了，就会把你变成他们的朋友，而不再是我的朋友了，我不能允许他们这么做。”

“好吧，”我说，“我很满意你的说法。可是——难道你不允许我再多看几个地方吗？”

“都关起来了呀。我们是来看我保姆的。亚历山大王后生辰日到处开放，花一先令就可以参观。好吧，你想看就看吧……”

他领我穿过一道厚粗呢门，走进一条漆黑的走廊；我只能勉强看见头顶上的镀金檐板和圆拱形的灰泥。然后，打开一扇笨重但开关灵巧的桃花心木门，他领我走进一个暗沉沉的大厅。光线从百叶窗的缝隙间钻进来。塞巴斯蒂安打开一扇百叶窗，把窗扇折起来。柔和金黄的午后阳光倾泻进来，铺了一地，照耀在大理石壁炉上，照耀在画着古代神祇和英雄壮士的拱形天花板上，照耀在镀金的镜子和云石壁柱上，照耀在苫布遮起来的一堆堆小岛般的家具上。倏忽一瞥之下，好像从包厢顶层瞥见一个灯火通明的舞蹈厅一闪而过，塞巴斯蒂安很快关上了窗户，关上了那阳光。“你看么，”他说，“就是这个样子。”

从我们在榆树下喝葡萄酒，从车子在车道上拐了弯，他说了声“怎么样”起——这以后，他的情绪明显变了。

“你看，也没有什么好看的。我倒希望有一天给你看些好看的东西，不过不是现在。可是有个小礼拜堂你得去看看，那可是新艺术派的丰碑。”

在布莱兹赫德工作的最后一位建筑师给这里添了个廊柱，在一边加了几间阁式厢房。其中一间就是小礼拜堂。我们从一扇公共门廊走进小教堂（另一扇门直通内里）。塞巴斯蒂安把手指在圣水盘里蘸了一下，画个十字，然后双膝跪地，我也照着他的样子做了。“你为什么要这样做？”他很不爽地问我。

“出于礼貌呀。”

“啊，你不必为了我做这个。你想观光不是么，看这儿怎么样？”

整个内部拆过卸过，然后又精心打理过。在十九世纪最后十年，用工美的设计和形式重新陈设和装裱起来。穿着印花罩衫的天使、蔷薇、花团锦簇的草坪、摇摆奔走的羊羔、凯尔特字体写就的祝祷文、身披甲胄的圣人……均以颜色鲜明的复杂图案布满墙上。有一个浅灰色的白橡木雕刻，像是才从一个黏土模子中翻刻出来一样。圣灯和全部金属器物都是铜铸的，这些物件的外面是用手工敲打出的细密小点。圣坛的台阶上铺着草绿色地毯，上面绣着白色和金色的雏菊。

“哎呀。”我惊叫了一声。

“这是爸爸送给妈妈的结婚礼物。好，你看够了咱们就走。”

在汽车道上我们碰到一辆有司机的劳斯莱斯，后面好像有个女孩子的轮廓，正扭过头从车窗里望着我们。

“这是茱丽娅，”塞巴斯蒂安说，“我们走得正是时候。”

我们停下来和一个骑自行车的人说话——“那是老伯特。”塞巴斯蒂安过后告诉我——接着我们又开车走了，通过熟铁大门、仆人住房，开到直奔牛津的大路上。

“很抱歉，”过了一会儿塞巴斯蒂安对我说，“今天下午我的脾气不大好。布莱兹赫德这个地方总是让我不痛快。可是我又必须带你去看保姆。”

这是为什么？虽觉惊奇，但我什么也没说——塞巴斯蒂安的生活总是按照某种操控模式进行的：“我必须买件宽大的邮箱红睡衣！”“我必须睡到日上三竿才起！”“今天晚上，我绝对必须一定要喝香槟！”除非他认为“喝香槟对我有反作用”，那么这句话他才不用祈使句。

沉默许久，他才赌气一般地说：“我可没有一直打听你家里的事。”

“我也没打听你的啊。”

“可是你看起来就像是要刨根问底似的。”

“嗯，那是因为你对家里的事讳莫如深。”

“我期待每样事情我都能秘而不宣。”

“可能我是对别人的家事比较好奇吧……你知道，这是我全然不懂的事情。家里只有我和我父亲两个。姑妈照顾了我一段时期，可我父亲又把她赶到国外去了。我母亲在大战中牺牲了。”

“哦……真没想到。”

“她跟红十字会去了塞尔维亚。从那以后，我父亲的头脑就出了问题，变得古怪了。他一个人住在伦敦，也没朋友，一脑袋扎进了收集古玩这种蠢事里。”

塞巴斯蒂安说：“你都不知道你省了多少事。我们家人口多，可以查《德布列特贵族年鉴》名录的。”

塞巴斯蒂安现在心情变得轻松了。我们的车离开布莱兹赫德越远，他的不安和别扭也丢得越远了——那是一种一直纠缠着他的隐秘的心神不定和烦恼。我们开着车，太阳追在身后，这样一来，我们好像在追赶自己的影子。

“现在是五点半。我们还来得及到高得斯托吃晚饭，在‘鳟鱼’酒吧喝酒，把哈德卡斯尔的车留下，沿着河边散步回去。这再好不过了吧？”

这就是我第一次拜访布莱兹赫德的情形，那时我怎能想到，有一天，一个人到中年的步兵上尉会含着眼泪回忆起这旧地来呢？

第二章

堂兄贾斯珀的谆谆告诫——警告提防诱惑——牛津星期日的早晨

将近夏季学期期末，我接受了堂兄贾斯珀最后一次到访和与《抗议书》不相上下的规劝。前天下午已经考完史学，当天我刚好没课。贾斯珀的黑西装和白领带表明他仍然万事加身，一副疲惫不堪、怨声载道的样子，就像一个担心自己考品达的俄尔普斯神秘音乐这门高深学科中没有充分发挥自己才能的人那样。那天下午纯属出于责任，才促使他到我房间来的，那天他本就很不方便过来。对我而言也是一样。他在门口碰到我的时候，我正好要出去安排当天晚上请客的事情。这是计划用来安慰哈德卡斯尔的几次晚餐中的一次——因为我们把哈德卡斯尔的车子丢在外面了，他遭到了学监的严厉指责，所以这也是最近落到我和塞巴斯蒂安身上的一桩任务。

贾斯珀并不打算坐下来，这谈话不见得会有多么亲密无间。他背朝壁炉站着，用他自己的话说，是“像个伯父”一样跟我讲话。

“这一两个星期我几次都想跟你联系，实际上，我觉得你在躲我。查尔斯，如果真是这样的话，我倒并不意外。你可能想着这不关我的事，但是我觉得我有责任管管。你跟我一样十分清楚，自从你的——呃，自从战争开始，你父亲其实已经不问世事了，只管活在他自己一个人的世界里。但我可不能不闻不问的，眼看着你犯错，还不就是多说一句就能使你少犯、不犯错误的事情么。

“我预料到你第一学期会犯错。我们都犯过错误。我认识了一帮子招人反感的牛津学生教会联合会的人，他们给摘啤酒花的工人办了个暑期传教团。可是你呢？我亲爱的查尔斯，不论你自己认识到了与否，你早已经偏离开像鱼线上吊着的铅坠儿那样的正轨很远很远了——你根本就是跟牛津里能有多坏就多坏的一伙人搞到了一起。你或许觉得我住在宿舍里，学院里的事我一点儿都不知道是吧？可是，我听得见啊。事实上，我听到的太多了。我发现因为你，我在私人餐会俱乐部成了人家的笑柄。有个叫塞巴斯蒂安·弗莱特的，你跟他连体婴似地难分难舍吧，他也许不坏，这一点上我不清楚。他哥哥布莱兹赫德是个正常人，不过你那位朋友却很古怪，他惹得人家百般议论。当然，他们一家子都古怪。你知道，战争一开始，马奇梅因夫妇就分居了。真是奇了大怪了，人人都认为那是一对恩爱夫妻。后来，他带着仆人跑到法国去了，再也不回英国了，就好像这人客死他乡了。他夫人是天主教徒，不能离婚——我想，或者说是不愿意离吧。在罗马，有钱能使鬼推磨，他们又那么有钱。弗莱特这人可能还行，可是安东尼·布兰奇——这家伙可没的说了。”

“我自己并不特别喜欢他。”我说。

“哦，他老在这里转悠，学校里的顽固分子可不喜欢他这一点了。他们一看见他在宿舍出现就受不了。昨天晚上他又被扔到水星池里了。跟你来往的那些人在他们自己学院里都不好好学习，这才是真正的问题。他们认为能大手大脚花钱的人就可以为所欲为。

“还有件事。我不知道叔叔给你多少零用钱。我敢打赌，你会花两倍于他给的数目。这一切东西……”他一边说，一边顺手一扫，便把他意有所指的挥霍浪费的证据划拉进去了。的确，我的房间已经换掉了它朴素的冬装，非常迅速地成了一个丰富多彩的衣橱。“这是花钱买的？”（那是放在餐具橱柜上有一百个小格的帕塔加斯雪茄匣）“还有这些？”（那是书桌上十几本毫无价值的新书）“还有那个好笑的玩意儿？”（最近从医学院买来的死人头盖骨，静置于一碗玫瑰花瓣里，当时是我书桌上的主要摆设。头盖骨的额头上刻着拉丁文“*Et in Arcadia ego*”/“我也曾在阿尔卡迪”）

“付了钱的。”我说，很高兴能消除一条罪状，“买那个头盖骨我付的是现钱。”

“你这样下去要一事无成的。不是说你这么做现下有什么紧要，可要是你在其他方面干出一番事业来呢——你在干吗？你在学生会或者哪个俱乐部里讲演过吗？你和哪本杂志有过联系？你在戏剧社有没有谋个位置？再看看你这身打扮！”我堂兄滔滔不绝地，“我记得在你刚入学时，我就劝过你要穿得像在乡间别墅一样。你现在的装束好像是把梅登海德的戏剧演出的戏服，再加上郊区花园合唱比赛的衣服，别别扭扭、不伦不类地穿在一块儿了。

“再说到喝酒——如果一个学期里喝醉一两回，那任谁也不会说三道四。事实上，在某些必要的场合，他还非得喝不可。可是据我听说，人家可常常看到你在下午三四点钟就已经喝得醉啷当的。”

他住嘴了，他尽心尽力了。担心考试的心腹大患顽强地重新回归他的心里。

“贾斯珀，我很抱歉。”我说，“我知道这一定会让你尴尬难为，可是我恰恰就喜欢这伙坏人。我喜欢午饭时喝酒，虽然我的花销这时候还不到我爸给我的两倍，但我相信，不用学期结束我就会花到两倍的。我到这个时候通常是要喝一杯香槟的，你也想来一杯吗？”

这样一来，堂兄贾斯珀再无计可施了。我后来听说，他给他父亲写信说我挥霍无度，他父亲又把这话写信告诉了我父亲，可是我父亲对这件事并没有采取什么行动，也没有特别在意，有一个原因是他六十年来一直不大喜欢我伯父；另一个原因是，我母亲一死，我父亲便一直活在他自己那个与世隔绝的世界里。

就这样，贾斯珀把我大学第一年的生活重点大致描画出来了。可能还会有一些重点细节得再增补上去。

我早些时候答应过柯林斯和他一起过复活节，但要是塞巴斯蒂安有所表示想和我在一起过节，我就会一点儿内疚没有地对柯林斯食言，把他撇下，可塞巴斯蒂安并没有什么表示。因此，柯林斯和我在拉凡纳过了几周俭朴又极有意义的生活。

亚得里亚海的冷空气从那些肃穆的坟茔间刮过来了。我在一个温暖宜居的旅馆房间里，给塞巴斯蒂安写了几封长信，再天天上邮局去等他的回信。收到他两封，每一封信都寄自不同的地点，没有一封信把他的近况明确告诉了我的。他写信用的是抽象又迷幻的文体——“妈妈和两个陪同前往的诗人，都伤风头痛三次，所以我就到这儿来了。这是圣·尼古登墨斯·泰亚第亚节，这位圣人由于头顶被钉上了块羊皮而殉教的，所以他是所有谢顶的人的保护神。跟柯林斯说，我相信他会比我们更早秃头的。这里的人太多了，但是感谢上帝，有个人戴了小喇叭形的助听器，这就让我开心多啦。现在我得去抓条鱼了，我不能把鱼寄给你，咱俩离得太远了，那我就把鱼的脊骨留下来好了……”——这种信看了多叫人心烦也不知道。

柯林斯写了一篇小论文，指出其中的马塞克原件不如拍出来的照片那么好看——就是在这里他播下了一颗让他有所成就的种子。多年以后，他出版了尚未完成的论拜占庭艺术的著作首卷。我发现在该书前言两页上客气的致辞中还有我的名字：“感谢查尔斯·赖德，他以洞察的灵慧，帮助我第一次看到普拉西底亚和圣维太尔的陵墓……”我大为感动。

有时候我会想，要不是因为塞巴斯蒂安，我会不会走上这条与柯林斯一样的文化研究之路。我父亲年轻时曾参加过牛津大学万灵学院的考试，但经过一年的激烈竞争依然败北。虽然后来他逮着机会获得了其他殊荣，但还是深受其早年的失败影响，继而又传染给了我。所以我便想当然地以为这就是生活本质严肃的目标。无疑将来我也会失败，但是失败以后，“堤内的损失堤外补”，我可能在别的地方脚一滑，滑到不那么严格的学术生活层面去。抑制不住的热泉从地壳深处迸发，挟着岩石按捺不住的力量喷射到太阳，逐渐冷却的水汽会凝成一道彩虹。这样的事情想想没问题，但我觉得可遇不可求。

复活节假期这件事成了一段平坦小路，贾斯珀警告我说那本是一个特别陡的大坡。上来还是下去？对我来说，获得成年人的一个习惯，便会随之让我一天天更加年轻。我度过寂寞的童年，度过战争苦难和因年幼丧母而更加苦难黯然的少年，除了英国人在青春期感受到的单身艰辛、早熟的自尊和学校的强势和权威，我还给自己加上了易感和冷漠。和塞巴斯蒂安一起度过的那个夏季学期，我仿佛拥有了从未有过的幸福童年——虽然这期间不过是拿丝绸衬衫、橘酒和雪茄做玩具而已。这时的淘气，在重罪分类里也算是轻的，我们身上有一种婴儿似的天真和清新。

到了这学期末，为了要继续留在牛津，我参加了第一次考试。禁止塞巴斯蒂安踏入我房间一星期，学习到深夜，喝冰镇咖啡，吃焦炭饼干，将之前落下的功课拾遗补阙，我通过了考试。那些功课现在我是一个字也记不得了，但那一学期获得的其他更本真的教义，则会以各种形式陪我到生命的最后一刻。

“我喜欢这伙坏人，我喜欢午饭时喝酒。”彼时足矣，现在我还需要么？

过去二十年再回首，若是我，几乎不会遗留下什么未竟之事，抑或已完成之事。我能像斗鸡一样，用更厉害的鸡斗败我堂兄的鸡，斗败他的世故和老成。我会告诉他，那时候的怪诞乖张就像把酒精掺进杜罗河谷的纯正葡萄酒里，成为黑混颜色、麻醉人的东西，既可丰盛青春的进程，又放慢它的脚步。就像酒一样，控制其发酵，使之不能饮用，必须年复一年藏在黑暗的酒窖里，直到最后奉上桌供人饮。

我还会告诉他，人类知识的来源在于了解并深爱另一方。可当我坐在堂兄面前，看到他不再与品达没完没了地无谓纠缠了，穿着深灰正装，打着白领带，披着学士长袍，听到他严整的声音，一直闻着开在窗下的紫罗兰香气……这时我就觉得诡辩毫无意义。我有秘密，就像戴在胸前的护身符，在感觉到危险临近时就摸一摸护它周全。所以我对他说的才不是真话，我只会说什么我通常在这时候要喝一杯香槟，并邀请他一起。

在贾斯珀严肃训话的第二天，我又不期而遇了另一次，不过这次的遣词用语不一样，来源也不一样。

整个学期我见到安东尼·布兰奇许多次。虽说我在跟他的朋友相处，但是我跟他见面之频繁让人有点儿吃不消。而且大多不是出于我的意愿，是出于他的。我有点儿怕他。

看年纪他只比我大一点，但是那时候他好像被那个流浪终身的犹太人附了体一样[1]。他就是个无国籍游民。

他幼年时，家里曾打算把他培养得多一些英伦气息。他在伊顿上过两年学，后来在战争中，他不顾遇上潜水艇的危险，横渡大西洋跑到阿根廷跟他母亲相聚。这个胆大妄为的中学生加入到一个男仆人、一个女仆人、两个司机、一只北京哈巴狗和他母亲的第二个丈夫的行列中去。布兰奇和他们周游世界，怪模怪样的，活脱脱一个画家霍格斯笔下的小跟班。大战结束，回到欧洲，住豪华旅馆、疗养胜地，出入赌场，晒太阳浴；十五岁时跟人打赌，所以被捯饬成个小姑娘，给带到布宜诺斯艾利斯马会去登台表演；跟普鲁斯特和纪德一同进餐，跟加图和第雅基烈夫往来密切；费尔班克送给他好几部长篇小说，上面还要写上热情的题词，他在卡普里岛结下三场永无和解的仇怨；他自己说在切法卢还玩过魔术，在加利福尼亚治过毒瘾，在维也纳医好了恋母情结。

有些时候，我们跟他比起来更像小孩子。可并不总这样，因为安东尼身上同时兼具着疯狂和热情两种性格，这种狂热在我

1. 犹太人鞋匠阿哈斯韦卢斯因为妒忌而拒绝善待受刑前的耶稣，后遭到惩罚，从此他永失故土，无法死去。

们青春期空闲时的某些地方表现出来过，比如运动场、教室什么的。他为寻欢作乐所表现出的夸张和古灵精怪，远远比不上为了要引起别人惊异而成的精、作的怪。他的卖力演出常常让我回想起在那不勒斯见到的小顽童——这孩子在一群英国游客面前用极下流的动作蹦跳。当安东尼谈到在他继父开办的晚间赌局上的情形时，我们便可以从他眼珠乱转中看到他贪婪地盯着他继父越来越小堆的筹码；在泥泞中打着滚踢足球时，在狼吞虎咽吃脆松饼时，安东尼已经在亚热带沙滩上帮忙美妇人搽精油，在酒吧小口小口啜饮餐前酒。如此说来，在我们身上那些已经被驯服了的在他那里却依然野性难驯。安东尼残忍、任性，像个可以随意残害一只小虫子的少年。他无惧无畏得也像小孩子一样，低着头对着学长挥拳头。

他请我去吃饭，知道是要单独和他吃的时候我有些不情愿。“我们到泰晤士河吧，”他说，“那儿有家餐馆不错，幸好这家没有引起布灵顿俱乐部注意。我们要喝莱茵白葡萄酒，想象我们自己在……在什么地方？不会是和约约约约罗克兄弟一块儿出去。我们还是先来一点餐前酒吧，助消化。”

在乔治酒吧，他大声吆喝着：“四杯亚历山大鸡尾酒！”他把酒放在自己面前，嘴里发出响亮的“啧啧”声，惹得人人怒目相向。“我想你更喜欢雪利酒，可是亲爱的查尔斯，我不许你喝雪利酒。这种混合酒不好吗？你不喜欢这酒吗？那么，我替你干了。一杯、两杯、三杯、四杯，四杯灌下了肚。瞧，那些学生盯着我呢！”然后他带我出门，坐上一直候着我们的汽车。

“希望我们不会在那里遇到大学生。此时我对他们一点儿好感也没有。你听说星期四他们怎么对我了吗？太不像话了。幸亏那晚我穿的是最旧的睡衣裤，而且天气又特别闷热，否则我真要挂了。”安东尼有个习惯，说话时爱把脸靠对方很近，他口中喷出的气息甜甜的，带着奶油香气的鸡尾酒味。我侧过身子，靠在汽车座椅角落里。

“亲爱的，你设想一下我，形单影只，勤奋刻苦。我刚买了一本可怕的《滑稽的圆舞》，我知道我必须在星期天去加辛顿之前读完它，因为每个人都得谈谈对这本书的看法，我要说没读过就显得太没有修养了。解决的办法就是不去加辛顿了——只是我现在才想出这个办法来。所以亲爱的，我就带了一块蛋饼、一个桃子和一瓶维希矿泉水，穿好睡衣，安心看书。我不得不承认我精神不集中，但还是一页一页地翻下去了，看着天光渐暗，黑暗笼罩岩石，岩石退隐在人们的眼皮子底下。亲爱的，在佩格泉这地方这是很值得体验的。它让我回忆起马赛旧港一些建筑物正面的鳞石，直到突然间被一阵从未听闻过的怪叫惊醒，我看见小广场那边来了一帮二十来岁的可怕青年，乱哄哄的。你知道他们在唱什么吗？‘我们大家都要布兰奇，我们大家都要布兰奇。’连祷文一样重复！完了，我今天晚上看赫胥黎的小说算是没戏了。我得说，在我腻味透了的时候，任是什么打扰我都欢迎。我就这么被卷到乱哄哄里去了。可是你知道吗？他们唱得越响，就表现得越胆小，他们一个劲儿在问：‘博伊在哪儿？布兰奇是博伊·马尔卡斯特的朋友。’‘博伊一定把他带来了。’你当然见过博伊？他总是在亲爱的塞巴斯蒂安房间里进进出出。他完全是我们南欧人心目中的英国贵族典范。我敢保证，他是一个理想的对象。伦敦的小姐们都在追求他。人家说，他对小姐们很会装腔作势地傲慢。亲爱的，他就是个行尸走肉罢了。一个大笨蛋——马尔卡斯特就是这样一个人——而且，亲爱的，他还是个无赖。复活节那天，他来到偷窥饭店，我玩了些花样请他留下来。他玩牌输了点儿钱，结果他要我帮他付请客的钱。好呀！马尔卡斯特也在派对里呢。我看见他笨手笨脚地在楼下走着，听到他说：‘不行。他出门了。我们回去喝一杯怎么样？’这样，我把头伸到窗户外对他说，‘晚上好啊老寄生虫马尔卡斯特，你躲在这群小伙子里？为了你在赌场勾搭上的老婊子，我借给你三百法郎，是来还钱的吗？这点儿钱哪里够救她的急，她欲望可大啦，马尔卡斯特你这吝啬鬼！过来还钱，你这臭流氓！’

“亲爱的，这些话让他们觉得刺激了，闹闹哄哄地上楼来。大约有六个人进了我房间，其他人就站在外边嚷嚷。亲爱的，他们看起来太酷了。才吃了俱乐部那些可笑的晚餐，个个穿着带色儿的燕尾服——制服一样！‘亲爱的，’我对他们说，‘你们就是一帮乌合之众啊。’这时有个小伙子骂我搞同性恋。‘亲爱的，’我说，‘我也许是同性恋，但没欲求不满到那个地步。等你一个人的时候再说吧。’接着他们就说些不堪入耳的下流话，我突然也给怒了。‘可真是的，’我想，‘我十七岁时遇到的所有麻烦事，文森尼公爵（是老阿尔芒，不是小菲利普）为了我和公爵夫人（当然是年轻的斯蒂芬妮，不是波比老太）的爱情，而且是比爱情还严重的爱情，要跟我决斗呢！我——现在绝不能咽下这帮满脸粉刺、喝高了的雏儿满嘴污言秽语的口气……’嗯，我不再用开玩笑的口气讲话了，加了一点攻势。

“然后他们说开了，‘抓住他，扔到水星池里去。’你知道，我有两个布兰库西的雕像，还有几件漂亮玩意儿，我可不愿意让他们这么撒泼打滚地给弄坏了，我就心平气和地跟他们说，

‘亲爱的美丽的乡下佬啊，如果你们稍微懂点儿性心理学的话，你们就会知道我最大的欢愉就是让你们这些棒小伙子粗暴对待了。最下流的狂欢最喜闻乐见。如果你们谁想当我的伴儿，就来占有我吧。可反过来说，要是你只想满足什么糊里糊涂又无以言说的欲望，想看我洗澡，亲爱的土包子们，安安静静地跟我去水池吧。’

“你知道，听了我的话，这帮人都傻眼了。我和他们一起下了楼，每个人都起码离我一码远。我跳进了水池，你知道，那池水可是真凉真爽啊，我游了一会儿，搞了几个花样，直到他们愤愤地走了。我听到博伊·马尔卡斯特说：‘我们毕竟把他扔到水星池里去了。’查尔斯，你知道，这就是他们会一说说上三十年的话。等他们每个人都跟瘦得皮包骨的母鸡一样的女人结了婚，生下一堆像他们自己一样呆傻痴茶的小猪崽儿子的时候，当他们穿着同样颜色的衣服在同一个俱乐部吃晚饭喝醉了酒的时候，一提起我的名字，他们就会说：‘有天晚上，我们把他扔进水星池里了。’他们的在谷仓前空地上玩耍的傻缺女儿们则窃笑不已，说她们父亲年轻时是个无赖，可惜老了老了迟钝了。唉，操劳的北方人！”

我知道，这可不是安东尼头一次被人扔进水里，但这事让他特别挂心，在晚餐时又旧事重提了一遍。

“你不能想象塞巴斯蒂安会遇到这么倒霉的事情，是吧？”

“是的。”我说。我根本不能想。

“是呀，塞巴斯蒂安多有魅力啊。”对着烛光，他举起莱茵葡萄酒，不断念叨着，“多有魅力啊。你知道吗？第二天我顺便去看塞巴斯蒂安了。我想，他可能会对我那天晚上的遭遇感兴趣。

你猜我看到了什么？请忽略掉他那只有趣的玩具熊吧。我看到马尔卡斯特和头天晚上他的两个好朋友了。他们的样子很蠢——而塞巴斯蒂安像《笨拙》周刊上的旁旁旁旁松比比比比德汤姆金斯太太一样镇定。他说：‘当然啦，你认识马尔卡斯特勋爵。’于是那几个傻子说：‘我们只是过来看看阿洛伊修斯怎么样了。’那是因为他们像我们一样发现能在泰迪熊身上找到乐子——或者，是不是可以这么说，比我们身上的乐子更多？等他们走了我说：‘塞塞塞塞巴斯蒂安，你了解那几个精神病昨天晚上侮辱我吗？要不是还暖和，我很可能要得重重重重感冒。’他说：‘可怜见的。我想他们是喝醉了。’你看，他逮着谁都是说好话，这就是魅力。

“看得出来，他完全把你迷住了，我亲爱的查尔斯。唔，我觉得这也没什么可大惊小怪的。当然，你认识他没有我认识他时间长。我中学就跟他是同学了。说了你可能都不信，那时候人们常说他是个小娼妇。只有几个坏心眼的跟他好。社团里的人都喜欢他，当然了，教师也都喜欢他。我猜他们是羡慕嫉妒恨。他也不惹是生非。我们这些人常常为了很小的事情会结结实实地挨一顿揍，塞巴斯蒂安就从来没有挨过揍。他是我们宿舍里唯一没有挨过打的孩子。我现在还记得他十五岁时候的样子。他从来没有长过粉刺，可其他孩子都是一脸包。博伊·马尔卡斯特绝对心术不正。但是塞巴斯蒂安可不是。非说他有什么缺点，也就是他脖子后面有个小顽疾了不得了。我想起来了，他有。美少年那喀索斯就长了个小疙瘩。他和我都是天主教徒，所以我们过去常常一块儿去做弥撒。他经常在忏悔室里待很长时间，我就纳闷他有什么可忏悔的呢，他从来也没有做过什么错事，从来没有犯过什么大错啊。最起码，他从来没有受过处罚吧。也许在忏悔室里忏悔忏悔，他也显得很光彩照人。你知道，我心里老有一团疑云——我也不知道为什么是疑云而不是别的，那是一道不被欢迎的光——这团疑云里还夹杂着和我、和我导师的一大串折磨人的谈话。让人拍案叫绝的是，那位温和的老先生明察秋毫，他对我的事了如指掌——除了塞巴斯蒂安谁也不可能知道的事。这是一个血的教训：绝不轻信温和的老先生，或者，漂亮的学生。到底要信哪个呢？

"我们再来一瓶这个酒？或者来瓶别的？点个新鲜的，陈年勃艮第葡萄酒，好吗？查尔斯，你看我知道你的口味。你必须跟我去法国品品葡萄酒。趁葡萄收获的时候去。我带你去文森尼家住。他们的葡萄要大丰收了，他家的酒也是全法国最好的葡萄酒，他和波塔伦王子在一起……王子那儿我也带你去。我想他们会讨你喜欢的，当然，他们也会爱你的。我要把你介绍给我的很多朋友。我跟科克多说了你的情况，他就特别想见你。亲爱的查尔斯，我知道你很难得，艺术家么。哎，别不好意思。在你标准的英国式的冷漠固执之下，你是个艺术家。我看到你藏在房间里的那些小画儿了。很精致。而你这个人，亲爱的查尔斯，如果你懂我的意思，你就不是很精致了，一点也不精致。艺术家都不怎么精致。可我精致，塞巴斯蒂安在某方面精致，但是艺术家是那种持久坚定，目标明确，观察敏锐……至关重要的，是热热热热情，查尔斯，对不对？

"可是，谁识货呢？前两天我还跟塞巴斯蒂安谈起你来，我说：'你知道查尔斯是个艺术家，他的画就是安格尔再世。'你知道塞巴斯蒂安怎么说的吗？他说：'是啊，阿洛伊修斯画得也很好呀，不过他更时髦。'多有魅力，多有意思。

“当然，有魅力的人未必真的需要头脑。四年前斯特芬妮·德·文森尼公爵夫人真是让我心痒痒的。亲爱的，我甚至用跟她一样颜色的指甲油，依着她说话的方式说话，照着她的做派点烟，学她讲电话的调调儿，一度使得公爵误认为就是她本人，而跟我亲密地聊了好半天——这是因为公爵的心思照老规矩，全放在手枪和军刀上了。我继父认为这对我有很好的教育性。他认为这样做会使我逐渐摆脱他所谓的我的‘英国习惯’，可怜的，他是个地地道道的南美人。我从来没有听见任何人说斯特芬妮任何一句坏话，公爵除外。而她呢，亲爱的，她肯定得了呆茶病了。”

安东尼谈他以往的罗曼史，说到高兴处时一个磕巴也没打。但是借着咖啡和甜酒他的口吃又回来了。“正宗查特绿绿绿绿酒，是赶走僧侣以前酿的。当酒慢慢从舌尖滑过时，能尝到五种不同的味道。你仿佛吞下了光光光光谱。你希望塞巴斯蒂安和我们在一起吗？你当然愿意了。我愿意吗？不知道。我们的脑子自然会短暂停驻在小魅力上。查尔斯，我觉得你在对我施催眠术呢。我带你上这儿来，花上一大笔，亲爱的，却光说我自己了，我还发现了一个，除了谈到塞巴斯蒂安之外什么人也没谈到……奇怪的是，除了塞巴斯蒂安怎么会出生在那么倒霉的家庭这个事以外，他真的再没有什么神秘的了。

“我忘了你知不知道他家里的事。我敢肯定他不会让你见他的家人的。他太聪明了，他家里人又太讨厌了。你觉得塞巴斯蒂安身上有一点儿让人厌恶的神气活现吗？没有？那也许这是我自己乱想的吧。不过有时候他看起来和他的家人像极了。

“这里是布莱兹赫德，他这人有点儿老古板，好像是被埋了好几个世纪，刚从洞穴里给刨出来似的。他的脸，好像阿兹特克人（墨西哥印第安人）的雕刻家要尝试着把塞巴斯蒂安的样子雕出来一样。他是个学富五车的老顽固，是个彬彬有礼的野蛮人，还是一个被雪困住的藏传佛教僧侣……嘿，怎么说都行。茱丽娅，你知道她长什么样儿，有什么办法呢，她的照片像比奇门药业的广告似的总是上画报。她的面孔是佛罗伦萨文艺复兴时期的那种毫无瑕疵的美。长成这样的人都对艺术感兴趣，可茱丽娅小姐并没有。她像……嗯，像斯特芬妮一样聪明，脸色不是那种病恹恹的，她快乐、端庄、纯真。不知道她会不会乱伦……我怀疑她需要的只是权力。应该专门建一个宗教法庭去判她火刑。我想她还有一个正在读书的妹妹——还不了解她的情况——只知道她的家庭女教师发了疯投水死了，就前不久的事情。我觉得她面目可憎。所以，现在你应该明白了吧，可怜的塞巴斯蒂安除了让自己甜蜜迷人以外，也没什么可再折腾的了。

“要是说到他父母，那就等于掉进了无底洞，说上三天三夜也说不完。亲爱的，这是什么父母啊！马奇梅因夫人当真驻颜有术，她的年龄是个问题，她何以做到的？你见过她没有？非常、非常美。头发才从灰变成优雅的白，不施脂粉，肤色白皙，大眼睛，大得超凡脱俗，眼睑上的淡蓝色的毛细血管——蓝得想让人去轻轻触摸。她佩戴珍珠和如星光一般璀璨的宝石，全是他们家祖传下来的。她的声音就像在祈祷那样轻柔，那样有力。马奇梅因勋爵呢，嗯，他也许胖了一点，但是很帅，是个酒色之徒，贪恋享受的贵族，绝对拜伦式的风流人物，他的懒散极有感召，但就是有本事让人过目不忘。亲爱的，那个莱茵哈特的修女把他毁了，彻底给毁了。让他不敢在任何地方再显露他的红脸膛了……的确是被社会抛弃的绝无仅有的最后一个历史人物。布莱兹赫德看不见他，女孩子们也看不见他，当然塞巴斯蒂安能见，他多有魅力啊。再没有别人能接近马奇梅因勋爵了。我想想啊，去年九月，马奇梅因夫人去了趟威尼斯，住在福格利埃官邸。我跟你说，她在威尼斯丢乖露怯的，现大眼了。当然她从不去利多海滨浴场，但总是和亚德里安·波森爵士一起坐着平底船游船河。亲爱的，那个范儿就像瑞卡米耶夫人[1]。有一次我从那儿路过，就看到福格利埃家的船夫，那个人么，你知道的，亲爱的，我认识，他对我使了个眼色。她像蜘蛛吐丝造网似的，热衷于一切社交活动，亲爱的，就好比她是凯尔特戏剧中的一个角色，或是梅特林克戏剧中的女一号吧。她还常常上教堂去。嗯，你知道，威尼斯是意大利唯一没人去教堂的地方。不管怎么说吧，她成了那里的年度娱乐人物。那时候能搭马尔登家游艇露面的人，除了可怜的马奇梅因勋爵还能有谁呢？他在那儿置办了个小豪宅，但凭这个允许他上游艇吗？马尔登勋爵把他和仆人安置在橡皮救生艇上，亲爱的，当时就把他送到开往里雅斯特的汽船上。他连他的情妇也没顾得带。谁也不知道他们怎么知道马奇梅因夫人在那儿的。你知道，整整一个星期，马尔登勋爵见人就悄悄溜走，仿佛丢了大脸。他的确丢了脸。福格利埃夫人办舞会，也没有邀请马尔登勋爵和那艘游艇上的任何人参加，甚至没有请德·帕诺塞斯。这一点马奇梅因夫人是怎样办到的呢？她让社交圈子里的人相信马奇梅因勋爵是个坏蛋。然而事实的真相又是怎样呢？是这样的，他们那时候结婚差不多十五年，然后马奇梅因勋爵就打仗去了。他跟一个天才舞蹈家好上了，这下子肉包子打狗有去无回了。这种事情还不满世

1. 当时法国文坛和政界的领袖之一。

界都是？她因为信仰拒绝和他离婚，这样的也有不少先例，但通常人们会同情奸夫。只是这回人们对马奇梅因勋爵可不同情。你可能以为这个老东西往死里折磨她来着，偷了她的家产，把她踢出门外，再把自己的孩子们烤一烤拌上佐料给吃了，然后在自己脖子上套着索多玛和蛾摩拉城的罪恶之花四处寻欢作乐……还能有别的什么呢？她给他生了四个如花似玉的儿女，把布莱德赫特庄园、圣·詹姆士教堂那儿的马奇梅因府邸和她爱怎么花怎么花的所有金钱拱手相让。而他却穿着雪白的衬衫，带着个演戏的中年美妇人，端着爱德华七世那时代的花架子。与此同时，她养了一群受她奴役指使的瘦精精的囚犯，吸他们的血。亚德里安·波森洗澡的时候，你可以看到他肩膀上被她咬的那些牙印。而他，亲爱的，他是当代最伟大的诗人，唯一的。他的血都流干了，什么也没剩下……还有另外五六个不同岁数的男男女女，像幽灵似的围着她转。一旦她在他们身上留下了牙印，他们就永远甭想逃掉。这就是妖术啊，没别的解释。

“所以你知道，塞巴斯蒂安有时候寡淡了一点，我们也不能怨他——查尔斯，你不怨他，是吧？有着如此阴暗的背景，他能有什么法子呢，只有扮出一副单纯、讨人喜欢的样子来，特别是他也没得着什么好。尽管我们爱他，但能这么说他么？

“坦白跟我讲，你听见塞巴斯蒂安说过任何能让你记得五分钟的话没有？你知道，我听他说话时，就不由自主地浮现出‘吹泡泡’那个让人直犯恶心的画面来。说话就应该像杂耍一样，把球啊盘子啊什么的抛上去，一个高过一个，然后有上去的，有下来的，是实打实的东西，舞台脚灯照得亮闪闪的，万一失手就砰的一声掉到地上。可是，亲爱的塞巴斯蒂安说起话来，就像从老旧陶管里吹出来的一堆肥皂泡泡，看着到处都是霓虹光彩，可马上就会噗的一声消失了，什么都没留下，没留下。”

这之后安东尼又谈到了艺术家的经验，谈到艺术欣赏，谈到希望来自朋友的赞赏、批评和鼓励，谈到谨防陷入情绪化的窠臼……这这那那的。我听得昏昏欲睡，迷离恍惚了一阵子。于是我们开车回去，车子驶过马格德琳桥时，他的话又让我想起这次晚餐谈话的主题，“亲爱的，我相信，明天早晨你起来第一件事就是赶到塞巴斯蒂安那里，把我说的什么话都告诉他，那现在我再告诉你两点：一、这丝毫不会影响塞巴斯蒂安对我的感情；二、亲爱的，我显然把你烦得要昏死过去了，但我请你记住这一点，那就是——他马上就会说他那只有趣的泰迪熊。晚安，好梦。”

可是我睡得很差。昏昏沉沉地倒在床上不到一小时就醒了，口干舌燥，忽冷忽热，并且异常冲动。是喝了很多酒，但无论是混合酒、绿酒，还是马弗罗·达夫尼甜酒，或者是我整晚一动不动、一言不发地坐着，不像以前那样跑出去透气……凡此种种，都解释不了我这一夜为什么痛苦得像被女巫折磨过。我没有做噩梦把那晚的情景扭曲得面目可憎，就是那么清醒地躺在那里。暗自忖度着安东尼的话，想着他说话的语调、他说话的起承转合。合着眼，还能看到他坐在餐桌对面，看到他那张被烛光映照着的苍白面孔。暗夜里，我还一度掌着灯到起居室的画册前，坐在打开的窗前把它翻转了过来。四方院一片漆黑，一片死寂，只有每隔一刻钟响起一次的钟声呜咽着飘过山墙。我喝汽水、抽烟，狂躁不安，直至拂晓，瑟瑟的微风才把我又送上床。

我醒来时，伦特站在门口。“我让你多睡会儿，”他说，“我想，你不会去参加集体圣餐了。”

“不错。”

“一年级学生大部分都去了，还有好多二、三年级的，皆拜新来牧师所赐。以前从来不举行集体圣餐的——圣餐只给那些需要圣餐的人，还规定了晨祷和晚祷的次数。”

这是这个学期，也是这一年的最后一个礼拜日了。在我洗澡时，四方院里尽是穿着学士袍的大学生，正从礼拜堂涌入饭厅。我洗完了回来，他们就成群结队地站在那里抽烟。贾斯珀骑着自行车，从他的宿舍过来加入其间。

照每个礼拜天的惯例，我走过一片无人的空地，到贝里奥学院对面的茶餐厅吃早餐。空气中弥漫着周围教堂传来的钟声，阳光将它们高大的剪影投射在空旷的地上，一举将我昨夜的恐慌阴霾扫荡干净。茶餐厅跟图书馆一样安静，只有零星几个贝里奥和三一学院来的、穿着拖鞋的独行侠，在我进门时他们抬头看一眼，然后复又低下头继续读着礼拜日报纸。我带着一夜没睡的年轻人的好胃口吃着炒鸡蛋和苦味橘子酱。点燃一支烟，好整以暇地坐在那里。这时贝里奥和三一学院的学生一个个付了账离开，拖着闲散的步子穿过街道，回各自的学院去了。我离开时已经快十一点了，走着走着，发现听到的整个牛津差着调的钟声停止了，变成单一的钟鸣，这是在宣告，圣餐礼拜行将开始了。

那天上午出来的好像都是去教堂做礼拜的人。在校学生、毕业生、家庭主妇和做生意的，用那种精准的英国人去教堂的步子走着，既不匆忙，又不慵懒。手上拿着黑羔皮和白赛璐珞封面的五六种不同教派的祝祷书，分别走向圣巴纳巴斯教堂、圣哥伦巴教堂、圣阿洛伊丝教堂、圣玛丽教堂、蒲塞堂、黑衣僧侣堂，还有些老天才知道名目的教堂，走向重建的诺曼式和复兴哥特式教堂，走向模仿威尼斯和雅典式样的不伦不类的教堂。人们都在夏天的阳光下走向自己民族的庙宇高堂。还有四个骄傲的、大剌剌宣示着自己不信教的印度人，从贝里奥学院出来，穿着新洗的法兰绒上衣和熨过的外套，头缠雪白的包头布，棕色肉厚的胖手上拎着浅色垫子和野餐篮子，另外还有萧伯纳的《不快意的戏剧》，向河边走去。

谷物市场里，一帮游客站在克拉伦敦旅馆的台阶上，正跟司机研究交通地图。此时，我在金色十字路的拱门那里向我们学院的几个学生打招呼，他们已经吃完早餐了，拿着烟斗，在爬满常春藤的院子里散步。一队童子军也要上教堂，戴着颜色鲜艳的缎带和徽章，军纪十分不严明地慢慢过去。在卡尔法克斯，我遇到了市长和官员，他们穿着红色长袍，披挂着金链子，前面是仪仗队，后面是路人全然冷淡的目光，排着队去市大教堂听布道。在圣·阿尔得兹大街，我遇到了一队唱诗班男孩，他们戴着浆领和特别的帽子，往汤姆门和大教堂赶。就这样，我穿过笃信、虔诚的世界去找塞巴斯蒂安。

他不在家。我看了看散放在书桌上的信，一头雾水，再仔细看看他放在壁炉台上的请帖，并没添什么新的。于是，我读着《从淑女到狐狸精》，一直等到他回来。

“我去了旧宫教堂。”他说，“一学期没去了，贝尔大人上星期两次请我去吃饭，我知道他是什么意思——妈妈给他写过信——所以我就大动作地坐在前排他不可能看不到我的地方，在礼拜快结束时大喊‘万福玛利亚’。你跟安东尼晚饭吃得怎么样？你们谈什么了？”

“大部分时间都是他说。你告诉我，你在伊顿公学认识他吗？”

“我第一个学期期中时他就被开除了。我记得在周围见过他。他一向惹人注目。”

“他和你一块儿做过礼拜？”

“我想没有吧……怎么？”

“他见过你家里什么人吗？”

“查尔斯，你今天怎么这么奇怪？没见过，我想是没有。”

“也没有在威尼斯见过你母亲？”

“我觉得这个她说倒是说起过，可我不记得说的是什么了。好像她和几个在意大利的表兄妹待在一起，是福格利埃一家人。安东尼和他家的人在那个旅馆，但是福格利埃家举办的派对没有邀请安东尼他们家。我记得是在我告诉母亲安东尼是我朋友时，她才说起这件事来的。我不知道他为什么希望参加福格利埃家的派对——那个夫人，为自己有英国血统感到自豪了不起，她只谈这一宗，别的什么也不谈。总之没有人讨厌安东尼，至少绝大多数人不讨厌他。难缠的是他母亲。”

“文森尼公爵夫人是谁？”

“波比？”

“斯特芬妮。”

“这你就得问安东尼了。他自己说和她有一段……”

“真这样说的？”

“我敢说是真的。在戛纳，这件事多少有点儿勉强吧。你怎么对这个这么感兴趣？”

“我只想知道安东尼昨天晚上说的有多少是真话。”

“我可不指望。没一句真话，这就是他的绝妙之处。”

“你可能认为这是妙处，我却认为他用心险恶。你知不知道，他昨天一整晚都在离间咱们，差点儿就得逞了。”

“真的？他可真蠢。阿洛伊修斯才不信他呢，你这自负的老熊，会相信他吗？”

这时，博伊·马尔卡斯特进房里来了。

第三章

我的父亲在家里——茱丽娅·弗莱特小姐

没有目的，也没钱，我就这么放假回家了。为了能撑到期末，我已经把欧米茄屏风以十英镑的价钱卖给了柯林斯，这笔钱现在只剩下四英镑。我最后一张支票已经透支了几先令，因此银行通知我，说得不到我父亲许可，我不能再支钱了。我的零用钱要等到十月才能到手。如此一来，前景堪忧，思前想后的，未免对前几个星期的挥霍无度有些懊悔。

学期一开始就付清了膳食杂费，那时候尚有一百多英镑傍身。现在这钱花得精光，商店的赊欠款子一分都还不上。根本没必要的一些花费，也没得着什么乐子，钱都白白打了水漂。塞巴斯蒂安常常取笑我"像个书呆子那样花钱"——可那些钱全花在他身上了，或者是和他一块儿花的。他好像一直很困难。"都是律师给算计的，"他哭丧着脸，"我觉得他们贪下了不少。无论如何，我向来得到的也不多。当然了，只要我要，妈妈都会给。"

"那么，你为什么不问她拿零用呢？"

"啊，妈妈喜欢把东西当成礼物送给人。她人特别好。"他这样的话将我勾画出的她的形象又添了一笔。

现在塞巴斯蒂安隐没到另一种生活里，那种生活是非请勿入的，他不让我和他一起过，被丢下的我十分孤单失落。

等我们老了，回顾起漫长夏天里的放浪形骸，要是矢口否认那些青葱岁月，就未免显得过于狭隘了。一个人在谈他早年经历时，如果略去不谈怀恋少时的美德，不谈改正错误时怀着的懊恼和决心，略去不谈像轮盘赌里不时出现的数字“0”那样的时运不济……如果省略下这一切，那么这样的经历决计谈不上规整。

就这样，我从一个房间走到另一个房间，隔着玻璃窗轮番看着外面的花园和街道，极度自责着。回家的头一天下午就是这么度过的。

我知道父亲在家，但他的图书室是个不可逾越的所在。到快吃晚饭时他才出来见我。他将近六十，但看上去比实际年龄更为显老是他本身特质所赐，乍一见到会以为他得有七十岁了，再听他说话，更会以为他已到耄耋之年。他颤颤巍巍地踱着他固有的方步向我走来，脸上含羞带怯地微笑着。他在家吃晚饭时——他很少在别处吃晚饭——会穿一件天鹅绒盘扣的吸烟服，那件衣裳好多年前流行过，也许以后还会再流行，可当时他是在刻意复古的。

“亲爱的儿子，他们没跟我说你回家了。路上累了吧？他们给你茶点了没有？你身体好吗？我刚刚从索纳差因古玩店大胆买了样东西，一件五世纪的陶公牛。正看着呢，都忘了你回来了。车厢里人多吗？你是坐在角落的吗？（他自己不大出门，所以一听到别人旅行就会让他十分关切。）海特给你拿晚报了没有？当然，也没有什么新闻，尽是连篇的废话。”

仆人通知开晚饭了。我父亲长年会带本书到餐桌上，后来看见我在场，便偷偷把书丢在椅子上了。“想喝点儿什么酒？海特，给查尔斯先生准备了什么酒？”

“有些威士忌。”

“有威士忌，也许你喜欢喝别的酒吧？我们还有别的吗？”

“先生，家里没有别的酒了。”

“没有别的酒了。你得告诉海特你喜欢喝什么，他就会给你买回来。我在家里什么酒也不备着了。医生禁止我饮酒，也没有人来看我……你在家里喜欢什么就来什么。会在家里待很久吗？”

“还不一定，爸爸。”

“这是一个漫长的假期，”他沉吟着，“我年轻时，遇上假期总是上山里去办读书会。为什么？为什么呢？”他有点儿气急败坏的，“难道大家认为山区风景有益读书？”

“我想花点儿时间去上艺术学校，肖像班。”

“亲爱的儿子，你会发现学校都关门了。学生们都去巴比松这类地方写生去了。我年轻时有个‘素描俱乐部’——男的女的混在一起（抽鼻子），骑自行车（抽鼻子），穿椒盐色儿短裤，撑着荷兰伞，还有流行的自由恋爱（抽鼻子），荒唐啊荒唐啊……我觉得这样的俱乐部还是有的。你可以去试试看。”

“这个假期，钱是一个问题，爸爸。”

“啊，我在你这个年纪，可不为这样的事发愁。”

“你知道，我缺钱了。”

“是吗？”我父亲事不关己地问。

“事实上，接下来两个月我都不知道怎么挨。”

“嗯，你可真是问对人了，我是最不适合给你出主意的人吧。我从来没有像你这么肝肠寸断地说过‘缺钱缺钱’。能用别的词说吗？比如说手头紧？赤贫？苦恼？景况堪虞？破产了（抽鼻子）？遇难？负债？就说你负债吧，这么说就好了。有一次你爷爷对我说：‘量入为出，你有困难就来找我。别去找犹太人。’废话连篇。你试试看。去找杰尔明街的先生们，跟他们打个白条就能借钱给我。可亲爱的儿子，他们连一个子儿也不会借给你。”

“那你让我怎么办？”

“你表哥梅尔基奥投资不得法，负了很多债。他去澳大利亚了。”

自从父亲在伦巴底每日祈祷文中发现了两页公元二世纪的古埃及手稿而狂喜过后，我还没见过他这么高兴过。

“海特，我的书掉到地上了。”

仆人把书从父亲脚边捡起来，搁在餐桌中间的花架子上。父亲在晚餐其余时间一直没再说什么，除了偶尔高兴地抽几下鼻子，我想不会是他看的书引起的抽鼻子。

我们离开餐桌，坐到花园里。在那儿，他显然顾不得我了。他的思绪已经飘到很久远很久远的年代去了，好像是几世纪以前，人们的容颜模糊消逝，他朋友们的名字都读错了，意思也搞拧了。他以别人会觉得很不舒服的姿势坐着，歪斜地坐在靠背椅上，就着光线高高地斜擎着一本书看。他不时从他的表链那儿取下个金色铅笔盒，在书边缘做个记号。窗户开着，窗外是夏天的傍晚。只听得见钟的嘀嗒声，从贝斯沃特街隐隐传来的车水马龙声，父亲有规律翻动册页的声音。我以前想，一面哭着穷，一面抽着雪茄是极不明智的。现在好了，希望落空，我就回房里取了雪茄来。我父亲头也没抬。刺开雪茄，点燃，信心重回，于是乎我说：“爸爸，你不想我整个假期都跟你在一起吧？”

“嗯？”

“让我在家里待这么长时间你不烦吗？”

“我相信即使我烦，也不会表现出来叫你知道。”父亲温和地说完，又看起书来。

一个晚上就这么过去了。等到最后各式各样的钟都敲响了十一点，父亲合上书，取下老花眼镜。“亲爱的孩子，非常欢迎你回家，”他说，“你想待多久就待多久。”他在门口驻留片刻，然后转过身来说：“你表哥梅尔基奥是‘在桅杆前’去的澳大利亚。那个（抽鼻子），我挺好奇什么叫‘在桅杆前’？”

在接下来那闷热的一个礼拜，我和父亲的关系急剧恶化。白天很少看到他，他在图书室里一待就是好几个钟头。他不时地出来，我总是听到他在楼梯栏杆边上喊：“海特，备车。”然后他就出门去了，有时候半小时或者不到半小时就回来了，有时候就一整天都在外面，他从来不说他干什么去了。我看到仆人偶尔把盘子端到楼上他的房间里，上面有少量婴儿室用的食物——小甜饼、几杯牛奶、香蕉之类的。要是我们在楼梯过道碰到了，他就茫然地看我一眼，咿咿啊啊两声，说“天气真暖和”“天气好极了”。可是在晚上，当他穿着天鹅绒盘扣吸烟服来到花园房间时，他就会正式问我好。

餐桌就是我们的战场。

第二天晚上，我也拿着书去餐厅。他突然注意到了这本书，原来涣散的眼神立刻全神贯注在我的书上了。我们走过走廊时，他偷偷把自己的那本扔在靠边的一张桌子上。等我们坐好，他满腔哀怨地说：“我真这么想的，查尔斯，你还是跟我说些什么吧。这一天我简直累透了。很想跟你聊聊。”

“好的，父亲。我们聊什么呢？”

“聊些让人高兴的事，别让我老跟自己较劲，”他使着性子，“就跟我说说上演的新戏吧。”

“可是我什么戏也没有看过啊。”

“你该去的，你知道，你真该去看看。年轻人整天待在家里，不正常。”

“呃，父亲，我跟你说过的啊，我没钱看戏。”

“亲爱的儿子，你不能让金钱把你困住了。嗯，在你这个年纪，你表哥梅尔基奥就和别人合作写了支曲子。这是他的一大快事。戏还是该去看看的，就当受教育了。如果你读过那些杰出人才的生平传记，那么你就会发现，他们中有相当一部分的人是从剧院最高楼座了解戏剧的。据说，像那种地方根本没有乐趣。可也正是在那种地方，你才会发现真正的戏剧评论家和狂热爱好者。这就是所谓的‘和诸神坐在一起’啊。花费不会很多，而且在大街上候场的时候，看‘街头艺人’的表演也会找个乐子的。哪天晚上我们也去和‘诸神’一起坐坐，你觉得阿贝尔太太的烹饪手艺有没有进步？”

“老样子。”

“就这还是受你菲利帕姑妈感召的呢。她给了阿贝尔太太十个菜单，这十个菜单压根儿就没变动过。我一个人吃饭的时候，倒并不在乎饭菜怎么样，可你既然在家，就得变着花样换口味了。你喜欢吃什么？时令菜是什么？喜欢龙虾吗？海特，告诉阿贝尔太太明天晚上吃龙虾。”

是日晚上的菜是一盆寡淡无味的汤，煎得过了头的、浇着红色调味汁的鱼片，羊肉碎加堆成锥形的土豆泥，还有松糕梨冻。

“我一吃吃这么久，纯属出于对你菲利帕姑妈的尊敬。她坚持说一餐须有三道菜的才算得上中产阶级。‘一旦让仆人随便由着自己的性子来，’她说，‘你就会发现每天晚上啃的都是一块排骨。’其实我最爱吃排骨……事实上，阿贝尔太太外出不在的晚上，我去俱乐部吃的无非也就是块排骨。但你姑妈规定了，我在家吃饭必须保证三菜一汤。哪几天是鱼、肉、开胃的菜式，哪几天是肉、甜食、开胃的菜式——能搭配出好多种花样儿。

“有些人就是能把自己的意见、建议不着痕迹又体贴地表达出来，还表达得挺好，这实在叫人惊异。你姑妈就有这本事。

“要是以为过去我和她天天一起吃饭——像我和你现在这样，那就太可笑了，孩子。她不遗余力地想把我从自己的那块地方里拽出来。常常跟我讲她读的书。她心里想把这儿当成她的家，你知道的。她认为如果让我自个儿过活的话，我就会变得怪僻愚蠢了。或许我已经有些怪僻了，有没有？可是把这儿当她家——不行。最后我还是把她支到外面去了。”

他说这话时，语气中带着显而易见的威胁。

多半问题是出在我姑妈菲利帕的身上，我现在觉得自己在父亲家里竟然变成了一个陌生人。我母亲过世后，姑妈就过来和我们父子住在一起了，毫无疑问地，诚如父亲所言，她就是想把这儿当成她自己的家。那时晚餐桌上的种种痛苦煎熬我是根本无从知晓的。姑妈成天陪着我，我想也没想地领了她的情。此种情形持续了有一年。最先开始的变化是她重新启用了萨里那幢原先打算卖掉的房子——我上学时她就住在那儿——她到伦敦来住两天也为的是娱乐和购物。等到了夏天，我们就一起去海滨度假。我在学校最后一年的时候，她离开了英国。“最后我还是把她支到外面去了。”谈起那位好夫人时他的嘲笑和得意扬扬溢于言表，他也知道我听得出他话里有话，有向我挑战的意味。

我们离开餐厅时他问："海特，你跟阿贝尔太太说了明天要给我订龙虾吗？"

"还没有呢，先生。"

"那就不用说了。"

"好的，先生。"

我们在花园房间里一落座，他就说："我不知道海特是不是真的打算说龙虾的事，我想他并不真打算提。你知道吗，我相信他认为我是在开玩笑。"

第二天，一件武器凑巧落在我手里。那天我遇见了一个读书时的老熟人，乔金斯，跟我同年。一直以来我都不大喜欢这一位乔金斯。有一回，那还是菲利帕姑妈在的时候呢，他过来喝茶，姑妈就对这个乔金斯做过定论：他骨子里可能比较不错，但头一打眼的印象可不那么喜人。这一回我热情与之寒暄，并邀请他来吃晚饭。他来了，但是变化乏善可陈。父亲事先肯定得到过海特的提醒，说有一位客人要来吃晚餐，所以他没有穿他那身吸烟服，而是换了件燕尾服。这身燕尾服，配上黑色马甲背心，极高的硬领，极窄的白色领带，就算是他的晚礼服了。他穿着这身行头，周身散发着一种忧郁之气，好像穿的是国丧丧服一样。那副神情是打他很年轻的时候起就有的，由于发现这神情大家很是喜闻乐见，便刻意保持了下来。他是向来不穿短上装礼服的。

"晚上好，晚上好。大老远地辛苦了。"

"哦，并不算远。"乔金斯回答说，他住在苏塞克斯广场。

"科学消灭距离嘛，"父亲有些窘迫、尴尬地说，"到这儿是出差？"

“哦，是的，我是做些生意，如果你是指这个的话。”

“我也有个亲戚是做生意的——你不会认识他的，他比你们的年头可早啦。那天晚上我还跟查尔斯谈到他来着。我常常想他。他——”他顿了顿，攒好全副力气去说接下来要说的怪话，“栽大跟头了。”

乔金斯神经质地尬笑了两声。父亲眼带责备地盯着他。

“怎么，你觉得他倒了大霉很好笑吗？或者是我用的词不大常见？要是你你一定会说‘破产’了吧。”

父亲掌控了全局。他让自己有个不起眼的异想天开，断定乔金斯是美国人，于是一整晚都跟他玩着一场精妙的客厅猜字游戏。举凡话语间出现的英语专门用语他都要狂解释一番，把英镑折算成美元，还很有教养彬彬有礼地听他讲话，并且嘴里连连应着“当然当然，以你们的标准来说……”“对乔金斯先生来说，这就显出地方主义的狭隘了”“你习惯在广阔空间……”，云云。老见他这么说，我的客人便隐隐觉得自己的身份别是出了什么问题，可又苦于得不到现成的机会去把身份给解释清楚。所以他一边吃饭，一边不住地留意我父亲的眼神，想从他的眼神里看出他这样子讲话不过是精心安排的玩笑，但他看到的父亲的神色温文尔雅又宽厚仁慈，他就傻了。

有一次连我都觉得父亲说得太过分了。当时他说：“你住在伦敦，一定很不开心玩不了你们自己国家的球类了吧？”

“我们国家的球？”乔金斯迟迟疑疑的，不知道怎么接父亲的话，不过他终于意会到这是表明自己身份的绝佳机会。

父亲看看他，又看看我，原本宅心仁厚的表情变成了愤懑怨怼，等再朝乔金斯看过去的时候，又回复成温文尔雅、宽厚仁慈了，就像一个赌徒一把全押中在骰子四点上了似的。“说到你们国家的游戏，”他温和地说，“指的就是板球呀，”然后控制不住地抽起了鼻子，全身抖动着，还用手帕擦眼。“可不么，在伦敦城里工作，你肯定发现在板球场上的时间大大减少了吧？”

他在餐厅门口跟我们道别，“晚安，乔金斯先生，”他说，“希望你下次‘横渡大西洋’时再次光临寒舍。”

“欸，令尊到底是什么意思？他大约把我当美国人了。”

“他有时候就是这么怪里怪气。”

“我把这番话理解成建议我去参观西敏寺。奇了大怪。”

“不错，我没法解释他这个。”

“我老觉得他在拿我寻开心呢。”乔金斯一脸困惑地说。

几天以后我父亲做出了反击。他找着我对我说：“乔金斯先生还在吗？”

“不在了，父亲，当然不在了。他只是过来吃个饭。”

“哦，我还希望他跟我们一起待几天呢，多才多艺的年轻人啊……那你在家吃晚饭吗？”

“在家吃。”

“鉴于你在家里连续过了好几个无聊之夜，我搞了一个小派对以便换换口味。你觉得阿贝尔太太会来吗？不。我们的客人还没有太确定要请谁，不过卡思伯特爵士和奥姆-赫里克太太一定在列，所谓的主流核心人物……打算其后再听点儿音乐，还为你请了几个年轻人。”

父亲的实际行动完胜了我对他的行动计划所怀着的不祥预感。客人们聚集在我父亲不自觉地称之为“画廊”的房间里，这时我才明白，这些客人摆明了个个都是为了找我不痛快而精挑细选出来的。所谓的年轻人则是葛洛丽亚·奥姆-赫里克小姐，学大提琴的；她的未婚夫，在大英博物馆工作，青春年少秃了顶；还有一位只懂得一种语言的慕尼黑出版商。我看到父亲和那些人站在瓷器架后面冲我直抽鼻子。这天晚上，他在扣眼里别上一枝小小的红玫瑰，好像骑士打仗时佩戴的徽章。

晚餐吃了好久，菜式跟那些客人一样也是精挑细选过来存心嘲弄我的。不是菲利帕姑妈挑选的那几样，而是几个老皇历菜单中七拼八凑来的，那菜单是他还能下楼吃饭的时候就在用的。菜色徒有其表，颜色变化得有模有样，仅在红和白间轮番转换。葡萄酒跟菜式一样寡淡无味。晚餐过后，我父亲把那位德国出版商领到钢琴边，出版商弹起琴了，他就离开客厅，领着卡思伯特·奥姆-赫里克爵士到“画廊”去看那个伊特拉斯坎的陶牛。

这是个让人无比厌倦的夜晚，终于曲终人散的时候，我惊奇地发现其实也就十一点才过几分钟。父亲自己喝了一大杯大麦茶，说道：“找来的这些朋友闷是真闷！你知道，要不是你在家这个事推动，我永远也不会邀请他们来的。我近来对应酬没有什么兴趣了。既然你要在我这儿住很长时间，我也可以多搞搞这样的派对了。你喜欢葛洛丽亚·奥姆-赫里克小姐吗？”

“不喜欢。”

“不喜欢？是对她的小胡子反感，还是对她的大脚反感呢？你觉得她今晚过得愉快吗？”

“不愉快。”

“我也一样的印象。很怀疑这些客人中谁会认为这是他们最愉快的一个晚上。我认为那个年轻的外国人钢琴弹得糟透了。我是在哪儿遇见他来着？还有康斯塔尼亚·斯梅斯威克小姐——她又是我在哪儿遇见的呢？不过殷勤还是要遵守的待客之道啊。只要你在这儿，你就不会觉得无聊。”

在以后两个星期的冲突中我们两败俱伤，他是伤敌一千，自损八百，我就败得更惨。因为他有更多储备可资利用，也有更大的转圜余地，而我却被挤到高地和大海之间的桥头堡进退不得。他从不宣示他的作战目标，我到现在仍然不得而知他目标是否纯粹为了惩戒，他的内心深处是不是存着某种地理政治学的主张，像将菲利帕姑妈赶到博迪盖拉，将表哥梅尔基奥赶到达尔文一样，也将我扫地出门，扫出这个国家。还有，看上去也是最有可能的，他这场仗干得漂亮，是不是仅仅出于，他喜欢能让他崭露锋芒的战斗。

有一天我收到塞巴斯蒂安寄来的一封信，这件引人注目的东西是当着我父亲的面被送来的，当时他正在吃午饭。看见他好奇地打量这封信，于是我把信带走私下去读。信是写在维多利亚时期办丧事用的讣告纸上的，信纸信封头上印着黑色花冠，四周镶着黑边。我急切地读起来：

布莱兹赫德城堡，威尔特郡

我也想知道是几月几日

最亲爱的查尔斯：

我在写字台后面发现一盒这种纸，我正哀悼自己失去的纯真，所以非给你写这封信不可。纯真看来不似活物——医生们从一开始就对它不抱希望了。

我马上就要动身去威尼斯，和我父亲一起住在他那个罪恶之宫里。我想你来这儿。我想你在这儿。

我一直不是一个人——家里的人不断来来回回的，不断整理行李，不断地离开，白色的小红莓已经熟了。

出于好心不带阿洛伊修斯去威尼斯了。我不想让它遇到一大堆讨厌的意大利熊而染上什么坏习惯。

爱你的或者随便你想吧

S

我很早就熟悉他写的信了，在拉文纳的时候就收到过，我本也不该失望的，可是那天，我把这张硬撅撅的信纸一撕两半，随手就扔进废纸篓里了。愤愤地看着肮脏的花园和贝斯沃特街边高低不平的地面，凝视着那些交错的排污管道、防火楼梯和突出来的小小花房，我心里的眼睛看到安东尼·布兰奇苍白的面孔从纷乱的枝叶中显现出来，就像那天在泰晤士餐馆的烛光中朦胧出现一样，在车水马龙的嘈杂声里，我依然听到他的声音在清楚明白地跟我说："塞巴斯蒂安有时候寡淡了一点，我们也不能怨他……我听他说话时，就不由自主地浮现出'吹泡泡'那个让人直犯恶心的画面来。"

以后好多天，我一直觉得自己在怨恨塞巴斯蒂安。直到星期天下午，他发来了电报，才把这个怨恨阴影驱散了，可这个电报本身却又增加了另一个更深的阴影。

父亲出去了，回来时发现我正焦躁不安地团团乱转。他站在走廊里，头上还戴着巴拿马草帽，面含微笑地对着我。

“你猜不出我这一天是怎么过的。我上动物园去了，真是太愉快了，看来那些动物很喜欢晒太阳。”

“父亲，我现在得马上走了。”

“是吗？”

“我的一个好朋友——出大事情了，我得马上赶到他那儿去。海特现在正给我收拾行李。过半小时有一趟火车。”

我把电报拿给他看，电报写得很简单：

重伤速来，塞巴斯蒂安

“嗯，”父亲说，“我很难过看到你如此慌乱。看电报，很难讲事情真会像你想的那样严重，否则也不可能由受伤者本人签名了。当然了，他也可能神志清醒，只不过眼睛看不见了，脊梁骨摔断而瘫痪了。你究竟有什么必要到那儿去呢？你又不懂医学，你又没有担任什么神职。你是不是巴望得到他的遗物？”

“我跟你说过了，他是我特别要好的朋友。”

“噢，奥姆-赫里克也是我特别要好的朋友，但我就不会在一个暖洋洋的星期天下午手忙脚乱跑到他病床前去。我还得盘算一下奥姆-赫里克太太是不是欢迎我去呢……可我看你倒并没有这样的顾虑。我会惦记你的，亲爱的儿子，不要为我急着回来。”

八月的一个星期天傍晚的帕丁顿火车站。阳光透过屋顶的毛玻璃窗，书摊已经关门了，几个乘客在搬运工人旁边不慌不忙地溜达着走……此情此景大可以让别人少安毋躁，对我可不管用。火车几乎是空的。我把手提箱放到一间三等车厢的角落里，然后在餐车里占了个座位。“正餐要过了雷丁站才有，先生，大约七点。您现在要来点什么？”我要了杜松子酒和苦艾酒。火车一出站酒就送上来了，刀叉按常规摆放着。艳丽的风景在窗前倏忽而过，可是我对那景致没有一丝兴致。相反地，脑子里的恐怖就像加了酵母一样在不断膨大，大片的泡沫泛起来，呈现出种种灾祸来临的情景。防护栏有人随便举起一支上着膛的枪，马匹或站或立或走动，阴暗的池塘，水下埋着桩子，榆树的枝杈突然在一个宁静的早晨掉下来，一辆汽车抢进了一个死角……种种文明生活里的威胁都从脑子里钻出来，死死缠住我不放。我甚至想象出有个杀人狂魔挥舞着一截铅管子在黑暗的地方做着怪脸。麦田和大片林地飞速掠过，融合进金色夕照里，车轮滚滚，轰轰地在耳中反复震荡着。“你来晚了，你来晚了。他死了，他死了，他死了。”

我吃了东西后换乘往那里去的火车，黄昏时抵达目的地梅尔斯特德-卡布里站。

“是去布莱兹赫德的吗？先生，是的，茱丽娅小姐正在停车场等您呢。”

她坐在一辆敞篷车里。我立刻认出她来。不可能认不出。

“赖德先生？跳进来吧。”她说话的语调和神情跟塞巴斯蒂安一模一样。

“他怎么样了？”

“塞巴斯蒂安？哦，他好着呢。你吃过饭了吗？唉，我想餐食一定糟透了。家里有吃的……就我和塞巴斯蒂安在，就想着等你来了再一起吃。”

“他出什么事了？”

“他没说吗？我想他是觉得如果你知道是怎么回事就不来了。

他踝骨骨折，那骨头太小，小得连个名称都没有。不过昨天已经给他拍了X片，让他休息一个月。他烦得要死，眼见得所有的计划都要搁置了。他又容易大惊小怪的……别人都走了，他就要我留下来跟他一块儿待着。嘿，我想你是知道他能极尽哀求之能事的。我险些就答应他了，可后来我说：'你肯定能抓来什么人的。'他又说大家不是出去了就是都忙。总而言之，谁也不会过来陪他的。不过他最后愿意试着去找你，我也答应他要是你不来我就陪他——所以你想见得出我有多欢迎你来吧。必须说你一接到电报就大老远赶过来，你人真是太好了。"但是当她说这话的时候，我却听出了，或者我觉得我听出了她口气里含着的一点轻视的意味，好像我竟然真的能这么屁颠屁颠地让他招之即来。

"他怎么弄的？"

"信不信由你，玩槌球玩的。发脾气，然后被小铁门绊了一跤，这伤疤可不是很光彩。"

她和塞巴斯蒂安太像了，在渐沉的暮色中坐在她身旁，竟被一种既稔熟又生疏的双重幻觉搞得有些蒙了。就像有人用高倍望远镜看到一个人从远处走过来，仔细观察那人的面孔以及衣服上的每一个细节，以为这个人触手可及，可是又很讶异，因为他移动时这个人竟然听不到自己的动静，甚至都没有抬头注意；再后来他用肉眼观察这个人，突然才想起对方对自己来说不过是很远的一个点而已，其实很难说到底是不是一个人。我了解她，可她并不了解我。她那一头乌黑的头发不会比塞巴斯蒂安的长多少，也像塞巴斯蒂安那样，头发从前额梳到后面；她那一双凝视着黑暗公路的眼睛也像他，只是要更大一些；她那涂着口红的嘴唇对这世间倒显得不大友善。她手腕上戴着小珠串手镯，耳朵上是小小的金耳环。在轻便外套下露出一两英寸花绸裙裾；裙子是流行的短裙。双腿修长，正伸展着驾车，合乎风尚。由于她的女性性别感在生人和熟人之间的明显差异无处不在，将我们两人所处的空间填得满满的，我强烈地感知到她特别女性，那种在别的女人身上从未有过的感知。

“在晚上这种时候开车可真紧张。”她说，“我们家会开车的人都不在。我和塞巴斯蒂安其实也是在这里暂住。你可不要指望会有什么热闹的派对哦。”她向面前的储物箱探过身去拿出一盒香烟。

“我不吸烟，谢谢。”

“帮我点一支好吗？”

我长这么大这还是第一次有人向我提这样的要求。把纸烟卷从嘴上取下塞到她嘴里的时候，我听到蝙蝠交配时才有的吱吱声。别人都听不见。

“谢谢。你以前来过这儿，保姆说过这件事。我们都觉得你不留下来喝茶这事儿让人有些诧异。”

“那是塞巴斯蒂安的主意。”

“你太听他的了。不该这样……对他也不好。”

我们在车道上拐了弯，树林和天空暗淡了，房子灰蒙蒙的，只有敞开的大门中透出一片金黄。一个男仆等着搬我的行李。

“我们到了。”

她领我登上台阶，进入前厅，把外套扔在一个大理石桌上，随后又弓身撸跑过来迎接她的狗。“我想塞巴斯蒂安可能已经吃过饭了。”

话音未落，塞巴斯蒂安出现在那边柱子中间了，他摇着轮椅过来，穿着睡衣，一只脚上绑着厚厚的绷带。

“嘿，亲爱的，我把你的好朋友接回来了。”她又一次带着几乎察觉不出的轻蔑说道。

“我还以为你快死了。”我说，话说出口便清楚感觉到，跟刚刚一到时的心情一样，自己之所以这般先入为主地恼火而不是因悲剧避免而轻松释怀，是因为觉得被骗了。

“我也以为我快死了。疼得受不了啊，疼得要死啊。茱丽娅，你说今儿晚上你让威尔科克斯拿香槟过来，他会给我们吗？”

“我不喜欢香槟，而且赖德先生已经吃过饭了。”

“赖德先生？赖德先生？查尔斯什么时候都喝香槟的。你懂的，一看到我这只包起来的脚，我就不由自主地想到得了痛风，所以就更想喝喝香槟。”

我们在一间他们称作“花厅”的房间里用餐。这是间宽大的八边形房间，图案设计比其他房间的要新，四壁装饰着环状雕饰。圆穹顶天花板上是几组规整的、描绘牧羊人的庞贝式风格造像。这些人物画和椴木镀金家具、地毯、墙壁、墙壁上的烛台、天花板上的青铜吊灯……所有这些都是一式的，均出自一个能工巧匠之手。“只有我们两个在的话，我们就常常在这儿吃饭。”塞巴斯蒂安说，“这儿温暖舒适。”

他们吃饭，我就吃了个桃子，把我和我父亲的斗争跟他们说了。

“听起来他还真是个小宝贝儿啊。”茱丽娅说，“我要走了，男孩子们。”

“上哪儿去？”

“育婴室。我答应保姆跟她玩最后一盘跳棋。”她吻了一下塞巴斯蒂安的头顶。我替她开门。“晚安，赖德先生，再见。我想明天我们就碰不到面了。我一大早就会离开。你把我从病床边解放出来，我不知道有多感激你呢。”

“我妹妹今天晚上怎么这么傲骄。”她一走塞巴斯蒂安就说。

“我觉得她不待见我。”我说。

“我觉得谁都入不了她的法眼。可我爱她。她跟我太像了。”

“你觉得她像你？”

“我是说外貌和说话的口气都很像。如果任何人在性格上像我，那我是不会爱他的。”

喝完酒，我就陪塞巴斯蒂安推着轮椅穿过那间有圆柱的走廊去图书室，这一晚上我们就坐在那间图书室里，在以后的一个月里，我们差不多每天晚上都坐在那儿。图书室在侧面，下面是湖水，窗子敞着，能看见星星，闻得到美好的空气，满窗都是幽蓝银白的山间月色，喷泉的声响。

“咱俩可要好好儿地过一阵子了。”塞巴斯蒂安这样说。可第二天早晨，我刮着脸，从浴室的窗子看见茱丽娅正把车从前院开出去，车后装着行李，消失在小山后面了，都没回头看一眼。我有种如释重负的感觉，就像多年后经过一整夜的不安稳之后听到响起“解除警报”的汽笛声一样。

第四章

塞巴斯蒂安在家里——马奇梅因勋爵在国外

青春的百无聊赖是多么不同寻常，多么完美呀！可又多么迅疾，多么易逝！而欢娱、激情、幻灭、绝望等这些青春的特质——除了百无聊赖——都是与我们同生共死的，是生命的一个构件。可是青春的无聊呢，顽强矍铄的懒散，自我放逐的禁锢——却专属青春，与之共进退。要是英雄有灵，为了补偿他们所失去的虚幻缥缈，会让他们尽情享受青春……也许虚幻缥缈本身就与至平凡的体验有着千丝万缕的联系。无论怎样我都相信，在布莱兹赫德度过的青春的日子就像是在天堂。

“为什么管这房子叫‘城堡’？”

“以前是座城堡。”

“什么意思？”

“就是这意思。一英里以外的村庄旁有一座城堡啊。我们喜欢这山谷，就把那城堡给拆了，把城堡拆下来的石头运到这里，盖了新的房子。我很喜欢这种做法……你觉得呢？”

“如果这幢房子是我的，我就哪儿也不去了。”

“可是你懂的，查尔斯，这里不是我的。眼下算是，可是别的时候尽是虎视眈眈的野兽。要是总像现在这样就好了——老是夏天，老是一人独处，果子常熟，而阿洛伊修斯脾气又老是很好……”

我就是因为这个才爱回忆那年夏天，回忆我们在辉煌的大宅里闲逛时塞巴斯蒂安的样子。他坐着轮椅，沿着果园两边长着黄杨的小道上跑得飞快，非要找到新鲜草莓和无花果；他转动轮椅穿过一个个气息不同、温度不同的温室，是要剪下麝香葡萄和插在我们衣服扣眼上的兰花；塞巴斯蒂安也会一瘸一拐地挪到育婴室去，我们肩并肩坐在育婴室一块磨脱了线的绣花毯上，四下里空空的，只有一个玩具柜。保姆霍金斯在角落里自得地织补，嘴巴里絮叨着：“你们俩一样坏，一对儿小坏孩。这是学校教给你们的吗？”在柱廊里，塞巴斯蒂安躺在洒满阳光的椅子上，像现在一样，我就坐在硬底椅子上，挨着他画喷泉。

“这个穹顶也是伊尼果·琼斯设计的吗？它的年代要晚一些吧。”

“行了行了，查尔斯，别像个来旅游的。好看就行了呗，你管它什么时候造的呢！”

“我就喜欢知道这个。”

“哎，亲爱的，我还当已经把你这些毛病都医好了呢——我难缠的柯林斯先生。”

住在这样的房子里，从一个房间晃悠到另一个房间，从索恩风格的图书室再到中国风格的客厅，那些镀金的浮屠宝塔、点头哈腰的中国清朝官吏和奇彭代尔风格的木器；可以从庞贝式客厅晃悠到挂着巨大壁毯的宽大走廊——这个大走廊一直以来保持着原貌，竟与二百五十年前一样，还可以一连几小时坐在平台的阴凉下看外面……欣赏这让人眼花缭乱的一切，对我来说，无疑一场绝妙的美学教育。

这个平台是这座房子最完美的部分，建在巨石壁垒上面，俯瞰着整个湖水。从走廊通往湖边的台阶十分陡峭，好像悬浮在湖面上一样，独自凭栏时要是扔下一颗小卵石，就一下子掉到脚下第一个湖里。平台由两排柱廊环抱，在亭子外，椴树林一直伸到草木繁盛的山上。平台有些地方铺了石板，有些地方辟为花坛和用矮小的黄杨拼成的阿拉伯图案，高些的黄杨则是密织的篱墙，围成一个大大的椭圆，中间穿插着壁龛，并且散放着一些雕像，椭圆形则是一泓喷泉，它矗立在壮观的园子里。这样的喷泉想必可以在意大利南部城市的广场上寻到，但这一座则是一百年以前塞巴斯蒂安的祖先在那里发现的，发现后就买下运回。故此它便在异国他乡却也依然惬意的地方重新立起来了。

塞巴斯蒂安让我把喷泉画下来。可对于一个业余画家来说，画这个喷泉不可谓不是野心——椭圆形水池，水池中央是经过斧凿石刻的岩石岛，岩石上满是雕刻出的热带植物和野生蕨类可以乱真的叶子。十几道小溪在石间流过，仿如泉水，活灵活现的石雕热带动物在泉水旁边嬉戏打闹，骆驼、长颈鹿，还有怒吼的狮子，它们全都喷着水。看似人形的岩石顶部，矗立着赤砂岩方尖塔——这件东西原本远非我的笔力所能及的，但是依着某种神奇的运气，我竟把它描摹了出来，并且因为精炼、漂亮，从而竟然产生很不错的皮拉内西效果。

“把这张画送给你母亲好吗？”我问。

“干吗送她？你又不认识她。”

“出于礼貌。我现在就住在她家里。”

“给保姆吧。”塞巴斯蒂安说。

我依言做了。她把画摆在柜上她的收藏品中间，夸他画得很像。她老听人称赞那个喷泉多美多美，但她自己到底也看不出它哪里美来着。

对我来说，美，才刚刚开始。

从还在上中学起，我就常常骑着脚踏车到附近的教堂周边转，摸摸各种铜器，拍下圣水盆的照片。那时候就对建筑一片热爱，虽然在观点上我和同龄人一样，轻松跨越了从罗斯金的清教主义到罗杰·弗赖的清教主义，但内里却很保守，更加倾向于中世纪。

就是这样转到巴洛克的建筑上来的。这里，在高高在上睥睨一切的穹顶、镶板天花板之下，当我穿过一道道拱门和残缺的古希腊风格的山墙，来到圆柱支撑的荫蔽之下，我可以连续好几个小时坐在喷泉前，观察它的影子，谛听其萦绕不绝的回声，尽情享受所有大胆创新的成果伟业，我会一下子精神大振，仿佛那湍湍喷涌的泉就是生命之泉一样。

有一天，我们在一只小橱柜里发现了一个涂着日本漆的铁皮油彩盒，还能用。

“这是我母亲一两年前买的。有人跟她说只有尝试着去画油画，才能真正欣赏大千世界之美。为了这么盒油彩，我们可把她好好地笑话了。她哪里会画画呀，不管油彩在颜料管子里有多鲜亮，可一旦把它们调和起来，就成了土黄了。”调色盘上干了的污渍证实了塞巴斯蒂安所言非虚。“妈妈总是让科迪莉娅去洗画笔。到最后我们全体抗议了，这才让她金盆洗手的。”

这盒颜料使我们动了要把小办公房装饰一下的心。那是通柱廊的一间小房，曾经用来办理地产事宜，此时闲置着，只是堆放着花园游戏用具和一桶芦荟。这间小房显然为更宜居而设计的，要么做茶室，要么做书房。四壁灰墙上是典雅的洛可可镶板，而屋顶也巧妙地制成拱形。就在这间房里，我在一个椭圆形小画框中，勾画出了一幅相当浪漫的风景，接下来几天上色，靠着运气，也因为心情愉快，我居然又得着了一个成功之作。也不知道怎么回事，好像要那支笔去哪儿它就会去哪儿。这是一幅风景画，没有人物，画的是蓝天白云的夏天。前景是爬满常春藤的废墟、岩石和瀑布，以及后面那片慢慢退隐的园林。我不大懂得油画画技，一边画一边揣摩。一个星期后，画完了。那时候塞巴斯蒂安想叫我在一块大的镶板上再画一幅，我就又画了一些草稿。他叫人拿来一幅嬉游图，上面画着一架飘着丝带的秋千、一个黑仆，还有一个吹笛子的牧羊人，可画着画着我失了兴致。风景画的成功靠的是运气，但要仿画出如此精致的作品来，我力有不逮。

还有一天，我们和威尔科克斯一起下了地窖，看到原本贮藏着大量葡萄酒，现在却空落落的隔洞。两条甬道中也只有一条还通了，甬道里的箱子盛满了东西，有些箱子里装着存了五十年的葡萄好酒。

“自从大老爷出国以后，就再也没有添过酒了，”威尔科克斯说，“好多陈年葡萄酒该喝掉了，本应该藏些十八年陈、二十年陈的。我收到过酒商的几封信，大老爷夫人让我去问布莱兹赫德勋爵，布莱兹赫德勋爵又让我去问老爷，而老爷又让我去问律师……就这么一直拖下来了。照现在的速度喝酒，存的酒怎么也够喝十年的。可到那时候我们再怎么办呢？”

威尔科克斯正好迎合了我们的需求。我们从每个箱子里都取了一瓶酒出来。跟塞巴斯蒂安一起度过的那些宁静夜里，也算是我与葡萄美酒的初次相识了，此一经历在那之后诚如播种之后的丰收，得以在以后众多无聊寡淡的岁月里成为我的精神支撑。他和我经常坐在“花厅”里，桌上开着三瓶酒，每人面前三只玻璃杯。塞巴斯蒂安找着一本品酒的书，我们就按照那上面详尽的指示去品尝葡萄酒。先把酒杯放在蜡烛上加一下温，然后斟上三分之一酒，让酒旋转，小心地捧在手里，随后把酒举到灯前照上一照，闻闻，先呷一小口，再喝一大口，让酒在舌尖上滑动，就像在柜台上滚一个硬币那样，让酒滑向上颌，然后仰起脑袋，让酒一滴滴滑喉入口。之后，我们就该种酒交换心得，吃一点巴斯·奥利弗饼干净口，然后再品另外一种。这种酒品完了，再回过来品最初的那种，随后再品一种新的，到后来这三种酒轮番尝过，酒杯的顺序也全都乱了。对于哪个酒杯里装的是哪种酒我们还要争论不休，酒杯在我们俩之间传过来递过去，直到这六个酒杯中有的已经掺进了我们从不一样的酒瓶里倒进去的别的酒，直到我们不得不每人用三只干净酒杯重新开始新的一轮品酒，酒瓶空了，对酒的褒扬也更加无拘无束，天马行空了。

“……这酒有点儿害羞，像一只瞪大眼睛的羚羊。”

“像矮妖精。”

“花纹妖精在织锦草地上。”

“寂静水边的长笛。”

“……此乃增添智慧的陈酒。”

“是山洞里的先知。”

“……戴在雪白脖颈上的珍珠项链。”

“像只天鹅。”

“像世间最后一个独角兽。”

这时我们常常离开餐厅里金黄色的烛光，来到星空下，坐在喷泉边，用水凉凉手，醉意盎然地听着水滴岩石的汩汩声。

“我们应该每天晚上都喝成这样。”一天早晨塞巴斯蒂安这样问。

“不错，应该。”

“就是，是应该。”

我们很少见到生人。有一个代理商，一个瘦高的上校，到我们这儿喝过一次茶。通常我们总能躲开他们。一到星期天会从附近一个修道院请一位修道士过来做弥撒，还和我们一起吃早餐。他是我平生遇到的第一位牧师——虽然感觉他并不像一位牧师，但是布莱兹赫德是一个使我着魔的地方，所以我希望那里的一切的事情，一切的人都不同凡响才好。实际上菲普斯神父是一个温和的、长着圆面包脸的人，喜欢板球，而且坚持认为我们也跟他一样喜欢板球。

“你知道，神父，查尔斯和我根本不晓得板球是怎么一回事。”

“我真希望我能看到坦尼森上星期四是怎么赢五十八分的。想必很精彩。《泰晤士报》的评论好极了，你们看过他跟南非对垒吗？”

“我根本没见过他。”

“我也没有见过他。我好多年没有看过一场好比赛了——那年格里夫斯神父带我去参加安普福尔斯的修道院院长就职典礼，路过利兹，他顺便带我去看了一回，打那以后就再也没看过了。

神父想办法找到一趟合适的火车，让我们能有三个小时看下午打兰开斯特那场。那场球哇，每一个球我都记着呢。但从那以后，也就只是靠报纸看球赛了。你们很少看板球吧？”

“从来不看。”我说。他看着我，一脸的纯真惊悚——这种表情以后我常常在笃信教义的教徒们脸上看到，他奇怪像我们这些面对各种世间凶险危难之人，因何竟然不去利用世间这些方法来抚慰关怀自己。

塞巴斯蒂安常常去做弥撒，尽管做弥撒的也没什么人，布莱兹赫德不是一个历史悠久的天主教主场。马奇梅因夫人领进来几个笃信天主教的仆从，可大多数仆从以及所有村里的人，倘若硬要在什么地方祷告的话，也不过就是在庄园门边的、那个灰色小教堂里的、弗莱特家族的坟地里。

塞巴斯蒂安的信仰在当时的我来看，是个谜。但我并没有特别想去解开这个谜。我没有宗教信仰。虽然我小时候，每星期都要被人带着去做一回礼拜，上学时也天天去学校的小教堂做礼拜，可能是作为一种补偿吧，自打我上了公学，就兀自将假期里的礼拜给省了。神学课的教师们告诉过我，《圣经》经文不可信。他们也从未建议过我祈祷。我父亲是不做礼拜的，非得家里遇到什么事才可能去，即使去了，也带着些嘲讽似的。我母亲，我相信她是虔诚的教徒。以前总会觉得奇怪，她居然认为她有义务抛下我和爸爸不管，跟着一个战地救助队去塞尔维亚，最后精疲力竭地死在波斯尼亚的冰天雪地里。可到后来，我意识到我骨子里也是这样，有她的特质。后来在一九二三年我接受了这一特质，从没想过要花些心思去考虑这些，不会因为把超自然的当作真实的接受下来而从生什么烦恼。在布莱兹赫德的那个夏天，我明白了我没有这么做的必要。

自从结识了塞巴斯蒂安以后，时不时地，几乎是每天，他偶然说出的话会使我想起他是个天主教徒，但是我把这看成一个小瑕疵，就像他那么钟爱他的那只泰迪熊一样。一直到在布莱兹赫德的第二个星期天，我们才谈起这个事，这时菲普斯神父已经走了，我们坐在柱廊间看报纸，他说了一句让我惊讶的话：

“哎呀，当个天主教徒可真是不易。”

“是不是对你有很大的影响？”

“当然有了。一直有。”

“嗯，我得承认我从没有注意到这个。你在抗拒什么诱惑吗？你也未必比我高尚多少啊。”

“我道德败坏。”塞巴斯蒂安愤愤的。

“然后呢？”

“是谁整天祈祷：‘啊，上帝，请让我从善如流，但别是现在’的？”

“我不知道。我想那是你吧。”

“嗯，不错，我祈祷，我天天都祈祷。可问题并不是出在这里。”他又埋头看起《世界新闻报》来，一边说，“又是一个淘气的童子军领队。”

“我想他们在变着法儿地让你相信一大堆胡说八道的谬论，你信吗？”

“胡说八道？要真是倒好了。我听着有时候还觉得挺有道理的。”

“可是亲爱的塞巴斯蒂安，你可不能信它啊。”

“不能吗？”

“我是说不能相信什么耶稣诞生了、东方之星、三个王、牛啊、驴啊之类的。”

“哎呀，我信啊，多美的想法啊。”

“你不能因为有些想法美你就相信。”

“但我就是信啊。就是这么相信来着。”

“也信祈祷文吗？难道你认为，你在一个塑像前跪下，念叨几句，可能也不用出声儿，在心里念念叨叨的就能翻天覆地了？或者这些圣徒比别的更管用，你非得找对了圣徒、拜对了山门，人家才能帮助你解决这样那样的问题吗？”

“是的，不错。你记不记得上个学期，我带着阿洛伊修斯，可是后来不知道把它丢在什么地方了。那天早晨我没命地向帕多瓦的圣安东尼祈祷，刚吃过午饭，坎特伯雷教堂的尼科尔斯先生就抱着阿洛伊修斯回来了，说我把它落在他马车里了。”

“嘿，”我说，“如果你光信这些，没想变好，那你信教有什么可难为的？”

“你之所以不明白，就因为你不明白。”

“得了吧，难为之处在于——？”

“嘿，别这么讨厌，查尔斯。我想看这条消息呢，赫尔的一个女人开庭受审了。”

“这是你先提的话头，我刚刚对它感兴趣……”

“我再也不提它了……在判她六个月徒刑时，参照了其他三十八个案例——天啊！”

可是过了十来天以后，他又说起这个来了。当时我们正躺在房顶上，一边晒太阳，一边用望远镜看下面公园里举办的农展会。这是为附近几个教区举办的一个为期两日的展会，它不温不火地办着，更像是一个市集和公共集会，不是什么竞争激烈的所在。用旗子圈成一块场地，在场地周围搭起五六顶大大小小的帐篷。那儿有几个牲畜鉴定站和牲畜圈子。最大的帐篷供应茶食，一大堆农场主聚集在那儿。准备工作业已进行一个星期了。“我们得躲起来，”临近展会开幕时，塞巴斯蒂安说，“我哥哥会来这儿的。他是这个农业展览会的大人物。”于是我们就在屋顶的栏杆下面躺着。

布莱兹赫德搭上午的火车到达，和中间商芬德上校共进了午餐。他抵场时我还跟他面谈了五分钟。安东尼·布兰奇的描述对极了——他有着弗莱特家族的脸型，仿佛是阿兹特克人雕出来的似的。这时我们用望远镜可以看到他，他正在五六个佃农中间笨手拙脚地走着，有时候站住向鉴定站里的鉴定员打招呼，有时又靠在一个牲畜圈的栏杆上，仔细地看着圈子里的牛。

“我哥是个怪人。”塞巴斯蒂安说。

“他看上去可挺正常的。”

“啊，可是并不。你知道，我们家里数他最怪，只不过没有完全爆发出来而已。他心灵受了重创，大大变了样儿。他想当神父来的，你知道吧。”

“我不知道。”

“我觉得他现在还想当神父。从斯托尼赫斯特学校一出来，他差点儿进了耶稣会。这太可怕了，对我妈妈而言。她又根本没法子阻止，不过当然啊，这也是她最不乐意的地方。想想别人会怎么说吧——这是她的长子。换作是我，人们好像也就不会说什么了。还有我那可怜的父亲，即使没有这件事，教会给他的苦恼也已经够他受的了。麻烦到家了——这神父那神父的像一群耗子一样在家里乱窜，布莱兹赫德就端坐在那儿，口中大谈上帝的旨意。你知道，父亲去国外的时候他难过极了——实际上他比我妈还难过。最后，他们劝他去牛津大学，把当神父的问题好好儿考虑个三年。现在，他正痛下决心呢，说是要当皇家近卫军，进下议院，还要结婚什么的。他自己也不知道到底要干吗。我知道，如果我也上了斯托尼赫斯特学校会不会也变成他这样儿——我本来也要上那个学校，可父亲去国外时我还小，他坚持要我上伊顿公学。”

“你父亲不信教了吗？”

“噢，有点儿不信了。他和我母亲结婚的时候才开始信的。一出国，就把宗教和我们都撇下了。你应该见见他。他是个大好人。”

塞巴斯蒂安从来没正儿八经谈过他父亲。

我说：“你父亲走掉以后，你们肯定很难过吧？”

“所有人都难过，除了科迪莉娅。那时她太小太小了。当时我也难过啊。母亲努力跟我们三个大孩子解释，好让我们不那么恨父亲。可是不恨我父亲的只有我一个人。我觉得她希望我恨他。我是我父亲的心肝宝贝儿。要不是这只脚受伤了，我早就跟他一起住了。我是唯一去看望他的人……你干吗不跟我一块儿去呢？你一定会喜欢他的。”

下面那块场地里，有一个男人正在用大喇叭喊着成交的结果。他的声音微弱地传到我们这儿。

“现在你知道了，我们家人在宗教信仰上不一致。布莱兹赫德和科迪莉娅是虔诚的天主教徒；他不幸，可她像小鸟那么快乐；茱丽娅和我则是半个异教徒，我快乐，可又确实感觉到茱丽娅不快乐；一般人认为我妈是一个圣徒，而父亲则是个被赶出教会的人——我也不知道他们哪一个是幸福的。总归吧，不管你怎么看待宗教，幸福跟宗教并没有很大关系，而这就是我想要的一切……但愿我更喜欢天主教一点。”

“他们看起来跟常人无异呀。”

“我亲爱的查尔斯，还真不是这样的——特别在英国，人少。倒不是因为他们是一个教派的——事实上至少有四个教派，有一半时间他们都在互相谩骂——可是他们对人生的看法和别人不一样。他们重视的东西、想法都和别人不一样。他们努力隐藏自己的人生观，可是他们的人生观却会随时显露出来。他们要把自己的人生观隐藏起来也是很自然的事……不过你知道，对于像我和茱丽娅这样的半个异教徒来说，要隐藏什么就困难了。”

我们这场异常严肃的谈话被烟囱那边传来的孩童的喊叫打断了：“塞巴斯蒂安，塞巴斯蒂安。”

“天哪！”塞巴斯蒂安一边说着，一边伸手去够毯子。“听着像我妹妹科迪莉娅。你快把自己遮上。”

“你在哪儿呀？”

说着就出现了一个十一二岁的小胖孩儿。她身上也带着明显的家族特征，不过在她纯真的小胖圆脸上，这些特征一一走了样。她脑袋后面垂着两条粗粗的、过了气的辫子。

“走开，科迪莉娅，我们没穿衣服。”

“干吗走开？不穿衣服也没什么大不了的啊。一猜你就在这儿。你不知道我也来了吧？我和布赖德一块儿来的，留下来看了看弗朗西斯·泽维尔。”然后转向我，“弗朗西斯·泽维尔是我的猪猪。后来我们和芬德上校一起吃了饭，然后就去展览会了。弗朗西斯·泽维尔可引人注目了。兰德尔那个坏蛋用一个满身脓疮的牲口就拿了第一名。亲爱的塞巴斯蒂安，再次看到你我真高兴。但是你可怜的脚怎么了？”

“向赖德先生问好。”

“噢，对不起。你好你好。”那个家族的全部魅力都展现在她的嫣然一笑里了。“他们在下边喝得稀烂如泥，所以我就来了。哎，是谁在小办公室里画的画？我说去那儿找一个折叠手杖时看到了。”

“讲话注意。那是赖德先生画的。”

“太好看了，真是你画的吗？你真棒。你们干吗不穿好衣服下来呢？反正也没人。”

“布赖德肯定会把交易会的鉴定员们带来的。”

“不会，我听见他说不想带他们了。他今天脾气巨差无比。本来他不想让我和你们一起吃饭的，但我决定了。来吧。你们穿好衣服能见得人的时候，就上育婴室找我。”

晚餐很沉闷。只有科迪莉娅一个人不受任何影响，吃得津津有味，很快活地吃到了夜深人静，并且很高兴有她的哥哥们陪着她。布莱兹赫德比我和塞巴斯蒂安只大三岁，可他像是上一代的人了。他有他家族的特点，难得笑笑时，跟他家人的笑容一样好看。他说话也是一样的嗓音，还带着拘束和克制的调调儿，而这种调调儿让我堂兄贾斯珀用上，就是装腔作势，言不由衷，可是布莱兹赫德听起来就不装腔作势，就很自然。

“十分抱歉这才知道你到我们家来了。”他对我说，“有没有什么照顾不周的地方？我希望塞巴斯蒂安请你喝葡萄酒了——要让威尔科克斯自己做主，他就会很不大方的。”

“他招待得很好，慷慨大方。”

“那就好。你喜欢葡萄酒吗？”

“很喜欢。”

“我要是喜欢喝就好了。别的男人离不开酒。在麦德琳学院时，我老想把自己灌醉几回，可是我不喜欢葡萄酒，不好。我觉得啤酒和威士忌都不大开胃。今天下午那样的事，对我来说还是一场苦难。”

“我喜欢葡萄酒。”科迪莉娅说。

“我妹妹科迪莉娅的成绩单上说，她不仅是学校里最差的女生，而且在老修女的记忆长河里也是最差的。”

“这是因为我拒绝做圣母会修女。女修道院长说，如果我不把宿舍弄整齐了，就不能当圣母会的修女，所以我就说那好吧，反正我也不愿意当。再说我不信圣母会要在意我左脚穿体操鞋，右脚穿跳舞鞋。气得女修道院长脸色铁青。”

“圣母喜欢顺从的孩子。”

“布赖德，你别这么虔诚了，”塞巴斯蒂安说，“我们这儿可有一位无神论者。”

“是不可知论者。”我说。

“真的吗？这种人在你们学院里多吗？在麦德琳学院有一些。”

“我实在不知道。进牛津以前我就是不可知论者了。”

“无神论者到处都有。”布莱兹赫德说。

宗教信仰似乎是这天非谈不可的话题。我们谈了一会儿农业展览会。后来布莱兹赫德说：“上个星期我在伦敦见到主教大人了。你知道，他想把我们这儿的小教堂给关了。”

“快算了吧，他可关不了。”科迪莉娅说。

“我想妈妈不会让他关的。”塞巴斯蒂安说。

“小教堂离得太远了，”布莱兹赫德说，“梅尔斯特德周围十几户人家没法到这儿来。所以他想在梅尔斯特德开一个弥撒中心。”

“那我们怎么办？”塞巴斯蒂安说，“难道我们在大冬天一早就得开车去那儿吗？”

“我们必须让圣餐礼在这儿举行，”科迪莉娅说，“我喜欢时不时地去趟小教堂，妈妈也喜欢呀。”

“我也喜欢，”布莱兹赫德说，“可是我们人太少了。我们不是全体都去做弥撒的老天主教徒。小教堂迟早会关，也许等妈妈过世以后吧。可问题是，现在就关合不合适。你是个艺术家，赖德，以美学角度来看，你认为小教堂怎么样？”

“我觉得它很美。”科迪莉娅眼泪汪汪地说。

“它是件真正的艺术品吗？”

“呃，我不大明白你的意思，”我谨慎地说，“我认为这座教堂是它那个时代很棒的代表杰作。可能再过个八十年，它会受到极大的推崇和赞美。”

“这教堂二十年前不美，八十年后倒会很美……现在它就不美么，这肯定不可能。”

“好了，现在也可以是美的。我只不过是说，我正好不喜欢它。”

“可是，喜欢一件东西和认为它是个好东西，有区别吗？”

“布赖德，别像耶稣会教士那么说话。”塞巴斯蒂安说。可是我知道起这样的争执不仅是字眼上的，还显示了我们的分歧，深重又无法消弭。双方都不理解对方，永远也不可能理解对方。

“你也是这样来区分葡萄酒的吗？”

“不。葡萄酒是达到某种目的的媒介，我喜欢那个目的，而且认为那是好的——就是促进人与人之间相互同情。可就我而言，葡萄酒尚未达到这个目的。所以，我既不喜欢葡萄酒，也不认为它对我有什么好处。”

“布赖德，能不能别说了。”

“不好意思，”他说，“我还以为这是个让人感兴趣的话题呢。”

“谢天谢地，我上的是伊顿公学。”塞巴斯蒂安说。

餐毕，布莱兹赫德说：“恐怕我得把塞巴斯蒂安带走半个小时。明天我要忙一整天，展览会完了就马上动身回去。有一大堆文件要请父亲签字。塞巴斯蒂安得把这些文件取出来，解释给父亲听。科迪莉娅，你该去睡觉了。”

“得先消化一下才行，”她说，“晚上我还没吃过这么多东西呢……还要跟查尔斯说话。”

“‘查尔斯’？”塞巴斯蒂安说，“什么‘查尔斯’？你应该说‘赖德先生’，孩子。”

“查尔斯，来吧。”

就剩我们两个人的时候，她说：“你真是个不可知论者吗？”

“你们家随时都谈论宗教问题吗？”

“不随时。这不是自然而然提起来的么，不是吗？”

“是吗？我从来没谈过宗教问题。”

“那你可能真是个不可知论者。我会为你祷告的。”

“你可真是太好了。”

“要知道，我不能给你一串念珠的时间，只能为你祈祷十颗念珠。我要为之祈祷的人有一长串呢。我把他们按顺序排好，每周一次，给每个人都祈祷十颗念珠的时间。”

“我相信这已经超出了我应得的了。”

“哎，我碰到过比你还要难办的事呢。比如说劳埃德·乔治[1]、凯泽和奥利夫·班克斯[2]。”

“谁？”

“她上学期从女修道院逃走了。我也不清楚原因。修道院长发现了她正在写的东西。你懂的，如果你不是不可知论者的话，我就会向你要五先令，好买一个黑人教女。”

“你信教我一点儿不吃惊。”

“这是上学期一位神父发起的新鲜事儿。如果你给非洲的修女寄五先令，她们就会在给哪个做婴儿洗礼时以你的名字做婴儿的教名。我已经有了六个黑科迪莉娅了。好玩吧？”

布莱兹赫德和塞巴斯蒂安一回来，就叫科迪莉娅去睡觉了。布莱兹赫德又继续了刚刚的讨论。

“你说的当然有道理，”他说，“把艺术作为手段而不是目的。神学是如此严谨，可一位不可知论者居然也相信神学，不寻常。”

“科迪莉娅已经答应为我祷告了。”我说。

“她为她的猪连续祷告过九天。”塞巴斯蒂安说。

“你知道，我莫名其妙的。”我说。

“我觉得我们会引起人们反感。”布莱兹赫德说。

这晚上我才知道事实上我对塞巴斯蒂安是有多么不了解，才

---

1. 指 1916—1922 年间在位的英国首相。

2. 指 1888—1918 年间在位的威廉二世。

明白他想方设法将我隔离到他的生活圈子之外到底是为什么。他就像我在公海客轮上认识的一个朋友，可现在，我们却在他家乡的港口靠岸了。

布莱兹赫德和科迪莉娅走了。会场上的帐篷拆了，旗子也拔了，被踩踏的草地慢慢回复青绿。以闲散逍遥开始的这个月，瞬间就到了头。塞巴斯蒂安在走道撇下了他的拐杖，也撇下了他当初的脚痛。

"你最好跟我一起去威尼斯。"他说。

"我可没钱。"

"我想过这个。等到了威尼斯就可以靠我父亲了。旅费么，律师们会给我买头等车卧铺票——这笔钱够两个人坐三等车了。"

于是我们出发了。先乘廉价海轮横渡海峡去敦刻尔克，顶着晴朗澄澈的夜空在甲板上坐了一夜，看着沙丘那边的黎明破晓，然后再搭硬座车去巴黎，到了巴黎就坐车到了洛蒂旅馆，洗了澡，刮了脸，在福约餐馆吃了午餐，餐馆里很热，座位空着一半，随后又头晕眼花地逛了商店，其后在一家咖啡馆里一直坐等到火车开车时刻。我们在暖洋洋却尘灰遍天的傍晚到达里昂站，接续换乘南下的慢车，还是硬座，车厢里挤满了回家的穷人——与北欧各国的穷人一样，带着大包小包的，对权威现出谦卑的神色——还有销假回归的水手。火车颠簸运行，时停时走的，我们的睡眠也是时断时续。夜里换过一次车，一上车又睡着了，醒来时发现车厢已经空了。车窗外闪过松林和连绵远山，边境上的士兵穿着簇簇新的制服，在车站自助餐厅用过咖啡和面包，周围全是带着南部的体面，大方又欢快的人们。火车开到平原上，针叶松变成了葡萄藤和橄榄树。在米兰又转了车，从移动手推车上买了蒜肠、面包和一瓶奥维多白葡萄酒（在巴黎把钱花精光了，只剩下那几法郎）。日上三竿，整个意大利都蒸腾着热气。车厢里坐满了农民，每到一个车站都挤得水泄不通抢上抢下的，闷热的车厢充满了大蒜味儿。傍晚，我们终于到达了威尼斯。

一个面色阴郁的男人在那儿迎候我们。“爸爸的仆人，普兰德。”

“我先接了那趟快车，”普兰德说，“老爷寻思你们一定看错时刻表了。这趟车看起来才从米兰来。”

“我们是坐三等车来的。”

普兰德淡然有礼地笑笑。“有个冈朵拉在这儿。我坐汽艇拉行李。老爷去了利多，不一定能赶在你们头里到家——当时还以为你坐快车来，现在应该已经到家了。”

他带我们上了等着的冈朵拉。船夫们穿着白绿色制服，胸前别着银章，见到我们笑着弓身施礼。

“回大屋，普朗陀[1]。”

“是，普兰德先生。”

船离岸。

“你以前来过这儿没有？”

“没来过。”

“我来过一次，坐船来的。走这条路就到了。”

“瞧，我们到了，先生们[2]。”

1. 原文为意大利文，船夫的名字。

2. 原文为意大利文。

大屋有些盛名之下难副其实，帕拉丁风格的正门，石阶上长满青苔，森暗门廊用粗犷的石材建成。有个船夫跳到岸上，把船系在柱子上，然后去按门铃；另一个船夫站在船头，将船一直驶到石阶前。门开处，一个身穿俗里俗气的条纹亚麻夏装制服的仆人引我们走上台阶，方始从昏暗走到光亮处，华贵的钢琴上洒满阳光，丁托列托学派的壁画与这壮丽府邸交相辉映。

我们的房间在楼上，要上一段委实很陡的大理石楼梯，房间的百叶窗关着以便遮挡阳光。仆人把窗子推开，我们看到了外面的大运河。床上挂着蚊帐。

“现在没有蚊子。”

每个房间都只有一个不算大的衣橱，一面镀金框的雾雾沼沼的镜子。地板是裸大理石，没有铺地毯。

“觉没觉得有点儿萧瑟凄凉？”塞巴斯蒂安问。

“萧瑟凄凉？看这个。”我把他又带到窗前，看向下面和周遭举世无双的风景。

“当然不了，你怎么能说萧瑟凄凉呢。”

这时隔壁一阵巨大的爆裂声把我们吸引过去。是一间浴室，窄得好像是建在烟囱里了。没有天花板，墙壁直接连着上层楼板，再一直通到露天。老古董锅炉产生的氤氲蒸汽中隐约可见男仆的影子。空气中满是刺鼻的煤气味儿，一小股凉水汇成涓流。

“没法儿用了。”

“是，是，真是意外，先生[1]。”

仆人跑到楼梯顶上，朝着下面大声喊着什么，有个女人的

1. 原文为意大利文。

声音答应着，比他的声音更响。我和塞巴斯蒂安又回到我们的房间，观望窗下景色。过了一会儿，争吵结束，一个女人和一个小孩进了我们房间，朝我们笑笑，又对那个仆人皱了皱眉头，把一只银面盆和装满热水的水罐放在塞巴斯蒂安的衣橱上。这时仆人打开我们的行装，叠好，他跟我们说那个热水锅炉种种无法言说的优点，说着说着兀自说上意大利语了，直到他突然抬起头来，警觉着，说了一声“侯爵来了”[1]，然后拔腿就下楼去了。

“我们得穿得体体面面地再去见我爸爸，”塞巴斯蒂安说，“倒不是穿礼服。我估计现在他没有客人。”

我心里充满好奇，急于想见到马奇梅因勋爵。当我见到他时，首先就被他从容淡定的仪态打动了，见面次数越多，我越觉得人家的仪态值得好一番探究。他似乎很能够意识到自己身带着拜伦的气质，又觉得这种气质并不甚佳，所以在努力抑制中。他站在客厅的阳台上，回转身欢迎我们的时候，神情黯然。我只知道眼前是一个高大挺拔的身影。

“亲爱的爸爸，”塞巴斯蒂安说，“您看上去可真年轻。”

他亲了马奇梅因勋爵的脸颊，我可自打离开了育婴室就再也没有亲过我父亲，站在塞巴斯蒂安身后很是局促拘谨。

“这是查尔斯。你不觉得我父亲很帅吗，查尔斯？”

马奇梅因勋爵跟我握手。

“不管是谁给你们查的列车时刻表，”他说，嗓音也是塞巴斯蒂安的，“他真是干了件蠢事。没有这么样一趟车的。”

“我们就是坐这趟车来的。”

---

1. 原文为意大利文。

“怎么会？那时候只有从米兰过来的一趟慢车。那会儿我正在利多啊。下午早些时候我去那里跟职业球员打网球来着——一天里只有那个时候不算太热。我希望你们两个在楼上住得很舒服。这房子只是为一个人的舒适设计的，就是我么。我有个大厅大小的房间，还有个蛮不错的更衣室。其他大房间都让卡拉占上了。”

听到他如此随意而又直截了当地说到他的情妇，我呆住了。事后我猜他这么说是为我营造的气氛和效果。

“她还好吗？”

“卡拉？很好。我希望是这样。明天她就回来了。这会儿正在布伦塔运河边的别墅看望几个美国朋友。我们去哪儿吃饭呢？倒是可以去‘月神’，不过现在那里全是英国人。你们在家吃会觉得太闷了吧？卡拉明天肯定想出门就餐，这儿的厨子棒极了。”

他已经离开窗边，全身浸在夕阳余晖里，墙壁上的红色织锦衬在他身后。那是张贵族脸，克制，正是他想表现出来的样子。约略有些疲倦，约略有些嘲讽，还有些纵欲过度的蛛丝马迹。看起来他正值盛年。想着他只比我父亲小几岁，这让人费解。

我们在窗边的大理石桌上吃晚饭。房子里的东西不是大理石的就是丝绒的，要不就是镀金的石膏制品。马奇梅因勋爵问：“你们在这儿打算怎么度过？是海水浴，还是观光游览？”

“无论如何，多少观光一下。”我说。

“卡拉一定会喜欢你这么说的——她……塞巴斯蒂安一定告诉你了，她是这儿的女主人。鱼和熊掌不可兼得，你知道。你们到了利多浴场可就走不了了……玩玩十五子棋，泡泡酒吧什么的，再给太阳晒得没了知觉……可还得坚持去教堂。”

“查尔斯爱画画。”塞巴斯蒂安说。

“真的？”我听出来他语气中所带的嫌恶了，这种语气在我父亲那里太过熟悉了。“是吗？喜欢威尼斯的画家吗？”

“贝里尼。”我简单粗暴地应答。

“贝里尼？哪个贝里尼？”

“我恐怕不知道有两个贝里尼。”

“确切说有三个。你会发现在大时代，绘画常常是整个家族的营生。你们来时英国怎么样？”

“很迷人。”塞巴斯蒂安说。

“真的吗？它迷人过吗？我讨厌英格兰农村，这一直是我的悲剧。承继了大责任，可对这些责任又委实提不起关心，这是很丢脸的事情。我现在这样完全符合社会主义者对我的指望，我已经是我那个党的一块绊脚石了。我的长子会改变这一切的，毋庸置疑，只要他们让他继承一些什么……呃，我纳了闷了，为什么人们老是认为意大利甜食最好呢？我父亲当家以前，布莱兹赫德请的是意大利糕点师，后来我父亲用了一位奥地利的，一下子好多了。我想那儿现在用着的是一位大粗胳膊的厨娘吧。”

餐后我们离开府邸，出了街门，我们走过曲折迷宫似的石桥、广场和小巷子，去佛罗莱恩[1]喝咖啡，边喝边看钟楼下奔流熙攘的人群。“没有哪个地方像威尼斯。”马奇梅因勋爵说，“这城市跟着无政府主义者一块儿往前爬，一天晚上，有个裸着肩膀的美国女人想在这儿坐坐，他们就跑来悄无声息地盯着她——就像绕着船盘旋的海鸥一样死盯着她不放……就这么把人家赶跑了。而我们英国人，即使想表达道义上的不赞成，也没这么不成体统。”

1. 佛罗莱恩是世界上享有盛名且昂贵的咖啡馆。

这时一帮英国人正从水边过来，向我们旁边的一张桌子走去，可又突然走到另一头，坐在那边刁棱着眼睛看着我们，把头凑到一块儿嘀嘀咕咕的。“过去我在政界时，认识那边那个男人和他老婆。他叫塞巴斯蒂安，是你们那个教派的一位著名人物来的。”

当天晚上我们临睡前，塞巴斯蒂安说：“他可真是个好‘宝贝’，不是吗？”

第二天，马奇梅因勋爵的情妇来了。我虽说已经十九岁了，可对女人仍然一无所知。要是走在大街上让我辨认出哪个是妓女来，我也是没有什么把握的。跟他们这对儿有不正当婚外恋关系的男女共处同一屋檐下，在我，实际上并不很在意，只是十九岁的年纪也足以让我掩饰起自己的好奇心罢了。因此，马奇梅因勋爵的情妇是看得出我对她抱着很多相互矛盾的期望的——只是这一切期望，全都因为她的相貌而打了大大的折扣。她的样子不像图卢兹-劳特尔克[1]画笔下土耳其后宫里那般足以引起性欲的女奴，却也不是小娇娇。虽已届中年，却保养得很好，衣着考究，举止优雅——跟我在好多公共场合见到，或偶尔遇到的那些女人别无二致，身上也没有那些社会上的陈规陋习。她来到的那天，我们正在利多餐厅吃午饭，餐厅里每一桌客人都向她致礼。

“维多利亚·科隆波娜邀请我们参加她星期六的舞会。”

“她真是太好了。但你知道我可不跳舞。”马奇梅因勋爵说。

“男孩子们呢？去吧。那地方很值得一看——科隆波娜府办

1. 法国后印象派画家，所画多为舞者、妓女等中下层人物。

起跳舞会来可是灯火通明呢。真说不准以后还会不会举行这么盛大的舞会了。”

“他们想怎么样随他们的便。我们敬谢不敏。”

“另外我还请了哈金·布伦纳太太过来吃中饭。她女儿很漂亮……塞巴斯蒂安和他的朋友准会喜欢。”

“塞巴斯蒂安和他的朋友对贝里尼的兴趣可比对那个女继承人要多一大块。”

“话说我一直希望如此呀。”卡拉说，她灵活地变换了她的攻击方向，“我来这里的次数多到数不清，可阿力克斯却一次也没有让我进到圣马可里面看过。我们得好好游览一番了，是不是？”

我们的确很是游览了一番。卡拉找到一位对四海八方都很熟悉的矮个儿威尼斯贵族当导游，她跟随在侧，手里拿着旅游册子，与我们同游。虽然经常给累得够呛，可我们断断没有放弃一处威尼斯华丽壮观的景致。

在威尼斯的这两周，日子过得又快又甜蜜——可能甜蜜过了头。我浸在蜜糖之中，无忧无虑地不知今昔是何年。有那么几日，时光就消磨在了冈朵拉上，小船缓缓地驶过运河的支流，船夫警醒前方船只时会发出宛转的鸟鸣声……有那么几日，我们坐着快船驰骋在人工湖上，朵朵浪花在阳光下闪着光亮。今时留下的混杂的回忆则是沙滩上燃烧的太阳和大理石建筑里的清凉，水花拍击着光滑的岩石，满是绘画的穹顶上映射着斑斓的光点。在科隆波娜的尊贵府上度过的那些夜晚，十足就是拜伦可能度过的那种夜晚一样……还有另外一个拜伦式的夜晚——在齐欧治亚的浅滩上钓虾，小船后面泛起的粼粼波光，船头摇摇晃晃的灯，渔网里满满的水草、泥沙和欢蹦乱跳的鱼。还记得那些清凉的早晨，我们在阳台上吃蜜瓜和熏火腿，在哈里酒吧吃热奶酪三明治，喝香槟鸡尾酒。

我记得塞巴斯蒂安仰头看着那座科莱奥尼[1]铜像时说："一想到不管发生什么你我都不会卷入到战争中去，就足够让人悲伤的了。"

我还特别记住了旅行结束时的那一番谈话。

当时塞巴斯蒂安和他父亲打网球去了，卡拉也总算承认自己累到不行了。日薄西山，我们坐在窗前，看着下面的大运河；她坐在沙发上做针线，我坐在扶手椅里闲着发呆。这还是头一次只有我们两个人单独在一起待着。

"我想你很喜欢塞巴斯蒂安。"她说。

"嗯，确实。"

"我知道英国人和德国人之间的那种浪漫友谊——跟拉丁族裔之间的不同……倘若持续时间并不很久的话，我觉得还不坏呢。"

她说这话时既淡定从容，又满满地实事求是，我怎么可能意会错她的弦外之音，可就是一时语塞，找不到话来答她。她好像也没有指望我会给出答复似的，兀自做着她的针线，间或从身边的针线袋里拿出块绸子来比对。

"这是某种爱吧，在懵懂的孩提时代就会生发出这样的感情。可要是在英国，这种爱却是在即将成人时才会发生的。我想我是很喜欢这样的感情的——对另一个男孩子有这种爱要比对一

1. 指位于威尼斯圣马可广场的著名雕像。

个女孩子好得多。你看，阿力克斯对一个女孩——他妻子——就有过这种爱。你觉得他爱我么？”

“卡拉，这真的是……这可真是个超级难回答的问题呢……我怎么会知道他爱不爱你？我觉得……”

“他不爱我……但也不是一丁点儿都不爱。可为什么要和我在一起呢？听我跟你说，就是因为我能免得使他跟马奇梅因夫人拴在一块儿。他恨她，可是又无从知道有多恨。你觉得他水深静流，英国派头十足——就是这样的一位英国绅士，厌倦了声色犬马，丧失了一切热情，只想静静找个安逸、不受任何打扰，什么事情也烦不着他的舒服日子过，还得需要我这么一个人替他打理那些男人自己打理不来的事情……我的朋友，他是一座充满仇恨的火山。他不能跟她呼吸同一个地方的空气，他也不会踏足英国的土地半步，因为那儿是她的家。他跟塞巴斯蒂安在一起也是很难高兴起来的，就因为塞巴斯蒂安是她的儿子。不过话又说回来，塞巴斯蒂安也一样恨她。”

“这一点上你肯定错了。”

“他未必会对你承认这个——对他自己或许都不承认呢。他们心里全都是恨，简直恨意丛生啊——恨的就是他们自己。阿力克斯和他一家子都这样……你觉得他因何永不踏入社交界？”

“我一直以为大家都在忤逆于他。”

“亲爱的孩子，你太年轻、太天真了。人们会忤逆一个像阿力克斯这样英俊聪明、有型有款又有钱的人吗？根本不能够。其实是他把别人拒之千里之外的。可即使是今天，他们仍然三番四次地跑到他这儿来，愿意受他的冷落和轻怠——都是因为马奇梅因夫人。举凡谁和她有过接触，他都不愿意再去接触；举凡哪个客人来拜访了，我就能看出他在私底下琢磨‘他们十有八九是从布莱兹赫德庄园来的？是去马奇梅因大宅途经此地的？会不会跟我妻子谈起我？是不是在我和我痛恨的她之间游说搭桥的？’……说老实话，我认为他就是这么想的。他都疯了。她何情何故要遭受这样的仇恨呢？她并没有做过什么……只不过曾经被某个还没长大的毛孩子爱上了而已。我虽然从来没跟马奇梅因夫人正式见过面，但我看见过她一回，算是有过一面之缘。不过么，倘若是你和一个男人同居，你便会了解他爱过的女人是什么样子。我很了解马奇梅因夫人，人很善良，又很纯真，只是曾经被人错爱过。

“当人们把全部精力都用去仇恨时，往往仇恨的正是他们自己。阿力克斯仇恨的是他幼年时所有的幻想，天真、上帝、希望，等等。而可怜的马奇梅因夫人就不得不承受这一切。对女人来说，爱一个人可断断不是这个爱法。

“阿力克斯现在是很喜欢我，我也在保护着他，保护他的天真免受伤害侵扰。我们这样过得还不赖呢。

“塞巴斯蒂安爱的是少年时的自己。这将会使他非常、非常不愉快。他的泰迪熊、他的保姆……可他到底已经十九岁了……”

她在沙发上动了动，换了个能让自己看到窗下来往游船的位置，然后便用欢快又嘲弄的语气说：“坐在荫凉地里谈情说爱当真是美事一桩呀。”言毕忽然话锋一沉，“塞巴斯蒂安酒喝得太多了。”

“想必我们俩都喝得多。”

“你喝得多不打紧——我看过你们两个人喝酒——可塞巴斯蒂安就不行。要是没有人出来阻止他的话，他会一直喝喝喝喝成一个酒鬼。相信我，这种事情我见得多了。我遇到阿力克斯时他就差不多是一个酒鬼了——好酒贪杯是天生的、血液里自带的特质，我从塞巴斯蒂安喝酒的路数看出来他有这个苗头。你就不是那种喝法。”

我们在开学前一天到达伦敦。从繁华的市中心查令十字街出发的路上，我把塞巴斯蒂安放到他母亲府邸的前庭下的车。“‘马奇家’到了，”说着还叹了口气，表示假期行将完结，“我就不请你进去了，里边全是我的家人。牛津再见好了。”我坐车穿过公园回到家里。

我父亲用他一直以来的那种温文尔雅又略带遗憾的态度与我打了招呼。

“时间飞逝啊，”他说，“今日归来，明日归去。我仿佛和你见面见得太少了。可能你在家感觉无聊吧……否则还能有别的什么原因呢？你总归自得其乐了，玩得开心吧？”

“很开心。我去了威尼斯。”

“哦，好。我猜到会是这样。那里天气可还好？”他一整晚都闷声不吭地研究着什么，直到快上床睡觉了，他才停了一下问道：“你十分关心的那位朋友，他死了没有？”

“没死。”

“真是谢天谢地。你应该写信告诉我一声的，我也很担心他呢。”

第五章

牛津的秋天——和雷克斯·莫特拉姆共进午餐——
和博伊·马尔卡斯特共进晚餐——萨姆格拉斯先生——
马奇梅因夫人在家里——不合世俗的塞巴斯蒂安

“这是牛津的特点，”我说，“秋季开始新一学年。”

鹅卵石路、碎石板路、草坪上……到处撒满了落叶，学院花园里篝火的烟与河上潮湿的雾裹在一处，漫飘过灰色的围墙；脚下的石板路黏腻湿滑，四方院子四周的窗棂后面渐次亮起了灯，金色的光弥散开，晕起，身着簇新学袍的新生在暮色苍茫中穿过一道道拱门，一阵阵熟悉的钟声昭示出一年的记忆。

我们两人都会有伤春悲秋那样的荒凉心境，窗前的紫罗兰花叶凋残，那盈满一室的芬芳此时业已化作堆积在院子一隅的郁闷湿泥，此前六月里的狂欢生机，如今也和那紫罗兰一样，消逝不再了。

这是新学期首个星期天的晚上。

“我感觉自己足足有一百岁了。”塞巴斯蒂安说。

他是头天晚上到的，比我早一天。自上次出租车里一别之后，这还是头一次见。

“今天下午我被贝尔主教训了一通。这已经是第四回了——先是我的导师，然后是低年级的院长，再然后是万灵学院的萨姆格拉斯先生，这回是贝尔主教。”

“万灵学院的萨姆格拉斯先生是谁呀？”

“我母亲那边的一个什么人罢了。他们都说上年一开始我就起了个很差的头，还说已经有人盯上我了，如果再不注意品行的话，就要给我扫地出门。可怎么才算品正行端呢？估计加入国家联盟协会就品正行端了，每周再读读《伊西斯》[1]，早上非得在卡德纳咖啡馆喝咖啡不可，抽烟抽大号烟斗，打板球，去‘野猪山’饮茶，到克普尔听讲座，骑脚踏车时车筐里装满笔记本，到了晚上再喝着热可可，认真严肃地讨论性事……嗨，我说查尔斯，上学期到底怎么了？发生什么事了？我怎么会觉得这么苍老。”

“感觉已经人到中年了似的，这可是大大的不妙哇。我敢断定，这里能享受的快活我们已经享受尽了，再也没法儿指望了。”

夜幕低垂，我们在炉火掩映中默默沉坐。

“安东尼·布兰奇已经离开学校了。”

“怎么呢？”

“他写信告诉我的。坦白说他在慕尼黑弄了套公寓——他和那里的一个警察难舍难分了。”

“我会想他的。”

“从某种意义上来说吧，我也会。”

我们复又陷入沉默，不说话了，只在摇曳的火光中静静坐着，静得以至于有人想找我，却在门口打量一番后以为屋内没人就又走开了。

“这么开始新学年不是办法。”塞巴斯蒂安说。但十月这个阴霾的夜晚，仿佛将其潮湿寒冷的阴郁之气吹送到之后的好多

1. 牛津大学历史久远的本科学生杂志。

个星期。整个学期，整个学年，我和塞巴斯蒂安过得形同隐居，泰迪熊阿洛伊修斯，就像被传教士藏起的神祇一样，搁在塞巴斯蒂安的五斗橱里，久而久之，再也没人理会它了。

我们两个也变了。我们失去了那些曾让我们在一年级时纷乱的生活过得更加充实的、探新求奇的欲望。我踏实下来了。

不期然地，我想念堂兄贾斯珀。他在牛津大学文学院学位考试中得了第一，目前正在伦敦笨手拙脚地过着搅扰众生的日子。我需要他给我些冲击，少了他的强力刺激，学院的生活都显得轻飘飘没分量了——它不会再像夏天那么刺激我，使我的怒火啪一下碰见火星就着了。再说，我回来时就已经腻味得不行了，打定主意要放缓一些。我决不再被父亲的幽默拖着鼻子走，他那套古里古怪的迫害使得我相信再不量入为出地过日子就是愚蠢——这一点是任何别的斥责都不曾办到的。这学期我没再被要求谈话。我历史学得好，并且学期考试得了B-，这让我不费吹灰之力就和导师处得不错。

我和历史学院保持着松散的联系，保证每周写齐两篇论文，不时举行的讲座也过去听听。此外，我在这学年伊始就进了拉斯金艺术学校。一周有那么两三个早上，我们约莫有十来个人——其中至少一半是北牛津学生的女儿[1]——聚在阿什莫利恩博物馆古代作品的仿品周围。一周还有两次在一家茶店楼上的小房间对着裸体模特儿画素描。痛点仅仅在于学校方面严格控制和杜绝夜晚与淫荡有关的一切，所以白天从伦敦请过来给我们做模特儿的年轻姑娘是不被允许留在大学城过夜的；我还记得小房间里离煤油炉

1. 北牛津 1877 年允许获得奖学金的学生结婚。

近的那面墙是玫瑰红的，另一面墙则斑斑驳驳，就好像被什么抓挠过似的。在那儿，就着煤油灯的气味，我们坐在驴墩上，召唤池瑞欧比[1]隐约可辨的灵魂加持自己的灵感。我画的画一文不名；在自己房间里煞费苦心临摹出的小作品，有些就被当时的一些朋友保存起来了，可当它们偶然出现在眼前时我就会很窘很窘。

指导教师是一位和我年纪相仿的男人，对我们怀有一种戒备的敌意；他穿着很深的蓝衬衫，打着条柠檬黄领带，戴着副玳瑁框架眼镜——其中很大一部分是缘自于此的警诫，我尽力修正了自己的着装风格，直到接近堂兄贾斯珀认为的适合穿着去乡村别墅做客的程度。既穿着举止体得，又有着高尚追求热衷于绘画，我摇身一变，俨然一位学院里相当受人尊重的人物。

塞巴斯蒂安那边的情形就是两样了。他那一年的肆意妄为填满了他深刻的内里需要，逃避现实。一旦他觉出曾经自由自在的地方越来越受到羁绊和限制时，他就变得越来越消极无力，乖僻暴戾。就算我在也是一样。

这个学期，我们依然形影不离的，所以也省得去别处再找朋友。堂兄贾斯珀曾经跟我说过，到二年级甩掉一年级交的那些狐朋狗友是再正常不过的事。诚如他所言，我的朋友们——绝大多数都是通过塞巴斯蒂安结识的——我们把他们全都给甩了，而且也不再交新的了。没有提前知会声明，说甩全甩。开始乍看上去，好像还和以前一样，我们会经常去看望他们；我们也参加派对，但去归去自己却不举办了。我并不想给那些一年级新生留下

---

1. 乔治·杜·莫里耶所著《池瑞欧比》中的同名女主人公，是一位女模特。

什么印象，他们也像他们来自伦敦的姐姐妹妹一样，热衷于投身社交界。每个派对里都有许多新面孔，要是搁在几个月以前，我就会去热切结交，可现在却一点儿也提不起精神头。就连我们那个曾经在艳阳高照的夏天那么活跃的密友圈子，如今在弥漫的雾气和河上的暮霭中也黯然无光，悄寂无声，那种雾气和暮色使那一年中我的一切都变得非常柔弱，模糊不清。安东尼·布兰奇一走，有些东西就随他而去了；他锁上房门后把钥匙悬挂在自己的钥匙链上；他在所有的朋友中，本来被视为路人，现在他们却都感到需要他了。

我的感觉是一场慈善义演行将收场，乐团经理已经系好了羔皮外套纽扣，打算一拿到报酬就抬脚走人，那些无人关照郁郁寡欢的女演员一下子群龙无首了。一旦没有了他，她们把结语怎么讲也给忘了，要么台词也给念混念错；她们需要他及时打铃开幕；需要他恰逢其时地指导开启舞台灯光；需要他在台侧轻声念叨着提示；需要他看着乐队指挥专横跋扈的双眼；没有了他，就没有了周刊派摄影师过来拍照，没有了事先安排好的友善气氛和可预期的荣耀感。没有比共同的事业更能把她们紧密地联系在一起了。现在，金缎带和天鹅绒都打包送回到戏服部，她们只能穿着闷沉沉灰头土脸的制服。经过几小时愉快的排练，投入欢喜的几分钟演出，她们表现了光彩照人的角色，扮成自己伟大的前辈，完美再现了著名画作中的那些人物。但现在，曲终人散了，她们必须在惨淡的日光中各自择路回家，回到频繁往来伦敦的丈夫身边，回到牌桌上完败的情人身边，回到长得太快的孩子身边。

安东尼·布兰奇的固定班底作鸟兽散了，蜕变成区区十几个了无生气的、处于青春期的英国人而已。时不时地，他们会在今后的日子里这样说，“你还记得我们在牛津时尽人皆知的那个与众不同的人物——安东尼·布兰奇吗？也不知道他后来怎么样了。”他们原本就是从人堆里给随意挑选出来的，现在又重新回到了原先的人堆里去，没怎么成长变化，也不出类拔萃，仍然个性模糊，没有辨识度。他们身上的变化尚且没有我们这么明显。他们偶尔还到我们这里聚个会，可是我们却再也不去看他们了。相反，我们对出身草根的朋友却感到兴味，隔三岔五地，晚上往往就是在圣埃伯街和圣克莱门托街，或者旧市场和运河之间霍加斯[1]笔下的小酒馆里消磨掉时光的。我们在那种地方寻欢作乐，那里的人也很喜欢我们[2]。剧院附近的“花匠胳膊”“碎嘴头子”“首领德鲁伊”以及“黄泉路上的草皮”这些酒馆里的人都很熟悉我们了。最后提及的那个酒馆还挺容易就能碰上一些还没毕业的学生，是布雷斯诺兹学院的，挦着几家酒馆挨着喝过来的大学生运动员。每逢这种时候，塞巴斯蒂安就会心头升起嫌恶来，就像看到身上的军装与其兵种全不搭时所感受到的一样。于是我们有许多个夜晚就被那些闯入者给破坏了，他会扔下喝得半空的酒杯，闹着情绪回学校去。

马奇梅因夫人就是在这么样的一种情况之下看到我们的，其时她在牛津待了一个星期，正赶在米迦勒节一开始。她发现塞巴斯蒂安颓废委顿，他那成帮结伙的朋友只剩下了我这个“千顷地一根苗”。她接受了我是塞巴斯蒂安的朋友，同时想方设法让

---

1. 18 世纪画家。

2. 牛津当时禁止本科学生去酒吧饮酒。

我也成为她的朋友。然而她这么做，却无意中撼动了我和塞巴斯蒂安的友谊根基——此番措辞仅仅是在她给予我的万千厚爱中所做的唯一的指责。

她来牛津，是找那位万灵学院的萨姆格拉斯先生——这位在我们的生活中戏份越来越足的先生办些事。马奇梅因夫人正在写一本只在朋友间传阅的回忆录，回忆的是她弟弟内德。在蒙斯和帕斯尚德尔遇难的三位传奇英雄里头，她弟弟是最年长的一位。他留存下一大批文件——诗歌、信件、讲演稿、文章，等等，要把这些文字整理、编纂起来，即便仅仅是在相对有限的朋友圈里传阅，也是需要战略战术，兼之以解决无穷无尽的问题的，想必这样的事情归由一位满怀恭敬之心的妹妹干起来便很容易出现差池。她不讳言承认这一点，所以她一直在寻求帮助，而萨姆格拉斯先生正是找来协助她工作的人选。

萨姆格拉斯先生是一位年轻的历史学科教师，三寸丁的身段饱满溜圆，衣着利落，稀稀拉拉的头发也梳理得平平整整的，服服帖帖在其硕大的脑袋上，手灵活，脚很小，给人一个热爱洗洗涮涮过了头的印象。他态度亲善，俯仰有度，讲起话来具有独特的韵味。我们相当熟悉他。

萨姆格拉斯先生有个特殊的嗜好就是帮助别人汇编成书，不过他自己也编了好几本时髦小册子。他善于对档案的考据、研究，对鲜明生动的事实自带敏感体质。塞巴斯蒂安把萨姆格拉斯先生说成是“妈妈那边的什么人”，其实并不太符合实际情况……事实上，但凡是他感兴趣的什么人，那么他就是这个人“那边的”人了。

萨姆格拉斯先生是一位族系谱学家，铁杆拥戴正统王朝，尤其爱戴那些被剥夺了权位的贵族，而且明眸善睐，很懂得觊觎王权争权夺位者对王位提出的诸多诉求中，哪一个有准确合理的法律效力。他并没有宗教信仰，可是他对天主教会的了解比绝大多数天主教徒还要多。他在梵蒂冈也有朋友，可以给你仔细讲解梵蒂冈的政策以及各项指派和任命，说出当前哪个传教士正红运当头，哪个正走背字倒霉，最近哪个神学假设是可疑的，再不就是哪个耶稣会教士或哪个多明我修士处境艰难，或者是在他们四旬斋的演说中差点儿捅出娄子来，诸如此类的吧。他除了没有信仰，可以说什么都有。后来他还喜欢参加在布莱兹赫德的小教堂举行的祝祷礼，想看看这个家族中披着黑色头纱虔诚祝祷的夫人小姐们。他喜欢名门望族、上层人物的那些无人记起的丑闻，而且是一位判定族系、糅合关系的专家大咖。他宣称自己钟爱过去和往昔，可我总觉得他认为那些和他有着松散攀附联系的声名显赫的人——不管是活着还是死了的——多少总有那么一些不明所谓。只有他萨姆格拉斯先生是实打实存在的，其他的人不过浮云或过眼云烟罢了。他是去往维多利亚时代的时间旅行者，倨傲坚决，自以为是，一切异域风情都尽收他的眼底，供他欣赏怡情。在他学究气息强烈的态度里倒不失一点轻松活泼，我还心内存疑，想着说不定在他装了镶嵌板的某个地方藏着一部留声机。

我第一次碰见他的时候，他正和马奇梅因夫人在一起。当时我就想，和这么一位大知识分子在一起，她恐怕就再也没法子找到与自己具有更大反差的人了，也没法子找到更合适的陪衬人了。她渗入别人的生活时不会这么大张旗鼓、这么招摇的，这不是她的风格。但是快到周末的时候，塞巴斯蒂安夹枪带棒地说了一句：“你和我妈妈好像过从甚密啊。”此时我才意识到，她正迅速又悄无声息地，不动声色地将我拉拢进了某种亲密关系中——她不能忍受任何一种不亲密的关系。我在她离开时答应她，下次假期，除了圣诞节当天之外，都到布莱兹赫德去过。

过了一两个星期之后的一个星期一上午，我正在塞巴斯蒂安的房间里等他下课，这时茱丽娅走了进来，她后面还跟着一个身形高大的男人，茱丽娅介绍他是“莫特拉姆先生”，并且叫他“雷克斯”，说是开着汽车从他们度周末的人家来的。雷克斯·莫特拉姆穿着件格呢大衣，热情、自信；茱丽娅穿着皮草，冷淡、羞怯，她径直走向壁炉，蜷在那儿打着哆嗦。

“希望塞巴斯蒂安给我们安排一餐午饭。”她说，“要是不行的话，我们总还可以到博伊·马尔卡斯特那儿试试，可我总觉得在塞巴斯蒂安这儿会吃得好些，我们真饿坏了。在凯茨姆家度周末，就是一直在饿肚子。”

“博伊和塞巴斯蒂安两个人正要和我午餐。你们也一起来吧。”

于是他们没有客气推辞就到我的屋里一起用午餐了，这算是我办的最后一回老式派对了。雷克斯·莫特拉姆豁出命去表现自己让人印象深刻。他长得很漂亮，一头黑发，发线低低地压在额头上，眉毛浓黑。他说话时带着很动听的加拿大口音。人们很快就意识到他希望别人知道他，知道他财运甚佳，知道他是国会议员、赌徒，是个好人；他经常和威尔士亲王打高尔夫、和“马克斯”、和“F. E.”、和“格尔蒂”·劳伦斯、和奥古斯塔斯·约翰以及和卡彭特也很有交情——总之和谁都有交情，似乎提起个什么人就跟他关系不错。可说到牛津时他却说：“不，我之前从来没来过。上了牛津大学就意味着你比别人迟三年开始你的人生。”

他的人生，迄今为止，照他自己的话说，始于战争。战时他和加拿大人一同作战，得到了铁十字勋章，离开军队时，已经是一位著名将军的侍从武官了。

我们那时候见到的他，怎么样也超不过三十岁去，可是在牛津他就很显老了。茱丽娅对待他与对待世上其他人一样，总是有些轻慢的，却又带着些许占有意味。还吃着午饭，她就使唤他去汽车里给她取香烟，还有一两回他吹牛皮吹大发了，她就又为他辩解："别忘了他是个上校。"听她这么说他则朗声大笑。

他走以后我问了这人是谁，什么来头。

"欸，就是茱丽娅那边的什么人啊。"塞巴斯蒂安说。

让我们稍感惊讶的是，一周之后收到了他的电报，邀请我们和博伊·马尔卡斯特于第二天晚上参加"茱丽娅之派对"，在伦敦共进晚餐。

"我觉得他认识的人都不年轻，"塞巴斯蒂安说，"他的朋友似乎都是伦敦政商两界全身大厚皮的老鲨鱼。咱们去不去？"

我们商量了一会儿，因为这个时期我们在牛津的生活正阴郁黯淡着，所以我们决定去。

"他干吗也要博伊去呢？"

"茱丽娅和我从小就认识博伊。我猜是不是因为他看见博伊也和你一起吃午饭，所以把他当成你的好朋友了。"

我们不太喜欢马尔卡斯特这个人，但是在核请好外宿假，坐着哈德卡斯尔的车子开上去伦敦的大路时，我们三个都兴高采烈的。

由于是夜要宿在马奇梅因府上，所以我们先到那儿去换了晚装，喝了瓶香槟，而且还串着看了看彼此的房间：都在三楼，与下边富丽堂皇的比起来，真心显得寒碜。我们下楼时，茱丽娅刚好经过，准备去她楼上的房间，她还穿着白天的衣服。

“我要迟到了，”她说，“你们男孩子最好是去雷克斯那儿。你们能来可真是太好。”

“这个派对是要干吗？”

“跟我有关的一个糟糕的慈善舞会。雷克斯坚持要为这舞会举行一个餐会……到那儿再见吧！”

雷克斯·莫特拉姆就住在离马奇梅因公馆几步路的地方。

“茱丽娅要晚一点才到，”我们说，“她才上楼换衣服。”

“这就是说怎么也还得一个小时，我们最好先喝些葡萄酒吧。”

一位被介绍说是“查皮恩太太”的女人说：“雷克斯，我敢断定茱丽娅愿意我们先开始。”

“嗯，不管怎么着，先来些葡萄酒。”

“干吗这么大一瓶呀，雷克斯？”她娇嗔一般地说，“什么东西你都总是想要大的。”

“对我们来说可不算大。”雷克斯一边说，一边把酒瓶拿在手里，旋开软木塞。

在座的还有两个跟茱丽娅一样年纪的女孩子。她们好像也被扯进来筹办这个舞会。马尔卡斯特老早就认识她们，而她们照我看想必对他没多大兴趣。查皮恩太太跟雷克斯聊着天，而塞巴斯蒂安和我就像往常那样，两人一起闷头喝酒。

茱丽娅终于来了，雍容华贵，仪态万千，并且丝毫没有抱歉的意思。“你们就不该让他等，”她说，“这是他的加拿大礼仪。”

雷克斯·莫特拉姆是一位慷慨殷勤的主人，餐毕，我们三个牛津来的学生都喝晕了。我们站在前厅等着姑娘们下来，雷克斯和查皮恩太太压着嗓子说着什么尖酸刻薄话儿走开了，此时马尔卡斯特说：“哎，我们还是别搭理这个倒霉的舞会了，上梅菲尔德大妈那儿去吧。”

“梅菲尔德大妈又是什么人？”

“你知道梅菲尔德大妈的……谁不知道老一百号的梅菲尔德大妈呀。我认识常住那儿的一个叫艾菲的小甜妞儿。要是艾菲知道我到伦敦了，居然走过路过却没过去看她，那我可就没法儿做人了。走吧走吧，到梅菲尔德大妈那儿去见见小艾菲。”

“好啦，”塞巴斯蒂安说，“那咱们就去梅菲尔德那儿见见艾菲吧。”

“我们在好人莫特拉姆这儿再拿上一瓶酒，闪开那该死的舞会，然后就去老一百号，怎么样？”

要从舞会脱身一点儿不难。雷克斯·莫特拉姆找来的姑娘们也来了很多朋友，大家一起跳了一两次舞以后，我们那张台子上已经堆满了酒，雷克斯·莫特拉姆要的酒越来越多……过了一会儿，我们三个就已经在街上了。

“你知道那地方在哪儿吗？”

“当然知道了，百条排污渠大街么。”

“什么大街？”

“就在莱斯特广场那边。最好还是开车去。”

“为什么？”

“这种场合，还是有自己的车子比较好些。”

我们没去深究他话里的意思，错也就错在没深究上了。那辆车子停在马奇梅因府邸前庭，距我们刚才跳舞的旅馆还不到一百码远。马尔卡斯特开着车，兜兜转转的，一会儿就把我们平安带到了排污渠大街。在一个漆黑的门廊前，一边站着一个穿制服的守门人，另一边站着一个穿晚礼服的中年男人，脸冲着墙，正把前额抵住墙砖冰镇降温。想必我们的目的地到了。

“别往里进，你们会被荼毒的。”中年男人说。

“是会员吗？”守门人问。

“大名是马尔卡斯特，”马尔卡斯特说，“马尔卡斯特子爵。”

“噢，进去试试看。”守门人说。

“你们会被洗劫的，中毒、被传染，被洗劫一空。”中年男人说。

漆黑的大门里有一扇灯火明亮的小门。

“是会员吗？”一个穿着晚礼服、矮壮胖的女人问。

“这可真妙，”马尔卡斯特说，“现在你总该认识我了吧。”

“是啊，小亲亲，”那个女人全无兴趣的，“每人十先令。”

“嘿，慢着慢着，以前我可从没给过钱。”

“可不是么，小亲亲，是没给过。可今晚我们客满了，所以，十先令。你们之后再来的就得付一英镑。你们还是走运了呢。”

“请让我和梅菲尔德大妈讲话。”

“我就是梅菲尔德大妈啊。十先令，每位。”

“哦哟，原来是大妈呀，穿这么一身儿，我都认不出来了。你不认识我吗？我是博伊·马尔卡斯特。”

“不错，小子。每位十先令。”

我们给了钱，那个一直挡在我们和门间的男人才给我们让开了路。门内人声鼎沸，这时的老一百号正生意兴隆。我们找到了一张桌子，要了一瓶酒；侍者先把钱收了才把酒瓶盖打开。

“今天晚上艾菲在什么地方？”马尔卡斯特问。

“哪个艾菲？”

“艾菲呀，就是一直在这儿的姑娘啊，一个黑皮肤的小美妞儿。”

“在这儿干活的姑娘多着呢，有黑的，有白的。你也可以说她们美，但我可没时间记她们的名字。”

“我要去找她。”马尔卡斯特说。

他甫一离开，就有两个姑娘在我们桌旁停下来，好奇地上下打量我们。“走吧，”其中一个对另一个说，“咱们会白白浪费时间的。两个娘娘腔。”

不大一会儿，马尔卡斯特带着艾菲凯旋，侍者不用等着点单，就直接端了一份鸡蛋和熏肉过来。

“整个晚上我这才吃头一口。”她说，“这里唯一称得上好的地方只是早餐，这么来回转悠真能饿得前胸贴后背呀。”

“六先令。”侍者说道。

艾菲填饱了肚子，拭了拭嘴，然后看向我们。

“我以前见过你，还经常见，是不是？”她对着我说。

“恐怕不会的。”

“那我总见过你吧？”她转向马尔卡斯特。

“呃，我倒想呢。难道你忘了我们九月的那个夜晚吗？”

“没忘，亲爱的，当然不会忘了啊。你就是皇家卫队把自己的脚指头切了的那位吧？”

“艾菲，别耍我啦。”

“不开玩笑。那就是别的晚上？我知道了——那回你正和班蒂在一起的吧，然后警察突然闯进来了，我们都躲到放垃圾箱的地方来着。”

“艾菲就喜欢拿我寻开心，是不是，艾菲？我这么长时间没来她生气了，是不是啊？”

“你开心就好……反正我以前在哪儿见过你。”

“别开玩笑了。”

“我可没有开玩笑的意思。真的。想跳舞吗？”

“这会儿不想。”

“谢天谢地。今天晚上我这双鞋子挤脚得很。”很快她就和马尔卡斯特聊得热火朝天了。塞巴斯蒂安往后一靠，对我说：“我去叫那两个过来。”

那两个之前打望过我们的女孩子还没有找到主顾，现时又转回我们这里了。塞巴斯蒂安微笑着起身招呼她们，不久她们也畅快地大快朵颐起来。其中一个姑娘长着副骷髅样的细瘦脸孔，另一位则是病恹恹的娃娃脸。骷髅头似乎注定归我了。“咱们来一个小型派对怎么样？”她说道，“就我们六个人，上我那儿去？”

“好啊。”塞巴斯蒂安说。

“你们刚进来时我们还觉得你们女里女气的呢。”

“这是因为我们超级年轻。”

骷髅头笑得咯儿咯儿的。“你可真是个讨人喜欢的家伙。”她说。

“你们真可爱，”那个病娃娃脸说，“得跟梅菲尔德大妈说一声我们要出去。”

那时还早，午夜才过不久，我们又来到街上。守门人试图游说我们搭出租车走，便说：“我会照看好你们的车子的，先生，我不会把车开走的，先生，我真的不会。”

可是塞巴斯蒂安抓住了方向盘，两个女孩子坐在副驾驶座上给他指路，一个坐在另一个身上。艾菲、马尔卡斯特和我坐在后排。车子开动了，我觉得我们还欢呼了一声。

并没开出多远去。拐进沙夫茨伯里大道，正要往皮卡迪利大道拐时，险些和迎头开来的一辆出租车撞上，两辆车堪堪错开。

“看在基督的份上，”艾菲说，“您倒看着点儿路啊。你想害死我们呀？”

“是那家伙粗心大意。”塞巴斯蒂安说。

“你这样子开车可真不靠谱。”骷髅头说，“再说了，我们想必开也应该在路的那边开才对。”

“是该靠那边开。”塞巴斯蒂安说着，猛然愣嗑嗑地把车一把甩到马路另一边。

“哎哟，停车。我走路好了。”

“要停车？没问题。”

他一踩刹车，车子猛地停住，一竿子杵在马路当中。两个警察三步并作两步地朝我们过来了。

“让我出去。”艾菲说着，跳出车一溜烟地逃掉了。

剩下我们几个给逮个正着。

“要是我妨碍了交通的话，真是很抱歉，警察先生。”塞巴斯蒂安小心翼翼地说，“不过那位女士非让我停车让她下去不可。她绝对不会否认我这话。你们也看到了，她赶时间呢……你知道谁都有个内急的时候。”

“让我跟他说说。”骷髅头说，“多漂亮的好小伙子啊。这儿除了你们没有别人。这几个孩子并没存着坏心眼要干坏事。回头我会给他们叫辆出租车，妥妥地送他们回家就好了。”

两个警察故意审慎地查看了我们一番，暗里思忖着要拿我们怎么办。本来可以大事化小小事化无这事就过去了，如果马尔卡斯特不插那句嘴的话。“哎哎，好心的二位老大，”他说，“没必要盯着我们不放吧。我们是刚刚从梅菲尔德大妈那儿来的。我敢肯定她给了你们一大笔钱好让二位睁一只眼闭一只眼的。好了好了，你们现在就可以闭一只眼了……绝不会有什么损失的。”

他那一番说话可能打消了警察先生所有的疑问。没多大工夫我们就进了班房。

我记不太起是怎么去的，也记不太起是怎么进去的。我想马尔卡斯特表示了强烈抗议，当把我们的口袋都给掏空了的时候，他又指控人家监狱看守偷他东西。随后我们就被关起来了。我能清楚回忆起的第一个就是贴满瓷砖的墙，一盏厚玻璃灯挂在很高的地方，有张床铺，靠我这边还有扇没有门把手的门。在我左侧的某个地方，塞巴斯蒂安和马尔卡斯特正在跳着脚破口大骂。在被送到看守所的路上时，塞巴斯蒂安还稳稳当当、十分镇静的样子，而此时被关在牢里头，他好像也震怒狂乱开了，一边咣咣地捶门，一边大声叫喊：“去你的，我没醉。给我开门！我必须看医生。告诉你们，我没醉！”与此同时，马尔卡斯特在另一边的牢房里叫嚷道：“上帝啊，非得跟你们算总账不可！我可告诉你，你们大错特错麻烦大了。给内务大臣打电话去。把我的私人律师找来。我可是有人身保护权的！”从别的牢房传来了流浪汉和扒手们一阵抗议的大吼，咆哮着抱怨吵得睡不着觉：“嘿！嘿！安静点儿！”“你们能不能不吵吵嚷嚷的？”“这是该死的拘留所，还是疯人院啊？”来回巡视的警察透过铁栅栏门警告他们：“还清醒不过来，就在这儿蹲一整夜吧。”

我蔫头耷脑地坐在铺上，打了一会儿盹。过了一会儿，吵嚷的声音慢慢减弱了，听见塞巴斯蒂安喊：“喂，查尔斯，你在那边吗？”

“我在这儿。”

“这事可真糟透了。”

“我们不能保释什么的吗？”

马尔卡斯特好像已经睡着了。

“我告诉你哪个人能保释我们——雷克斯·莫特拉姆，他在这儿有的是办法。”

但我们跟他联系上还是颇为周折麻烦的。我打铃叫人，过了半个小时，值班的警察才挪步而来问什么事。最后他终于半信半疑地同意给那家正在举办舞会的旅馆打个电话，总之是吃不准的样子。等的过程中又不知道过去了多久，我们的牢房门才终于给打开了。

有一支哈瓦那雪茄所散发出的甜蜜浓郁，慢慢从警察局污秽混浊的空气中——混着污垢和消毒水的酸味——渗透过来，是两支哈瓦那雪茄，当班的警官在吸着另一支。雷克斯站在值班室里的画面，活脱儿就是一出滑稽剧——他看上去委实就是权力和成功的化身。雷克斯穿着件阿斯特拉罕大翻领皮大衣，戴着一顶大礼帽。而警官们毕恭毕敬的，显示出时刻乐意效劳的模样。

“我们必须得公事公办。”他们说，“把这几位年轻先生关起来也是为了保护他们。”

马尔卡斯特看来已经醉得神志不清了，乱七八糟地抱怨着他被剥夺了各种合法权益，陈述权和公民权，等等。雷克斯说：“最好还是把话留着跟我说吧。”

这时我的脑子清醒多了，饶有兴趣地看着、听着雷克斯去解决问题。他检视了案卷笔录，然后态度亲和地与那两位逮了我们的警察说起话来。他以最不易察觉的手法试图贿赂，但在看出这件事拖得时间太久、流传得太广的时候，就赶快拿话遮掩过去不再提了。他担保第二天上午十点把我们送到地方法院之后就把我们带走了。他的汽车就停在外面。

“今天晚上讨论什么也没有用。你们在哪儿睡？”

“马奇梅因家。”塞巴斯蒂安说。

“那你们最好还是到我这儿来吧。今天晚上我可以安顿你们。把事情都交给我吧。”

显然他相当得意于自己的办事效率。

翌日清晨的表演给人的印象则越发深刻。我一觉醒来，先是错愕懵懂地发现自己睡在一间陌生的房间里，瞬间恢复意识，回想起头天夜里的事情起先还以为是发了场噩梦，然后才明白它就是现实。雷克斯的仆人正在收拾衣箱，他看到我醒了，就走到洗面台前把什么东西从一个瓶子倒在杯子里。“我想我把所有您的物品都从马奇梅因公馆给您拿过来了，”他说，“是莫特拉姆先生派人去赫佩尔药店把这个买回来的。”

我吃了药之后感觉好多了。

屋里还有一位从特朗泊理发店来的技师候着给我们刮脸。

雷克斯和我们一道吃的早餐。“出庭时要紧的是外表看起来得像样，”他说，“幸亏你们穿得还不算太坏。”

早饭后，律师也来了，雷克斯简明扼要地跟他讲了情况。

“塞巴斯蒂安脱不开身了，”他说，“就因为酒后驾驶，很有可能被判罪，最多会判到六个月监禁。最倒霉的是，你们这案子是由格列格审理。他对这类案子向来十分严苛。所以，我们今天上午能做的就是请求推迟开庭一周，留作给塞巴斯蒂安辩护的万全准备。你们俩就表示认罪，承认自己做得不对，付五先令罚金完事。至于打点那些晚报的事情么，我还得想想怎么办才好……《星报》可能要费些事儿。

“记住，关键是绝口不提老一百号的事。幸亏那几个女的还算清醒，没受什么指控，可是作为目击证人，她们的名字业已记录在案了。我们要是否认警察的证词的话，法庭就会传唤她们。我们无论如何也要避免付这种代价，所以得硬着头皮全盘接受警察那边的说辞，然后请求地方法院大发慈悲，不要因为年轻人偶然的一次轻率举止就断送掉其大好的前程。这样做会有作用的。我们还得找一位牛津大学的老师证明你们品行端正。茱丽娅告诉我说，你们正好有一位萨姆格拉斯老师。他应该可以给你们作证。另外，你们要简短地说明：你们是从牛津来的，是去参加了一个体体面面的舞会，因为不习惯喝葡萄酒却喝多了，所以开车回家时才迷了路出了岔子。

“这件事办完了以后，我们还得想办法和你们牛津大学校方把这件事通融通融。”

“我告诉他们把我的律师找来的，”马尔卡斯特说，“可他们硬是拒绝了。他们没指望了，错得没边没沿了。我倒要看看他们怎么脱身。”

“看在上帝的份上，千万别再挑事儿了。你就认罪，缴罚金了事。懂了？”

马尔卡斯特咕哝着，不过还是同意了。

法庭上的情形果然不出雷克斯所料。十点半钟，我们已经站在鲍街上了，我和马尔卡斯特已经恢复自由身了，塞巴斯蒂安则要具保候审，等过一个星期再度出庭。马尔卡斯特对自己的冤屈一直保持了沉默。我和他受到了告警，每人罚款五先令，还有十五先令的诉讼费用。我们越来越不喜欢马尔卡斯特，所以听到他找借口说要去伦敦办事时，我们都如释重负一般大大舒了一口气。律师也匆匆离开了，只剩下我和塞巴斯蒂安，满腹心事老大不痛快。

“我估计妈妈肯定已经听说这件事了。”他说，“该死，该死，真该死！太冷了。我不愿回家，但也没地方可去。干脆我们溜回牛津吧，等他们找上门来再说。”

一些惯于出入法庭的声名狼藉的常客走进去走出来，在台阶上走上去走下来的。而我们还站在街角吹冷风，左右犹豫着拿不定主意。

“干吗不去找茱丽娅呢？”

“那我八成要出国了。”

“我亲爱的塞巴斯蒂安，你无非就是被人训一通，罚几英镑钱罢了。”

“是啊，可是烦人的是我妈，布赖德，家里的所有人，还有学监和老师……我索性到监狱待着更好。如果我溜到国外去，他们就没法子把我弄回来了吧？被警察追逃时，不是谁都这么干么？我知道我妈会做出一副让大家觉得我们的事都要她一人承担的样子来，都着落在她身上了。”

“还是给茱丽娅打个电话，让她到什么地方碰个头，咱们再好好商量一下这件事吧。”

我们在伯克利街的冈特餐厅见的面。茱丽娅和当时的大多数女人一样，戴着顶压到眉端的绿色帽子，帽子上镶着一颗箭形钻石，怀里抱着一只小狗，小狗四分之三的身体都藏在她皮毛大衣里。她跟我们招呼，少有地表现出非常有兴趣的样子。

“嘿，你们真是一对捣蛋鬼。我不得不说你们干这种事还挺在行的呢。我要是喝醉了，第二天就整个瘫痪了。我还以为你们可能会带我一块儿去的呢——那个舞会实在是讨厌得要命，而我一直盼望着能有机会去老一百号玩玩呢……只不过无论如何不会有人带我去的。那里是‘天上人间’吧？”

“这么说来这事儿你也知道了？”

“早上雷克斯给我打电话了，把什么都告诉我了。你们那两个女朋友长什么样子？”

“别那么猥琐好吗？”塞巴斯蒂安说。

“我那个是骷髅头。”

“我那个像痨病鬼。”

“天啊。”我们也是带女人出去玩过的人，这件事显然拔高了我们在茱丽娅心目中的地位。她的兴趣全在那两个女人身上。

“妈妈知道了吗？”

“只差知道骷髅头和痨病鬼。她知道你们进监狱了。我告诉她的。当然了，这种事她很能看得开，真是这样的。你知道，内德叔叔做任何事都完美无瑕没什么可挑剔的吧，就有一次他因为带着一只熊进了劳埃德·乔治主持的什么会议就给关起来了，也就因为这，她认为这个事情实属人之常情。她希望你们俩和她一道吃饭。”

“啊，天哪！”

“麻烦的是小报和家里其他人。查尔斯，你们家什么情况？”

“我家只有我父亲一个人，可他绝不会听到这件事的。”

“那我们这一家子可麻烦极了。家里有那样一些亲戚，我可怜的妈眼睁睁看着就要倒霉了。他们明里要写信来，还要登门拜访，表示同情，可暗里有一半人心里念叨的是：‘看，这就是把孩子养成一个天主教徒的结果。’另一半人就会说：‘这就是送孩子去伊顿公学而不是送到斯托尼赫斯特的结果。’可怜的妈妈百口莫辩，扭转不过来的。”

我们和马奇梅因夫人一起吃的午餐。她很幽默，无可奈何地接受了我们这件事。她只责备地说了一句：“我想不出你们为什么出去以及为什么拉上莫特拉姆先生。你们本可以一开始就来找我，把这件事告诉我的啊。”

“我怎么把这件事跟全家人解释呢？”她问道，“倘若他们看到我对这件事还不如他们难过，想必一定非常震惊。你知道我的嫂子范妮·罗斯康芒吧？她一向认为我把孩子教坏了。现在我才开始觉得她说得没错。”

我们离开时我说：“你妈妈实在是太好不过了。你还在发哪门子愁呢？”

“我也说不上个原因来。”塞巴斯蒂安惨兮兮地说。

一周之后，塞巴斯蒂安再次出庭，被罚款十英镑。报纸把这则消息登在令人难受的显著位置，有一家报纸还用了极具讽刺意味的标题：“*侯爵之子不习惯喝葡萄酒*”。地方法官说，没有重判仅仅是由于警察的行动果决……“你不用承担严重责任事故的罪责，纯属好运……”萨姆格拉斯先生作证说，塞巴斯蒂安其人其品行是无可挑剔的，还说他在牛津大学的光明前途已经因此事蒙羞而黯淡起来。报纸抓住了这句话大做文章——“模范学生前景堪忧”。同样，对于萨姆格拉斯的证言，法官大人却有自己的一套说辞，他是无论有无品行证言，都会拿塞巴斯蒂安杀鸡儆猴的，法律面前，人人平等，对一个牛津大学的大学生和任何一个小流氓均是一视同仁的；毫无疑问，家世越好，这样的作奸犯科就越丢人现眼……

萨姆格拉斯先生所奉献的价值并不仅只在鲍街上体现出来，在牛津大学他表现出的全部热情和机敏也与雷克斯·莫特拉姆在伦敦所表现出的别无二致。他拜访了学校领导层、学监和副校长。他还撺掇管理员贝尔去拜访了基督教会学院院长，并且安排了马奇梅因夫人与校长长谈……此一套下来努力的结果是在这学期剩下的日子里，禁止我们三个出校门。哈德卡斯尔也不清不楚为了什么，再次被剥夺了使用自己那辆汽车的权利，这样，这件事也就算过去了。我们所遭受到最难挨惩罚倒是同雷克斯·莫特拉姆和萨姆格拉斯先生之间的亲密关系，好在雷克斯生活在伦敦的政界和金融界上游，可萨姆格拉斯却生活在牛津，与我们低头不见抬头见的，所以从他那儿受的罪就更大。

在这个学期剩下的日子里，他算跟我们摽上了，一直过来烦人。由于我们被禁了足，所以晚上也不能一起过，从九点起，我们都得各在一处，都要视萨姆格拉斯的鼻息仰止。几乎没有断过哪一个晚上，他不是来找我就是去找塞巴斯蒂安。他一说起“我们的那次小出轨”时，就好像他也被关在牢里，跟我们有什么瓜葛一样……有一次我翻墙出了学院，关了校门之后，结果萨姆格拉斯先生还是在塞巴斯蒂安的房间里找到了我，这事使得他变成跟我也有了瓜葛。所以当我圣诞节后到了布莱兹赫德，迈步进入他们称为“挂毯大厅”的那个房间，看到萨姆格拉斯先生时一点儿都不惊讶。他独自坐在壁炉前，似乎是在等我的样子。

“你看我独占这间房间了。”他说。他确实将这厅堂，将四周挂满灰暗的狩猎场面的挂毯，将壁炉两边的女像柱都据为己有了。当他起身像个主人一样欢迎我的时候，连我也好像被他占有了。“今天早晨，”他继续说，“我们在草坪上举行了马奇梅因家狩猎派对——妙极了，古风十足哪——所有年轻的朋友都去猎狐了，甚至塞巴斯蒂安也穿上他那件粉红外套，看上去优雅极了——你不会吃惊的吧。而布莱兹赫德呢，与其说是优雅，倒不如说是让人印象深刻。他和这里一个很有趣的人物，叫沃尔特·斯特里克兰-维纳布尔斯爵士的，联手当主持人。希望这些无聊乏味的挂毯里能把他们两人的肖像绣上，那这挂毯可就妙极了。

“我们的女主人在家里留守了，另外还有一位正在养病的多明我派教士，他谈马利坦[1]谈得太多，可读黑格尔又读得太少；还有亚德里安·波森爵士，当然，还有两位令人望而却步的匈牙利表兄弟——我试着用德语和法语跟他们讲话，可他们对哪种语言都没有所谓。现在这些人都坐车上邻居家做客去了。我就一个人坐在壁炉前，和无与伦比的夏尔吕斯[2]好好消磨了一个舒舒服服的下午，妙不可言哪。看见你来了，我才有勇气拉铃叫人送茶过来。我怎么帮你为赴宴做准备呢？哎呀，明天就要散了。茱丽娅小姐到别的地方去跨年，也就是把摩登的人物都带走了。我就见不到附近的美人了——特别是那个西莉娅，她是我们那个倒霉的老伙计博伊·马尔卡斯特的妹妹，可神奇地一点儿也不像他。她说起话来就像小鸟一样，你才想答话，她就又跳到另一个话题上去了。那样子我觉得十分可爱，她穿得像学生班长一样……那样式我只能说酷了。我明天不去，所以一定见不到她了。明天我就

1. 法国神学家。

2. 马塞尔·普鲁斯特所著《追忆似水年华》中的人物。

得全情投入到我们的女主人那本书里去了——那本书，相信我，会一路拾遗至臻至宝的、至纯至真的一九一四年。”

茶端上来，喝完没多久，塞巴斯蒂安就回来了。他说他早就从猎狐队里掉了队，所以风风火火地回来了。别人在他回来之后，也在黄昏时被汽车接回来了。里头没有布莱兹赫德，他在狗场有事要办，跟他一起去的还有科迪莉娅。回来的人挤在大厅，很快就吃上了炒鸡蛋和煎饼。而那位在家里吃过午饭在炉火前打了一下午盹的萨姆格拉斯先生，也和他们一起吃着鸡蛋和煎饼。过了一会儿，马奇梅因夫人一行人也回来了，还没等我们上楼换晚餐礼服，她就问大家：“谁要去教堂念《玫瑰经》么？”塞巴斯蒂安和茱丽娅都说他们得马上去洗澡，萨姆格拉斯先生跟她和那位教士一起去了。

“我但愿萨姆格拉斯先生去，”塞巴斯蒂安洗澡的时候说，“对再三向他表示感谢我已经腻味透顶了。”

在接下来的两周里，对萨姆格拉斯先生的厌烦已经在整个大宅里成了一个没有公开的秘密，只要他在场，亚德里安·波森爵士那精良的一双老眼便开始尽力寻找起远方的地平线来，嘴上的戏也足，带着典型的悲观主义表情。只有那两个匈牙利表兄弟，他们误解了这位大学教师的身份，把他当成一个享有特殊权利的高级仆从，并没有因为他在场而受到什么影响。

留下来参加圣诞派对的有萨姆格拉斯先生、亚德里安·波森爵士，以及两个匈牙利人、教士、布莱兹赫德、塞巴斯蒂安和科迪莉娅。

在这栋大宅里，宗教一统天下。此一说不仅仅表现在这个家庭的日常起居上——每天早晚都要在小教堂做弥撒和念《玫瑰经》，晨昏定省——而且也表现在人际交往上。“我们要让查尔斯皈依天主教。”马奇梅因夫人说。我在那里做客期间，跟她聊过许多次，每一次她都要把话题巧妙地引到这个神圣的主题上来。第一次谈话过后，塞巴斯蒂安就说：“我妈妈是不是和你絮叨什么了？她一向如此。就让她见鬼去吧。”

其实也不是被传唤过去聊聊，或者说有意去聊到这个话题上去。只有当她想跟你亲密恳谈的时候，你才会发现自己和她单独在一起了。如果是在夏天，那他就会发现他们正在安静的水畔散步，或者在四面围墙的玫瑰园的一个角落里聊着，如果是冬天，那就是在一楼她的起居室里了。

这个起居室是专属于她的。她把这个房间占上之后就将之彻底改头换面。是以一走进这里，你还以为是另一个人家。她降低了天花板，故而以这样那样的形式为屋子装点的门楣消失不见了；四壁，一面装有织锦的墙，刮干净后给涂上了蓝色的水彩，上面散布着数不清的小小水彩点；房间里的空气甜蜜蜜的，鲜花的清新香气和干花的陈腐香气混杂在一起；她的藏书都是些博大精深的东西，一只紫檀书架上摆满软皮封面的诗集和宗教著作；壁炉架上摆着私人收藏的珍贵的小物件——象牙制的圣母像、圣约瑟的石膏像，还有她三个当兵的弟弟的遗像。我和塞巴斯蒂安两人在那年流光灿烂的八月独自住在布莱兹赫德的时候，对她母亲的这个房间是退避三舍的。

忆及她这个房间，我也回忆起当时我们谈话的一些片段来。我还记得她说：“我还是小姑娘的时候，我们家说起来还是挺穷的呢，当然比起大多数人家还是富裕得多，到我结婚时就很富有了。我常常很忧虑，想到自己拥有那么多珍宝，可他人却一无所有，我认为这是不对的。现在我明白了，去羡慕穷人才有的特权，富人也可能犯罪。上帝和圣徒总是荣宠穷人，不过我相信，荡涤众生——包括富人的罪孽是上帝的殊宠。罗马帝国不曾有宗教信仰时，有某些东西必然是很残酷的，不可能再是另外的情况了。”

我提及了骆驼和针眼的典故[1]，她听到这话就高兴地顺坡往下说到要点了。

“当然啰，”她说，“骆驼穿过针眼确实是想也想不到的事情，可是福音书只是种种意想不到的事情的汇编罢了。一头牛和一头驴子在牲口棚里做起礼拜来，这是意想不到的。在圣徒的生活中，牧牲总是会干许多奇奇怪怪的事情。这根本就是宗教诗意的一面，爱丽丝漫游奇境的那一面。”

但是就像我对她释放的魅力毫无所动一样，对她的信仰我也无动于衷；或者换个说法好了，这两方面对我的触动是一样的。那时的我心心念念的只有塞巴斯蒂安，我看到他受到了威胁，虽然我尚不知这种威胁有多么凶险。他那经常的、绝望的祷告是单独进行的。因为他的内心有蔚蓝的大海和瑟瑟响的棕榈树，他才像波利尼西亚群岛的土人一样快乐、与世无争；只是当大船在珊瑚礁那边抛锚停泊，小艇冲上环礁湖的时候，商贾、官僚、传教士和旅游者这群凶恶的闯入者踏上了从来未曾沾染过长靴痕迹的净土——这时才发掘出种族的兵刃，山中敲响战鼓；或者退而求其次，离开那阳光照耀的门口，静卧于黑暗之中，在那里，画出来的无用神像仿佛在墙上徒劳地游荡，抱着朗姆酒酒瓶，连心脏

1.《圣经》里的名言，骆驼过针眼比富人进天堂还容易。

都要给咳出来了。

自从塞巴斯蒂安在这帮入侵者中认识到自己的真心和人类情感的表现以后，他在阿尔卡迪的纯粹安宁的日子也就剩不下几天了。因为这段对我来说平静的日子里，塞巴斯蒂安却惊恐不安。我对他那样的警觉和猜疑的情绪非常明白和熟悉，他就像一只小鹿，一听到远处猎人的声音就突然抬起头来。我看到他念及他的家庭和他的宗教信仰时变得谨小慎微，而现在我发现我也成了他怀疑的对象。他并不是不爱，而是没有了得到爱之后的欢欣，我不再是他寂寞时的伴侣了。随着我和他家人关系的日益密切，我也就日益成为他避之唯恐不及的社会的一部分了，与此同时，我也日益成为他的束缚。而这，也正是他妈妈在和我闲聊的过程中竭力想让我发挥的作用所在。一切尽在不言中。我只是偶尔才会迷迷糊糊地猜度是不是正在搞着什么飞机。

表面上看，萨姆格拉斯先生是唯一的敌人。我和塞巴斯蒂安在布莱兹赫德待了两个星期，过着自己的日子。他哥哥全副心神都投在做运动和地产经营上。萨姆格拉斯先生在图书室里埋头编纂马奇梅因夫人的回忆录；亚德里安·波森爵士则占去了马奇梅因夫人的大部分时间，除了晚上，我们很少能看见他们。偌大的屋檐下，各人有各人的活法。

两周过后，塞巴斯蒂安说：“我再也受不了萨姆格拉斯先生了。我们去伦敦吧。”于是他就跟我到了伦敦，从现在开始不住马奇梅因家而在我家出入了。我父亲很喜欢他。“我觉得你的朋友很有意思，”他说，“请他常来吧。”

后来，我们回到了牛津，重新过起那种仿佛寒冷得要龟缩成一团的日子。塞巴斯蒂安早在上一学期就在心里深切悲伤时被一种无声的怨怼所取代，甚至连我也被他怨上了。他心里难受，可我却搞不懂原委，为他难过，但又爱莫能助。

现在，他能高兴起来的时候通常只是他喝醉了酒的时候，他一喝醉了，就爱“嘲弄萨姆格拉斯先生一下子”。他作了首小曲儿，只有不断重复的一句，“绿屁股，萨姆格拉斯，萨姆格拉斯，绿屁股”，再配上圣玛丽教堂的钟声一起和谐唱响，他还在他窗户底下对他唱起小夜曲，约莫着每周一回吧。萨姆格拉斯先生是以头一位在自己房间里装私人电话而一枝独秀，塞巴斯蒂安喝醉了就常常打电话给他，把这支小曲唱给他听。对这些，萨姆格拉斯先生一点儿不以为忤，毫不见怪，而且像人们认为的那样，他一遇到我们，脸上总是挂着奉承谄媚的笑容，却带着一种与日俱增的信心，好像每一次的侮辱和伤害，都在某种程度上加强了他对塞巴斯蒂安的把控。

这一学期我开始认识到，塞巴斯蒂安喝醉酒跟我喝醉酒完全是两码事。我常喝醉，就是兴奋过度所致，并且贪恋醉酒的时刻，还希望延长和增强醉感。而塞巴斯蒂安却是为了逃开现实。随着我们一天一天成长，一天一天更严肃，我喝得越来越少，而他却喝得越来越多。我发现有时我回到我们学院以后，他还一个人坐到很晚不睡，狂喝不止。他身上那些一连串的祸患，来得迅疾而猛烈，又叫人意料不到，搞得我很难讲究竟是什么时候看出来我的朋友正处在极大的苦闷之中的。复活节假期我才完全弄明白是怎么回事。

茱丽娅常常说：“可怜的塞巴斯蒂安，他身上发生化学反应了。”

是当时流行的时髦话，鬼知道这是由通俗科学的哪个误解给引申出来的。像“他们之间存在着某种化学反应”这句话，就是用来说明随便哪两个人之间强烈的爱、恨、情、仇的，是用新方式来表达宿命的老观念。我可不相信我的朋友身上会发生什么化学反应。

布莱兹赫德的复活节派对过得真是痛苦，末了发生的一件虽小却叫人难忘的事情将这痛苦推到了顶点。当时塞巴斯蒂安在他母亲家里，晚饭前就已喝得烂醉，这标志着他的忧郁迈进了一个新纪元，继而发展到逃出家庭，导致了他的毁灭。

黄昏时分，很多到布莱兹赫德过复活节假期的人已经离开了。虽说是来度复活节假期，但实际上大家到齐那天已经是复活节那周的星期二了，因为弗莱特一家人从濯足节[1]到复活节一直都在教堂里清修，直到那天才再次露面。塞巴斯蒂安早就说过复活节他不回家，可到了最后一刻他到底让了步，回家时颇为郁闷，我也完全无法让他振作起来。

他整整一个星期都喝得很厉害——只有我知道有多厉害——他喝得神经紧张，偷偷摸摸，与之前的风格全然不同。在聚会期间，图书馆里总会放着一托盘兑了水的烈酒，塞巴斯蒂安一有空就偷溜进去，甚至跟我都不说。白天家里基本没人，我就在柱廊那间小小的花园房里画另一幅画。塞巴斯蒂安说自己感冒了，要留在房里——这段时间他就没怎么清醒过。他一声不吭地避开别人的注意。我常常注意到他引来了人们好奇的目光，不过来度假的大多数人都不怎么了解他，也就看不出他身上所起的变化，而

---

1. 复活节前一周的星期四，以纪念耶稣为其门徒洗脚。

他家的人又忙得不可开交，每个人都有自己的客人要应酬。

我一劝他他就说：“真受不了这些人。”可待众人终于离开，在逼仄的空间里他不得不面对他家人的时候，他就崩溃了。

通常来说，六点钟会把鸡尾酒端到客厅来，我们再自己调自己要喝的，等到换礼服时，酒瓶就给拿走了。在餐前鸡尾酒会再来，由男仆递给每个人。

那天一用完茶点，塞巴斯蒂安就不见了。天色渐晚，我和科迪莉娅玩了一小时麻将。到了六点，只剩我一个人在客厅，这时塞巴斯蒂安回来了。他皱着眉，我非常熟悉他这个样子，他才一张口说话，我就从声音里听出他的醉醺醺来了。

“他们还没把鸡尾酒端过来吗？”他手脚笨拙地拽了铃绳。

我说：“你刚才上哪儿了？”

“楼上，保姆那儿。”

“我才不信呢。你一直在什么地方躲着喝酒呢。”

“是一直在房里看书。我的感冒今天又加重了。”托盘端进来后，他歪歪斜斜地把杜松子酒和苦艾酒倒进一只大平底玻璃杯，端着走出客厅。我跟着他上了楼，他当着我的面把门碰上，并且明确地上了锁。

我垂头丧气地回到客厅，心里充满了不祥的预感。

这时全家人都坐在一起。马奇梅因夫人说：“塞巴斯蒂安现在怎么样了？”

“睡下了。他的感冒更严重了。”

“哦，亲爱的，希望他别是得了流感。最近一两次我都觉得他像在发烧了。他需要什么吗？”

“不要什么。只是特别要求别打搅他。”

我吃不准是否应该跟布莱兹赫德说一声，可他那冷酷无情的石头面孔打消了我对他的信任。在去楼上换衣服的时候把这事告诉了茱丽娅。

“塞巴斯蒂安喝醉了。”

“不会吧。他连鸡尾酒也没下来喝呀。”

“他在自己房间里喝了一下午。”

“太离谱了！他怎么这么无聊啊。那到时候还能吃晚饭吗？”

“不能。”

“嗨，你必须得管管他，这不关我的事。他经常这么喝吗？”

“最近经常。”

“太可恨了。”

“无聊透顶。”

我试着敲塞巴斯蒂安的房门，发现门已经锁了，心里希望他睡着了，可是我洗完澡回来，却看见他正坐在壁炉前的椅子上。他已经换好了参加晚宴的礼服，只差穿鞋，领结歪歪着，头发根根直竖。他满脸通红，眼睛眯缝着，口齿含糊不清。

“查尔斯，你说得很对。我没在保姆那儿。一直在楼上喝威士忌。聚会散了，图书室也没人了。聚会一散，就只剩妈妈了。我觉得我喝多了。我还是在楼上拿盘子装上点儿吃的果腹好了，不和妈妈一起吃饭了。”

“睡觉去吧，”我跟他说，“我就说你的感冒更严重了。”

“严重多了。”

我把他带回他的房间，就在我隔壁，想让他躺到床上去，可他坐在梳妆台前，眯起眼睛看着镜中的自己，整理了一下蝴蝶结。壁炉边的那张写字台上放着瓶半空的威士忌。我把酒瓶拿起来，以为他看不见，可他立刻从镜子前掉转过身来说："你把它放下。"

"别蠢了，塞巴斯蒂安。你喝得已经够多的了。"

"这特么活见鬼了跟你有什么关系？你只不过是这儿的客人——我的客人而已。我在自己的地盘，想喝什么就喝什么。"当时他看上去能为此跟我打上一架。

"好吧，"我说着，把酒瓶放了回去，"看在上帝的份上，请无视这瓶酒吧。"

"你只管操心你自己的事吧。你是作为我的朋友上这儿来的，可现在你替我妈妈在暗地里监视我，我什么都知道。好了，现在你可以滚了，你替我告诉她，以后我选我的朋友，她选她的探子，井水不犯河水。"

我走了，到楼下去吃饭。

"刚才我去过塞巴斯蒂安那儿了，他感冒得特别厉害，现在已经睡下了，说什么也不需要。"

"可怜的塞巴斯蒂安，"马奇梅因夫人说，"他最好喝一杯热威士忌，我要去看看他。"

"别，妈妈，还是我去吧。"茱丽娅说着站起来。

"我去吧，"科迪莉娅说，当天晚上因为人都走光了，她下楼吃饭以兹庆祝。她就坐在门口，没等谁拦住就已经出门了。茱丽娅和我对视一眼，悲哀地轻轻耸了耸肩。

过了几分钟科迪莉娅回来了，表情凝重。"嗯，看来他确实什么也不需要。"她说。

"他怎么样了？"

"噢，这我可不知道。可我觉得他醉得很厉害。"她说。

“科迪莉娅。”

突然这孩子咯咯地笑起来。“‘侯爵之子不习惯喝葡萄酒’，”她引用报纸上的话说，“‘模范学生的前程受到威胁’。”

“查尔斯，这是真的？”马奇梅因夫人说。

“是真的。”

接着宣布开饭，我们都去了餐厅，也就没再说到这个话题。

只有我和布莱兹赫德两个人的时候，他说话了：“你是说塞巴斯蒂安喝醉了？”

“是的。”

“他这时机挑得可真好，你就不能劝他不喝吗？”

“劝不住。”

“劝不住，”布莱兹赫德说，“我猜也是劝不住。有一回我看见我父亲喝醉了，就是在这间屋子，那时候我还不到十岁。如果有人存着心非要喝醉，那再怎么劝也是劝不住的。你知道我母亲就劝不住我父亲。”

他是以那种古怪的、不带任何感情色彩的方式讲的话。我回想，对这个家庭我旁观得越多，就越觉得他们特别。“我要请母亲今晚给我们朗读。”

我后来才知道这已是惯例，在家中出现不安情绪时，总是要请马奇梅因夫人在晚上大声朗读的。她的声音很是悦耳，表情也十分生动幽默。这天晚上，她读的是《布朗神父的智慧》中的片段。茱丽娅坐在那儿，旁边长凳上摆满了修指甲的用具，她认真地涂着指甲油；科迪莉娅摩挲着茱丽娅的北京哈巴狗；布莱兹赫德在那儿一个人玩纸牌；我既然百无聊赖地待着，便闲得研究起他们这一美妙奇特的组合来，同时还替那个躲在楼上的朋友悲伤着。

但是那一晚的可怕，说到这会儿可不算到了头。

在只有家人的时候，马奇梅因夫人会习惯于在睡觉前去一趟小教堂。她刚合上书，提议说去小教堂，这时候房门开了，塞巴斯蒂安出现了。他依然穿着我刚才看到他时穿的那身，只不过此时脸不红了，正相反，惨白惨白的。

“我是来道歉的。”他说。

“塞巴斯蒂安，亲爱的，快回你自己的房间啊。”马奇梅因夫人说，“明天早上我们再谈这事好吗？”

“不是跟你道歉。我是来跟查尔斯道歉的。我太可恶了，他是我的客人……他是我的客人，也是我唯一的朋友，我却这么可恶。”

一阵寒意席卷了我们。我带他回房，一家人都去祷告了。到了楼上，我注意到那个细颈酒瓶已经全空了。“是时候睡了。”我说。

塞巴斯蒂安开始哭起来。“你为什么要站在他们那边来跟我作对？我就知道，让你认识他们了，你就会反对我。你为什么要监视我？”

他说的话超出了我记忆的负荷，即使到现在已经用了二十年去记，也是超出了。终于让他睡了，我自己也很悲伤地去睡了。

翌日清晨，一大早他就到我房间来了，那时候一家人都还在睡。他拉开窗帘的声音把我吵醒了，我看到他站在那儿，穿戴整齐，吸着烟，背对着我，正看着窗外破晓的长长光影投射到朝露上，早起的小鸟在才抽嫩芽的树枝上鸣叫。我才开口说话，他就转过脸来，脸上没有了头天晚上酒精蹂躏过的残迹，现在的他娇艳欲滴，却又阴沉，一张失望的孩童的脸。

“喂，”我说，“感觉怎么样？”

“有点异怪。可能还是有点醉。我刚才下楼去马厩那儿，想搞一部车子，可是所有东西都给锁着。我们离开这儿吧。”

他拿起我枕边的水瓶喝了几口水，把烟头扔出窗外，接着又点了一支，手颤抖得像个老头子。

“你要去哪儿？”

“不知道。伦敦吧。我能住你家吗？”

“当然可以。”

“那好，穿衣服。叫他们把我们的行李火车托运过去。”

“不能这么说走就走吧。”

“我们不能再住下去了。”

他坐在窗前的椅子上，眼光从我身上移到窗外。过了一会儿，他说：“有些烟囱在冒烟了。他们大概已经打开马厩门了。走吧。”

“我不能走，”我说，“我得跟你母亲道了别再走。”

“真是可爱的小哈巴狗。”

“嘿，我不想不打招呼偷偷溜走。”

“顾不了那么多了，我要偷偷溜走，越远越好，越快越好。你和我妈妈想搞什么阴谋诡计就悉听尊便吧。我不会再回来了。”

“昨天晚上你就说过这话。”

“我知道。对不起，查尔斯。我说过我还醉着呢。如果这么说能让你好过一点儿的话，我就说我真恨透了我自己了。”

“这话一点儿也不叫我好过。”

“总会有点儿好过吧，我原先就是这么想的。好啦，如果你不来的话，就替我跟保姆问好。”

“你真的要走？”

“再真不过。”

“在伦敦见你行吗？”

“会的，我要去跟你一起住。”

他离开了，可我再没能睡着。约莫过了两个小时，一个男仆端来茶、面包和黄油，还把我新一天要穿的衣物摆出来。

上午晚些时我去找了马奇梅因夫人。风有些大了，我们留在室内。我挨着她坐在她房里的壁炉前，她埋头做着针线，正发芽的常春藤在窗棂上格格作响。

“我要是没看到他就好了，”她说，“多残忍啊。他喝醉这事我倒不介意——哪个男人年轻的时候没有过这样的事哪。我都习惯了。我的兄弟们在他这个年纪喝起酒来也一样地野。昨天晚上让我痛心的是他整个人就没个高兴头。”

“我明白，”我说，“我也没有看见他喝成这样过。”

“昨天晚上，这么些晚上……客人都走了，就剩我们一家人了——你知道，查尔斯，我向来把你当作自己人的。塞巴斯蒂安很爱你——在你面前他不用费什么劲就很快乐……可他并不快乐。昨天晚上我睡不着，一直想着这件事，他真的，太不快乐了。”

于我而言，我对自己还半懵半懂的事情，是不可能去跟她解释的，我当时甚至还想“她用不了多久就会明白这个的……说不准她现在就已经明白了”。

“这是很可怕，”我说，“但也不要认为他常常这样。”

“萨姆格拉斯先生跟我说过，上学期他一直酗酒。”

“是喝得很厉害，但没像这样过——以前从来没有喝成这个样子过。”

“那么，为什么现在这个样子了？一回家里就这样？和我们在一起就这样？一整夜我都在想啊，祈祷，不知道应该怎么跟他说才好。现在好了，今天早上，他干脆不在了。他多让人伤心啊，一声招呼也不打说走就走。我不想他感到羞愧难堪——他做下的错事才叫人羞愧难堪。”

“他为自己的不快乐而羞愧难堪。”我说。

“萨姆格拉斯先生说他吵闹不休，亢奋得不得了。我相信，”她说道，阴沉沉的脸上闪现出一丝俏皮的光，“我知道你和他拿萨姆格拉斯先生寻开心。你们太淘气了。我很喜欢萨姆格拉斯先生，毕竟他也为你们做了许多事，你们也该喜欢他。不过我想，要是我处在你们这个年龄，也是个男孩子的话，也许我自己也想耍耍萨姆格拉斯先生——不，我觉得这些事无伤大雅——可是昨晚和今天早晨的事情却完全是两码事。你知道，这种事以前也发生过。”

“我只能说我经常看见他喝醉酒，我也经常和他一起喝醉，但是昨天晚上那样子我完全没有见过。”

“哦，我不是说塞巴斯蒂安。是好多年以前的事了。我曾经与一位我爱过的人经历过这样的事情。嗯，你想必知道我说的是谁吧？就是他父亲。他过去常常喝成那样。有人跟我说他现在不这样了。上帝保佑这是真的。如果是真的，我全心全意感谢上帝。话说回来了，这个离家出走——他也是偷偷溜掉的，你知道。诚如你刚才所言，他为自己的不快乐羞愧难当。他们两个都不快乐，都羞愧难当，结果都偷偷溜掉了。这太可悲了。和我一起长大的兄弟们——”她的大眼睛从绣花上转到壁炉架上那个皮面折叠相框里的三帧照片上——“就不这样。我就是不明白这是怎么回事。你明白吗？查尔斯。”

“明白一点儿。”

“然而塞巴斯蒂安爱你胜过爱我们任何一个人。你知道。你得帮帮他。我无能为力了。”

在这里我已经把本来需要很多话来描述的事情压缩成了很少几句。马奇梅因夫人说话其实并不啰唆，但是她以一种女性化的方式来谈论自己的这一话题，调情一般地先是兜着圈子迂回，慢慢靠近，随后又躲开，欲说还休，欲休还说那样子声东击西，就像一只在这话题上轻舞的蝴蝶；迈着“奶奶步”，趁别人转过身背对的时候，神不知鬼不觉地接近她要的七寸，你一转过头来看她，她就磐石般原地不动。“不快乐”“偷偷溜走”——这两点构成了她的伤悲，她用她独特的方式还没说完话便已经将自己的悲伤展露无遗了。她用了一个小时才把她真正想说的话给说出来。后来，等我起身离开时，她像是又想起了什么似的说：“不知道你看过关于我弟弟的书没有？刚刚出版。”

我告诉她我在塞巴斯蒂安的房间里翻看过。

“我希望你也有一本。我能送给你一本吗？三个顶天立地的男人。内德是其中最棒的，是最后过世的一个。我早料到会来电报，而电报果真就来了。我想‘现在轮到我儿子去完成内德未竟的事业了’。当时就我一个人。他刚刚去伊顿。你看了关于内德的书就会明白的。”

她书桌上就摆着一本。这时我就想到，“好像我还没进这间屋子，她就计划好要这样子告别了。莫非连这次谈话她也排演过？设若事情不是照现在这个样子发展，她会把书放回抽屉里么？”

她在扉页上写下她的名字、我的名字、日期和地点。

“昨天夜里，我也为你祈祷来着。”她说。

我走出去，将身后的门关上，将品质低劣的宗教艺术品、沉降到低处的天花板、印花棉布、羊皮面书籍、佛罗伦萨风景画、盛着风信子和干花瓣的大碗、纳纱绣品、亲昵私密的女性气息以及风雅摩登的上流社会通通关在脑后。我回到了镶嵌装饰的穹顶下，回到中央大厅的圆立柱和柱顶下，回到，更好年华、充满阳刚之气的八月里。

我不是傻瓜，我年纪已经够大了，大到满可以识别出有人变着法儿唆使我做这做那的企图；我年纪又很小，小到可以体会出这样的经验令人愉悦。

那天早晨我没看见茱丽娅，正要离开时，科迪莉娅跑到车门前说：“你会见到塞巴斯蒂安吗？请你替我跟他说我对他特别的爱。记得住吗——特别的爱？”

在去伦敦的火车上，我读了马奇梅因夫人送我的那本书。卷首的插图是一帧身穿掷弹兵军服的年轻人的照片。从照片上可以清晰看出那种戴着冷酷无情的假面的源远流长，就像布莱兹赫德脸上的一样，假面遮盖了他们家族的荣光。照片上的年轻人出没在森林或岩洞，是一个猎人，一个部落的法官，是一个同周围环境做斗争的战斗民族一万种传统的严格力行者。书里还有一些其他插图，几张三兄弟的度假照片，每一张都可以追溯到同样的亘古本质。再想起马奇梅因夫人，她那么艳光四射、处事精巧，真心找不出她与这些阴沉脸的男人有什么相似之处来。

她在这本书中出现的次数不多。她比他们中最大的还要年长九岁，她结婚离开家的时候，他们还是小学生。在她和他们之间还有两个妹妹；在生下第三个女孩之后，她父母各种朝拜，各种虔诚，祈求能够诞下男丁，由于他们家家底甚为殷实，并且还是古老的名门望族。男性继承人到很晚才来，接连生了好几个儿子的时候，总算能传宗接代延续香火了，可是又发生了这么悲催的事情，三位男性相继身亡，这个家族的香火又猝然断掉了。

这是一部典型的信奉天主教的英格兰乡绅家族史。从伊丽莎白女王统治时期一直到维多利亚女王当政，他们只和他们的佃户及族人在一起，一直过着离群索居的生活，把儿子送出国读书，通常在当地成婚，不是族内成亲，就是跟一帮和他们门第相当的世家联姻，被剥夺了特权，那迷惘的几代人还要受一些教训——这些教训可以在家族最后三个男丁的一生中辨认出来。

萨姆格拉斯先生巧妙娴熟地把各种文体文字汇编一处，却编排得浑然一体，十分了得——诗歌、信件、日记摘抄、未发表过的文章……这些文字都爆发出一模一样的昂扬严肃、孔武有力，极富精神境界的灵气。此外还收录了他们三位死后同时代人写的几封来信，虽然表达的文字水平关联程度各有千秋，不过讲述的却全都是死者如出一辙的故事，说死者生前文韬武略，声名卓著，似锦前程就在眼前了。看得出这三兄弟与他们的朋友们不知怎的有些疏离，他们视死如归，献出了自己的生命，最后只能让人敬献花环悼念缅怀。这些人非得死不可，这样才可以为胡珀创造一个新世界。他们是土著，是法治之下的害群之马，稀松平常地被收拾掉，从而确保那些戴着夹鼻眼镜、摆着汗湿的大胖手、一咧开嘴笑就露出满口假牙的旅行商人平安。火车驶出越来越远，我离马奇梅因夫人也越来越远了，我忍不住猜想，她身上有没有同样的烙印，之于战争之外的方式使得她和她的家人归于毁灭？在她舒适的壁炉通红的烈焰中心，玻璃窗上爬墙虎的格格声中，没有听闻幻灭的轻唱。

车到帕丁顿站我回到家里，看见塞巴斯蒂安已经在了，还看见那种愁云惨雾业已烟消云散，他轻松又活泼，就像我当年初初与他相遇的样子。

“科迪莉娅要我转达她对你的特别的爱。”

“你和我妈妈‘聊了’吗？”

“嗯，聊了。”

“你转到她那边去了？”

要是头一天我就会说：“并没有对立的这边那边么。”可这时我说：“不，我站在你这边，‘不理世俗的塞巴斯蒂安’。”

我们就这个问题只说了寥寥数语，此后就再没谈起过这个话题。

可是阴霾已经渐渐笼罩了塞巴斯蒂安。我们回到牛津，窗下的紫罗兰再次绽放，栗子树映亮了街道，鹅卵石路铺满了温暖的碎石子，可今时再也不同往日，塞巴斯蒂安的心已是隆冬。

几个星期过去了。我们为即将到来的新学期找寄宿的地方，结果在默顿大街找到了一处僻静又昂贵的小房子，离网球场很近。

我遇到近来不常见到的萨姆格拉斯先生，就把我们找房子的事情跟他说了说。他正站在布莱克韦尔书店的桌子旁，那时正展览一些最新出版的德文书，他把买来的书堆放在一边。

“你和塞巴斯蒂安合住吗？”他说，“这么说他下个学期还要读啊？”

“我想是这样的。他为什么不读呢？”

“我可不知道原因。我怎么老觉得也许他要不上大学了。但是在这种事情上我总是猜不对……我倒很喜欢默顿街。”

他给我看他买的书，我又不懂德文，所以对这些书毫无兴趣。我要离开的时候，他说：“可别以为我多管闲事，你知道，你们真确定住了，我才会在默顿大街做出明确安排。”

我把这事告诉了塞巴斯蒂安，他说：“那可不，搞阴谋诡计啊。我妈想让我住到贝尔主教那儿去。”

“你怎么不告诉我？”

“因为我不打算和贝尔主教一块儿住。”

“我还是觉得你应该告诉我……这是什么时候的事？”

“一直，你知道，我妈精明得很。她看出在你这儿不成功没指望了。我估计就是你看完内德舅舅那本书之后给她写的那封信起了作用。”

“我几乎什么也没说。”

“就是因为什么也没说。倘若你以后对她有用的话，你就会说好多好多了。内德舅舅就是拿来试探你的。”

不过看起来她尚未全盘绝望，几天之后我收到她的一个便条，上面写着：“我星期二会经停牛津，希望见到你和塞巴斯蒂安。我想先跟你单独聊五分钟，然后再去见他。此一要求不会太过分吧？我将在十二点钟左右去你的寓所。”

她来了，大加赞赏了我住的地方……“你知道，我弟弟西蒙和内德也在这儿读过书。内德的房子正对着花园。我原本希望塞巴斯蒂安也来这儿的，可是我丈夫当时在基督教会学院任职，如你所知，塞巴斯蒂安的教育是由他负责的。”她又赞赏起我的画来……“大家都很喜欢你在花园小屋里画的那些画儿。要是你不把那些画都画完的话，我们可不答应。”最后，她终于说到主题了。

“我想你已经猜到我来这儿要问什么了。很简单，这个学期塞巴斯蒂安喝酒喝得还厉害吗？”

我猜到她要问这个，回答说：“如果他喝得很厉害，我就不会回答你。事实上，我得说不厉害。”

她说：“我相信你，感谢上帝！”随后我们就一块去基督教会学院吃了午饭。

那天晚上塞巴斯蒂安又遭了第三次灾。一点钟，被低年级生院长逮到他在汤姆学院的四方院子里乱晃，已是醉得不可救药让人绝望。

我是在差几分钟十二点离开他的，当时虽然他闷闷不乐，但还是很清醒的。可随后他就灌了半瓶威士忌。第二天早晨他来告诉我，他喝断了片儿，对这事根本记不清了。

“你是不是常常这么干？”我问，“我一走你就一个人喝？”

“大概有两次吧……要不然就是四次。他们烦我我才喝的。他们不管我就没事了。”

“他们现在不会烦你了。”我说。

“我知道。”

我们两人都知道快要大难临头了。我那天上午对塞巴斯蒂安也爱不起来，他需要，可是我没有可给他的。

“说真的，”我说，“如果你每次看到你家里的一个人，你都要自己喝一顿大酒的话，那你可就彻底没指望了。”

“嗯，是呀，”塞巴斯蒂安伤心道，“我知道。是没指望了。”

这样一来我的自尊又受到了伤害，这使我看来既像个骗人精，却又无法满足他的需要。

“喂，你打算怎么办？”

“我什么也不做。他们会把事情做尽的。”

我没安慰他就让他走了。

然后机器又开始重新运转，与十二月一模一样的情况又从头再来一遍。萨姆格拉斯先生和贝尔主教去见了基督教会学院院长，布莱兹赫德来这里住了一夜。小齿轮的飞转带着大齿轮转。大家都为马奇梅因夫人感到遗憾，她几个弟弟的名字金漆描字记载在阵亡将士名录上，关于她几个弟弟的事迹，人们记忆犹新。

她又来看我了，我又不得不把一大堆话简化为几句。长谈伴着我们从霍利维尔到公园，穿过美索不达米亚大街、北牛津渡口——这天晚上她要在北牛津跟一屋子修女一起过，修女们都在她的某种荫庇之下。

“你必须得相信，”我说，“我跟你说塞巴斯蒂安不喝酒时，说的是我所见所闻知道的实情。”

“我明白你想做他的好朋友。”

“我不是这个意思。我相信我说过的那些话——现在在某种程度上我还是相信。我相信他以前喝醉过两三次，不会再多了。”

“这样可不好，查尔斯，”她说，“你所有的话无非是要表明你对他的影响和对他的了解，其实并不像我想的大和多。我们两个谁相信他都没有好处。我以前就了解酒鬼。他们最可怕的一件事就是欺骗。最先扔下的，就是诚挚之爱。

“那顿愉快的午餐之后，你一走，他对着我乖巧得就像他还是小孩子的时候那样，我满足了他的一切要求。你知道，我对他和你一起同居心下存疑，还是不大放心的。我知道你能理解我这话的意思。你知道，撇开你是塞巴斯蒂安的朋友这一点之外，我们还是都很喜欢你。要是你不上家里来，我们会有多想你。可是，我希望塞巴斯蒂安有各种类型的朋友，不只是你一个朋友。贝尔主教告诉我，他从来不和别的天主教徒联系，也从来不去纽曼俱乐部，甚至很少去做弥撒。绝不是说他只应该认识天主教徒，不过他应该认识几个。要真是孤单一个人的话，那是需要很强大的信仰的，塞巴斯蒂安的信仰可并不强大。

“不过，我在星期二午餐时还是非常愉快的，一点儿都没有反对他什么。我还和他到处逛了逛，看了你们挑的房子——房子很可爱。我们还订了一些家具，你们可以从伦敦运来，把房子布置得更漂亮……可是就在我见到他的那天晚上，他！——不，查尔斯，这不合逻辑。”

她说着话，我在想：“这一篇大话准是她从她的拥趸智囊团那儿挑拣过来说的。”

“呃，”我说，“那您可有什么补救的法子吗？”

“这个学院还是很好的。他们说，如果他和贝尔主教住在一起就不开除他……原本这种事情我自己是不会提出来的，但这是主教本人的想法。他特地发了封信跟你说，随时都欢迎你过去。可实际上旧宫那里既没有你住的地方，我想，你也不愿意去住。”

“马奇梅因夫人，如果你想把他真变成个酒鬼的话，那就这么办好了。难道你就没有看出来，任何想要监视他的主意都会将他置于死地吗？”

"哦，亲爱的，争辩可不好。基督徒就一直认为天主教的神父是间谍。"

"我不是这个意思。"我想解释，但又解释得很烂。"他必须得自由。"

"他是自由的，总是自由的，到现在为止仍然是，可看看结果是什么样子。"

我们已经到了牛津渡口，讨论也进入僵局。我送她去修道院的路上几乎没再说什么话，再后来乘公共汽车回到卡尔法克斯。

塞巴斯蒂安在我的房间里等我。"我要给爸爸拍海底电缆电报，"他说，"他不会让他们逼我住到那个神父家的。"

"可要是他们把这个作为你上学的条件怎么办呢？"

"那我就不上了。你怎么不替我想想呢——每周两次弥撒，伺候那些扭捏作态的天主教新生吃茶点，陪那些来短期讲课的人在纽曼俱乐部吃饭，有客人来才喝一杯葡萄酒，贝尔主教会把我盯得死死的，让我别喝太多，我前脚才离开，他后脚就跟人说我是这里让人伤透了脑筋的酒鬼，之所以我被留下来了，是因为我母亲有多迷人……是这么回事吧？"

"我跟她说过这么做行不通。"我说。

"今天晚上我们真的一醉方休怎样？"

"只这一回倒不会有什么坏处。"我说。

"不惧世俗？"

"不惧世俗。"

"祝你幸福，查尔斯。留给我们的晚上不多了。"

这天晚上，也是许多星期以来的第一次，我们一起喝了个酩酊大醉。我把他送到大门口，午夜钟声全部响起，踉跄着回到自己的房间，头顶的满天繁星在塔楼间转得人头晕目眩，衣服也没脱就睡下了，我已经有一年没这样醉过了。

马奇梅因夫人是第二天离开的牛津，带着塞巴斯蒂安一起。我和布莱兹赫德去了他房间，把哪些要给他寄过去哪些要留下的东西挑拣出来。

布莱兹赫德还像之前一样严肃冷漠。"可惜塞巴斯蒂安和贝尔主教不熟，"他说，"他会发现和这个人一起住是很好的。我最后一年上学的时候就住在他那儿。我母亲认为塞巴斯蒂安铁定是个酒鬼了，他是吗？"

"他有变成酒鬼的危险。"

"我相信上帝更喜欢酒鬼，而不是那些德高望重的人。"

"看在上帝的份上，"我说，因为那天上午我差点儿就哭出来了，"为什么动不动就要把上帝扯上？"

"抱歉抱歉，我忘记了。可是你看那是一个超级可笑的问题。"

"可笑吗？"

"对我觉得可笑，对你不。"

"对我来说不可笑。我寻思，要是没有你们那套宗教说，塞巴斯蒂安本来有可能是一个快乐、健康的人。"

"这话值得商榷，"布莱兹赫德说，"你认为他还会需要这只大象脚[1]吗？"

当天傍晚，我穿过院子去找柯林斯。他一个人正坐在窗前就着越来越暗的光看书。"喂！"他说，"进来吧。一整个学期都

1. 指象脚形状的字纸篓。

没看见你，恐怕我这儿也没有什么好招待的。你怎么离开了你那聪明人的圈子啦？”

“我是全牛津最孤单的人了，”我说，“塞巴斯蒂安·弗莱特被开除了。”

过了一会儿我问他在这么长的假期里都干什么了。他对我讲了，可是听着很无趣。后来我又问他是不是已经找好了下学期的住处，他告诉我找到了，虽然很远，不过很舒服。他是和学院论文评定委员会秘书廷盖特合住的。

“还有间房空着。巴克要来住，可是他觉得既然正在竞选学生会主席，就该住得近些。”

我们心里都在想，我也许会租下那一间。

“你要去哪儿住？”

“我本来要和塞巴斯蒂安去默顿大街住的，可现在已经不行了。”

我们两人到底谁也没有提出租那间房子，时机错过了。我走的时候他说：“我希望你能找到另外的人去默顿大街。”我说：“我希望你找到人在伊弗莱路。”后来我再也没有跟他说起过这件事。

这一学期只剩下十天了。稀里糊涂混过了这几天，我回到了伦敦，与去年一样的是没有任何计划，不一样的是心境大变了。

“你的那位漂亮朋友，”我父亲说，“没有和你一起来吗？”

“没有。”

“我还以为他把这儿当作自己的家了。他没来很遗憾，我很喜欢他。”

“爸爸，你是不是特别希望我取得学位？”

“我希望你得学位？我希望这个做什么？对我没用。照我看它对你也没有多大用处。”

“我近来也真这么认为了。我觉得再回牛津上学可能反而是白白浪费时间。”

直到这时，我父亲对我正在说的话才多少注意了一些。他放下书，取下眼镜，注视着我，“听着像是你被开除了，”他说，“我哥哥警告过我的。”

“没，还没。”

“那么好，你想说什么？”他烦躁地，又戴上眼镜，瞄着书上那页他正看的什么地方。“每个人都至少要待上三年。我知道有个人为了取得神学学位用了七年时间。”

“我只是想，如果我以后从事的是并不需要学位的职业，那么我最好还是现在就开始干我打算干的事。我打算做画家。”

但是当时我父亲就此没给我答复。

无论如何，这一想法似乎在他心里深深扎了根，等到我们再次说到这件事时，便明白确定下来了。

“一旦当了画家，”星期日吃午饭的时候他说，“你就得需要间画室。”

“是的。”

“呃，家里可没有画室……连一间可以让你当画室的说得过去的房间也没有。我可不打算让你到什么画廊美术馆之类的去作画。”

“我压根儿就没有这么想过。”

“我既不愿意看到家里满屋子模特儿，也不愿意听到评论家可怕的行话。再说我也不喜欢松节油的气味。我猜你是要一不做二不休，打算用油画颜料吧？”我父亲他们那代人，是要看用油画颜料还是水彩去将画家分为严肃和业余的两种的。

“我认为第一年我不该画太多油画。无论如何我应该进学校学习。”

“出国去吗？”我父亲满怀希望地问。“我相信，国外很有几所出色的画画学校。”

事情进展得比我预想的要快多了。

“出国或是在这儿都可以。我得先四处转转。”

“那就出国转转。”他说。

“这么说你同意我离开牛津了？”

“同意？同意什么？亲爱的儿子，你已经二十二岁了。”

“二十岁，”我说，“到十月份才二十一。”

“是这样吗？那时间好像变长了。”

马奇梅因夫人的一封来信给这一篇章画上了休止符。

我亲爱的查尔斯，

塞巴斯蒂安今天早晨离开了，出国到他父亲那儿。在他动身前我问是否给你写过信，他说没写，这样我就必须写了，尽管不可能盼望一封信就把我们最后一次散步时无法讲出的话都讲出来讲明白。可也不想将你置于一无所知的境地。

学院只是让塞巴斯蒂安停学一个学期，圣诞节过后就可以复学，条件是他得和贝尔主教住在一起。这桩事情需要他自己定夺。同时，萨姆格拉斯先生非常好心肠地同意照管他。等他看望他父亲回来，萨姆格拉斯先生会带他去拉凡纳，萨姆格拉斯先生早就想去那里调查一些东正教教堂了。他殷切希望此行或许会唤起塞巴斯蒂安对宗教的新的兴趣。

塞巴斯蒂安在这里始终过得不愉快。

他们圣诞节再回来时，我想塞巴斯蒂安会很希望见到你，我们大家也是。我希望你下学期的安排按部就班，不被过分搅扰，谨祝万事胜意。

你的忠诚的
特里萨·马奇梅因

今天早晨我去花园小房子了，万分惆怅。

第二部

旧地荒芜

第一章

萨姆格拉斯被揭露——告别布莱兹赫德——雷克斯被揭露

“我们到关口时，”萨姆格拉斯先生说，“听到后面马蹄疾驰的动静。两个士兵骑马赶到我们车队前命令我们掉头。是将军派来的，到得正是时候。前方不到一英里处就有一支乐队[1]。”

他故意停下话头，零星几个听众默不作声地坐着，大家适才反应过来他那是想方设法为给他们留下深刻印象而卖的关子，可是他们却不知道怎么才算很有礼貌地表示自己很有兴趣并很愿意听他说下去。

“一班人马？”茱丽娅说，“天哪！”

他期待的远不止这一声惊叹，马奇梅因夫人最后总算是开了腔：“我觉得你在那地方采集的民间音乐未免过于单调枯燥了一点吧。”

“亲爱的马奇梅因夫人，那不是乐队组合是一帮强盗组合。”科迪莉娅坐在我旁边的沙发上，此时开始咯咯咯地笑出了声儿。“山里尽是强盗。有基马尔部落了单的兵士，还有撤退时被断了后路的希腊人。我敢打保票，那是一伙亡命之徒。”

1. 原文 band，有乐队、一帮人、组合等意思。

“掐我一下。”科迪莉娅悄声说。

我掐了她一把，沙发弹簧给她笑得嘎嘎唧唧的动静这才没了。“谢谢。”她说着用手背擦擦眼睛。

“如此说来，你们哪儿也没去啊。”茱丽娅说，“你很失望吧，塞巴斯蒂安？”

“我？”塞巴斯蒂安说。他坐在灯光范围之外的阴影里，在壁炉温暖的光热之外，在他家人的圈子之外，在牌桌上摊开的那许多张照片之外。“我吗？哦，我想那天我不在那儿，是不是，萨米？”

“那天你病了。”

“我是病了，”他答应得如同回声一样，“所以我就什么地方也去不成了，是不是，萨米？”

“好了，请看这一张，马奇梅因夫人，这是在阿勒颇一家酒店院子里的大篷车。这是我们的一位亚美尼亚厨子，贝杰德比安；那是我骑在小马上；那是折叠起来的帐篷；那是筋疲力尽的库尔德人，当时他总是跟着我们……这是我在蓬土斯、以弗所、特拉布松、克拉克-德斯-切瓦利埃尔、萨莫色雷斯岛、巴统……当然，我可没按时间顺序排列这些照片。”

“全都是向导啊、废墟啊、驴啊……”科迪莉娅说，“塞巴斯蒂安哪儿去了？”

“他呀，”萨姆格拉斯先生说，语带得意，好像这个问题早在他的意料之中，连回答都已经准备好了，“他端着照相机到处拍呀。他才知道不要把手挡在镜头上，就俨然成了一个很像样子的摄影师了，是不是，塞巴斯蒂安？”

阴影里没有回答，萨姆格拉斯先生就又去掏他那个猪皮提包了。

“这些，”他说，“这组照片是在贝鲁特的圣乔治旅馆的台阶上一个街头摄影师拍的。这些里头有塞巴斯蒂安。”

“哎，”我说，“那个人是安东尼·布兰奇？”

“是他，我们经常见到他，在君士坦丁堡碰巧遇到的。那是个让人开心的家伙，我和他真是相见恨晚。他跟我们一道去的贝鲁特。”

这时茶已经撤下去了，窗帘也拉上了。正是圣诞过后的两天，我来的第一个晚上，也是塞巴斯蒂安和萨姆格拉斯先生回来的第一个晚上，我下火车在站台上看见他们俩，真使我感到惊讶。

三周前马奇梅因夫人来过一封信，信上说：“我刚刚收到萨姆格拉斯先生的信，说他和塞巴斯蒂安将如我们所愿回家来过圣诞节。我很久没有得到他们的音信，以至于担心他们是不是走丢了，没得到他们的消息也就没心情做任何安排。塞巴斯蒂安会很想见到你。请务必来我家过圣诞节吧，如果一切事情都能安排妥当的话，或者把事情一处理好就尽快来。”

圣诞节要去我伯父那里，这是早就约好了不能改的，探望了伯父，我就坐火车横穿全国，中途又换了支线，想着见到塞巴斯蒂安时他已经到家了，哪知他就在我隔壁的那节车厢里。我问起他做了些什么的时候，萨姆格拉斯先生却口若悬河、无一挂漏地告诉我说行李怎么怎么被放错了地方，库克旅行社又怎么怎么假日期间不营业呀等等，我立刻就察觉出此事一定另有隐情，一定还有别的什么瞒着我。

萨姆格拉斯先生也不好受，他外表上照旧保持着自信满满，可是那份内疚就像环绕在侧的雪茄烟雾一样笼罩着他，马奇梅因夫人向他问好的时候，我就捕捉到了一丝信号。喝茶时，他一直神气活现地大谈旅行见闻，后来马奇梅因夫人把他引到楼上去，和他“小小地倾谈”一下。我带着悲悯同情眼看着他走开。再愚钝之人，也能清楚地看出萨姆格拉斯打的这一手烂牌了，喝茶时我很注意他，开始怀疑他不但作假，而且欺骗，肯定有些他应该说可又不想说的事情，他不大知道应该如何跟马奇梅因夫人讲他在圣诞节的所作所为。而且，更甚的是，我猜关于整个在东地中海国家旅行，他一定也还有很多本应讲出来而他又根本不打算讲出来的事情。

“跟我去看看保姆吧。”塞巴斯蒂安说。

“求你了，我也去行吗？”科迪莉娅说。

“来吧。”

我们上楼去了圆顶育婴房。科迪莉娅边走边问：“你在家一点儿也不高兴吗？”

“我当然高兴了。”塞巴斯蒂安说。

“嗯，那你就应该显出点儿高兴的样子来呀。我一直想看到你高高兴兴的。”

保姆看起来并不是特别愿意跟人说话，她最喜欢的是人家来探望她却不注意她，由她在一旁一边织着毛线，一边看着他们的脸，回想她记忆中他们孩提时的样子，除了他们幼年时的小病小灾，犯过的错之外，他们眼下做什么都没有多大意义。

“唉，”她说，“你现在可瘦了。我看就是那些外国的吃食不合你胃口闹的。现在你回来了要养胖些才对啊。你看着像熬了好几个晚上，还有，看你的眼睛——跳舞去了吧，我就知道。”（霍金斯保姆仅信上层阶级晚上什么事都没有，就会在跳舞厅里打发时间。）“你那衬衫可该补补了，我先给你缝一下再送去洗。”

塞巴斯蒂安确实满面病容。五个月时间着落到他身上所起的变化相当于好几年的。他脸色更加苍白，更瘦削了，眼下有了眼袋，嘴角耷拉着下垂，下巴颏上的疮痕也显现出来了。他的声音较之从前干乏平淡，举止忽而没精打采，忽而又激越夸张，神经兮兮。他灰头土脸的，整个人从头发丝一下垮到脚底板的感觉，虽说衣装跟头发以前也随随便便不特别打理，但总归还算说过得过去，现在却是邋里邋遢的了。更糟的是，从他眼里可以见到拘谨和警惕了，这样的神情在复活节时见着时就使人惊异，现在却俨然已是常态。

被他警惕的神情制约了，我一句也没问他自己的事，只是跟他讲了我秋天和冬天怎么过的。跟他说了我在圣路易岛住处的情况，那里的美术学校，还说了老教师是如何如何好，学生们又是如何如何坏。

“他们根本不往卢浮宫近前去，”我说，“就算是去，也只是因为他们的某个荒诞派评论刊物，突然‘发现’了某位大师的作品恰恰与那个月的美学理论暗合。有一半学生像皮卡比亚[1]那样，惦记着出名要趁早。而另外一半学生全心全意想给《时尚》杂志画广告和去给夜总会做装修来养家糊口……教师们一直想让他们照着德拉克洛瓦那样子画画。”

“查尔斯，”科迪莉娅说，“现代艺术是不是很扯啊？”

“没有更扯的了。”

“噢，我真高兴。我和一个修女发生争论过这个，她说我们

---

1. 达达主义画派创始人。

不该对我们不懂的东西妄加批评。这回要告诉她，我这话可是一位真正的艺术家说的，好好回敬回敬她。”

过不久就到了科迪莉娅的晚餐时间，我和塞巴斯蒂安也该下楼到客厅喝鸡尾酒。布莱兹赫德独自一个人在那儿，这时威尔科克斯跟着我们进来，对他说道：“夫人请您上楼有些话说，大人。”

“这不像妈妈的做派啊，使唤人来通报。她一直都是亲自把人引诱到楼上去的。”

一点儿也不见鸡尾酒托盘的影子。几分钟后塞巴斯蒂安拉了铃。男仆来答话，“威尔科克斯先生在楼上和夫人在一起。”

“好吧，随便，把鸡尾酒给端来。”

“威尔科克斯拿着钥匙呢，少爷。”

“呃，好吧，那他一下楼来就叫他把酒端来。”

我们又聊了聊安东尼·布兰奇。“他在伊斯坦布尔的时候还蓄着胡子，但我叫他全刮了。”过了十分钟塞巴斯蒂安又说，“算了，我也不想喝鸡尾酒了，洗个澡去。”说完就离开了客厅。

七点半了，我觉得其他人都换晚礼服去了，就在我也要随大流去换衣服时，赶上布莱兹赫德下楼来了。

“请稍等一下，查尔斯，有些事情我必须要解释一下。我妈妈已经吩咐过了，任何房间里都不准留下喝的。你知道原因的……要是你想喝的话，只管拉铃向威尔科克斯要——不过，最好是只有你一个人的时候。我很抱歉，可眼下就是这么个情况。”

“非得这样不可吗？”

“我猜非得这样。你或许听说了，或许没有，塞巴斯蒂安一回到英国就又大爆发了。整个圣诞节都见不到他的人，直到昨天晚上萨姆格拉斯先生才找到他。”

“我一猜就是发生了这样的事情——可你确定这是解决问题的最好方法吗？”

“这是我母亲的方法。他已经上楼去了，你想来点儿鸡尾酒吗？”

“会呛死我的。”

我住的一直是我第一次来访时住的房间，就在塞巴斯蒂安隔壁。我们两人共用一个浴室。它之前本来是更衣室，二十年前改成了所谓的浴室。把床换成了一个深槽的铜质浴缸，桃花心木围边，只要拉一拉重得跟轮机似的黄铜杆子，就会给浴缸注满水。房间里的其他东西保持了原样，冬天里一成不变地生着煤火炉子。我常常想起这个浴室——一屋子的水汽朦胧，搭在印花布面扶手椅背上温暖的大浴巾——与那些摩登社会里号称奢侈的摆设，却千篇一律得像诊所一样，满是闪闪发亮的镀铬盘盏和镜子的房间，形成了鲜明的对照。

在浴缸里泡了一阵子，在火炉边慢慢烘得干爽爽的，心里一直想着我的朋友这次归家的消沉颓丧。此后穿好浴袍，去塞巴斯蒂安的房间，像往常一样不敲门直推而入。他正坐在壁炉旁，衣装尚未穿戴整齐，听见我进来，把手里的漱口杯一撂，愠怒得正待发作。

“噢，是你呀，吓了我一跳。”

“你喝了酒了。”我说。

“我不明白你的意思。”

“看在基督的份上，”我说，“你跟我还有什么好装的！你该也给我喝点儿。”

“只不过是瓶子里剩下的一点儿而已，我都喝光了。”

“又怎么了？”

“没什么大不了的，这种事见得多了……以后再告诉你。”

我换好晚礼服，又去找塞巴斯蒂安，但发现他还是像我刚才离开他时一样坐在壁炉旁，衣服还是没有穿好。

客厅里只有茱丽娅一个人。

“哎，”我问，“到底怎么了？”

“哦，无聊的家庭纠纷。塞巴斯蒂安又喝得稀烂，大家只好留心盯着他。太没意思了。”

“他也觉得特别没意思。”

“嗯，他没意思就得怪他自己了。为什么他的为人处世就不能跟别人一样？话说要盯着人，萨姆格拉斯先生呢？查尔斯，你注意没注意到这个人在搞什么猫腻？感觉很古怪。”

“古怪得很。你觉得你母亲看出端倪来了么？”

“妈妈眼睛里只看得到能入她法眼的东西。她不可能把全家人都监视起来。你知道，我也快成了人家的眼中钉了。”

“你我可不知道，”我说，又故作恭敬地加上一句，“我刚从巴黎来。”这么说便可以避免让她以为她遇到的任何麻烦事尚未尽人皆知。

那一晚特别阴郁。我们在绘画大厅吃的晚餐。塞巴斯蒂安姗姗来迟，大家心里都在纠结不安着，我觉得每个人心里都会以为他一准儿给个浅薄的滑稽戏一般的出场亮相，身子东歪西倒，打着酒嗝之类。可他进来时却相当得体，还道了歉，坐到一个空位上，由着萨姆格拉斯先生继续滔滔不绝讲下去，他既没有打断他，好像却又充耳不闻。德鲁兹人、东正教的主教大人、圣像、跳蚤、罗马建筑遗迹、山羊眼绵羊眼制作的稀奇菜式、法国和土耳其的官吏……他把一切近东旅行的见闻都讲出来让大家消遣了。

我注意着餐桌上倒了一圈香槟酒，要轮到塞巴斯蒂安时，他说：“请给我威士忌。”我看到威尔科克斯越过他的头顶望向马奇梅因夫人，看到她轻轻地、不易察觉地点点头。在布莱兹赫德，大家都用小小的细颈瓶喝烈酒，每只细颈瓶大约能盛装下四分之一酒瓶的酒，这种瓶子总是给斟满了然后摆在想喝的人前面。威尔科克斯放在塞巴斯蒂安面前的那只细颈瓶里只给倒了一半。塞巴斯蒂安故意把瓶子拿起，倾斜瓶身，看着，然后再一声不吭把酒倒进自己的酒杯里，倒了两根手指高低。我们所有人都开始聊起天来，除了塞巴斯蒂安。这时萨姆格拉斯先生发现自己没有聊天对象，只好对着烛台大谈马龙教派。但是大家很快又都陷入沉默了，故而他又好滔滔不绝，独领一餐桌风骚了，直至马奇梅因夫人和茱丽娅离席为止。

“别搞得太晚了，布莱德。”她按以往习惯，出门时说了这么一句。只是这天晚上，我们半点都不想多耽搁。自己的杯中倒上了酒，细颈瓶立刻被拿出餐厅。我们把酒赶快喝掉，就一股脑都去了客厅，布莱兹赫德请他母亲读书，于是她就读了《小人物的日记》，情绪饱满地一路念到十点钟，然后合上书，说她感到难以言传的疲劳，疲劳得晚上也不去小教堂了。

“明天谁去打猎？”她问道。

“科迪莉娅去。”布莱兹赫德说，“我得带上茱丽娅的那匹小马驹，只是让它知道知道怎么打猎……不会超过两小时的。”

“雷克斯不知道几点要过来，”茱丽娅说，“我最好在家里留守迎候。”

“都在什么地方碰头？”塞巴斯蒂安突然问道。

“就在这儿，弗莱特圣玛丽教堂。”

“那我也去打猎吧，帮帮忙，看有什么适合我的。”

“当然有了。这可太让人高兴了。我早就让你去，可你总抱怨说是强迫你出去。你就骑‘廷克贝尔’吧，这个狩猎季它一直跑得很好。”

因为塞巴斯蒂安想去打猎，大家说话间忽然都快活起来了，好像因此一晚上的不痛快都一笔勾销了。布莱兹赫德拉铃要威士忌。

“还有谁想喝？”

“给我也来点儿。”塞巴斯蒂安说，虽然这一回仆人不再是威尔科克斯了，我还是看到他跟马奇梅因夫人同样交换了眼色和微微点头。显然所有人都被提醒过。端进来的两种酒，已经倒进杯子里了，像酒吧里的“双份儿”[1]一样，我们盯着托盘，活像一群在餐厅里进行嗅觉比赛的狗。

但是塞巴斯蒂安想去打猎所引发的好情绪一路高歌猛进。布莱兹赫德写了条子给看马厩的，我们便都兴高采烈地睡觉去了。

塞巴斯蒂安径直上床，我坐在他房里壁炉旁吸着烟斗。我说：“我真想明天和你一起出去。”

“喂，”他说，“你不要把打猎看得多了不起。我跟你说我要干什么吧。只要到了第一个隐蔽处，我就撇开布赖德，骑着马上最近的一家好酒馆去，然后在那儿打发掉一整天，要在酒馆前厅安安生生地畅饮。要是他们把我当成酒鬼，那就随他们好了，我会是个不折不扣的酒鬼的。随他的便吧，反正我讨厌打猎。”

---

1. 表示需要倒入杯中的威士忌的量，双份的一般指两指横向的高度。

“哦，这我可拦不住你。”

“你能拦，实际上——一点儿钱也不给我就拦住了。他们冻结了我的银行账户，你知道，夏天干的。这是我的心腹大患啊。我把手表和雪茄盒给典当了才保证了圣诞节能过得快活，所以我得找你要我明天一天的花费。”

“我不给。你很清楚，我不能给。”

“你不给吗，查尔斯？好吧，我敢说靠我自己也能有法子。最近我可精了，自力更生，非那么做不可。”

“塞巴斯蒂安，你和萨姆格拉斯先生，你们两人怎么样了？”

“吃饭的时候他不是都告诉你们了吗——废墟、向导、驴，这都是桑米干的事。我们决定要按自己的路线走，就是这么回事。天可怜见的桑米直到现在表现得确实还不赖……我希望他能一直这样保持下去……不过关于我的快乐的圣诞节吧，他就未免太不谨慎了一点。我想是不是他认为要是把我形容得过分好了，他反倒会失去他监护人的资格吧。

“你知道，他在这里头可捞了不少油水……我的意思并不是说他在什么地方揩油搞不规矩。在钱上吗，我觉得他还是很诚实的。不过他也确实留着一个让人尴尬的小账本，记下了所有的旅行支票兑成现金的金额，还记下了怎么花的这些钱，以备妈妈和律师查验。可是什么地方他都想去，对他来说，有我这么个人带着他玩得舒舒服服的，跟那些大学教师那样子的旅行法儿可完全不在一个层面上。唯一的不便之处就是得处处容忍我的同伴，不过很快这问题也不成其为问题了。

“于是我们就开始了一场风光大戏一般的旅行，你知道，我们随身带着给各地头头脑脑的信件，住在罗德岛的军政府和君士坦丁堡大使那里。这是桑米答应照管我的首要原因。当然喽，他是把学校的工作停下来去盯着我，可也事先就跟我们所有的东道主都打过招呼说我不怎么靠得住。”

“塞巴斯蒂安……”

“是说不特别靠得住。我手里又没钱，所以想跑也跑不到哪儿去。甚至连小费那点儿钱他都得替我付，把钱塞在对方手里，然后立时三刻就在小本上记下大致金额。不过我在君士坦丁堡走了大运。有一天晚上我趁桑米没留神，设法靠着打牌赢了些钱。第二天我就溜出去了，可我正在托卡特里安大街上的酒吧过得逍遥快活的时候，只见酒吧里进来一个人，不是别人，就是蓄着胡子的安东尼·布兰奇，他带着一个犹太男孩子。安东尼才借给我十英镑，桑米就气喘吁吁地跑进来了，又把我给逮了。打这以后，我就一分钟都没有逃开他的严盯死守了。再后来大使馆的职员把我们安置在了去比雷埃夫斯的船，眼睁睁看着我们驶离码头。可是到雅典就比较容易了。有一天吃过了午饭，我就那么随随便便地走出公使馆，到库克旅行社兑了现金，还故意问了去亚历山大港的班次，玩的障眼法就是为了混淆桑米的视听。然后就坐着公共汽车上码头去了，还找着一个一口美国腔儿的水手，就睡在他那儿，直到他那条船起航……然后再回的君士坦丁堡。就是这样，没了。

“安东尼和那个犹太男孩子合住在集市附近一所挺不错只是有些颤颤巍巍的房子里。我在那里一直住到天气冷下来了，然后就跟安东尼坐船南下，按着三星期以前跟桑米约定的，我们在叙利亚再见了。”

“怎么桑米不介意吗？”

“哦，我认为按着他自己吓人的方式过得还挺爽的呢——当然啦，也没有更多高级的生活让他过。我猜他一开始是有些着急，可我一点儿也不想他知道整个地中海舰队的消息呀，所以我就从君士坦丁堡给他拍了封海底电报，说我很好，问他能不能把钱给寄到奥特曼银行来。他一接到电报，就立刻跳着脚来了。当然了，他也是举步维艰，因为我成年了，身上又没有证明，他就没办法把我扣起来，也不能一边花着我的钱一边让我挨饿，何况他还不能把这件事汇报给我妈而显出他的愚蠢来——可怜的桑米，他必然得乖乖俯首听话了。我本想干脆离开他一走了之，可安东尼在这件事上很帮忙，他说还是把事情友好地解决掉比较好，他也的确把事情非常友好地解决掉了。看嘛，我就回来了。”

“过了圣诞节才回来的。”

“那是，我决意要过一个快快活活的圣诞节。”

“快活吗？”

“我觉得快活。怎么过的我是不大记得了……不过这总是一个好兆头吧？”

第二天早餐时布莱兹赫德穿了身猩红色打猎服；科迪莉娅又时髦又好看，扎着白色硬领，下巴高翘。塞巴斯蒂安穿着一件花呢外套进来的时候，她仰天长叹：“嘿，塞巴斯蒂安，你可不能穿成那样出去，赶快换一身去。你穿猎装要多好看有多好看。”

“猎装不知锁在什么地方了。吉布斯找不到。”

“瞎讲。叫你之前我已经亲手帮着把那套衣服找出来了。”

“有一半东西都不见了。”

“这除了会长斯特里克兰-维纳布尔斯夫妇的气焰之外没别的。他们的举止别提多糟心了——他们家新郎连礼帽也不戴就敢出去。”

差一刻钟十一点，马匹快给牵过来了，可楼下还没人来，好像大家都藏起来了，等着看塞巴斯蒂安打了退堂鼓再现身。

别人都上了马，塞巴斯蒂安也才要出发，却又把我叫进大厅，桌上放着他的帽子、手套、马鞭和三明治，还放着那个他拿出来等着装满酒的长颈瓶。他拿起瓶子晃了晃，空的。

“你看，”他说，“不信任我到了这个地步。发疯的是他们，不是我。现在你不能再拒绝给我钱了吧。”

我给了他一英镑。

“再给点儿。”他说。

我又给他一英镑，看着他上了马，在他兄妹后头信马由缰地小跑着。

此时萨姆格拉斯先生就像自己的戏份就要到了一样走上舞台，走到我身侧，挽着我的胳膊，把我带回到壁炉前。他先烤了烤自己那双干净的小手，然后又烤了烤自己的坐垫。

“看来塞巴斯蒂安猎狐去了，”他说，“我们的小难题可以暂时搁置一两个小时了吧？”

我不吃萨姆格拉斯先生这套。

“你们那次风光大旅行，我全听说了，就在昨天晚上。”我说。

“啊，我就猜到你会听到的。”萨姆格拉斯先生没一点害怕的样子，好像看见别人知道了还松了一口气似的，“我没用这些事情去折磨我们的女主人。毕竟这件事的结果好到已经超出预期了。尽管如此，我确确实实地感觉到，塞巴斯蒂安之所以圣诞节过得快活，是部分要归因于她的。昨儿晚上你注意到了吧，已经有了一些防备措施了。”

“我注意到了。”

“你认为那些措施太过分了？我跟你一样，特别是我们来这里只想小小地、舒舒服服地做个客也不行的时候。今天早晨我去见了马奇梅因夫人，你不会以为我才起床吧……我和我们的女主人在楼上做了一番小小的谈话。我想我们能指望今天晚上轻松一点了。谁也不希望昨晚的情况再来一遍了。我是觉得，昨天晚上我尽力想分散你们的注意力，可显然没有得到应得的感激啊。”

与萨姆格拉斯先生谈论塞巴斯蒂安的事情委实让人厌恶，我强忍着说：“我可吃不准今天晚上是不是真能放轻松。”

“吃不准？今天晚上为什么不行，难道在布莱兹赫德探究一切的注视下，在野外过一整天还不行？还能有别的、更好的日子吗？”

“呃，我想这确实不关我事。”

“严格意义上说也不关我的事，既然他平平安安地回了家。马奇梅因夫人愿意和我商量，这已经让我深感荣幸了。但此时此刻我挂念的不是塞巴斯蒂安的安宁，而是我们自己的。我要喝第三杯葡萄酒，我要图书室那个款待至周的托盘……可你却摆明了说今天晚上不一定轻松得了。我不知道你说这话的原因何在。塞巴斯蒂安今天不会再搞什么花头了，就凭一点，他没钱。我刚好知道他没钱，一直留意这个呢。我楼上甚至还有他的手表和雪茄盒。他百分之百闹不出什么幺蛾子了——只要没人邪恶地给他钱……嗨，茱丽娅小姐，早上好早上好。早上他们去打猎时，那只京八犬怎么了？”

“噢，狗狗很好，我说，我已经叫雷克斯·莫特拉姆今天上这儿来。绝对不能再发生昨天晚上那样的事了。得有人跟妈妈谈谈。”

“有人已经谈过了。我谈的。我想一切都会很好的。”

“感谢上帝。查尔斯，你今天画画吗？”

每次到布莱兹赫德做客，我都要在那个花园房间的墙上画一枚奖章，这早已成为惯例。这惯例正合我意——是以每每都让我有充分理由离开众人独处。宅邸里宾客满堂沸反盈天时，花园房不啻育婴房，人们总是时不时地上这里来避难并且闲话、八卦别人。所以我不费吹灰之力就知道了这里的一切绯闻逸事。我这时已经画了三枚奖章，每一枚这个角度看就很不错，但是换个角度就又没那么尽善尽美，因为我的审美和品位改变了，从开画这一系列奖章以来，十八个月间我的技法精进，手也越来越灵巧。作为装饰设计来说，这些奖章是失败的。在我发现花园房是避难之所时，这个上午在许许多多的上午中独具避难意义。我一到地方，立刻开始工作了。茱丽娅跟我一起来的，看着我画的画。我们也不可避免地说起塞巴斯蒂安。

“难道你，对这个话题还没腻味？”她问，“干吗每个人都把这当作头等大事？”

“那是因为我们都喜欢他。”

“嗯。我也喜欢他，用我的方式，我只不过希望他跟别人一样就好了。我是随着家里的丑闻一起长大的，你知道，就是我爸爸。人们从来不当着仆人的面说他，我们还小，也从来不当着我们的面说。如果妈妈打算把塞巴斯蒂安也搞成家丑一桩的话就太过分了。要是他就想喝醉了事，那他干吗不去肯尼亚，或者别的什么不在乎喝醉酒的地方呢？”

“怎么他在肯尼亚过得不高兴就不碍事呢？”

“别装糊涂，查尔斯，你明白的。”

“你是不是说，如果他在肯尼亚你们就不会这么尴尬了？那么好，我想说的是，我担心要是给塞巴斯蒂安逮着个机会，那么今天晚上就会尴尬的。他心情很差。”

“嗯，打一天猎会使心情变好的。”

看到大家都把希望寄托在这一天的打猎上，真是让人震惊。今天上午马奇梅因夫人顺便过来看我，为这事还用她以精巧细致著称的讥讽方式自嘲了一番。

“我向来痛恨打猎，”她说，“因为它会让很有教养的人身上平添许多粗陋。我也不知道那是怎么搞的，可是一旦他们穿上猎装，骑上马，就立刻摇身一变成了一帮子普鲁士人。就这样还洋洋自得。到晚餐时我坐在那里，心惊胆战地看到自己认识的男男女女一个个变成了浑浑噩噩、固执己见、偏执狂、蠢货……你知道——打猎传统也是由来已久，好几百年了——一想到塞巴斯蒂安今天和他们出去了，我心里倒松快多了。‘实际上他什么错也没有，’我在心里说，‘他打猎去了。’仿佛我的祈祷终有回应了。”

她问到我在巴黎的生活。我跟她说从房间可以看到塞纳河的风景和圣母院的塔楼。“我希望我回去的时候塞巴斯蒂安能和我一起住几天。”

“那该有多好啊。”马奇梅因夫人说着又叹了口气，好像明知这是一件无法达成之事。

“我希望他去伦敦和我住几天。”

“查尔斯，你知道这行不通。伦敦是个最糟的地方。在那里即使萨姆格拉斯先生也约束不了他。我们家的事是不瞒你的。他失踪了，你知道，整个圣诞节都不见踪影。萨姆格拉斯先生能找到他，就因为他在那个地方没钱付不了账，人家把电话打到家里来的……这太可怕了。不行，去伦敦不行，他在这儿和我们一起都不能规规矩矩……那我们就得让他在这儿更快乐更健康一些，让他打猎去，然后再让他跟萨姆格拉斯先生一起出国去……你看么，这样的事我都经历过了。”

反驳她的话就在嘴边，虽然没说出来，可我们两人也是彼此心照的——那就是：“你过去没把那个人管住，他跑掉了。塞巴斯蒂安以后还会跑掉。因为他们俩恨你。”

下面的山谷响起号角声和猎人们呐喊的声音。

“他们到那里了，快到家里那片林地了。希望他今天能过得很好。”

就这样，我和茱丽娅、马奇梅因夫人之间均陷入了僵局，不是由于相互之间缺乏理解，反倒是由于理解得太过了。布莱兹赫德回来吃午餐，也和我谈到同样话题——此话题在这个家中随处都要谈到，好像沉陷在水线以下的船舱中的火，在黑暗中现出暗红色火光，从舱口下冒出丝丝缕缕的刺鼻烟雾，又蓦地从舷窗口和通气管中吐出滚滚浓烟来——布莱兹赫德在我的身侧，我就要置身于全然陌生的世界。于我来说，那里死寂无声，那里是月球上赤裸的熔岩，是外太空，在那里我就算扯开嗓子喊到声嘶力竭，对方也置若罔闻。

他说：“我希望这就是耽酒狂徒。地地道道极大的不幸，我们大家要帮助他去担负这个。以往我常担心的是他想喝醉就喝醉，喜欢喝醉就喝醉。”

“过去他确实是这样的——我们俩都这样。现在他跟我在一起就这样。如果你母亲信得过我，我能让他到我这里为止……但要是继续用监视和神父之类的去烦他的话，不出几年他的身体就全垮了。”

“身体垮了并不是罪过，你知道。并没有什么精神、道德上的义务要求谁成为邮政大臣或者成为驯猎犬大师，也没要求谁八十岁了还能健步如飞十里路。”

“什么罪过，”我说，“什么道德义务……你又扯到宗教上去了。”

“我就没离开过宗教。”布莱兹赫德说。

“布赖德，你知道，如果我心血来潮有想做一名天主教徒的念头，那么只需和你谈上五分钟就会完全打消这个念头。你就是有本事把明智有理的命题给变成刻板荒谬的屁话。”

“真奇怪你居然会这样说我……以前我也听到别人说过类似的话。我觉得我当不了一个好神父，这也是众多原因中的一个。这就是我思考问题的方式啊，我想是这样。”

吃午饭的时候，茱丽娅全副心神都在这天要来的客人身上。她开车去车站接的他，接回家来吃下午茶。

“妈妈，必须看看雷克斯的圣诞节礼物。”

是一只小乌龟，鲜活的龟壳上用钻石嵌着茱丽娅名字的首个大写字母，这个有些淫秽的东西一会儿在光滑的桌上无力地爬着，一会儿爬过了牌桌，一会儿又笨手拙脚地爬上一块小地毯，一碰它，它就往回一缩脖子，然后又伸出去，晃着它干瘪苍老的头。当晚的乌龟实属令人难忘，它具有吸引力，在危急关头能够把人们的注意力吸引过去。

“哦哟，”马奇梅因夫人说，“不知道它吃的东西是不是和普通乌龟吃的一样啊。”

“要是它死了你怎么办？”萨姆格拉斯先生问，“能否把别的乌龟身体安进这个的壳里呢？”

雷克斯也听说了塞巴斯蒂安的问题——如果没有法子解决，他在这种气氛里也待不住——于是他带来了这个小动物作为解决办法。喝茶时他对此事津津乐道，大大方方地就把塞巴斯蒂安的问题公示了——一直到这会儿，因为都已经在私底下嘀咕了一整天，所以大家听到终于有人公开谈论了，都松了一口气。“把他送到苏黎世的博莱图斯那儿去吧。那个人叫博莱图斯，他在他工作的疗养院每天都在创造奇迹。你们都知道查理·基尔卡特尼以前是怎么个喝法的吧。”

“不知道。”马奇梅因夫人说，仍然带着她甜蜜的嘲弄口吻，“不知道，我恐怕不知道查理·基尔卡特尼过去是怎么喝酒的。”

茱丽娅听到她的情人被嘲讽了，便冲着乌龟蹙起眉头，可是雷克斯·莫特拉姆并不懂得个中含义，仍在状况外。

“两任妻子对他都绝望了。”他说，“他跟西尔维亚订婚的时候，西尔维亚把他必须去苏黎世接受治疗作为一个条件。真起作用了。三个月后他回来与之前的他简直判若两人了。从那时起，他滴酒未沾，即使西尔维亚甩了他也是一样。”

“她为什么要那么做呢？”

“唉，可怜的查理，自打戒了酒后就让人讨厌得紧。不过实际上这不是故事的重点。”

“我猜也不是。其实，我觉得吧，真的，这个故事还是蛮励志的。”

这时茱丽娅又对着她那只嵌钻的乌龟皱起了眉头。

“他也接受有性方面问题的病人，你知道。”

“哦哟，亲爱的，可怜的塞巴斯蒂安在苏黎世要交的都是些什么古怪朋友呀。”

“他的预约提前好几个月就满了。不过我想，要是我开口要求的话，他会找出间空房来的。今天晚上我在这儿就给他打电话。”

（雷克斯在最和善亲切的时候显示出一种高高在上的热切，就好比他把吸尘器硬塞到一位极不情愿的家庭主妇手上一样。）

“我们会考虑一下。”

我们正在考虑，科迪莉娅打猎回来了。

“啊，茱丽娅，这是什么东西？太恶心了！”

“是雷克斯送的圣诞礼物。”

“噢，不好意思。我总是一开口就要得罪人……可是这也太残忍了吧！它一定很疼很疼。”

“它们觉不出疼来的。”

“你怎么知道？我肯定它们会觉得的。”

她吻了一天未见的母亲，又和雷克斯握了手，就拉铃要了鸡蛋。

“我在巴美太太家那儿用过茶了，就是从她那儿打电话要车的，可我现在还是很饿。今天过得真是棒极了。琼·斯特里克兰-维纳布尔斯摔到泥地里去了。我们一口气从本格斯跑到了伊斯特莱，一站都没停……我估摸着得有五英里，是吧，布赖德？”

“三英里。”

“不止三英里，就照他那样跑……”她大口大口吃着煎蛋，告诉我们打猎的事，“……你们真该看看琼从泥地里站起来是个什么样子。”

“塞巴斯蒂安在哪儿？”

“他可丢脸了。”这几个字由一个孩子口中清脆地说出来，就像是拉了铃一般，她接着说：“他出门时穿着恶心的捕鼠外套，系了一条可难看的小领带，活脱脱像从莫文上尉的骑兵学校里出来的。乍一看见，我险些没认出他来……我希望谁也别认出他来。他没回来吗？我估计他又走丢了。”

威尔科克斯清理茶具，马奇梅因夫人问道：“还没有塞巴斯蒂安少爷的踪迹吗？”

“没有，夫人。”

“他一定停下来和什么人喝茶呢。这可真不像他的做派。”

又过了半小时，威尔科克斯端着鸡尾酒托盘进来说：“塞巴斯蒂安少爷刚才打电话来说要车去南特温宁接他。”

“南特温宁？谁住在那里？”

“他是从旅馆打来的电话，夫人。”

“南特温宁？”科迪莉娅说，“天哪，他真的走丢了！”

他到家时满脸通红，眼睛发烧一般地贼亮，我看出他已经醉到七七八八了。

“亲爱的孩子，”马奇梅因夫人说，“又看到你这么好，可真叫人高兴！看来在外面待待对你的身体很有好处。桌上有酒，自己喝吧。”

除了她说“有酒”这句话以外，她的话里听不出什么异样来。而就在半年以前，这种话是绝对不会说出口的。

“谢谢，”塞巴斯蒂安说，“我会喝的。”

旧伤未去，新伤又来，青肿之上不断挨打——是预料之中的事情。不是剧痛也不惊讶，只有沉闷的、令人烦躁的钝痛，还要琢磨着能否再承受一次这样的打击——这就是那天晚上吃饭时人们坐在塞巴斯蒂安对面，看着他迷离的醉眼和摩摩挲挲的动作，在他长时间令人窒息的、浓稠的沉默之后，他沙哑着嗓子无礼地打断别人谈话时的感受。最后，马奇梅因夫人、茱丽娅还有仆人们终于离开了，这时布莱兹赫德说："你最好还是去睡吧，塞巴斯蒂安。"

"先喝点葡萄酒。"

"可以，你要是想喝那就喝点吧，但不要到客厅里去。"

"喝个一醉方休，"塞巴斯蒂安说着重重点头，"像旧时代一样。绅士们总是烂醉后才去找太太小姐。"

（"可你知道，并不是那样的，"萨姆格拉斯先生后来跟我们闲聊时说，"这根本不像旧时代。我不知道到底区别在哪里。是情绪不高吗？还是没朋友？你知道，我看他今天大概自己一个人喝酒去了，可是他哪儿来的钱呢？"）

"塞巴斯蒂安已经上楼去了。"我们到客厅时，布莱兹赫德说道。

"是吗？要我读读书吗？"

茱丽娅和雷克斯两个人在玩牌。被小狗耍得够呛的乌龟把头缩进壳里去了。马奇梅因夫人大声朗读《小人物的日记》，天光尚早，她就说就寝时间到了。

"妈妈，我能不能多待一会儿，再玩一小会儿？就三盘？"

"好吧，亲爱的。睡觉前来看看我。我不会睡的。"

萨姆格拉斯先生和我都明白，茱丽娅和雷克斯显然希望二人世界，没有旁人在，于是我们也走了。布莱兹赫德看不出这点来，他稳稳当当地坐在那儿看他当日未读的《泰晤士报》。我们走到自己住的那一边去，这时萨姆格拉斯先生说："这完全不像旧时代。”

第二天早晨我对塞巴斯蒂安说：“老实跟我说，你想我还留在这里吗？”

“不想了，查尔斯，不想。”

“我帮不上忙？”

“帮不上。”

于是我就去他母亲那儿致歉。

“有些话我得问问你，查尔斯。你昨天给塞巴斯蒂安钱了？”

“给了。”

“明知道他会怎么花掉那钱？”

“知道。”

“那我可就搞不懂了，”她说，“我真搞不懂怎么会有人干得出这样无情无义的龌龊事来。”

她顿住了，不过我认为她不指望我回答什么，我也没什么可再说的，否则就是翻过来倒过去地从头开始那个滚瓜烂熟又无休无止的争论桥段。

“我不打算怪你，”她说，“上帝啊，不该由我来怪任何人。孩子们的失败就是我的失败。可是我不明白。我不明白你在各个方面都那么好，怎么就这么恣意妄为做出这么残酷的事来呢。我不明白我们大家都那么喜欢你……莫非你一直在恨我们？我不明白怎么会得到这样的报应。”

我并不为之所动。她的痛苦忧伤丝毫触动不了我。此情此景与我以前经常想象的被学校开除是一回事情。我真想她能说出这样的话来：“我已经写信通知了你那不幸的父亲。”可当我开车出去，在车里转头想最后看看这座宅子时，我觉得我把自己的一部分留在了这里，并且以后无论去向何处，都会缺少这一部分，却会徒劳地寻找它——像传说中的幽灵，徘徊在埋下财宝的地方，没有这些财宝，它们就付不出去阴曹地府的路费。

“我绝对不会回来了。”我对自己说。

墙上这扇低矮的小门关上了，那是我在牛津时想要寻找，并且已经找到了的小门；现在再打开它，里面再也没有那个迷人的花园了。

我终于升到水面上了，从一直被禁锢的透不进阳光的珊瑚宫殿和荡漾起伏的海底森林，回归到平凡的阳光和清新的空气里了。

我将一些东西抛之身后了——是什么？青春？华年？浪漫？这是些变幻无尽的把戏，这是一本《青年魔法师摘要》，一个整齐的橱柜，黑檀木魔杖和几只迷离虚幻的桌球并排摆在一起，有一个能折叠的便士，还有能蜷起身体缩进空心蜡烛的绒花。

“我抛下的是幻影，”我自言自语，“从今往后我就用自己的五种感官生活在三维世界里了。”

自此，我懂得了，这样的一个世界本不存在，可是汽车拐了个弯，再也看不见那个大宅了，我又想，不必费力寻找，这世界就在林荫路的尽头为我展开。

就这样我回到了巴黎，回到了在那儿结交的朋友们中间，回到了我惯常的生活里。我以为不会再有布莱兹赫德那家人的消息了，可是生活中能有几回这样剧烈的分离……还不到三个星期，我就收到了一封科迪莉娅的来信，法式修道院风格的字体：

亲爱的查尔斯，

你走了，我是多么伤心啊。你应该来跟我道个别再走啊！

你做的不光彩的事我全听说了，我写信来要说的是我也有不光彩的事。我偷了威尔科克斯的钥匙，给塞巴斯蒂安拿了威士忌，可是被抓住了。他好像就希望是这个结果。当时（现在也是）大吵了一顿。

萨姆格拉斯先生已经走了（好！），我觉得他也有不光彩的事，但不知道是什么。

莫特拉姆先生很受茱丽娅的垂青（不好！），他要把塞巴斯蒂安带走了（不好！不好！），去看一个德国医生。

茱丽娅的乌龟不见了。我们猜是它自己把自己给埋了，乌龟就是这样的，于是一个小包袱不见了（这是莫特拉姆先生的原话）。

我很好。

爱你的科迪莉娅

收到信后的一个星期，一天下午我回到房间时发现雷克斯正在等我。

当时大概是四点钟，因为在一年中的这个时候，画室里的光线早就暗下去了，门房告诉我说有一位客人在等我的时候，我从她脸上的表情就能看出，楼上那位叫人过目难忘。她具有把访客年龄和魅力描绘得活灵活现的天分，此时她的面部表情就显示出等着我的是一位重要人物。雷克斯的外表确实印证了这一点，看他穿着旅行大氅，将俯瞰塞纳河的窗子挡了个严严实实，就知道门房说得没错。

“呃，”我说，“喂。”

“我是上午来的。他们告诉了我你午饭常去的地方，可是我在那里找不到你。你见到他了吗？”

我根本不用去问“他”是谁。“这么说，他也跟你不辞而别，溜了？”

“我们是昨天晚上到这儿的，准备今天动身去苏黎世。吃完晚饭我就把他留在洛蒂旅馆了，他说他累了，所以我就上旅行者俱乐部打牌去了。”

我发现即使是跟我，他也在找着说辞，好像是预先在我这里排练一番，然后再去别处说似的。“他说他累了”，这理由还不错。可是我设想不出雷克斯会让一个半醉半醒的孩子打搅他玩纸牌。

“这么说等你回来时发现他已经不在了？”

“根本不是。发现他不在还倒好了。我回去时他正坐着等我。我在旅行者俱乐部手气好极了，赢得盆满钵满的。塞巴斯蒂安趁我睡着了把钱全卷跑了。只给我留下两张去苏黎世的一等车票，塞在镜子边缘……差不多三百英镑呢，这该死的！”

“那现在他几乎什么地方都可能去了。”

“什么地方都可能去。你不会碰巧把他藏起来了吧？”

“没有。我和那家人没有什么瓜葛了。”

“那么我跟他们家的瓜葛才刚刚开始。”雷克斯说，“嗨，我还有好多话要讲，我答应了旅行者俱乐部的一个家伙，说下午再给他一个报仇回本的机会。你和我吃饭去吗？”

“好。哪里？”

“我一般去西罗餐厅。”

“为什么不去派拉尔德餐厅呢？”

“从来没听说过。是我请客啊。”

“知道是你请。我来订餐吧。”

“好的，好吧。再说一次那地方的名字？”我给他写了地址。“是不是可以看到当地生活的那种地方？”

“是啊，可以这么说。”

“那好，这也是很好的体验呢。订些好菜。”

“正有此意。”

我比雷克斯早二十分钟到的餐馆。如果我非得和他消磨一个晚上的话，那无论如何也要按我的意思消磨。那顿饭我记得很清楚——酸模汤，一份简简单单用白葡萄酒调味的比目鱼，血鸭，柠檬蛋奶酥。最末了的一分钟，我生怕雷克斯觉得这餐饭菜式过于简单，于是又加了一道鱼子酱奥克斯薄煎饼。至于葡萄酒，我叫他给我来了一瓶一九〇六年的蒙特谢，这酒正是味道最醇的时候，还有一瓶一九〇四年的贝兹园葡萄酒配主菜血鸭。

那时候在法国生活是很轻松安适的。按当时的汇率，我的津贴可以维持很久，所以日子过得一点儿也不紧巴。但还是很少吃这样的一餐饭。他最后终于来了，把帽子和外套随便不屑地递给侍者，使我和雷克斯亲近了一点。他面带怀疑地打量着这个昏暗的小地方，好像想看到有地痞流氓或者一帮开饮酒派对的学生。可他看到的却是四个参议员，胡须底下掖着餐巾，一声不响地在吃饭。我能够想见得到他以后怎么跟他的商界朋友说：“……我认识一个很有意思的家伙，在巴黎学艺术的学生。他带我去了一家很好玩的小餐馆，保险是那种你路过时不会打眼看的地方，我从来没在别处吃过那么好吃的菜……那里还有半打参议员，说明地方确实是正经地方，价钱可也不便宜哦。”

“有塞巴斯蒂安的影子吗？”他问道。

“不会有的，”我说，“除非他需要钱了。”

“这也太过分了，就这么溜了。我真希望若能把他的事解决好了，那在别的事情上也能落着些好处。”

很明显他想谈他自己的事情。我心想，他的事情大可以缓一缓再谈，等到吃饱喝足有耐心的时候，等到喝那瓶科涅克酒的时候，等到人困马乏、心不在焉听别人讲话的时候……再谈也不迟。此时正是热烈的时刻，餐厅侍者领班在平底煎锅里把薄煎饼翻转过来，背后还有两个打下手的正准备着把血鸭再榨榨，我们兀自聊着自己。

“你在布莱兹赫德住的时间久吗？我走了以后他们提到过我吗？”

“提到过你吗？你的名字我都听恶心了好吧，小子。勋爵夫人管你叫‘坏心眼子’。她说了一大堆关于你们最后一次会面的情况。”

“‘无情无义又龌龊’以及‘恣意妄为、残忍’这一类的吧。”

“反正够狠的。”

“除非管你叫‘鸽子肉馅饼’，还要把你吃干抹净之外，任怎么说都无妨。”

“嗯？”

“是句谚语。”

“哦。”鲜奶油和滚烫的黄油混在一起溢了出来，把鱼子酱中的每颗淡蓝灰色的鱼子分离出来，再盖上白的和金黄的薄饼。

“我这里还要加上些洋葱碎，”雷克斯说，“也不知道是谁告诉过我洋葱碎很提味道。”

“先尝尝不加的，”我说，“再多说些关于我的。”

“好，当然。那个格林纳克……管他叫什么呢——就是那位傲慢先生——他可是摔了个大跟头。人人额手称庆哪。

“你走之后他也就只是得宠了那么一两天。别怀疑，要不是他撺掇那个老女人把你赶走的就没别人了。他总是要压我们一头，最后茱丽娅实在忍无可忍，让他走人了。”

“是茱丽娅干的？”

“嗯，他开始搅和起我们的事情来了，你知道吧。茱丽娅发现的他是个冒牌货，一天下午塞巴斯蒂安喝醉了——他大多数时候都喝得大醉——她就从他那儿知道了风光大旅行的全部秘密。这一下萨姆格拉斯先生的末日就到了。这件事以后，侯爵夫人方始觉得对你或许是很有一点粗暴了。”

“那和科迪莉娅大吵一通是怎么回事？”

“这件事闹得惊天动地遮云蔽日的。那孩子活脱脱奇葩一枚啊——她在我们的眼皮子底下给塞巴斯蒂安找了一个星期的酒喝。我们还纳闷儿他是从哪儿弄到酒的呢——那也正是侯爵夫人崩溃的时候。”

吃完油腻腻的薄饼，后面这道汤十分美味——热、清淡、味苦、沫多。

“再告诉你件事吧，查尔斯，这件事马奇梅因夫人没跟任何人交过底。她病得很厉害，说不定什么时候就进棺材了。乔治·安斯特鲁瑟在秋天给她看过了，说也就两年的时间吧。”

“你究竟是怎么知道这个的？”

“这事我也是听说的。看她家现在这个样子，我觉得她连一年也活不了了。我正好认得那个在维也纳给她看病的医生。这人妙手回春，把当时所有人，包括安斯特鲁瑟都认为没救了的索尼亚·班弗夏尔给医好了。可马奇梅因夫人却无意医治。我觉得这或多或少是受了她那个蠢不可言的宗教的影响，只关照精神不在乎肉体呀。”

鲽鱼做得过于简单保守了，雷克斯压根儿就没有注意到它，我们吃的时候伴着压榨血鸭的音乐——榨鸭骨头时的嘎吱嘎吱，鸭血和骨髓滴下时的滴答滴答，还有餐匙往面包片上涂黄油时的啪嗒啪嗒。沉默了一刻钟，我喝着第一杯贝兹酒庄产的葡萄酒，而雷克斯则吸着他的第一支香烟。他靠在椅背上，朝桌子上喷出一团烟雾，然后说道：“你知道，这里的饭菜真不坏，应该有人把这个地方占上，赚大钱。”

马上他又开始说起马奇梅因家的事了。

“我还要再告诉你一件事——如果再不上点儿心的话，他们家的财政很快就摇摇欲坠了。”

“我还以为他们家富可敌国呢。”

“嗬，他们家富是富，但是普通人把钱静静搁在那儿、不去想办法理财让钱生钱的富法儿。这样的人家都比他们在一九一四年的时候要穷了……看起来弗莱特家的人还没有意识到这一点。我估计他们的家庭事务律师会发现最简便的方法就是他们要多少现金就给他们多少，也别提问题。看看他们是怎么过得好了——布莱兹赫德庄园和马奇梅因公馆都曾经有过全盛时期，显赫一时，有成群的猎狐犬，不提高土地租金，一个人也不解雇，养着一帮老仆人也不知道在干些什么，还得别的仆人来伺候他们。除此之外，老家伙竟然在国外又建了一座公馆——规模也不小呢。

你知道他们在银行透支了多少钱吗？”

“我当然不知道。”

“光在伦敦就足足透支了十万英镑。不知道他们在别的地方还欠了多少。噢，对于他们这样不会理财赚钱的人来说，这就是坐吃山空的道道儿。去年十一月亏了九万八千英镑。这些都是我听来的。”

我想他听来的就是这些事情：要命的病和欠下的债。

我喜欢喝勃艮第酒。它似乎可以使人感到这世界比雷克斯所知道的更老派、更美好，也会使人生发出人类在历经长期苦难中汲取到另外一种智慧，不同于雷克斯的智慧。在这之后偶然间我又喝过一回同样的勃艮第酒，那是战争爆发头一年的秋天，在圣詹姆斯大街和我的葡萄酒商一起吃午饭时，因其年份的关系，酒的味道变柔和，酒劲也没那么冲了，可仍然以它纯正、地道的口感表现出它夺目的光彩，一如既往对希望的热望。

“我不是说他们将变成叫花子了。那个老家伙一年还是能负担三万多英镑的开销的，可就要大难临头了啊，上流阶层一旦遇到经济恐慌，他们首先就是削减姑娘们的费用，我可得赶在经济动荡的前头把结婚时要分给我和我妻子财产的这件小事给办妥了。”

不管怎么说，总之还没到喝科涅克酒，就已经谈到了他自己的事。过了二十分钟，我原本已经准备好了听他要告诉我的话。我尽最大努力关上理智不去理会他，只是专注于自己面前的食物，可是仍然有那么几个句子破坏掉了我的专属快乐，将我拽回到了雷克斯所处的那个严酷又贪婪的世界。他需要个女人，得是市面上最好的女人，还要以自己的价钱得到她，把他的话总结总结就是这么回事。

“……马奇梅因夫人不待见我。嗯，我也不求她待见。我又不是要和她结婚。她不敢把话挑明了说：‘你不是绅士。你只不过是个从我们英国殖民地来的冒险家’。她说的是我们生活的环境不相同——这话没毛病，可茱丽娅偏偏就喜欢我那个环境怎么办……后来她又搬出了宗教信仰的问题。对她的宗教信仰我没什么可反对的，在加拿大，我们是不会特别重视天主教徒。但情况不一样的，欧洲的天主教徒都很正派、体面不是么。茱丽娅什么时候想去做礼拜，就可以去做礼拜。我又不会横加阻止。事实上，做礼拜对她来说不比两只别针更多，没什么大意思的。我还挺愿意女孩子有宗教信仰呢。何况她还可以用天主教来教化孩子。他们提出什么要求我都可以‘允诺’……后来又说到我的过去。‘我们对你的过往知之甚少。’她知道得太多了好吗。你大概知道，我曾经跟某人纠缠过一两年。”

我知道。凡是认得雷克斯的人都知道他和布伦达·钱皮恩的风流韵事。还知道就是因为这件事，让他在其他的股票投机商中脱颖而出的。他和威尔士亲王打高尔夫，他是布拉特俱乐部的会员，甚至在下议院的雪茄房里也有朋友——比如他一开始出现在下议院雪茄房的时候，他们的党魁并不是这么说起他的，“看，那个就是北格瑞德里前程远大的青年议员，关于限制租借法案他讲得头头是道。”而是说：“那就是布伦达·钱皮恩的新欢。”——这句话为他与先生们打起交道来创造了十分便利的条件。他通常对女人很有一套，驾轻就熟。

“嗯，那件事早就彻底完了。马奇梅因夫人那么精致优雅的人，才不会提这个茬儿呢。她说的无非就是我如何如何‘声名狼藉’。嗯，她到底想要个什么样的女婿——难道就像布莱兹赫德那般半瓶子醋的教士不成？别的事情茱丽娅也全知道了，如果她都不在乎，那我就看不出关别人什么事了。”

吃完血鸭，上来一道撒着薄薄一层香葱末的豆苗和菊苣色拉。我努力只去想这个色拉。曾经一度真做到了只想着蛋奶酥。然后上来了科涅克酒，互吐心曲的时候到了。“……茱丽娅快满二十岁了，我可不打算等到她一把年纪的时候才结婚。无论如何，不把财产的事情彻底解决我是不会结婚的……干净彻底，没有丝毫漏洞……我得盯好了，不能让人把她应得的那部分给骗了。如果侯爵夫人按兵不动，那我就去见那个老头，笼络他。我估计凡是他认为会让夫人不安的事情，他都会同意照办的。他这会儿正在蒙特卡罗呢。我已经算好了，一把塞巴斯蒂安放到苏黎世，我就上蒙特卡罗去。所以现在把他给丢了可太烦了。”

科涅克酒不合雷克斯的口味。这酒清澈、色淡，拿过来时是一整瓶，瓶上没有积灰，也没有拿破仑一世的姓名开头字母的花体字。这酒的年份比雷克斯还要大个一两年，是新近才装瓶的。酒盛在细长的郁金香形酒杯里端过来，量不多。

“白兰地嘛，我多少还是懂一点儿的，”雷克斯说，“这酒的颜色不怎么样，另外，用这么个顶针酒杯儿我是没法品酒的。”

侍者们给他拿来了跟他脑袋那么大的球形白兰地杯。他叫人把这个球形杯放在酒精灯上烤热。然后晃动旋转杯里光怪陆离的酒体，把脑袋探进蒸腾的酒气中，最后宣称这玩意儿正是他在家掺苏打水喝的那种。

这么一来，餐厅的人面带愧色，又从储藏室推出一大瓶恨不成长了霉斑的陈年老酒来，这是他们为雷克斯这号人收藏的。

“这才是正经东西，”他说着，一边把这种蜜糖似的混合酒倾斜过来，直到他的酒杯挂杯留下几个黑圈。“他们总会把这种东西藏起来一些，你要是不识货、不大吵大闹，他们绝不会往外拿出来。来点儿。”

“这酒真棒。”

“噢，要不是真正懂得怎么去品这个酒的话，喝它就是一种罪过了。”

他点了支雪茄，带着与世无争的做派回到座位上去。我也是，与世无争，不过却是另一个世界，不是他的那个。我们俩都很高兴。他谈起了茱丽娅，我听到他的声音，不可思议地远，远得像是寂静的深夜里几英里外传来的犬吠。

在五月初，订婚的消息公布了。我看到《欧洲大陆每日邮报》上的消息，据此推断出雷克斯已经“笼络了那个老头”。可是事情并不像预想的那样。下一次再读到有关他们的消息已经在六月中旬了，说他们在萨沃伊教堂举行的婚礼相当低调，没有王室大驾光临，首相也没有到场，茱丽娅娘家谁都没来。这听起来倒很像是一桩“有漏洞”的事情，没过几年我就听说了这件事的详情。

第二章

茱丽娅和雷克斯

现在是时候说说茱丽娅了，在塞巴斯蒂安这出大戏中，迄今为止她一直扮演着一个间歇出场、谜一般的角色。当时她给我的印象就是这个，我给她的也是。我们各自追寻的目标让我们朝着彼此靠近，但到底还是陌生。她后来跟我说，她心里或多或少还是留意到我的，就像一个人翻遍书架想找到某一本书，可往往会有另外一本引起他的注意一样，他会把这本书取下来，扫一眼封面上的书名说："等有时间我一定得读读这本。"然后复又把它放回原处，继续寻找他想要的那本。我这边对她的兴趣则要更强烈一些，因为兄妹之间总有身体、样貌上的相像，这种相像在不同姿势、不同光线之下，每次看到都会重新刺中我。而且，由于看到塞巴斯蒂安的光速萎靡，每一天都较之于前一天更加暗淡和模糊，所以茱丽娅的形象反而愈加清晰和切实了。

那时的她清瘦、平胸、腿修长，像只蜘蛛，四肢和脖子很抓眼球，可身体却往往让人忽略掉。从这些方面来看，她还蛮顺应现在的潮流的。可那个时代的发型和女士帽子，那个时代茫然空洞的目光，那个时代的瞠目结舌以及往颧骨高处涂的两朵蠢兮兮的胭脂，都难以将她列为时髦的典型。

我第一次遇到她，就是她在车站停车场接到我的那次，在暮色中开车送我到家的一九二三年盛夏。她年方十八，初初进入伦敦社交界。

有人说，那是战争爆发以来最盛大的一个社交季节了，情势在大步流星地前进着。茱丽娅那时候是社交场上令人瞩目的新星。当时大约也就留存着五六个号称“史上留名”的伦敦世家。圣詹姆斯大街上的马奇梅因家便是其中之一。尽管当时的服装确实会因陋就简，但据大家说，为茱丽娅举办的舞会还是颇为壮观的。塞巴斯蒂安也因为这个来伦敦，随口一提让我和他一起去参加舞会，当时我拒绝了，可随后又后悔了想着不该拒绝，因为这不但是那里举行的最后一次舞会，而且也是一系列壮观舞会的最后一场了。

我哪里会预见到这个？那些日子，总有大把时间去做大把事情。整个世界都是敞开的，可以气定神闲地去探索发现。那个夏天我满脑子都是牛津的事，我想，伦敦可以等等再说。

另外几处大公馆属于茱丽娅男性亲属或她孩提时代的朋友们，除此之外，在梅费尔广场和贝尔格拉维亚还有数不清的富豪人家，那里灯火通明，人声鼎沸，夜夜笙歌，舞会一个接着一个。那些从荒芜土地回国履职的外国人给国内写信会说，他们在伦敦仿佛瞧见了他们原以为永远消失在泥泞和铁丝网之外的花花世界了。过了几个星期的太平日子之后，茱丽娅崭露头角，光彩照人，像穿过树梢的阳光，又像镜中的烛火，使得那些坐在边上忆想当年的、上了岁数的男人女人们将她看作旧日的自己，一只幸福快乐的青鸟。“那是‘布赖德’·马奇梅因家的长女，”他们说，“可惜他今晚看不到她。”

那一夜，以及随后几夜，不管她到哪儿，总是一头扎进相熟朋友的小圈子里，给大家带来欢乐时光，就像翠鸟突然迅疾掠过水面，岸上的人们心里蓦地一惊。

就是这个人物，不是孩童了，却也不是熟女，是她在那个夏日傍晚的薄暮中给我开车，没有爱情的烦恼，不因自己的美丽而讶异，却在生活的冷酷边缘上犹疑。突然发现自己无意中已经武装好了，这位神话中的女英雄转动手中的魔戒，只需指尖轻触，轻声念着咒语，大地就会在她脚下裂开，她那个巨人奴仆就会冒出来，无论她要什么，那个谄媚的怪物都会给她带来。可带来的东西，或许，形态上并不那么匹配。

那天晚上她对我没兴趣，精灵不请自来，在我们下面闷哼。她在一个狭小的世界离群索居，并且情愿囿于这狭小世界，住在镂雕精美的中国象牙球的最深一隅。有个小问题困扰着她——虽小却又可见，用抽象的术语和符号学说法来讲是微不足道的，她要嫁给谁。她无动于衷又远离世俗，战略大家就是这样对着地图上的几个大头钉和彩色粉笔线条犯开了核计，他们琢磨着如何布局大头钉和粉笔，变化不过几英寸而已，可是在室外，在这些闭门造车的军官目力不及之处，却会将过去、现在和未来要么毁掉要么留存。那对她自己来说，她也不过是个符号，既缺乏孩子的生活，也缺乏成熟女人的经验，得与失都要看大头钉和线条的变化。她对战争一无所知。

“要是住在国外的话，”她暗忖着，“这些事情只管交由父母和律师搞定就好。”

尽快结婚，并且要隆重，这是她所有朋友的目标。若她能看得更远一点的话，她会把结婚看作是独立生活的开端，看作是一场鼓舞人心的战斗，是以此探索人生真谛的征途。

她比与她同龄的姑娘们更加鲜艳夺目，不过她也知道，在她所处的狭小世界里，深受无力感的困扰。老人们坐在靠墙的沙发上一点一点计算着，有些事对她不利。她父亲的丑闻，丑闻留给她的污点，那个不大的污点，着落在她明朗的人生上，再加之以她自己的生活方式，污点就更深了——她的任性、固执，较之与大多同龄人相比的更为懒散……可是，若没有这些，又有谁知道结果会怎么样呢？……

对于坐在靠墙沙发椅上的夫人们，有一个会横扫一切别的话题的主旨：年轻的王子们会和谁结婚？他们没法儿期待有比茱丽娅血统更纯粹、风度更优雅的女人了。但她身上罩着的一层淡淡阴影却让她无法享受这至上的荣光，另外还有，她的宗教信仰。

茱丽娅最不敢奢望的事情，就是与王室结亲了。她知道，或者她以为自己知道，不管她期待的是什么，反正不是与王室结亲。可是无论她往哪里去，她的信仰总是她婚姻中的绊脚石。

她觉得恐怕这是一件没有办法的事了。即使她现在搞个背叛，脱离开她的信仰，鉴于是在教堂里长大的原因，那她也得下地狱。而她结识的那些信仰基督教的姑娘则天真快乐，能与长子成婚，与世无争地平静过活，并且还会比她更早进天堂。对她来说，不大可能找到什么长子了，次子们又都是些粗俗货色，这是必然之事，只不过没有那么大张旗鼓地说出来罢了。幼子们还没有让自己默默无闻的特权。他们表面的义务就是不要出头露脸，非得等到有什么意外的灾祸把他们推上兄长的位置不可，既然这是他们该做的，那就得要他们时刻准备着，随时去接替兄长履责。也许一个有三四个男孩子的家庭，信天主教的女孩可以嫁给他们家的小儿子而不致引起非议，当然也有一些本身就是天主教徒，但很少融入茱丽娅自创的小圈子里面的；进了这个小圈子的人都是她母亲那边的男性亲属，她认为那些人既冷酷又怪异。可在当时富有高贵的天主教家庭里，又没有年龄与她相仿的男孩子。至于外国人么——在她母亲娘家那边，外国人倒有很多——对钱变着法儿地诡计多端，方式又很奇特，一个英国姑娘要嫁给这样的外国人，必定是要扣上失败的戳子的。还剩下什么人了？

以上便是茱丽娅在伦敦几周凯旋之后所遇到的问题。她知道这个问题不是不能解决。她感觉到她的圈子外边必定有一大票够资格的人可以被引进来。让她羞耻的在于她得去寻找他们。不是说她残忍，但是精挑细选，懒散怠惰地玩着昔日在壁炉前的地毯上猫捉老鼠的游戏一去不返了。她又不是珀涅罗珀[1]，她必须在森林中去寻找猎物。

她曾经描画出过一个她觉得适合的男人的荒唐小像，那个人很漂亮，不特别阳刚气，是个英国外交家，此时正派驻在国外，有一处比布莱兹赫德小一点的庄园，离伦敦比较近。他不是特别年轻，三十出头吧，是个才悲催地死了老婆的鳏夫……茱丽娅认为她更喜欢因其早年的不幸而消沉些的男人。本来有着远大前程，但是因为孤单人就变得冷漠了。她没办法确定的一点是，他会不会因此落入无耻的外国女骗子手里去。他需要注入新的青春活力，好把他带进驻巴黎的使馆去。虽然宣称相信温和的不可知论，但他也喜欢宗教的仪式感，并且同意让他们的孩子接受天主教教育。他还相信他的家庭谨遵生两个男孩和一个女孩之规，并

1. 希腊神话中奥德修斯的妻子，在其丈夫远征二十年期间拒绝了无数求爱者。

且要舒舒坦坦地把这三个孩子在十二年里生好，而不像哪个天主教丈夫无当索取那样，让她年年都怀孕。除了工资，他每年还有一万二千英镑的进项，没有家庭负担……茱丽娅想着，这样的人才合她的意。那年夏天她去火车站接我，就在寻找“他”。我不是她要找的人。尽管一个字没说，可自打她把香烟从我嘴里拿走的时候，就已经把这些都说了。

我知道的有关茱丽娅的这一切，都是从相处时的一点一滴得来的——正像一个人了解了他爱恋的女人的早期生活一样——她最开始的预备阶段吧——这人就会把自己当成她生活的一部分，再迂回曲折地引向他自己。

茱丽娅把我和塞巴斯蒂安留在了布莱兹赫德，自己去了她一个舅妈罗斯康芒夫人那里，住在她弗拉角的别墅里。整整一路她都在思索她的问题。她已经给她那位丧偶的鳏夫外交官准夫婿起了一个名字，她叫他“尤斯塔斯”，从那一刻起，他就是她觉得有趣的人物了，稍稍有点儿内向，不苟言笑，因此当终于有这么一位与她邂逅了的时候——虽然他并不是外交官，而是皇家骑兵团的憋屈少校——他立刻爱上了茱丽娅，投其所好送她的礼物也都是她看得上眼的，可是她把他打发走了，让他比以前更憋屈了。因为这时她已经遇到了雷克斯·莫特拉姆。

雷克斯的年龄是一大优势，茱丽娅的朋友中有一帮过分敬老的势利鬼，对年轻的都存着鲁莽笨拙、满脸粉刺的成见。让人家看见独自在利兹大饭店就餐是一件再时髦不过的事——这在当时女孩子是无论如何不被允许的，但茱丽娅的小群密友却可以。年长些又喜欢讲是非的看见就会表示轻蔑，他们会靠在舞厅的墙边愉快地闲聊天——进门左手边桌上坐着的古板、一脸褶子的登徒子，你母亲做姑娘时别人提醒要提防的那一种人，而不是舞厅中央那一伙精力充沛的年轻的棒小伙子。雷克斯，确实，既不古板又没有一脸褶儿，他的上司认为他是个积极进取的年轻人，但是茱丽娅却在他身上看出来了不容有失的风流——马克斯和弗·伊以及威尔士王子的倜傥，还看出狩猎俱乐部大圆桌边的人的情调，喝第二瓶两夸脱的大瓶子酒，吸第四支雪茄烟，还有让汽车司机一等等上好几个小时的气派——这些都让她的朋友们嫉妒。雷克斯的社会地位也很特别，环绕着某种神秘的甚至可称之为犯罪的氛围。传说雷克斯出行是要带着枪的。茱丽娅及其朋友们很是憎恶所谓的“庞特街”，她们把那些用了要遭老天诅咒的话都搜刮来，用在她们中间——也经常在大庭广众前让人咋舌地——将这种拼凑出来的话用上。戴着图章戒指，看戏时给人送巧克力，这就是所谓“庞特街”的做派，也正是“庞特街”才在跳舞时说：“我能为你打劫去吗？”雷克斯是什么人都好，反正肯定不是“庞特街”。他从草根阶层扶摇直上进了布伦达·钱皮恩的圈子，而她本身就处在许多镂空象牙球的最深处。也许茱丽娅在布伦达·钱皮恩身上清楚地看出她和朋友们十二年里的样子来。在此姑娘和那女人之间有一种争竞心，这争竞之心难以言传。确实地，单只雷克斯被布伦达·钱皮恩据为己有这件事本身，就已经让雷克斯大对茱丽娅的胃口了。

雷克斯和布伦达·钱皮恩其时恰好也在弗拉角，就住在附近的别墅——别墅被一位报业大亨买下，多有政客频繁进出。一般他们不会上罗斯康芒夫人那边去，可离得太近了，这两伙人终究还是混作一处了。这么着，雷克斯当下就存了心，开始献开了殷勤。

一整个夏天，雷克斯都心神不定。事实已经证明钱皮恩太太是死路一条。最初那两个人搭上后打得火热，其后的种种束缚便开始让他恼火了。他发现钱皮恩太太的生活也是英国人惯常的那一套，也是活在一个狭小世界的小圈子里，而雷克斯诉求的却是一个更加广阔的新天地。他要巩固他的既得利益，要扯下黑旗上岸，要金盆洗手悬起水手弯刀，当地主去。他已到了适婚年龄……他也正在寻觅他的“尤斯塔斯”，但是像他过去那样生活，他就遇不到姑娘。他听说过茱丽娅，照大家的说法，初入社交界的女孩子里她是个中翘楚，是个再合适不过、颇值得一试的大奖。

在钱皮恩太太墨镜后冰冷双目的监视中，雷克斯在弗拉角难以施展拳脚，只能埋下一种日后能够发展的友谊伏笔。他未曾跟茱丽娅单独在一起过，不过他也有意让她参与到他们的活动里来。他教她纸牌赌博，开车去蒙特卡洛或尼斯的时候，他会想方设法安排让她们坐他的车子。他还起劲地撺掇罗斯康芒夫人给马奇梅因夫人写信，可他和罗斯康芒夫人还没有筹划妥当，钱皮恩就迫使他到安提比斯[1]去了。

茱丽娅去萨尔茨堡跟她母亲住在一起。

“范妮舅妈告诉我说，你和莫特拉姆先生走得很近。我确信他一定不是什么好人。”

“我也没觉得他是啊，”茱丽娅说，“但我知道我不喜欢好人。”

1. 法国东南部城市，位于尼斯和坎纳之间的里维埃拉。

人人都知道，大部分暴发户都有一个如何掘到第一桶金的秘密，那就是他们变成坏蛋前爆发的人品。在他们需要慰藉的时候，只有希望在支撑着，他们不能依靠世上任何东西，只能依靠以人格魅力取得的东西，要是他胜利后还能存活下来，那他就会在女人那儿所向无敌。雷克斯生活在伦敦相对自由的环境里，他对茱丽娅的手段越来越卑鄙下作，他故意让自己的生活围绕着她的生活——能在哪里遇见她，他就去哪里。凡是能够跟她说自己好话的他都巴结到了，为了接近马奇梅因夫人，他还参加了慈善委员会。多次帮忙布莱兹赫德，想给他弄个议席（但遭到议会拒绝）。对天主教他也表现出浓厚兴趣，直到他发现不能让茱丽娅动心这才作罢。他随时准备着开他的小轿车送她去她要去的地方。他还带她和她的朋友们去职业拳击比赛现场，坐在最好的拳台旁的位子上观看大奖赛，赛后还把她们介绍给拳击手。可是从头到尾，他一次也没有跟她上过床。对于她来说，雷克斯渐渐从一个顺心、合意的人变成了一个不可或缺的人。从在公开场合她先是以雷克斯为骄傲，后来变得有点害羞，再到圣诞节至复活节之间那个时期，雷克斯已经变成必不可少的人了。后来，她自己一点也没有料到，她突然发现自己堕入情网了。

五月的一个傍晚，一件让她心烦意乱、无意撞见的事降到她身上了。当天雷克斯跟她说过他在议院办事，可当她偶然开车到查尔斯大街，却一眼瞥见雷克斯正从据她所知是布伦达·钱皮恩的家出来。她伤心愤怒得在吃晚饭时几乎无法自持。一吃完就马上回到家里，痛哭了十分钟之久，后来她又觉得饿了，这才想到要是刚才晚饭多吃点就好了，于是又叫人拿来面包牛奶，睡觉时吩咐说：“要是莫特拉姆先生早晨来电话，不管几点，都说我不要人打搅。”

第二天她如常在床上吃了早餐，看了报纸，给朋友们打好电话。最后她还是问道：“莫特拉姆先生碰巧来过电话么？”

“来过，小姐，来了四次呢。如果他再来电话，我是不是给您接过来？”

“接过来。不不。就说我出去了。”

她下了楼，大厅桌上有她一封信。莫特拉姆先生希望茱丽娅小姐一点半到利兹饭店。“今天我可要在家里吃午饭。”她说。

下午她和她母亲出去购物，然后又和一位阿姨一起喝了茶，六点钟回的家。

“莫特拉姆先生正等着呢，小姐。我已经把他带到图书室去了。”

“哎呀，妈妈，我不能让他烦着我。一定叫他回家去吧。”

“茱丽娅，这样做太不友好了。虽然以前我常说你的朋友中我不特别喜欢他，可是现在对他倒是慢慢习惯了，都快要喜欢他了。你不能对人这么忽冷忽热的——特别是像莫特拉姆这样的人。”

“嗯，妈妈，我必须见他吗？我一定会给他脸色看的。”

“乱讲，茱丽娅，你这是在任意揉捏摆布那个可怜的人。”

茱丽娅进了图书室，过了一小时再出来他们已经订婚了。

“哎，妈妈，我警告过你，我要是进去的话准会发生这种事。”

“你没这么说。你只是说准会甩脸色吵架的。这样子的吵架我是绝对想象不出来的。”

“无论如何，你还是喜欢他的，妈妈，你这么说的。”

“他各方面表现一直不错。可说起让他做你的丈夫，我觉得他彻头彻尾不合适。大家也都会这么觉得的。”

“让大家见鬼去吧。”

“我们对他一无所知。也许他还带着黑人血统呢——实际上他肤色那么黑就很让人犯疑了。亲爱的，整件事情是不可能的。我不明白你怎么会这么傻。”

“哦，那他跟那个巨可怕的老太婆在一起，我有什么权利生他的气呢？你以拯救堕落的女人为己任，太当回事了。好吧，我也拯救，我拯救一个堕落的男人。我要把雷克斯从他的罪孽中解救出来。”

“不许无理取闹，茱丽娅。”

“好，跟布伦达·钱皮恩睡觉不算一宗大罪吗？”

“或者算很下流吧。”

“他已经答应决不再见她了。要是不承认我爱他，我何以要求他这么做呢，是不是？”

“钱皮恩太太的品行，感谢上帝，不关我的事。可是你的幸福可就跟我息息相关了。如果你一定要了解的话，我认为，莫特拉姆先生是一个很亲切很能帮忙的朋友，但我就是一点儿也不信任他，我肯定他还会生下一大群不招人喜欢的孩子。他们总会恢复原状的。我不怀疑过几天你就会全盘后悔的。在这期间，什么事也别做，什么事也别说，别让外人起猜疑。而且你也不能再跟他一起吃午饭了。你可以在家里见他，当然，公共场合都不许去。你最好还是叫他来见我，我要跟他谈谈这件事情。”就是这样开始了一年之久的茱丽娅的秘密订婚。只是缘于雷克斯这天下午第一次向她示爱，因而这一年都过得十分艰难。被求爱对她来说并不是第一次，也不像她以前和那些多愁善感犹疑不定的男孩子有过的一两次罗曼史。这一次他是以激情勃发来表示的，就像她心底深处的某个角落里一样的激情。他们的激情把她吓坏了，一天她忏悔回来，她决心把这件事做个了断。

“否则我一定不再见你了。”她说。

雷克斯马上就低三下四起来，就像他冬天表现的那样，当时他每天总是坐在他自己的小轿车里打着哆嗦等她。

“除非我们马上结婚。”她说。

六个星期以来他们一直保持着距离，见面和告别时吻一下，在一起的时候分开坐，谈的是计划做什么事，将来住在哪里，还有就是雷克斯有没有可能当选副部长的职位。陶醉在爱情里的茱丽娅，心满意足，生活在明天。后来，正是这一学期快要结束的时候，她听说雷克斯在森宁代尔的一个股票经纪人那里过周末，可是他又跟她说是去他的选区，钱皮恩太太恰恰也去了森宁代尔。

就在她听到消息的晚上，雷克斯像如常来马奇梅因公馆，于是他们又重来了一遍两个月前那样的争吵。

“你在指望什么呢？”他说，“你给我这么少，又有什么权利要求我那么多？”

她带着她的问题去了法姆街的神父那里，她把问题用一般的修辞法提了出来，谈话并不是在忏悔室里，而是在专门为这种会面特设的一间暗室。

“神父，为了不让他犯下更深重的罪恶，我自己犯下了一个小罪，这无疑不是错吧？”

可是那位温和的老基督徒却没有据此让步。她几乎没去听他说什么。他拒绝满足她的要求，她知道这一点就足够了。

他末了说了一句：“现在，你最好去忏悔吧。”

“不了，谢谢。”她说，仿佛是在拒绝商家里建议她买的东西。“我今天不想。”说完怒气冲冲地步行回家了。

从那一刻起，她再不去理会她的宗教了。

马奇梅因夫人看出了个中端倪，再加上她新近为了塞巴斯蒂安感到非常悲伤，旧日为了丈夫感到非常悲伤，以及她自身身体上的顽疾，现在又加上了这么一桩，她天天都要带着这些新仇旧恨去教堂。她的心已经被忧伤的剑刺透了，这颗活蹦乱跳的心还得贴上膏药和敷上软膏。她回家时又得到了怎样的安慰呢？只有上帝才知道。

这一年就这么过去了，订婚的秘密经茱丽娅的知心闺蜜传遍了所有的知心友好，最后就像屋檐泥瓦上的卷纹终于四散碎裂开了一样，连媒体都得到了消息，而作为公主侍女的罗斯康芒夫人，对这件事刨根问底个不休，这样一来就不得不做些事情了。随即茱丽娅拒绝掉了圣诞节圣餐，马奇梅因夫人发现了最初是我，然后是萨姆格拉斯先生，再后是科迪莉娅都背叛了她，在一九二五年初头几天的阴沉日子里，她决定采取行动。她禁止大家谈论订婚相关的事情，禁止茱丽娅和雷克斯再见面，她还打算把马奇梅因公馆关上半年，带着茱丽娅上她那些在外国的男亲属家拜访一圈。这是与她的精致相生相克的老弱病身产生的隔代遗传的特性，麻木又冷淡，甚至在这样的危机中，她也不让雷克斯陪伴塞巴斯蒂安去找那个博莱图斯大夫，更不觉得哪里不合情理。雷克斯在那件事上办事不力，径自去了蒙特卡洛，在那里，雷克斯打得她溃不成军。马奇梅因勋爵对雷克斯这人人品有多少优点并不挂心，他觉得这些是他女儿自己的事。雷克斯看上去是一个粗豪、健壮、事业发达的男人，马奇梅因勋爵通过阅读政治报道早就熟悉了他的名字。他赌博起来出手大方，又通情达理，他交往的人都还体面，他有大好的前途……就是马奇梅因夫人不待见他。总体说来，马奇梅因勋爵对茱丽娅竟能择得如此佳偶而深感欣慰，他同意他们马上结婚。

于是雷克斯兴高采烈地着手各种准备工作。他给她买了枚戒指，不过并不如她所愿来自卡蒂亚的钻戒托盘，而是来自哈顿公园的一间密室，一个男人从保险柜的几个小袋子里取出来一些宝石，给她陈列在写字台上的。后来另一间密室里又有一个男人用一个铅笔头在一张便笺纸上画出几张镶嵌草图来，结果是招来她所有朋友的赞叹不已。

“这些事情你是怎么知道的，雷克斯？”她问道。

她每天都要为他所知道的和不知道的事情大为惊异。这两者，此时，俨然都让他更富吸引力。

他现在位于赫特福德街的房子很大，绝对安置得下两个人住，最近又找最贵的一家公司配备了家具，重新装修了。茱丽娅说她还不想要乡间别墅，就算是出门玩耍，也总是能租到带家具的房子的。

可是在嫁妆这里却遇到了麻烦，茱丽娅声称她对这事不感兴趣不愿意参与进来。律师们已经绝望了。雷克斯坚决不同意拿股份做陪嫁。“我拿信托债券干什么使？”他问道。

“我不知道，亲爱的。”

“得要能钱生钱的钱，”他说，“希望有百分之十五到百分之二十的利，这我就接受。不能随意变卖的百分之三点五的股票，纯粹是废纸。”

“我相信那的确是废纸，亲爱的。”

“那帮家伙说起来就跟我要打劫你似的。是他们在打劫呢。他们想把我能给你弄来的三分之二收入都抢走。”

“有什么关系呢，雷克斯？我们已经有好多了嘛，是不是？”

雷克斯希望把茱丽娅的嫁妆都攥到自己手里，好让这些嫁妆替他赚钱。律师们坚持嫁妆得有所制约，不能任意变卖，但是律师也没法子从他那儿得到他们提出的一笔类似的款子。最后，他勉强同意给自己买了人寿保险，在同意之前，他曾向律师们做过详尽说明，说这种做法不过是把他的一部分合法收入交由别人去支配。只是因为他和保险公司有关系，所以这样的安排让他勉强没有那么难受，通过安排，他拿到了原本是律师们想要得到的佣金。

最后碰到的问题，也是最微不足道的问题，雷克斯的宗教信仰。他在马德里参加过一次皇家婚礼，所以他想给自己也来一个那样的婚礼。

“这件事只有你的教会能办，”他说，“办得有排场。你根本找不出什么人能比得上枢机主教。你们英国有几个？”

“只有一个，亲爱的。”

“只有一个？那我们从国外雇几个来怎么样？”

接着茱丽娅对他好好解释一番，异教通婚是不能太大张旗鼓的。

“你说的‘异教’是什么意思？我又不是‘黑鬼’或者别的什么的。”

“不是的，亲爱的，我是指天主教徒和基督教徒之间通婚。”

“哦，这样啊？好吧，即使是这样，那马上也会不是了。我要变成天主教徒……要变成一个天主教徒必须干点什么？”

马奇梅因夫人被事情的新进展弄得惊恐万状，茫然无措。即使她对自己说必须要本着慈悲为怀的心去接受他的真诚，却也无济于事。这反倒使她回想起另一个求爱和改变宗教信仰的事情。

“雷克斯，”她说，“我往往想搞清楚，你是否意识到对信仰的虔诚是一件多么重大的事情。如果没有虔诚的信仰却采用这一步骤，那将会多么、多么不道德。”

一物降一物，他是专门对付她的高手。

“我不假装是虔诚的人，”他说，“我更装不出神学家的样子来，可是我明白一个家里有两种宗教信仰糟糕透了。男人需要有宗教信仰。如果你们的宗教对茱丽娅有利，那对我也有利。”

“很好，”她说，“我会注意看你得到什么样的引导。”

“你看，马奇梅因夫人，我有时间。可引导在我这儿就是浪费了。干脆你把表格给我，我大笔一挥签上名就得了。”

“通常会需要几个月时间——往往是一生。”

“哦，我学东西很快的。考验考验我。”

于是雷克斯就给发配到法姆街莫布雷神父那里，此神父以多次感化过冥顽不化的新进教徒而著称。在第三次谈话以后，他来同马奇梅因夫人一起喝茶。

“嗯，你觉得我未来女婿怎么样？”

“他是我所见过的最难皈依的人。”

“呃，天哪，我原还以为他皈依起来轻而易举呢。”

“说得一点儿没错。我不懂他是怎么回事，根本近不了他的身。他看起来连最起码的求知欲，或者虔诚心都没有啊。

“第一天头上，我想了解一下迄今为止，他过的是一种什么样的宗教生活，所以我就问他知道祈祷是什么意思吗？他说：‘我不知道什么意思。你告诉我得了。’我尽量三言两语简单地说给他听，然后他就说：‘好了好了，祈祷就说这么多吧。接下来是什么？’我把《教义问答》让他拿去了。昨天我问他上帝是否只有一种本性。他回答：‘你说有多少就是有多少，神父。’

“那么接着我又问：‘假使教皇抬头见到一朵云说天要下雨了，那么，是不是就一定会下雨呢？’‘哦，是的，神父。’‘倘若没有下雨呢？’他想了一下说：‘我觉得大概下的是某种精神层面的雨吧，只是我们罪孽深重，故而看不见。’

“马奇梅因夫人，就我们传教士所了解的异教信仰的程度来说，他哪一级都不符合。”

神父走后，“茱丽娅，”马奇梅因夫人说，“你确定雷克斯改信仰的这个主意，不是仅仅为了讨我们喜欢的？”

“我想他脑子里没想过这一点。”茱丽娅说。

“他改信仰是真心实意的吗？”

“他绝对是决意要变成天主教徒的，妈妈。”随后她又自言自语道，“在天主教的漫长历史中，大概也是有些十分古怪的改教者的吧。我猜想在克洛维的军队里也不全是百分之百赤诚的天主教徒。再多一个也不会有什么坏处。”

第二个星期，神父又来喝茶。正赶上复活节假日，科迪莉娅也在。

“马奇梅因夫人，”他说，“你真该挑选一名年轻一些的神父来完成这个使命的。等不及雷克斯成为天主教徒，我早就死了。”

“哦，天哪，我还以为进展得十分顺利。”

“是很顺利，在某种意义上说是的。出奇地温驯，不管我告诉他什么他都接受，星星点点的全记住了，不问任何问题。我不喜欢他这样。他似乎毫无真实感，好在我知道他正处于天主教稳定的影响之下，因此我愿意接纳他。有时候人不得不得到机会就抓住，就比如想着也许半低能儿也会聪明起来呢。你根本无从知道他们究竟懂了多少，只要知道有个人在关注着他们，你就得抓住机会。”

“真想雷克斯能听到这话！”科迪莉娅说。

“不过我昨天也算开了眼。现代教育的麻烦在于，你根本不知道人会有多愚昧无知。谁年过五十，你都能很有把握地知道哪些东西他们学过，哪些东西没有。可是那些年轻人表面上才华横溢，看着什么都懂，突然哪天脑袋瓜子裂开了，你往里头一看啊，稀里糊涂地不知道是些什么东西。就拿昨天来说吧，他看着还挺像样的。《教义问答》大部分他都能背下来了，还背了《主祷文》和《福哉玛利亚》。然后我就照平常那样问他，是否有什么烦心事。他却狡诈地望着我，说：‘哎，神父，我觉得你不够开诚布公。我渴望加入你们的教会，我也正在加入中，可你却隐瞒了太多太多事情。’我问他此话怎讲，他说：‘我跟一位天主教徒长谈了一次——一个非常虔诚、受过良好教育的天主教徒，我这才略知一二了。例如，睡觉的时候脚要朝着东方，因为那边是上天堂的方向，如果你死在夜里了，你就可以走着上天堂去。以后我睡觉时脚要朝着茱丽娅觉得合适的方向。可是你指望一个成年人去相信走着上天堂的说法吗？还有，教皇把他的一匹马变成枢机主教又是怎么一回事？还有还有，你在教堂门廊放上只盒子，如果把一张写着某人名字的一英镑钞票放进去，他们就会送去地狱。我不是说这一切毫无道理，’他说，‘可是你得告诉我，而不是让我自己找答案啊。’”

“这个可怜人到底是什么意思？”马奇梅因夫人说。

“你看他离教会可远着呢。”莫布雷神父说。

“可是谁跟他说的这种话呢？难道是他做梦梦见的？科迪莉娅，怎么回事？”

“真是个榆木脑袋的大笨蛋！噢，妈妈，一等一的大笨蛋！”

“科迪莉娅，是你。”

“噢，妈妈，做梦都想不到他会当真啊！除了这些，我还跟他说了好多好多别的事情，还说了梵蒂冈的神猴——各种各样的事情。”

“哦哟，让您费心给我添了这么多工作。”莫布雷神父说。

“可怜的雷克斯，”马奇梅因夫人说，“我认为这样反倒让他更可爱了。你就把他当成一个傻孩子吧，莫布雷神父。”

就这样，宗教训诲继续进行下去，莫布雷神父在婚礼前一个星期终于同意接受雷克斯入教。

“你以为让我入教还是他们绛尊纡贵了是吧，”雷克斯抱怨着，“我可以这样那样给他们提供帮助，而他们就是些给去赌场的赌徒发发牌的家伙罢了。再说了，”他又说道：“科迪莉娅都把我搞糊涂了，我已经分不清什么是《教义问答》上的，什么是她自己瞎编的了。”婚礼前三个礼拜大体就是这样。送出喜帖，迅速收受不断送过来的礼物，女傧相们很喜欢她们的伴娘礼服。这时候就来了茱丽娅所谓的“布赖德炸弹事件”。

布赖德仍然以其冷酷无情的方式，毫无预警地就将一颗炸弹扔进了到那时为止还是愉快的一家人中。马奇梅因公馆的图书室堆满了结婚礼品，马奇梅因夫人、茱丽娅、科迪莉娅和雷克斯正在忙着拆开礼品包，造册登记。这时布莱兹赫德走进来，盯着看了他们一会儿。

“贝蒂舅妈送的有开片的花瓶，”科迪莉娅说，“老古董。我记得见过这些花瓶在他们巴克博恩家的楼梯上的。”

“这都是些什么？”布莱兹赫德问道。

“彭德尔-加思韦特家的先生、太太和小姐送的，一套上午茶茶具。古德店里买的，才三十先令，太抠门了。”

“你们最好把这些破烂货再包起来吧。”

“布赖德，你这话什么意思？”

“就是说婚礼取消了的意思。”

“布赖德。”

“我早就觉得对我这位未来妹夫还是调查了解一番为好，可你们大家对这事儿好像都不感兴趣。”布莱兹赫德说，“今天晚上我有最后的答复了。他一九一五年在蒙特利尔和萨拉·伊万杰琳·卡特勒小姐结过婚了，她至今还住在那里。”

“雷克斯，这是真的？”

雷克斯站在那里，正用鉴定的眼光打量着手里拿着的一个玉雕龙，他把玉龙小心放回到黑檀木底座上，然后对着众人坦荡天真地笑了。

“是真的啊，”他说，“那又怎么样？你们一个一个哭丧着脸又是怎么回事？她现在跟我没关系了。摊上她就绝对没好事。无论如何，当时我还是个孩子呢，只是犯了天下男人都会犯的错误。我一九一九年就离婚了。要不是布赖德上这儿说来，我连她现在在哪儿都不知道。有什么可吵吵的？”

“你早该告诉我。”茱丽娅说。

“你从来没问过呀。说老实话，我这么些年就没想起过她来。”

他的真诚一目了然，大家只好坐下来冷静探讨这件事。

“你这个可怜的甜心草包，难道你没注意到，”茱丽娅说，“你妻子健在时，作为一个天主教徒你是不能再结婚的？”

“可是我没有哇。我刚才不是告诉你了，我们六年前已经离婚了。”

“可是天主教徒是不能离婚的。”

“我那时候不是天主教徒，而且之前我离婚了。离婚证明书我还在什么地方放着呢。”

“难不成莫布雷神父没跟你讲过婚姻？”

“他说过我不能和你离婚。哦，我也不想离。他跟我讲什么我记不全了——什么神猴、天主教大赦、临终四大件事——这些话要是全都记住我就没时间干别的事了。不管怎么说，你们的那位意大利表妹弗朗西斯卡又怎么样？她不也结过两次婚嘛。”

“她有证明婚姻无效的证书。”

“那行了，我也弄一份证书去。要花多少钱？从谁那儿领？莫布雷神父能给开一份不能？我只想把事情做对做好。没人告诉我这个。”

费尽口舌才让雷克斯认识到他这次婚姻存在着多么严重的障碍。他们一直讨论到吃晚饭的时候，仆人们在场时就闭口不谈，一到只剩下他们了，就又重新开始，直到午夜过后很久。争论兜着圈子，绕着弯子，起起伏伏，就像一只海鸥忽而盘旋飞舞，忽而急转直下，一下子飞临大海无影无踪了，转瞬间又钻入云层，在琐碎的细枝末节上往复不停歇，现在恰好在一小块漂浮的垃圾上落了脚。

“你们想让我做什么？该去见谁吗？”雷克斯不住地询问，“别告诉我没人能解决这事儿啊。”

“没办法了，雷克斯，”布莱兹赫德说，“这只能说明你们的婚礼不能办了，我很抱歉，以任何观点来看，这件事都太突然了。你应该自己告诉我们这件事的。”

“好吧，”雷克斯说，“你说的也许在理，严格按照法律的话，我也许不该在你们的教堂结婚。可是教堂已经预订好了，那里的人也没有问题，枢机主教不知道这件事，莫布雷神父也不知道。天知地知你知我知嘛，除了我们，没别人知道了。那又何必自找麻烦呢？只要大家都守口如瓶，让这件事就这么过去，就好像没有这么回事一样，这样对谁有什么损失吗？就算我担上将来要下地狱的风险。行，我就担这个风险。这和别人有关系吗？”

“怎么没有？”茱丽娅说，“我就不相信神父无所不知。不相信为了这种事情就要下地狱。我知道我决不相信有地狱，尽管如此，我们还是应该当心一点儿。我们又不要拿你们的灵魂冒险。你们明哲保身不是正好。”

“茱丽娅，我恨你。”科迪莉娅说着就走出了房间。

“我们大家都累了，”马奇梅因夫人说，“如果还有什么话要说，我建议到早晨再说。”

“可是没有什么可讨论的了，”布莱兹赫德说，“倒是还要讨论用什么最不失体面的方式来结束这件事。这个由我和妈妈商定。我们必须在《泰晤士报》和《晨邮报》上登启事。礼品悉数退回。可女傧相的礼服通常该怎么处理我就不知道了。”

“稍等一下，”雷克斯说，“就一会儿。也许你能阻止我们在你们的大教堂结婚。好的，见鬼去吧，那我们就在一个基督教教堂结婚。”

“这个我也能阻止。”马奇梅因夫人说。

“但我认为你办不到，妈妈。”茱丽娅说，“你看，我与雷克斯有夫妻之实到现在已经有一段时间了，我还要继续下去，不管和他结不结婚。”

“雷克斯，这是真的吗？”

“不是，该死的，不是的，”雷克斯说，“我倒希望是真的。”

“我看我们只好等到早晨再讨论这件事了，”马奇梅因夫人有气无力地说，“我撑不住了。”

她连上楼都得靠儿子帮忙了。

“你跟你妈妈说那种话究竟是为什么？”经年以后，我问茱丽娅，她正跟我描述当时的情景。

“这也正是雷克斯想知道的。大概是因为我以为真是如此吧。并不是照字面上的意义说——虽然你一定记得我当时只有二十岁，光是听别人讲，谁也不会真正懂得‘夫妻之实’是什么——不过，当然了，我那时候那么说也不是表明就是真事。当时我不知道还能用什么别的说法表达了。我的意思是说，我和雷克斯的关系已经很深了，说不出‘约定的结婚取消了’，然后就这么算了。我想做一个诚实的女人。从那时起我就一直想做一个诚实的女人。”

“后来呢？”

“后来又是讨论来讨论去。妈妈好可怜。神父也掺和进来了，三姑六姨也来了。五花八门的建议什么都有，什么雷克斯该去加拿大吧，莫布雷神父去趟罗马，看看是不是有可能办理取消婚姻了，要么我去国外先待个一年半载的……说得热闹着呢，雷克斯就给爸爸拍了封电报，说：‘我与茱丽娅愿意按基督教仪式举行婚礼。您是否反对？’他回复：‘悉听尊便（你开心就好，哈哈哈）。’一句话就把妈妈按法律禁止我们结婚的事摆平了。接着就是许多私人会面。我去跟神父、修女和三姑六姨见面。雷克斯却不动声色，也可以说相当不动声色地按照原计划进行。

“啊，查尔斯，那是一个多么寒碜的婚礼啊！索沃伊小教堂在当时是离过婚的人再婚时去的地方——简陋至极，完全不是雷克斯原来计划有的排场。我只想找一个上午溜进结婚登记处，请两个清洁女工做证人，走个过场就算完事大吉，可雷克斯还是找来了女傧相，手捧香橙花球，奏了婚礼进行曲。太可怕了。

“可怜的妈妈，表现得像个殉难者一样，她坚持要我披上她的蕾丝头纱——嗯，她多少也是迫不得已——婚纱本就是照着蕾丝去设计的。我的朋友都来了，当然，还有雷克斯称之为朋友的一帮稀奇古怪的家伙。其他来观礼的人可就花样多了。妈妈那边的亲戚当然谁也没来，爸爸那边的还来了一两个。那些老顽固避之唯恐不及呢——你知道，安克雷奇夫妇、查斯姆夫妇、范布勒夫妇——当时我就想啊，‘幸亏没来，一直指手画脚的。’可是雷克斯就光火得不行，很显然，他希望来的正是这些人。

“我一度是不想搞什么派对的。妈妈也说过不许我们在家里搞，雷克斯就想给爸爸拍电报，想让家庭律师牵头，统率筹办宴会的人先抢占上地方。末了定下来婚礼的头天晚上在家里举办派对看结婚礼品——很明显，照莫布雷神父看这么做是没毛病的。再者说，谁能忍得住不去看看自己送的礼品呢？所以这个派对还是很成功的，可是第二天雷克斯在索沃伊小教堂为那些参加婚礼的来宾举办的招待会可就又太寒碜了。

“对佃户们的招待可谓尴尬至极。最后还是布赖德亲自招待他们吃了一餐饭，还在那儿搞了个篝火晚会，他们可没想到自己的银汤碗换回的是这样的答谢大餐。

“可怜的科迪莉娅最为苦大仇深。她一直都无比盼望着当我的伴娘——这件事早在我初入社交界前就常常讨论了——当然，这孩子也非常虔诚。起初她不跟我讲话。后来举行婚礼的那天早上——头天晚上我搬到舅妈范妮·罗斯康芒家里去住了，大家一致认为这样比较合适——一大早我还没起床她就闯进来，原来她是直接从法姆街过来的，不住地掉眼泪，还求我不要结婚了，又紧紧地抱着我，把她买的一个可爱的小胸针送给了我，然后说她会祈祷我永远幸福。永远幸福啊，查尔斯！

“这是一场极为不得人心的婚礼，你知道。所有人都站在妈妈那边——一向如此——并不是说想从中捞到什么好处。妈妈这辈子除了没得到她爱的人的同情之外，得到了所有人的同情。大家都说我对她表现恶劣。而实际上是雷克斯后来发现他娶的是个被扫地出门的女人，完全不是他原先期待的那样。

“你这下看出来了吧，万事皆不顺。从一开始厄运就落到了我们头上。尽管如此，我还是对雷克斯痴迷不已。

“想着就挺可笑的，是不是？

“你知道，莫布雷神父一眼就看穿了雷克斯的本来面目，而我用婚后整整一年的时间才看出来。他简直就不完整，根本就不是一个完整的大活人。他只是一个人身上的一个微小的部分，发育畸形。就像是装在瓶子里的什么东西，或者是在实验室里才能存活的某个器官。我原以为他是未开化的野蛮人，可他又现代感十足，又与时俱进，只有这种恐怖的时代才能造就出这样的人来。只有那么一点儿人的组织，却装得像个全乎人。

“好了，这一切总算都过去了。”

她跟我说这番话已是十年以后，在大西洋风暴中。

第三章

马尔卡斯特和我保卫祖国——塞巴斯蒂安在国外——

我告别马奇梅因公馆

我是在一九二六年春天因当时的总罢工回到伦敦的。

这次总罢工是巴黎的主题。法国人对老朋友的困境总是喜闻乐见的，而且把海峡对面我们的那些含混不清的概念都想办法变成了他们自己精准的术语，预言英国会发生革命和内战。每晚报刊亭都要展示这场厄运的文字消息，并且老熟人在咖啡馆遇见还会半带嘲讽地打着招呼：“哈，我的朋友，你在这儿总比在家里强多了，是吧？”……直到我和几个处境相同的朋友真的相信我们的祖国正处在危难之中，并且我们应该报效国家为止。我们中间还加入了一个比利时未来党人，平时他用的是个假名——我认为是假的，让·德·布里萨克·拉·莫特，他声称在任何地方、任何战争中，都有权拿起武器镇压下层阶级。

我们走到一起了，精神亢奋，纯男性的圈子，大家盼望着到了多佛尔，在我们面前展现出近些年来在欧洲各地反复出现且雷同的历史场景。我脑海里勾画出的一幅虽然是拼凑出的，但却清晰的“革命”画面——邮政局上红旗招展，有轨电车被推翻了，到处是喝得醉醺醺的士兵，监狱门大开，跑出来的犯人成群结伙在街头游荡，从首都开出的火车永远到不了目的地。这样的情形人们在报纸上读到过，在电影里看到过，还在咖啡馆的桌子旁反复听了有六七年……直到它现在成了一个人的亲身经历，虽然是二手的，就像佛兰德的泥浆和美索不达米亚的苍蝇那样。

后来我们停船上岸，经历的是海关的那套例行手续，准点到达的邮船联运列车，在维多利亚站月台上排成一排、聚在头等车厢边上的搬运工，以及一长队的出租车。

“先分头行动，”我们说，“摸摸情况。晚饭时再碰头，交换消息。”不过我们心下已经知道什么事也没发生，至少，没发生需要我们报效的事。

“噢，亲爱的，”我父亲说道，他正好在楼梯口碰见我，“这么快又见到你可真叫人高兴啊。（我去国外十五个月了。）你回来赶上这么尴尬的时候，知道吧。过两天他们还要再来一次大罢工——通通瞎胡扯——我就不知道你什么时候才能离开了。”

我想起我放弃了塞纳河畔路亮灯时的晚会和本应在那里的同伴们——当时我正想着两位解放了的美国姑娘，她们合住在奥特伊尔区的单身宿舍里——这一想，我真希望自己没回来。

这天晚上我们在皇家咖啡馆吃的饭。那天的气氛倒是有少许战争的意味，咖啡馆里挤满了到伦敦服义务兵役的大学生。从剑桥来的一伙人整个下午都在签名当运输部的送信的，而他们桌子后面的另一伙学生则被录用为特种警察了。这一派或那一派不时地会掉过头来向对方挑衅，只不过这种背对背的挑衅不会造成什么大不了的冲突，他们互敬了高杯的淡啤酒后事态才得以平息。

“你们应该在霍尔希开进布达佩斯的时候到达那儿才对，”吉恩说，“那才是政治。”

这天晚上瑞金特公园里有一个为才刚抵埠的“黑鸟”乐队举

行的派对。我们中有一位受邀前往，于是大家都跟着去了。

对于我们这些经常出入布洛梅大道的“砖顶”咖啡馆和黑人舞厅的人来说，那里并不算有什么特色。一进公园，我就听到了一个绝对不会听岔的声音，恍惚间像从遥远的过去传来的回声。

“不，”那声音说道，“他们不是动物园里让人瞪着眼瞧的动物，马尔卡斯特。他们是艺术家，亲爱的，非常伟大的艺术家，理应被尊重。”

安东尼·布兰奇和博伊·马尔卡斯特这时正坐在桌边，桌上摆着葡萄酒。

“感谢上帝啊，我在这儿还有认识的人。”马尔卡斯特说，我跟他们坐到一起。“是个姑娘带我来的，可现在不知道她跑哪儿去了。”

“溜了呗，亲爱的，你知道为什么吗？因为你看上去不可理喻地不适合这个地方，马尔卡斯特。这里压根儿就不是你这种人来的地方，你不该在这儿的，知道吗，应该去老一百号，再不就去贝尔格雷夫街参加那种悲催的跳舞会。”

“我就是从舞会来的，”马尔卡斯特说，“去老一百号现在还太早。我还得在这儿再待待。保不齐会热闹起来。”

“真不想搭理你，”安东尼说，“查尔斯，还是咱俩说说话吧。”

我们拿上酒和杯子到另一间屋里找了个角落。我们的脚边有五个“黑鸟”乐队的人蹲着玩掷骰子。

“那边那个，”安东尼说，“就是小脸惨白的那个，亲爱的，有天早晨他照着阿诺德·弗里克海姆太太的脑袋上哐地来了一下，亲爱的，牛奶瓶。”

不可避免地，我们几乎立刻就说起了塞巴斯蒂安。

“亲爱的，他已然成了酒鬼了。去年你把他甩了以后他就跟我一起住在马赛，真够我受的。整天像个有钱的老女人一样喝喝，还遮遮掩掩的。我老丢些小东西，亲爱的，都是我很喜欢的。那天早晨，我不见了两套衣服，后来到了莱斯利和罗伯茨那里。当然啦，我还不知道就是塞巴斯蒂安干的——因为我那套小公寓进进出出的都是些阴阳怪气的家伙，我亲爱的。我偏爱这一口儿你再清楚不过了。嘿，末了，我们发现了塞巴斯蒂安当当当掉我东西的当铺，只是后来他手里没当票了……当票也有市场，在酒馆里就可以作价卖掉。

“我看得出来你眼里那种清教徒式的、不以为然的光，亲爱的查尔斯，你别以为是我教唆的那孩子吧。这就是塞巴斯蒂安不招人喜欢的一点了，他给人的感觉就好像是老有人在教教教唆他——好像马戏团的小马驹要被牵着跑似的。可是我敢保证，什么事情我都做尽了。我一再跟他说：‘为什么老喝酒？如果你想陶醉一下的话，开心事大把大把的啊。’我带他去找了那个最棒的哥们儿，对了，你跟我一样很了解那个人，纳达·阿罗波夫、让·勒克斯莫尔，所有我们认识的人，都和他认得好几年——他总是去里贾纳酒吧——可是后来我们都因为这个惹了麻烦，因为塞巴斯蒂安给他一张空头支票——一张假假假的，我亲爱的——一大帮凶神恶煞的家伙闯到我们公寓来了——敢打砸抢的人哪，亲爱的——当时塞巴斯蒂安还不知道发生什么了呢，真是扫兴透顶。”

这时博伊·马尔卡斯特凑过来坐下，也不用我说，一屁股坐到我旁边。

“那边的酒快喝光了。”他说着，兀自拿起我们的酒瓶倒酒，倒空。“这个地方没一个打眼的——都是些黑家伙。”

安东尼没理会他，继续说道："这以后我们就离开了马赛，又去了丹吉尔，在那里，亲爱的，塞巴斯蒂安和他新认识的又打得火热。怎么形容他好呢？他很像《警示的阴影》里演的那个男仆——德国人的大块头，在外籍军团干过。因为大脚指头掉了才离开的军团。到现在伤口还没好利索。塞巴斯蒂安见着他时，他正在卡斯巴街当推销员，总饿肚子。样子吓人得很。塞巴斯蒂安把他带来跟我们住在一起。太可怕了。所以我就回来了，亲爱的，回到友善、悠久的英格兰——*友善、悠久的英格兰*。"他重复了一遍，还把手一挥，把在我们脚边赌博的黑人也揽进去了。马尔卡斯特呆呆地目视前方，我们身穿睡袍的女主人正向我们介绍着自己。

"从来没见过你们，"她说，"也从来没请过你们。话说回来了，这些白废物都是什么人？我八成走错门了。"

"国家危急时刻，"马尔卡斯特说，"凡事都有可能发生。"

"派对挺好？"她急切地，"你们觉得今晚弗罗伦斯·米尔斯会唱歌吗？我们以前见过。"她又对安东尼补充说道。

"常见，我亲爱的，可是今儿晚上你没请我啊。"

"哦，亲爱的，也许因为我不喜欢你吧。我还以为我谁都喜欢呢。"

"你们觉得怎么样，"女主人走后马尔卡斯特问道，"报个火警会不会很有趣？"

"不错，博伊，赶紧跑，打电话去。"

"我的意思是，这样也许会热闹起来。"

"错不了。"

马尔卡斯特走开找电话去了。

"我猜塞巴斯蒂安和他那位瘸腿的朋友去了法属摩洛哥了，"

安东尼继续说道，“我走的时候，丹吉尔的警察正在找他们的麻烦呢。自打回来伦敦，这侯爵夫人又来讨人厌了，她想让我跟他们联系上。这个可怜的女人过的是什么日子哦！这只能说明人生自有正义在的。”

过了一会儿米尔斯小姐开始唱歌了，除了那几位掷骰子赌博的人之外，大家都拥到隔壁房间去了。

“那位就是我的姑娘，”马尔卡斯特说，“和那个黑人在一起的那个……就是她把我带过来的。”

“她好像已经把你给忘了。”

“是忘了。真还不如不来呢。咱们去别的地方吧。”

我们离开时，开来了两辆救火车，一大群戴着防护面具的人将楼上拥得水泄不通。

“那个家伙，布兰奇，”马尔卡斯特说，“不是个好东西。有一次我把他丢进池子里去了。”

我们又去了几家夜总会。在两年的时间里马尔卡斯特看来已经实现了他的那个简单的抱负，他在这种地方出了名，受到欢迎。在最后一家，我和他被狂热的爱国主义感召得都激动开了。

“你和我，”他说道，“我们还太年轻，不能参战打仗去。别的小伙子去战斗了，阵亡了几百万。不是我们。我们要让他们看看，我们要向那些死去的人证明，我们也能打仗。”

“我就是为这个回来的，”我说道，“从海外归来，祖国什么时候需要我就什么时候在。”

“像澳大利亚人一样。”

“像那些可怜的、死掉了的澳大利亚人。”

“你在哪个部门？”

“不知道。还在备战。”

“要去就去一个地方——比尔·梅多斯战队，防卫团。全是棒小伙子。正在布拉特俱乐部那里招人呢。”

“我要参加。”

“你还记得布拉特俱乐部吗？”

“不记得，那我也参加。”

“那好。所有的好小伙子都会像那些战死的小伙子一样。”

我就这样参加了比尔·梅多斯战队，这是一个飞行小队，负责保卫伦敦防备最薄弱的地区的食品运输。起先我被编入防卫团，宣誓效忠，还发给了我一个头盔和一根警棍。随后我又被提名为布拉特俱乐部的会员，并且和其他应召者一起在为因应这种形势特别召开的代表大会上当选了。我们一个星期一直待在布拉特俱乐部里整装待命，有时一天出动三次，坐在卡车上给要护送的运牛奶车开路。我们被人嘲笑，有时还被恶言相向，但我们仅只实施了一次行动。

那天吃完了午饭，大家围坐在一起，比尔·梅多斯打完电话神气活现地回来。

“注意，”他说道，“商业路上有场恶战。”

我们飞速开车前往，到了那儿只见两根灯柱间拉起了一根钢丝绳，一辆卡车被推翻在地，人行道上只剩下了一个警察，五六个年轻人正拳打脚踢。离打作一团的人不远的地方，聚着两股敌对人马。跳下车，近处又有个警察坐在人行道上，两眼发呆，两手抱着头，鲜血顺着指缝流出。两个同情者正紧紧盯着他。钢丝绳那边是一小撮充满敌意的码头工人。我们兴高采烈地冲进去，先解救了警察，才刚冲进敌人堆里，却和从另一条路同时赶到的、想来劝阻游说的当地教士和城市议会议员们起了冲突。他们刚赶到时，不知是谁喊了一声：“小心，警察来了。”这时一辆满载警察的卡车在我们后面停下，于是这伙教士和议员就成了我们硕果仅存的战利品。

人群一哄而散，消失得无影无踪。我们把这些调解人逮了起来（只有一个伤势严重），又去了几条偏僻街道巡逻，想看看还有没有别的骚乱，由于真的没有发现异常，最后就都回了布拉特俱乐部。第二天总罢工宣布取消，除了煤矿，全国所有地方都恢复了正常。就好像一直传说有只残暴的野兽要出来吃人，可是它出来了一个小时就嗅出了危险，然后悄无声息地又溜回了它的老巢。我离开巴黎真不值。

让，他参加的是另一个连队，因为在坎登城被一个老寡妇拿种着羊齿苋的花盆扣到脑袋上，不幸在医院里待了一个星期。

通过我是比尔·梅多斯战队的成员这一点，茱丽娅知道我回到了英国。她打电话来说她母亲迫切地想见我。

“你会看到她病得很重了。”她说。

和平宁静后的第一天早上，我就去了马奇梅因公馆。我到的时候，亚德里安·波森爵士正从大厅往外走，他正要离开。他用一方大花手帕捂住脸，盲目地摸索他的帽子和手杖，他在流泪。

我被带进图书室，不到一分钟，茱丽娅就来到我面前。她斯文优雅又鬼魂一样轻飘飘地跟我握了握手。

“你能来可真好，妈妈一直问起你，可是我却不知道她现在能不能见你。她刚刚跟亚德里安·波森说了‘再见’，这就累着她了。”

“再见？”

“嗯，她快死了。可能再有一两个星期吧，也可能随时。她太衰弱了。我去问问护士。”

死亡的沉寂似乎已经笼罩着这栋房子。马奇梅因公馆里已经没人来图书室里坐着了。图书室在他家的两处住宅里，都是阴黢黢的所在。维多利亚时期的橡木书架上摆着多卷英国议会会议记录，还有从来没有打开过的已经过气的百科全书。光秃秃的桃花心木桌子摆在那儿，似乎是为全体委员开会准备的。这地方的气氛，混合了门庭若市和人迹罕至。图书室外是院子、围栏，还有一条静寂的绝路。

茱丽娅回来了。

“不行了，恐怕你见不上她了。她睡着了，她会像这样一连睡上好几小时。我跟你说她想要什么。咱们上别处说去。我讨厌这间屋子。”

我们穿过大厅去了常在一起吃午饭的小客厅，分坐在壁炉两侧。茱丽娅的脸映着墙壁猩红金黄的光，较之以往，她少了些热情。

“首先，我知道妈妈要说她对你有多抱歉，最后一次见面时对你太粗暴了。她经常提起这个来。现在她知道错怪了你。我很相信你能谅解，并且很快就把这件事置之脑后，可是，为这个，妈妈永远都不会原谅她自己——这对她来说实属难得。”

“请务必告诉她我完全理解。”

“另外还有一件事，想必你也猜到了——关于塞巴斯蒂安的。她想他。我也不知道有没有可能，可能吗？”

“我听说他的情况很糟。”

“我们也听说了。我们拍了电报到仅有的最后一个地址，可是没有答复。也许还有点儿时间让他来得及见见她。一听说你就在英国，我就想到你是绝无仅有的希望了。你能不能设法把他找来？我知道这种要求太难以启齿了，可是我想要是塞巴斯蒂安了解情况的话，他也会想见她的。”

“我去试试。”

“我们没有别人可求了。雷克斯忙得不可开交的。”

“知道，我从报道中听说了他正忙着安排煤气工程。”

“哦，是啊，”茱丽娅的话里透着旧时那种干巴巴的腔调，“他从罢工那里捞着了太多奖赏。”

接着我们又闲谈了几分钟布拉特俱乐部的事。她告诉我说布莱兹赫德拒绝担任任何公职，因为他对那事业不富正义感而不满。科迪莉娅就在伦敦，现在正在睡觉，她守了她妈妈一整夜。我跟她说我从事建筑绘画了，还说很喜欢干这个。说出来的话全都微不足道，因为该说的我们在头一两分钟里已经说完了。我留下来喝茶，然后告辞离开。

法国航空公司有飞卡萨布兰卡的航班，到了卡萨布兰卡再搭公共汽车去菲斯，黎明时分就动身了，傍晚才到这座新城市。在旅馆给英国领事打了电话，当天晚上在他那栋挨着旧城墙的宅邸与他共进晚餐。领事人很好，严肃认真的男人。

“我很高兴终于有人来照看年轻的弗莱特了，”他说，“他在这儿真让我们伤透了脑筋。这里不是靠着国内汇款能待住的地方。法国人一点儿不理解他。他们认为不做买卖的就一定是间谍。他过得也不像英国绅士。这儿的日子不好过啊。你可能料不到吧，离这栋房子不到三十英里的地方就有战争。上个星期我们这儿来了几个骑自行车的小傻瓜，他们是志愿参加阿卜杜勒·克里姆的军队的。

“那么，摩尔人十分狡猾。他们不控制饮酒，但我们这位年轻的朋友，你可能也知道的，几乎一整天都要泡在酒里。他到这里干什么来呢？他在拉巴特和丹吉尔有的是地方住，那里的人喜欢投旅游者所好。他在当地的城里租了间房子，你知道。我想阻止他来着，可是他从一个在艺术品部门工作的法国人手上租到了那房子。我不是说他在那儿有什么不好，但是他委实让人担心。还有一个吸在他身上活着的坏蛋——一个从外籍军团出来的德国佬。人人都给他扣个坏蛋的帽子，必定会惹出事来的。

“提醒你一下，我是很喜欢弗莱特的。虽然我们见得不多。过去他常到这儿来泡澡，直到在他的房子里安顿后才不来了。他总是非常非常迷人，我妻子特别喜欢他。他需要的是份工作。”

我解释了这次前来的使命。

“你这会儿有可能在他家里找到他。老天知道到了晚上，旧城里就没有地方可去了。如果你想去，我可以叫我的门房带你过去。”

我吃过晚饭就出发了，领事门房手里提着灯笼走在前头。对我来说摩洛哥是一个新鲜又陌生的国家。白天赶了一天路，在平坦的战时公路上颠簸行驶了一天，跑了许多的里程，经过了葡萄园和哨所，新建的白色住宅，早收庄稼挺立的开阔地，还有贴着法国商品广告的广告牌子——有杜邦涅商店、米什兰商店和卢浮宫商店——我原以为这地方是现代化的近郊区，可在星光下，这座城市四面城墙，灰尘满布的平缓街道，两侧都是没有窗子的高墙，头顶上有时候一片漆黑，有时候又能看见星星。光滑的碎石路上积满了灰，人影静寂无声地从身旁掠过，一身白袍，穿软底或硬底的拖鞋，或赤足走过。空气中弥漫着混合了丁香花、焚香、炊烟的气味——现在我知道是什么把塞巴斯蒂安拽到这里来，又让他待了这么久了。

领事门房提着晃悠来晃悠去的灯，在前面趾高气扬地走着，手杖笃笃敲着地。开着的门口时而现出人们围着一只火钵，在金黄的灯下安坐。

“腌臜的民族，”门房扭着肩膀藐视地说，“没有教养。法国人就让他们这么脏着，哪儿像大不列颠人，咱们的人啊，”他说道：“走到哪儿都很大不列颠。”

他是苏丹警察出身，看待他古老的文化中心大不列颠八成就像新西兰人看待古罗马一样。

经过了许多饰有门钉的大门后，我们总算来到最后一扇门前，门房用他的手杖敲门。

“英国勋爵的公馆。”他说。

门栏里现出了灯光和一张黑乎乎的脸膛。这位领事门房态度专横地说着话。门闩被撤掉了，我们走进一个小院落，院子当中有一口井，头顶的架上爬着葡萄藤。

“我等在这儿，”门房说，“你跟这位同胞去吧。”进了房，下一台阶进了起居室，看见一架唱机、一个煤油炉，两者之间有个年轻人，后来在打量四周时才注意到还有更惬意的东西呢——地上铺着一块块小毯子，墙上挂着刺绣锦缎，浮雕彩绘的天花板，一根链子下坠着重重地带着网罩的吊灯，房间里投下灯罩柔和的影子。不过一进来就映入眼帘的三样东西，唱机正播着法国爵士乐唱片；气味刺鼻的油炉；还有那个面目狰狞的年轻人，这三样让我神经紧绷。他懒洋洋地歪在一张柳条椅里，一只裹着绷带的脚伸到一个箱子上。他穿着一件瘦小的、中欧式的仿花格呢衣服，露出一件小企领的网球衣。那只没有受伤的脚穿着一只棕色帆布鞋。他身边有一个木腿的铜托盘，上面摆着两只啤酒瓶子，一只脏盘子，和一个放满了烟蒂的碟子。手里端着杯啤酒，下嘴唇上粘着一支香烟——他一说话，烟卷就粘在那里。长长的金发向后梳，没分发缝。一个如此年轻的面庞上却如此不自然地皱纹横生。他已经缺失了一颗门牙，发“S”音有时候要咬到舌头，有时候又不期然发出口哨声，一这样他就咯咯笑着掩饰过去了。他嘴里有的牙也都被烟熏得黑黄，齿缝又大。

这显然就是那位英国领事描述的那个“道地的坏蛋”，照片里的安东尼的脚夫了。

“我要找塞巴斯蒂安·弗莱特。这是他的地方，是不是？”我抬高嗓门想盖过舞曲音乐的音量让他听到，可是他却用英语很温柔地回答，相当流利的英语，表明他已经习惯说英语了。

“是的。但他这会儿不在。只有我，没别人。”

“我是从英国来的，有要紧的事找他。能不能告诉我在什么地方可以找到他？”

那张唱片这时已经放完。德国人把唱片翻了面，上紧了发条，唱机又唱起来了，这才回答我的话。

“塞巴斯蒂安病了，修士们带他上医院了。他们也许会让你看他，也许不。我很快哪天也得去医院把我的脚包扎一下。回头我也得问问。等到塞巴斯蒂安好一些了，他们会让你看看他的，也许。”

还有一把椅子，我坐上去了。看到我打算留下来，那个德国人递给我一杯啤酒。

“你不是塞巴斯蒂安的哥哥吧？”他说，“也许是表哥？也许你和他妹妹结婚了？”

“我只是他的朋友，一起念大学的。”

“我过去在大学也有个朋友。我们是学历史的。我朋友比我聪明，身体弱——我一生起气来，就老爱抓着他使劲晃——就是太聪明了。后来有一天我们说：‘这岂不是活见鬼呢吗？在德国没什么可干的了，德国完蛋了。’于是我们就去跟教授们告别，他们说：‘不错，德国是完蛋了。现在学生在这儿也没什么可学的了。’我们就走了，走啊走，最后就走到这儿了。后来我们说：‘德国现在没有军队了，我们要去当兵。’就又加入了外籍军团。我朋友去年得痢疾病死了，当时他正在阿特拉斯山打仗。他死以后，我说：‘这岂不是活见鬼呢吗？’于是我就朝我的脚来了一枪。这只脚现在全是脓，都一年了。”

“是吗，”我说，“真有意思。可是我眼下关心的是塞巴斯蒂安。或许你能跟我说说他。”

“他人很好，塞巴斯蒂安。在我看来他哪里都很好。丹吉尔那地方臭不可闻糟透了。他就把我带到这儿来了——房子、吃的、仆人都不错——在我看来哪里都很好，我是这么觉得的。很好，我很喜欢。”

“他母亲病得很重，”我说，“我是来告诉他的。”

“她有钱吗？”

“是，有钱。”

“那为什么她不多给他点钱呢？那样我们就可以住在卡萨布

兰卡了呀，也许还能住到不错的公寓里呢。你跟她很熟吗？你能不能让她多给他点钱？”

“他怎么了？”

“我不知道。我估计也许他喝得太多了吧。修士们会照顾他的。那里的人对他很好，修士们人都很好，那儿也很便宜。”

他双手击掌，吩咐再拿些啤酒来。

“你看到没？有很好的仆人照顾我呢。这很好。”我得到那间医院的名字后就走了。

“告诉塞巴斯蒂安我还在这儿，一切很好。我估计他在为我担心呢，也许。”

我第二天早上去的那家医院，是在旧城和新城间的一片平房。医院是方济各会办的。穿过一群摩尔病人，来到医生诊室。他是一介凡夫俗子，脸刮得干干净净，穿着浆洗过的白大褂。我们讲的是法语，他告诉我塞巴斯蒂安无甚大碍，只不过很不适于旅行。他患了流感，肺部一边还有轻度感染，身体虚弱，抵抗力也很差。还能指望什么呢？他酗酒过度了。医生没有感情色彩，可以说是冷酷地说着，带着科学家的品位，说话点到即止，把他的工作删繁就简到一颗菌斑上。他把我交给一位留着大胡子打着赤脚的修士，这个修士不会说医院术语，他只是病房里干脏活的人。他跟我说的可就是另外一个故事了。

“他如此有耐心，一点儿也不像个年轻人。他躺在那儿从不抱怨——这里有很多可抱怨的。我们这儿没有设备。政府给的都是从军队淘汰下来的东西。他人又和气。还有个可怜的德国小家伙，一只脚没有治好，还有二期梅毒，也上这儿来治的。弗莱特勋爵在丹吉尔发现他挨饿了，就带他回来，让他有住的有吃的。一个真正的撒马利亚人[1]。”

“可怜又浅薄的修道士，”我想，“可怜的傻瓜。”上帝宽恕我！

塞巴斯蒂安住在专为欧洲人保留的侧房里，病床被低矮的隔板拦成隔断，多少有些保留隐私的感觉。他正躺着，双手放在被子上，凝视着墙壁，墙上唯一的装饰品是一张印刷的宗教版画。

“你的朋友来了。”修士说道。

他慢慢回过头。

“噢，我还以为他说的是库尔特呢。查尔斯，你来这儿干吗？”

他比以前更瘦了，饮酒让人肥胖，红光满面的，可是却把他摧残得枯萎干瘪。修士走开了，我在他床边坐下，谈起他的病情。

“我魂不附体了一两天吧，”他说道，“我一直觉得回牛津了。你去过我的住处了吗？喜欢那地方吗？库尔特还在那儿吗？我不想问你喜欢不喜欢库尔特，没人喜欢他。说来可笑——没他我就活不下去了，你知道。”

然后我讲了他母亲的情况。他有一刻什么话也没说，只是躺在那儿盯着那张七悲圣母[2]的石版画，后来说道：

“可怜的妈妈。她真是一个不幸的女人[3]，不是吗？轻轻一碰

1. 指好心人。

2. 圣母玛利亚有七悲七喜。

3. 原文为法文。

就要了她的命了。”

我给茱丽娅拍了电报，说塞巴斯蒂安不能旅行，随后我又在菲斯待了一个星期，每天都到医院去，直到后来他恢复到能走动走动了。第一个迹象表示他在复原中的，是看望他的第二天他要喝白兰地。第二天，他也不知道用什么招儿弄到了一些，他把酒藏在被单底下。

医生说：“你那个朋友又喝上了。这里是禁酒的。可我又有什么办法呢？又不是少年管教所，也不能在病房里安置警察呀。我是来给人看病的，不是来防止他们染上恶习，或者教他们自控的。白兰地现在对他还没有太大害处。可再有一次就会让他更衰弱，以后总有一天一点小病小灾就会要他的命的。医院不是酒鬼之家。这周末他必须得出院。”

干脏活的修士说：“你的朋友今天尤其高兴，好像变了个人似的。”

“可怜又浅薄的修士，”我想着，“可怜的傻瓜。”可是他又说：“你知道为什么吗？他把一瓶白兰地藏在他床上。我发现这已经是第二次了。才拿走这一瓶，他马上又弄到一瓶。真淘气。是那几个阿拉伯小孩给他带进来的。可是看到他又高兴起来了也挺好的，他一直这么不开心的。”

在最后一个下午，我对他说：“塞巴斯蒂安，你母亲去世了。”——这个消息是当天上午传来的——“你想回英国去吗？”

“从某些层面看，回去很好，”他说，“可是你觉得库尔特会喜欢吗？”

“看在上帝的份上，”我说，“你不打算和库尔特过一辈子吧，对吧？”

“我不知道。好像他打算跟我过一辈子。‘这也许对他很好，也许。’”他模仿着库尔特的口音说，以后他又说了些话，如果我当时对他的话多加注意的话，我就会明白我一直不解的关键在哪里了。那些话我听了，也记住了，可是却没注意。“你知道，查尔斯，”他说，“当你的一生都有某些人来照顾你，现在有一个人需要你去照顾，这种变化是多么让人愉快。当然，非得是一个需要我去照顾的、濒于绝望的人。”

离开前，我还能捋顺他的金钱事务。他过到这会儿，已是十分困难了，就靠给律师拍电报让寄一些小钱来。我见了支行经理，替他把事情安排好，如果将来从伦敦汇了钱来，他就收下塞巴斯蒂安每个季度的生活费，以后每星期给付他一笔津贴，再留下一部分钱作为他随时可以提取的应急款项。这笔钱只能付给塞巴斯蒂安本人，且在只有认为是正当用途时才给付。塞巴斯蒂安飞快地同意了。

“不然呢，”他说，“我要喝醉了，库尔特就会叫我在所有支票上都签上名，然后跑掉，那可就招来各式各样的麻烦了。”

我看见塞巴斯蒂安从医院回到家来。他坐在柳条椅里似乎比躺在床上还虚弱。这两个病恹恹的男人分坐两边，他和库尔特，中间隔着一个唱机。

“你也该回来了，”库尔特说，“我需要你。”

“是吗，库尔特？”

“我觉得是。你生病住院去了，一个人的滋味可真不好受。那孩子是懒骨头——我需要他时，他总是溜出去。有一回在外面待了整整一夜，我睡醒了竟然没人给我煮咖啡。脚里全是脓的滋味可真不好受。睡得也很不好。说不定什么时候我也要溜出去，到有人能够照顾我的地方去。”他双手击掌，可是没有仆人来。“你看见了？”他说。

“你想要什么？”

“香烟，我床底下那只袋子里还有一些。”

塞巴斯蒂安痛苦地从椅子中站起来。

“我去拿吧，”我说，“床在哪儿？”

“不用，这是我的事。”塞巴斯蒂安说。

“是的，”库尔特说，“我觉得这是塞巴斯蒂安的事。”

于是我就把他和他朋友留在这条胡同尽头的一间封闭小屋里了。对塞巴斯蒂安，我再也无能为力了。

本来我打算直接回巴黎去，可是塞巴斯蒂安生活费的这桩公案，却意味着我必须得回伦敦见布莱兹赫德。我是走海路回去的，在丹吉尔搭上了半岛和东方航运公司的客轮，六月初到的家里。

“依你看，”布莱兹赫德问道，“我弟弟和这个德国人之间有没有不道德的地方？”

“没有。肯定没有。只不过就是两个无家可归的碰上了而已。”

“你是说他是个犯人吗？”

“我说的是犯人那类的人。他原来蹲过军事监狱，后来挺不光彩地被放出来了。”

“医生说塞巴斯蒂安是在用酒精来自杀吗？”

“说的是让他的身体越来越衰弱。他既没有患震颤性酒狂，也没有肝硬化。”

“他没神经错乱吧？”

“当然没有。他就是找到了一个凑巧他很喜欢的同伴，又找到了一个凑巧他喜欢的地方。”

“那就照你的意思办吧，他必定可以得到他的生活费。事情已经很清楚了。”

从某些方面来说，布莱兹赫德是个非常容易打交道的人。他对一切事物均抱有某种疯狂的确定感，这种确定感让他做起决定来果断、轻易。

“你愿意画画这房子吗？”他突然问道，“一张画前面，一张画后面的公园，一张画楼梯，一张画大客厅，行吗？四幅小油画。这是我父亲一直想留下做纪念的，以后就保存在布莱兹赫德。而我不认识什么画家。茱丽娅说过你专攻建筑绘画。”

“好吧，”我说，“我很愿意画。”

“你知道这里将要推倒重建吗？我父亲要把它卖掉。他们想在这里建公寓。他们还要保留这个名字——我们显然阻止不了了。”

“太难过了。”

“嗯，我自然也很难过。不过，你觉得这个建筑很不错吗？”

“这是我见过的最漂亮的房子了。”

“我看不出来。我一直觉得它丑。也许你的画会让我看到它的不同。”

这是我受到的第一次委托。我必须抢时完工，因为开发商只等最后一签字就要动手拆楼了。尽管如此，或许也正是因为如此——我有一种在一块画布上拖得好长时间的坏毛病，从不草率行事——这四幅油画成了我的得意之作，也正是它们的成功，在我本人和别人看来，使我坚定了继续我未来事业的决心。

我最先画的是长客厅，由于他们急于搬走里面的家具，这些家具自从这客厅建好以后就一直摆在那儿。这是一间狭长、精美、对称的亚当房型，有两扇朝着格林公园开的悬窗。我下午在客厅里开始画的时候，阳光从西边的窗子倾泻进来，外面是小树的新枝绿芽鲜亮的绿色。

先用铅笔确定好比例，再把各部细节仔细安排，观察好了再画，就像一个跳水运动员在水边一样，一跳下去我就发现自己已经浮了起来，着实欢喜。一般说来我是一个提笔又慢，又审慎小心的画家。所以这个下午、第二天一整天，再加上第三天，我都在快速忙着，而且一点错也不能出。每当告一段落时，我就停一停，心情紧张得很，不敢开始画下一段，就像一个赌徒，生怕手气会变坏，大堆筹码全都成了泡影。一点一点，一分钟一分钟，渐渐成形了。没有什么难点，错综复杂的光线和色彩融为一体，调色板上调出的色彩恰恰就是我想要的色彩。每完成的一笔，都像一直就在那里似的。

最后一个下午，一个声音在我背后说："我能待在这儿看吗？"

我回头一看，是科迪莉娅。

"可以啊，"我说，"你不说话就行。"兀自画着，进入到物我两忘的状态，一直画到太阳下山光线不对了，才不得不放下画笔。

"会画画一定很有意思。"

我已经忘了她在这儿。

"确实是。"

甚至这时候我也无法离开我的画，尽管夕阳西下，房间变得灰暗。我把画从画架上取下来，举到窗前，然后又放回去，把阴影部分调亮了一些。就是一瞬间的工夫，我的头、眼睛、肩背一下疲倦得不行，天色已晚我便放弃了。转向科迪莉娅。

她现在十五岁了，也长高了。一年半的时间她的个儿头差不多已经长满了。她没有茱丽娅那种十五世纪[1]的美好，但她的长鼻梁和高颧骨却已经有了布莱兹赫德家的特色。她一身黑衣，正为她母亲服着丧。

“我累了。”我说。

“就赌你一定是累了。画完了吗？”

“差不多了。明天得再过一遍。”

“你知不知道晚饭时间早就过了？现在这里没人做饭了。我今天才到，没想到这里竟然衰落到这个地步。你不想带我出去吃吗，想吗，你？”

我们从花园那个门出去，走公园，在暮色中走到丽兹·格里尔餐厅。

“你见到塞巴斯蒂安没？他不想回家吧，现在也不想吗？”

此时我才意识到她已经这么懂事了。我说是这样。

“哦，我爱他胜过爱任何人，”她说道，“一说到马奇家就难过，是吧？你知道，他们在这里要盖一座公寓，而雷克斯想住进最顶上他称作‘楼顶房屋’的那种房子。这倒挺像他这个人的，是吧？可怜的茱丽娅。对她来说这未免太过分了。他根本就不明白，他以为她舍不得这个老房子呢。很快就要完事大吉了，是不是？显然爸爸已经负债累累很久了。卖掉马奇公馆，他还了债，也不知道一年的利息是多少。但是把房子拆了重建好像是件很丢脸的事。茱丽娅说宁肯让别人住进来也不愿意把它毁了。”

“对你有什么影响吗？”

“是啊，有什么影响呢？有各式各样的建议。范妮·罗斯康

---

1. 指意大利文艺复兴时期。

芒舅妈想叫我跟她一块儿住。后来雷克斯和茱丽娅谈到要把布莱兹赫德拿过来一半产权，就住在那儿。爸爸不会回来的。我们原以为他会回来，可是他不。

“他们关了布莱兹赫德的小教堂，是布赖德和主教一起关的。就是在那个小教堂里给妈妈念的最后一次安灵弥撒。妈妈安葬了以后，神父就走进小教堂来——当时只有我在，我猜他没看到我——他拿出那块祭石放到他的袋子里去了，又把圣油浇在羊毛卷上点燃了，此后把灰烬扔到外面。倒空了圣水钵，吹熄了祭坛上的灯，然后让神龛敞着，里面空荡荡的，好像从这时起就永远是耶稣受难日了，我想你完全不懂其中的含义，查尔斯，你这个可怜的不可知论者啊。我一直待到他离开。然后瞬间那里就不存在什么小教堂了，只剩下一个装饰得古怪的房间。我没办法跟你说清楚那是一种什么感觉。我想，你从来没去过熄灯礼拜[1]吧？”

“从来没有。”

“嗯，要是你去过，你就会明白犹太人对他们的圣殿是什么感觉了。*Quomodo sedet sola civitas*[2]……这是一首很美的圣歌。你应该去一次，听听它。”

“还在试着让我改变信仰啊，科迪莉娅？”

“啊，不不不。也都过去了。你知道爸爸信天主教的时候是怎么说的吗？妈妈曾经告诉过我的。他对她说：‘你已经使我的家庭回复祖先的信仰了。’你知道有多华而不实了吧。它使人们

1. 纪念耶稣受难的赞美诗和晨祷，于复活节前一周的最后三天举行，弥撒时将蜡烛渐次熄灭。

2. 拉丁文，经考证这句话是天主教《耶律米哀歌》的圣歌歌词，对应《圣经》里耶路撒冷的沦亡。

走上不一样的道路。无论怎么说，家庭向来不是一成不变的，对不对？他走了，塞巴斯蒂安走了，茱丽娅也走了。可是你知道，上帝不会让他们走太久的。我不知道你是否还记得妈妈在塞巴斯蒂安第一次喝醉的晚上读的故事——我指的是过得很糟的那个晚上。‘布朗神父’好像说的是‘我逮住了他’（指小偷），‘用一只看不见的钩，和一条看不见的线，虽然那线长得可以任他去到世界尽头，但只消一扯这线，就能把他扯回来。’”

我们很少提到她母亲。晚餐时我们一直说着话，她一直不停嘴地吃。有一次她说：

“你看过亚德里安·波森爵士在《泰晤士报》上发表的那首诗吗？那诗很可笑的：他晓得她一枝独秀——他一生都用来爱她，你看——但是又看不出跟她有什么关系。

“我们家里的人，就数我跟她相处得最好了，但是我觉得我没有真正爱过她。既不是她希望的那样，也不是她应得的那样。奇怪吧，我不爱她，因为全是亲情。”

“我从未真正地了解你母亲。”我说。

“你不喜欢她。我有时觉得，人们要恨上帝的时候，就恨妈妈。”

“你这话是什么意思，科迪莉娅？”

“嗯，你看，她圣洁但不是圣徒。谁也不能真的恨一个圣徒，能吗？也不能真的恨上帝。当他们想要恨上帝和他的圣徒的时候，他们就不得不寻找跟他相似的，假装这就是上帝然后再恨。你可能觉得这是胡说八道吧。”

“以前我也听到过几乎和这一模一样的话——是个非常与众不同的人说的。”

“噢，我是认真的。关于这个我想了很多。这话好像可以拿来解释我可怜的妈妈。”

然后这个奇怪的孩子又对着新一道美味埋头大吃起来。“这是我第一次单独被带进饭馆里吃饭。”她说。

后来她说：“茱丽娅一听说他们要卖掉马奇公馆，她就说：‘可怜的科迪莉娅。她到底还是不能在那儿举行她的第一次社交舞会了。’这是我们过去常常谈起的事情——就像常常谈起我做她的女傧相一样……伴娘也没当成。茱丽娅举行舞会时，允许我下楼和范妮舅妈在角落里坐了一个小时，她说：‘再过六年，你也会拥有这一切。’我希望我得到个天职。”

“我不懂这是什么意思。”

“意思是说你可以做一个修女。但要是没有天职，你再想也做不了；可有了天职，你就怎么也摆脱不了了，不管你有多憎恶它。布赖德以为他得到天职了，但是没有。我过去常常觉得塞巴斯蒂安得到天职了，他又恨它——不过现在我不知道了。事情这么快就一下子全变了。”

但是我没有耐心谈什么女修道院。我老觉得那天下午画笔在我手里有了生命，我的手指创造了一个巨大而又鲜美多汁的派。那天晚上我是一个文艺复兴时期的人——白朗宁的文艺复兴。我，穿着热那亚丝绒独步走在罗马街头的我，可以用伽利略的望远镜看满天繁星，但是唾弃那些手里捧着蒙尘的大部头、睁着嫉妒凹陷的眼睛的修道士，还有他们乖戾琐碎的讲演。

“你会堕入情网的。”我说。

“噢，千万别。我说，你看我还能再来一块美味的蛋酥饼吗？”

第三部

拉动命运之线

第一章

暴风雨中两个孤儿

我的主题是回忆，战时的一个阴郁早晨，那群带有羽翼的东西就在我旁边飞。

那些回忆之于我，就是我的生命本身——我们除了过往，也没有什么能够真正拥有了。这些回忆就像圣马可教堂外的鸽子，无处不在，在我脚边，或是单个，或是一双，甜蜜悦耳地咕咕叫；俯首，神气活现地踱着步子；眯起眼睛，梳理颈间柔软的羽毛，我要是站着不动，它们有时便会落在我的肩上。直到突然一阵中午的枪炮声，它们立刻全颤动翅膀扑棱棱飞起来，人行道上空荡荡的，整片天空被嗡嗡喧哗的小飞禽遮得黑压压的。战争时期的那个阴郁早晨就是这样。

和科迪莉娅的那个晚上之后是死寂的十年。我隐忍地走在一条充满变数和偶然的道路上。在这个时期——除了绘画时，不过间隔也是越来越长了——再没有像和塞巴斯蒂安在一起的那些日子那么灵动、有生气过。我觉得正在流逝的不是岁月，而是青春。绘画是我的支柱——就因为当初选了自己能做好的事情，做得一天更比一天好，又喜欢。附带说一句，绘画在当时是没有什么人愿意干的。我成了一位建筑画家。

相较于伟大的建筑大师们的作品，我更爱那些静静矗立了好几个世纪的建筑，这些建筑物保留和记录了每一代的精华，同时，时间限制了艺术家们的骄傲和腓力斯人[1]的市侩粗鄙，却也弥补了那些平庸匠人的拙劣。这类建筑物在英格兰比比皆是，英国人在近十年的鼎盛中似乎第一次对于以前视若无物的东西重新有了认识，并且在建筑物行将变成遗物的当儿还歌颂起它们的成就来了。所以说我的幸运远远超过我的成绩，我的作品也不值一提，无非是技巧日益娴熟而已，我对建筑主体充满热忱，独立于流行观点。

这一时期的经济萧条让好些画家找不到事做，却让我更加成功，当然，这样的情形实际上是经济衰退的征兆：泉眼干涸了，人们自然会想到望梅止渴。我在举办了首次画展之后，就被邀请去全国各地给那些马上就要荒废颓败的老房子画像。的的确确，我通常会比拍卖行早两步到那儿，厄运的先兆。

我还出版了三部光彩夺目的画册——即《赖德的乡间别墅》《赖德的英国住宅》《赖德的乡村建筑和外省建筑》，以每本五畿尼[2]的价钱卖了上千套。我很少会使人不满意，跟我的主顾之间不起摩擦，雇用双方要求一致。不过，这么多年过去了，我开始为马奇梅因公馆客厅那些我熟悉的却没能表现出来的东西感到悲伤，自那以后，我有过一两次电光石火地认识到那就是绘画的表现力和单一性，我相信有些东西仅只靠手是表现不出来的——

1. 有市侩气、没有文化教养的、实利主义的意思，形容对文化艺术无知的人、文化修养低的人。

2. 英国旧时金币，值一英镑一先令。

一言以蔽之，得靠灵感。

为寻回那日渐泯灭的灵感之光，我以一种古典的奥古斯都[1]方式，携带了大量我们这行所需要的工具，出国到各种异域情调里浸淫了两年。我没去欧洲。欧洲的珍品很安全，太安全了，专门设置了重重屏障，而且被顶礼膜拜的人们弄得五脊六兽的。欧洲可以缓一缓再去。我觉得早晚有时间会去的。等我需要有人帮我安放画架，背着我那些画画的家什的时候；等到我从一家上等旅馆走不出一小时以上的路程的时候；等到我一整天都沐浴在轻风和煦日下的时候……我就会用我的一双老眼看向德国和意大利，这样的日子很快就要来到了。现在，趁我还有力气，我要去那些蛮荒之地，那里的人们放弃了他们的哨岗，密密的丛林正慢慢侵入古老的堡垒。

据此，经历了缓慢却不很轻松的几个阶段，我穿越了墨西哥和中美洲——一个有着我需要的一切的世界，远离园林和高堂，那样的情景变化使我身手更加敏捷，更能关照自己的内心了。宫殿的内里已经荡然无存，修道院的回廊野草没径，教堂被废弃，吸血的蝙蝠像豆荚一样倒挂在穹顶上，只有蚂蚁们挤作一堆，忙着在肥沃的牲畜棚不停歇地打洞。城市间不通公路，高大阴森的房子里只有一家像害了疟疾一样打着寒战的印第安人家在躲雨……所有这一切都是我灵感汲取的源泉。我吃了千辛万苦、抵抗了病痛，时不时还要有一点生命危险，创作了《赖德的拉丁美洲》画册的最初几幅作品。过几个星期我就要休息一下，一次又一次置身于商业区和游览区，以此来恢复元气，建立了自己的画

1. 古罗马帝国皇帝，文艺全盛时期的作家。

室，把速写细细誊画出来，着急忙慌地把画完的画作打好包，寄给我纽约的代理商。然后再次出发，带着我的小跟班踏入荒地。

我不那么费心地跟英国保持联系。遵循当地人的建议去安排行程，也不设固定路线，结果很多邮件一直没能寄到我手里，即使这样，收到的邮件攒起来也到了坐下来一次都读不完的程度。我常常把一捆信塞进袋子，等哪天有兴致再去看。可看信这件事与当时所处的环境往往很不搭：躺在吊床上晃来晃去；在蚊帐里，就着防风灯的光；坐在独木舟上漂浮着顺流而下，船夫懒散地划着船，小心不让我们的鼻子碰到两边的岸，幽深的水流就在身侧；坐在绿荫里，巨树直插云天，猿猴在森林屋顶的花丛中高高挂着在阳光下尖叫；在风景宜人的大牧场阳台上，耳畔有冰块在杯中搅动的轻响，还有掷骰子的声音，一只虎斑猫在修剪过的草坪上玩着脖子上的链子……信件仿佛是离自己十分遥远的声音，不具意义。信上说的事情如过眼云烟，只闪了一闪就过去了，不留痕迹，就像在美洲火车的车厢里，萍水相逢的旅客随意讲起自己的故事，听过了也就过去了。

尽管与世隔绝，长期旅居于陌生的国度，我却没变，有一小块地方始终如一，我用这一小块地方假装那就是全部的我。和我出发时一样，我把这两年的经历连同热带用的成套用具一股脑儿甩到一边，回到了纽约。我满载而归——十一幅油画、五十幅素描——等我最终把这些作品在伦敦展览的时候，许多迄今为止仍旧带着俯就屈尊的调调儿的艺术评论家，在我的成功的感召下，褒赞、推崇说我的作品传达出崭新和更加丰富的内容。他们中的一位最受尊敬的人写道：*赖德先生，他像一条鲜活的皮下注射了新文化的幼鳟鱼一样崛起，这也揭示了他无限潜力中的一个*

极强大的存在……通过将其优雅和博学的传统元素着眼于野蛮的漩流之上，赖德先生终于发现了自己的存在。

这些溢美之词，那个，唉，还不敌一根长粉笔来得实在。我妻子越过千山万水到纽约来见我，在她看到我们分居两地的成果展示在代理人办公室的时候，她总结得才叫好，她说："当然，看得出来它们很棒，用邪恶阴险的方式表现出来还格外美丽。可不知道怎么回事，我就是觉得这些画不'你'。"

我妻子的穿衣风格比较张扬，简约漂亮又极其清洁卫生，所以在欧洲有时就会被当成是美国人。而真正在美国，她又十分英国范儿，将英伦的柔和与隐忍自持表现得淋漓尽致。她比我先到一两天，我的船抵达港口时，她在码头上迎候。

"好久好久不见了啊。"我们一见面她就高兴地说。

她没有参加这次探险。她对我们的朋友们解释说这是因为那个国家与她不相适宜，况且家里还有个儿子。她还说，现在又有了女儿，我这才想起来出发前我们一直说起这事，这也成为她留下来的另一个理由。在她写来的信里也有提到。

其时天色已晚，晚餐的聚会已经结束，在一家有歌舞表演的餐馆又逗留了几个小时以后，终于发现只有我们两个人独自在旅馆里了。"你一定没看我的信吧。"她说。

"有些信寄丢了。我记得很清楚，你的信上说果园里的水仙花是做梦看到了，还有保姆就是一颗珠宝，能干得不得了，还找到了一张摄政时期[1]的四柱床，可是说老实话我真不记得你

---

1. 指1811—1820年间，由威尔士亲王乔治摄政，也就是后来的乔治四世。

说过给新生婴儿取了卡罗琳这个名字……你怎么想到要起这个名字的？”

“当然是随着查尔斯起的嘛。”

“我让波莎·范·霍尔特做孩子的教母。我考虑她肯定会送一份像样的礼物。你知道她送了什么吗？”

“波莎·范·霍尔特出了名地坑人……她送了什么呢？”

“一张价值十五先令的书籍代金券。既然约翰约翰有了一个伴儿——”

“谁？”

“你儿子呀，亲爱的。你没把他也忘了吧？”

“看在基督的份上，”我说，“你怎么叫他这个？”

“这个名字是他自己创造发明的。你不觉得它甜蜜蜜的吗？照我说啊，既然约翰约翰已经有了一个伴儿，所以我认为在一段时间里我们最好还是不再要孩子了，你觉得呢？”

“都听你的，我怎么都行。”

“约翰约翰常念叨你。他每天晚上都祈祷你能平安归来呢。”

她一边这么说着，一边尽量漫不经心地脱掉衣服。坐在梳妆台前，用一把梳子梳理着头发，拿她的裸背对着我，看着镜中的自己，她说道：“我要不要把脸藏到床上了？”

这是我很熟悉的表达法，也很不喜欢。她的意思是说她该不该去掉脸上的脂粉，抹上面油，然后再戴上发网。

“不要，”我说，“先别急。”

她就明白需要做什么事了。在那事儿上她也同样清洁卫生，不过听完我说这话，她脸上表示喜欢的微笑中还带着宽慰和胜利。不久我们分开了，各自躺在双人床上，中间隔着一两码，吸着烟。我看了看表，已经四点了，但我们都了无睡意，这城市的空气中带着神经衰弱的病症，却常使人误以为是精力旺盛。

“我看你一点儿也没变，查尔斯。”

“不错，想必是没变。”

“你想有所改观吗？”

“变化是活着的唯一证明。”

“不过你可能会变得不再爱我了。”

“有这风险。”

“查尔斯，你还爱我呢。”

“你自己才说的我没有变。”

“唔，我现在开始觉得你变了。我没有。”

“没有，”我说道，“没有，这我看得出来。”

“你今天和我见面一点也不发慌吗？”

“一点儿也不。”

“你也不想知道我在这期间有没有爱上别人吗？”

“没想过啊。你爱上谁了吗？”

“你知道我没爱上别人，那你呢？”

“没有。我就没有恋爱。”

我妻子对这个回答看来相当满意。我是六年前办第一次画展那阵儿和她结婚的。从那时起，为了推进我们的事业她做了很多事情。人人都说是她“造就”了我，不过她自己只承认给我提供了一个相得益彰的背景支持我这么一点。她对我的天分和“艺术气质”坚信不疑，并且还深信一条准则，偷偷摸摸背着人干的事情根本就不是事儿。

过了一会儿她说：“现在盼着回家吗？（我父亲送给我一笔

房钱作为结婚礼金，后来我在妻子的家乡买了一所教区神父的老房子。）我有个惊喜给你。”

“是吗？”

“我已经把那间旧谷仓给你改成画室了，这样不管是孩子们还是留下来的客人都不会打扰你了。我叫埃姆登改的。大家都说改得棒极了。

“《乡村生活》上还有一篇文章说到这件事，我买了一份给你看。”

她给我看那篇文章：“……建筑形式美学的绝佳范例……约瑟夫·埃姆登爵士独具匠心，把传统材料改变成适合今日需求……”还刊登了几幅大照片。泥土地铺上了宽大的实橡木地板，北面墙上开了一个高高的石框悬窗，巨大的木屋顶之前全部陷在阴影里，而现在雄踞而出，鲜明闪亮，房檩还涂上洁白的石膏，谷仓看上去变得很像乡公所。我还记得那地方的气味，现在一定消失了吧。

“我更喜欢谷仓。”我说。

“可是你现在可以在那儿画画了呀，对吧？”

“在一团蜇人的飞蚊阵里，”我说，“头顶上的烈日能把除了镇纸之外的东西都烤焦了……此后，就算让我在公共汽车的车顶上我也能画了。我想教区牧师大概会很乐意借这个地方搞个惠斯特牌会的。”

“有大把工作在等着你呢。我已经答应了安克瑞奇夫人，你一回去就画安克瑞奇公馆。那房子也要给推了，知道吧——要改成底下是铺子上面是两居室的房子。你没想到吧，查尔斯，你那些所有异国情调的画儿会把你毁了，会让你再画不了英国建筑的，你想到没有？”

“怎么会？！”

“哦，两者完全不同呀。你别发火啊。”

“只不过是将要被另一片丛林侵略到的地方。”

“我完全明白你的感受，亲爱的。‘乔治风’[1]已经整到这步田地了，我们却做不了什么……那你收到我说博伊的那封信了吗？”

“我不知道啊，信上说什么了？”

（博伊·马尔卡斯特是她哥哥。）

“是关于他订婚的事，现在已经不重要了，事情全结束了。不过这事儿搞得爸爸妈妈很难过。她是个糟糕透顶的姑娘。后来他们还是给了她钱才算了事。”

“没有，我一点儿也没听说博伊的事。”

“他现在和约翰约翰是铁哥们儿了。看着他们俩在一起让人心里甜蜜蜜的。他不管什么时候来，都径直把车先开到老教区去。进了屋，任谁也不理，马上就喊：‘我的死党约翰约翰在哪里呀？’约翰约翰听见了就歪歪扭扭地从楼上跑下来，然后他们上小树林里也能一连玩上好几个小时。你想啊，要是听到他们俩说话，你还以为这两人一般大呢。就是约翰约翰让他明白了那姑娘的道理。说真的，你知道，他精得要死。他可能是听到我和妈妈说什么了，等博伊又来了他就说啊：‘博伊舅舅不要撇下约翰约翰跟那个糟糕姑娘结婚。’也就是他跟博伊说的那一天，博伊没上法庭，花了两千英镑把这事私了了。约翰约翰对博伊

---

1. 乔治风指于1937年成立，旨在保存乔治王朝风格的艺术之风。

崇拜得不得了，什么事都学他。这对他们两人都挺好。”

我走到房间那头，再一次徒劳地想把暖气调到一个合适的温度。我喝了些冰水，把窗子打开，可是飘进来的不只是寒夜的空气，还有隔壁屋子的音乐，那里有人正开着收音机。又关上窗户，掉转过身朝我妻子走去。

她又开始事无巨细地说开了，带着困倦的睡意……“花园里长得可茂盛了……你种的黄杨树篱去年一年长高了五英寸……我从伦敦找了几个人把网球场给修整好了……当时最棒的厨子……”

下面的整个城市正在苏醒，我们两人却睡着了，只是没过多久，电话铃声响起，一个欢快的、辨不出男女的声音说道：“萨沃伊——卡尔顿——旅馆——早安。现在是七点四十五分。”

“你看看，我没要求叫早服务呀。”

“您说什么？”

“噢，没事儿。”

“没关系。”

我刮脸时，我妻子在浴室中说道：“就跟以前一样。我再也不担心了，查尔斯。”

“很好。”

“我以前真担心两年时间兴许会产生什么嫌隙来着。现在我知道了，我们完全可以哪里停下的再在哪里重新开始。”

“什么时候的事儿啊？”我问道，“你在说什么？我们什么时候停下什么了？”

“自然是你离开的时候。”

“你在想别的事呢吧？才过了这么一小会儿。”

“哟，查尔斯，都是老黄历了。没什么了。从来也没有什么事。事情过去这么久了，我早忘了。”

“我只是想知道，”我说，“我们又回到我出国前那样了，是不是？”

就这样，我们恰恰又在两年前我们停下来的地方重新开始了，我妻子流了眼泪。

我妻子的温柔和英国人的冷静自持，她细小整齐的白牙，整洁的玫瑰色指甲，天真调皮的女学生样子和打扮，她那些重金打造的，可远远看上去却好像是批量生产的时髦首饰，她脸上常常挂着的应酬的微笑，她对我的尊敬和服从，她对我的爱好的热情，还有她每天都要给家里的保姆拍电报的慈母之心——总而言之，她所独有的个人魅力——使她在美国人当中很吃得开。启程那天，我们的船舱里堆满了她认识不过一个星期的朋友们送的玻璃纸包装的大包小包礼品——鲜花、水果、糖、书籍和孩子们的玩具，等等。而服务员也像育婴堂的修女一样，常常根据礼品的数量和价值来判断旅客的身份高低。因此航行开始时我们就已受到格外的尊重了。

一上了船，我妻子首先想到的就是旅客名单。

“有这么多朋友，”她说，“这次旅行一定会很妙。今天晚上我们举办一次鸡尾酒会吧。”

登船的舷梯才撤走，她就忙着打起电话来。

“茱丽娅吗？我是西莉娅——西莉娅·赖德。发现你也在船上真的太好了。你这一向可好吗？今天晚上到我这儿来参加鸡尾酒会吧，咱们好好聊聊。”

“哪个茱丽娅？”

“茱丽娅·莫特拉姆呀。我好多年没有看见她了。”

我也好多年没见她了。事实上，自从我的婚礼那天起，我就再也没见过她；从我的画展预展之后就再也没有跟她说过话。在那次画展上，我画的那四幅马奇梅因公馆的油画——布莱兹赫德借出的——挂在一起十分引人注目。这些画就是我和弗莱特家的最后联系了。我们的生活密切交织在一起有一两年，然后就分开了。我知道塞巴斯蒂安还在国外，至于雷克斯和茱丽娅，只是时有耳闻说他们在一起并不幸福。雷克斯没有完全像原先预测的那样飞黄腾达，他仍然游离于政府边缘，名头不小，但却让人隐隐生疑。他身处大富豪间，可是讲演却似乎更加倾向于革命政策，在共产党和法西斯之间左右逢迎。人们在谈话中会提到莫特拉姆的姓氏。在翻着报纸不耐烦地等什么人的时候，会时不时地瞥见他们的面孔登在《闲谈者报》上，但是他们和我已经走在两条道上了。人们在英国，且只有在英国，才会处于彼此隔离的两个世界，处于各自的人际关系自行旋转着的小星球上。此一过程或许可以在物理学上找到很贴切的比喻，我朦朦胧胧地领悟到，能量粒子群会重组到不同的磁场中。对于一个能够夸夸其谈这类物理现象的人来说，这个比喻是现成的。可对我却不适用，我只能说这种厘清远近亲疏的小圈子在英国比比皆是。所以就我和茱丽娅的情形来说，就算我们同在伦敦，住在同一条街上，时常在同一时刻看到几英里外乡间的地平线，而且我们可能互有好感，温和地关心对方的命运，甚至会为分离怅惘，深知每一方只要拿起电话筒，在枕边就能够跟对方说上几句，借以享受仿佛随着早餐的橙汁和阳光一块儿来的见面的亲昵……但是因为受到我们各自所处星球的向心力影响，以及星球外部冷寂的星际空间所限，我们不能这样做。

我妻子高高地坐在堆满玻璃纸和彩色丝带的沙发背上，继续打她的电话，兴致勃勃地查阅旅客名单……“是，当然要带他来，听说他那么甜蜜……对，我终于把查尔斯从蛮夷之地弄回来了，不可爱吗……在登记簿上看到你的名字是有多么好呀！这使我的旅程……亲爱的，我们也是住在萨沃伊-卡尔顿旅馆呢，怎么就错过了？”……有时她转过身来对我说，“我非得看看你是不是真的在那儿，现在还有点儿不习惯。”

我走出舱外，轮船缓慢地驶入河道，我走向一扇大玻璃窗，旅客们正站在窗前凝视着向后滑去的陆地。“这么多朋友在呢。”我妻子刚才说的。看着这素不相识的一群人，刚才告别的激情正在冷却，有些人直到最后一刻还在和来送行的碰杯话别，此时更是热情澎湃；还有些人则在盘算着去哪儿弄一张甲板座椅；乐队不为人注意地演奏着——这一切就像一群蚂蚁一般无序。

我转身进了几个大厅，很大，但并不堂皇，就像本来就设计成放大了好几倍的列车车厢似的。走过一道巨大的青铜大门，上面錾刻着纸片一样薄的亚述动物；吸墨纸一样颜色的地毯；彩绘墙壁嵌板也像吸墨纸一样——平淡乏味的幼儿园手工制品——墙与墙之间是一码又一码未经木匠加工过的淡褐色木头，还有墙角里弯成圆角的镶木，它们经过蒸、挤、抛光，严丝合缝地一片一片拼接好；吸墨纸地毯上四处摆着可能由公共厕所的设计师设计的桌子和填充块料，块料上是方形凹陷，装上了垫子，可以一屁股坐上去。这些东西看上去同样也是吸墨纸。大厅灯光从几十个孔中散射出来，光线均匀，没有光影——整个大厅里充斥着上百个通风机的嗡嗡声，和下面运转的巨大蒸汽汽轮机的震动声。

“我回来了，”我想着，“从密林、遗迹中回来了。这里的财富已不再让人目眩神迷，权力也不再彰显。‘寂无人烟的城市就像这样屹立在那里’[1]。”（我以前听到过这句伟大的哀歌，一次是科迪莉娅在马奇梅因公馆客厅里引用的，另一次是大约一年前在危地马拉听一个混血儿唱诗班唱的。）

一个服务员走到我面前。

“先生，您需要点儿什么吗？”

“一杯威士忌和苏打水，不加冰。”

“非常抱歉，所有的苏打水都是冰镇的。”

“水也冰镇了吗？”

“哦，是的，先生。”

“那好吧，没关系。”

他小跑着走开了，让人费解地在弥漫的嗡嗡声中无声无息地走开了。

“查尔斯。”

我回过头去，看见茱丽娅就坐在一个吸墨纸一样的方垫子上，双手叠放在膝头，太安静了以至于我经过时一点儿没注意到她。

“我听说你也在这船上。西莉娅打电话告诉我的。见到你真高兴。”

“你在干什么呢？”

她松开放在腿上的空空的双手，优雅地做了个手势。“等着呢。女人正在整理行李。我们离开英国后她就一直拧拧巴巴的，

---

1. 原文为拉丁文。

现在又抱怨起我的客舱来了。也不知道有什么可抱怨的……好像我要的喝的来了。”

那个服务员又回来了，端着威士忌和两个杯子，一杯是冰水，另一杯是开水。我把酒和水兑在一起使温度适宜。他一边看着一边说：“先生，我得记住你是怎么兑的酒。”

大部分旅客都有自己的偏好，雇他来就是为了增强旅客的自信心的。茱丽娅要了一杯热巧克力。我挨着她坐在另一个方垫上。

“刚才根本没看到你，”她说，“但凡我喜欢的我就永远也看不见似的。不知道这是怎么回事。”

她的口吻听上去仿佛我们只隔了几个星期没见，而不是好多年，并且在分别前两人就已经是相当熟稔的朋友一样。时间建立起了自己的防线，伪装好薄弱的环节，并且除了少数几条人来人往的小路之外到处都埋了雷，因而我们多半只能在缠得乱七八糟的电线的这一头，向对方发个信号而已。这样的不期而遇会与一般经验相左，我和她向来谈不上是好朋友，但现在却以长久亲密无间的关系在这里相遇了。

“你在美国都做些什么？”

她喝着热巧克力，慢慢抬起头来，美丽而严肃的眼睛注视着我，说：“你不知道吗？那我以后什么时候再告诉你好了……我是个十足的傻瓜。我以为自己爱上了一个人，但根本不是那么回事。”这时我的思绪回到了十年前在布莱兹赫德的那个夜晚，当时这个可爱的、细手细脚的十九岁姑娘，像是才从育婴室给带出来待一个小时，会因为大人不注意她而焦虑不安，当时她说：“我也在引起别人的焦虑呢，你知道。”当时我作为男人会想：“这些姑娘把个恋爱看得是有多重。”现在我却几乎再也没有这样的想法了。

现在情况不一样了，她说话的态度除了谦卑和友好的坦率之外，什么也没有了。

我想对她的信任有所反应，做出某些欣然接受的表示来，可在我过去乏善可陈的岁月里，又委实没有可以与她共享的东西。便只好跟她谈谈那些丛林日子、遇到过的滑稽可笑的人物。游历过的废墟遗址，可是多年故交的心境却把故事讲得磕磕绊绊，最后还突然中断了。

“我渴望看看你的画儿。”她说道。

“西莉娅为了鸡尾酒会也希望我能拿出一些挂在客舱里，这我办不到。”

“不行啊……西莉娅还是以前那么美吧？我一直觉得与当年我们那些女孩子比起来，她是最漂亮的姑娘。”

“她没有什么变化。”

“你变了，查尔斯。你瘦多了，严肃多了。一点儿也不是当年塞巴斯蒂安带回家来的那个漂亮男孩子了。也更坚强了。”

“而你却更温柔了。”

“是啊，我也这么觉得……而且现在特别有耐心。”

她还不到三十岁，正走向她美丽的顶峰，原本就蕴涵丰富的潜在美已经完全显露出来了。她已经不似当年风行一时的那种四肢纤细的模样了。而我曾经认为她带着文艺复兴时期风情的脑袋多多少少与她的身体不那么相称，现在真正成了她自己，跟佛罗伦萨再搭不上边。她的美与绘画、艺术或除她自己之外的任何东西都没有任何关系，所以想把她的美类化或者分析是毫无意义的。这美植根于她的本质。只有在她、她的认同，和我不久就将产生的对她的爱中才能知道。

岁月还造成了另一种变化，于她而言，不是含蓄狡黠的蒙娜丽莎式微笑，岁月要比“七弦竖琴和长笛的声音”更使她忧郁。她仿佛在说：“看看我。我尽了我的本分。我是美丽的。我的美非同寻常。我是为快乐而生的，可是我从中得到了什么呢？我的奖赏又在哪里呢？”这就是她十年来的变化；这确实就是她的报酬，那种令人魂牵梦绕的具有魔力的哀伤，它直接向心灵倾诉并使人沉默。这就是她的美的顶峰。

“也更哀伤了。”我说道。

“噢，不错，哀伤得多了。”

两小时后我回到客舱，我妻子正精神饱满意气风发的。

“我必须一切都准备停当。看上去怎么样？”

我们没有多付钱，就有一套宽大的舱房为我们准备好了，其中一间大得除了这家轮船公司的董事们之外很少会预订出去，在大多数的航行中，经事务长同意，这套舱房常常会安排给他要致敬的客人。（我妻子很擅长获得这种小小的实惠，先是用她的美丽和我的声望给很吃这一套的人以深刻印象，一旦优势上来并且巩固住了，马上换上一种讨人喜欢的亲切姿态来。）为了表示她的谢意，她邀请了事务长来参加鸡尾酒会，而他为了表示他的谢意，在赴宴之前送了一只和实物一般大小的冰雕天鹅像，里面还填满了鱼子酱。这件寒气逼人的豪礼傲视群雄，摆在房子中央的桌子上，它渐渐融化，冰水顺着天鹅喙滴下，落在盛它的那只银盘子里。早上送来的鲜花尽可能地把镶板都遮住了（这间客舱是上面那个吓人的大厅的微型版）。

“你得赶快换礼服了。你刚才一直在哪儿呀？”

“跟茱丽娅·莫特拉姆聊天。”

“你认识她？噢，自然啦，你是她那个酒鬼哥哥的朋友嘛。谢天谢地，她还挺有魅力吧！”

“她也极为赞赏你。”

“她以前是博伊的女朋友之一。”

“不能够吧？”

“他自己老这么说。”

“你考虑过没有，”我问道，“你的客人们怎么吃里面的鱼子酱呢？”

“考虑是考虑过了。不好办。不过东西这儿全有啦。”——她给我看了装满几个托盘的透明的美味小吃——“反正来参加酒会的人总会找到吃东西的法子的。你还记得我们有一次用一把裁纸刀吃虾罐头吗？”

“是吗？”

“亲爱的，就是你求婚的那个晚上呀。”

“我记得是你求的婚。”

“好啦，反正是我们订婚的那个晚上。可是你还没有说你觉得安排得如何呢。”

所谓安排，除了那只天鹅和那些鲜花以外，还包括一个无法脱身、被困在临时柜台后面一角的服务员，和另外一个端着托盘的、相对自由一点的服务员。

“电影演员之梦。”我说。

“电影演员，”我的妻子说，“我正想说这事呢。”

她跟着我来到更衣室，我一边换衣服，她一边跟我叨唠。她脑子一转便想到，既然建筑方面是我的兴趣之所在，那我真正的专长就是给电影设计布景，所以她邀请了两位好莱坞巨头参会，并且希望我巴结巴结他们。

我们又回到起居室。

“亲爱的，我知道你对咱们的这只鸟很反感。在事务长面前可别对它太凶恶了。他能想到这个真的挺不赖的。再说，你知道，如果你在描述十六世纪威尼斯宴会的书里读到过这天鹅的话，那你就会说这是那个时代的再现。”

“十六世纪威尼斯天鹅的造型会有些不同的。”

“圣诞老人来了。我们对你送的天鹅喜欢得发狂呢。”

事务长走进客舱，大力与人握手。

“亲爱的西莉娅夫人，”他说道，“赶明儿，你要是愿意穿上暖和衣服，跟我到冷库里探探险的话，我还能让你看到装着这种东西的一整个挪亚方舟。吐司一会儿就到。他们正把它烤热一下。”

“烤吐司！”我妻子惊叹道，听语气仿佛烤吐司是什么饕餮大餐一样。“你听见了吗，查尔斯？烤吐司来着。”

客人们很快陆续来了。也没有什么事情可耽搁的。“西莉娅，”客人们都说，“多大的客舱啊！多漂亮的天鹅啊！”尽管这间客舱是全船最大的，这里还是很快就挤得满满的了。客人们也开始在环绕着那只天鹅的小小冰水池里按熄他们的烟头了。

这时事务长照水手们的习惯预言一场暴风雨即将来临，于是造成了一波小骚动。“你怎么这么狠心啊？”我妻子问道，言下之意带着种讨好奉承的感觉，似乎不仅这客舱、这鱼子酱，还有风浪也都要受事务长的调遣似的。“无论如何，暴风雨怎么着也不致影响到这样一艘客轮吧？”

“大概会稍稍阻碍一下我们的航行。”

“不过不会使我们晕船吧？”

“那就要看你晕不晕船了。在暴风雨中我总是晕，打小就这样。”

“我才不信呢。他就是故意吓唬人的。到这儿来，我给你看点儿东西。”

那是一张她孩子们的近照。“查尔斯还没有见过卡罗琳呢。看了一定会快乐得发抖啦。”

这里没有我的朋友，不过参加酒会的有三成人我认识。我拿腔带调地和他们一直文明地聊着天。一个老女人跟我说，“你就是查尔斯啊。西莉娅谈你谈得可多呢，我觉得从头到脚都了解你了。”

“从头到脚，”我在心里想，“从头到脚的了解需要很长时间呢，夫人。难道你真能看穿我那些花花肠子里最最隐秘的阴暗角落吗？难道你能告诉我，亲爱的斯图伊弗桑特·奥格兰德夫人——如果我没有听错的话，我妻子是这样称呼你的——为什么就在此刻，我和你在这里谈着我即将举办的画展，心里却一直在想茱丽娅什么时候会来呢？为什么我能跟你这样聊天，跟她却不能呢？为什么我把她和自己都置身于世俗之外了呢？你知道我最隐秘的心思发生了什么事吗？你敢这么瞎说八道？斯图伊弗桑特·奥格兰德夫人，你在捏造些什么呢？”

茱丽娅还没来，这间房子本来由于太大而没人租用，现在二十余人的喧闹却成了一大群人的喧闹。

这时我看到一个很奇怪的家伙。那边有一个红头发的小个子男人，看来没谁认识他，邋里邋遢的样子不像是我妻子的客人。他一直站在鱼子酱旁边，有二十分钟了，嘴巴动得跟兔子吃食一样快。这时他用手帕揩揩嘴，显然一时冲动了，他朝前探探身子，又轻轻地揩了揩天鹅的喙，揩掉一滴已经凝在那里马上就要滴下来的水珠。然后他偷摸着四下里张望了一下，看看是不是有人注意他，碰到我的眼光后就紧张地咯咯笑起来。

“早就想这样好久了，”他说道，“猜你不知道一分钟滴多少滴。我知道，我数过了。”

“我不知道。”

“猜猜看。猜错了就给六便士，猜对了半美元。公平合理。”

“三滴。”我说。

“哦哟，真聪明。你一定数着吧。”不过看他并没有要给钱的意思，而只是说，“你怎么想出来的啊。我生长在英国，不过这是头一次在大西洋上。”

“大概你是坐飞机出国的吧？”

“不，没坐过飞机。”

“那我猜你环绕地球，是从太平洋那边绕过来的吧？”

“你真聪明，没错。我为这事跟别人争得很厉害。”

“那你走的是哪条路线呢？”我问道，想要投其所好。

“啊，那可就说来话长了。算了，我先赶快跑路吧，回见！”

“查尔斯，”我妻子说，“这位就是星际电影公司的克拉姆先生。”

“您就是查尔斯·赖德先生。”克拉姆说。

“是我。”

“好，好，好。”他停下来了，我等着。“船上的事务长说我们就要碰上暴风雨了。您还知道什么情况？”

“比事务长知道的差多了。”

“不好意思，赖德先生，我不十分明白您的意思。”

“我的意思是说我所知道的比事务长少。”

“这样啊？好好好。我很高兴能跟你谈话。希望以后有机会能多谈谈。”

这时一个英国女人说道：“啊，瞧这只天鹅！在美国待了六个星期，对冰真是腻味到家了。你非得跟我说说不可，分别两年再见到西莉娅是什么感受？我知道我就会觉得像个不甚体面的婚礼似的。不过话说西莉娅从来也没把她头上的香橙花冠完全取下来过，是不是？”

另一个女人说道：“一边说着再见，一边又知道我们半个小时后又会见，天天半小时就见一面该有多好呀！”

客人们陆续告辞了，每个人走的时候都要告诉我，我妻子已经承诺了在不久的将来我要给他们做些什么事什么事。这个晚上话题的中心就是：我们大家要常常碰面，以及我们之间形成了一个只有物理学家才能说得出来的分子结构体系。最后那只天鹅也用轮子车推走了，我对我妻子说，“茱丽娅一直没来。”

“不来了，她打过电话了。我听不清她说什么，一直太吵了——好像是一件衣服的问题。没来也是走运，这儿连个能活动的地方都没有了。酒会挺不错吧？你讨厌它？你表现得好极了，看上去也派头十足。你那个红头发的朋友是谁呀？”

“不是我朋友。”

“那可太奇怪了！你跟克拉姆先生说过去好莱坞工作的事吗？”

“当然没有。”

“唉，查尔斯，你真是让我有操不完的心。光是站在那儿摆出个尊贵的派头，只是像个为艺术献身的人是不够的。咱们吃晚饭去吧。去船长那张桌上吃。我猜今晚他大概不会下来吃饭，不过我们得守时才够礼貌。”

我们到桌前时其他人已经就座了。空着的船长座椅两边坐着茱丽娅和斯图伊弗桑特·奥格兰德夫人。除了她们，还有一位英国外交官和他的妻子，还有参议员斯图伊弗桑特·奥格兰德，还有一位美国教士，这时他孤零零坐在给各两张空椅子夹在中间的一张椅子上。这位教士后来把自己说成是——似乎有些多余——一位圣公会的主教。餐桌旁夫妻都是坐在一起的。这时我妻子当机立断，尽管服务员想指派我们另外一个坐法，可她还是与我分开坐下了，她挨着参议员，我挨着主教。茱丽娅对我们两人表露出一丝忧郁的同情来。

“说到鸡尾酒会真让人沮丧，”她说道，“当时我那可恨的女仆和我所有的衣服都不见了。她半小时前才回来。原来是打乒乓球去了。”

“我跟上议员说了他错过了些什么，”斯图伊弗桑特·奥格兰德夫人说，“西莉娅无论在哪儿，你准会发现所有有头有脸的人物她都认识。”

“我右边的，”那位主教说，“预料会来的是一对重要人物。他们要不是事先得到通知说船长会大驾光临，就在自己的客舱里用餐了。”

我们是乏味透顶的一圈人。连我妻子那么喜欢社交的精神都动摇了。我不时听到她和别人交谈的只言片语。

“……一个与众不同的红头发的小个子男人，像福尔纳夫船长[1]一般模样的人。”

“但我认为您的意思是说，西莉娅小姐，你并不认识他。”

“我是说他像福尔纳夫船长。”

“那我有点儿懂了……他是为了参加你的酒会而冒充你的那位朋友。”

“不，不。福尔纳夫船长不过是个带有喜感的角色。”

“另外，这个人听起来也没有多大意思啊。你朋友是一个喜剧演员吗？”

“不是，不是。福尔纳夫船长是英国报纸上的虚构人物。你知道……就像你们的‘大力水手’一样。”

那位参议员放下手里的刀叉。“简而言之：有个骗子参加了你的宴会，你接纳了他，因为他和一部动画片里的一个虚构人物相像得不得了。”

“是的，我想确实是这样。”

参议员看着他的妻子似乎在说：“有头有脸的人物，嘘！”

我听见桌子对面茱丽娅正在替那个外交官追溯她那些匈牙利和意大利表兄妹之间的姻亲关系。她头上和手间的钻石哗哗闪着光辉，可是手却神经质地不住把面包捏成小碎球，亮闪闪的头也绝望地垂下了。

主教告诉我他去巴塞罗那担负着友好亲善的使命……“一项卓有意义的消除隔阂的工作业已完成，赖德先生。是时候重建更加广阔的基础了。我定下的目标是：让所谓的无政府主义者和

1. J. B. 莫顿在《每日邮报》专栏所创作的人物，喜欢伪装成上流人物。

所谓的共产主义者和解。以此为目的，我和我的委员会也已经深入研究了关于这个问题的一切有利用价值的文件。赖德先生，我们的结论是一致的。两种意识形态之间并没有根本分歧。分歧是个性的问题，赖德先生，凡是由于个性而产生分歧的问题，个性也可以再把它们统一起来……”

在另一边我听到说：“我能否斗胆问一句，是什么机构发起您丈夫考察的？”

外交官夫人勇敢地跨过把他们隔开来的鸿沟和主教攀谈起来。

“你到了巴塞罗那，打算说哪一种语言呢？”

“说理性和兄弟情深的语言，夫人。”然后他又转过身来对我说，“下一个世纪，说话将用思想而不是用言词。难道你不同意吗，赖德先生？”

“同意，”我说，“同意。”

“什么是言词呢？”主教说。

“确实，什么是言词呢？”

“无非是传统的符号罢了，赖德先生，这个时代恰恰是怀疑传统符号的时代。”

我已经觉得天旋地转了。经历了我妻子办的吵吵嚷嚷的酒会、下午那种难以探底的情愫，经历了我妻子在纽约的恣意享乐，在充满绿荫和流水的丛林里孤单生活了好几个月之后，当下的情景实在无法忍受。我觉得自己就像原野上的李尔王，像被疯子逼到绝路的马尔菲公爵夫人一样。我呼唤着狂风暴雨，像施了魔法似的，我的召唤马上就应验了。

有片刻，尽管我不清楚是不是神经紧张所产生的幻觉，我感到一种不断增长的运动——宽敞的餐厅猛然膨胀和震颤，像人睡得酣沉时起伏的前胸一样。我妻子扭过头对我说："不是我有点醉了，就是暴风雨来了。"就在她说话的当儿，我们就坐在椅子上歪到一边去了。靠墙放着的刀叉餐具掉下来发出一片叮当作响的磕碰声，桌上的酒杯倾倒滚动着，每个人都试图稳住盘子叉子，从外交官太太满面惊恐到茱丽娅的怡然淡定，表情各异地望着别人。

我们这个封闭的小天地里听不到、看不到也感受不到外面的八级狂风，在天上刮了一个小时后，改变了风向，正朝着船头猛扑过来。

激烈的碰撞声过后是一片寂静，随后又爆发出一气儿很大的、神经质的笑声。服务员们把餐巾铺在洒出来的葡萄酒上。大家还想接着谈话，可是又都在等待着，就像那红头发的小个子男人盯着水滴从天鹅喙上滴落那样，等待着下一次的巨大冲击。冲击来了，比上一次还猛。

"我要跟大家告辞了。"外交官太太说着站起身来。

她丈夫带她回舱。整个餐厅一下子便空落落了。很快就只剩下茱丽娅、我妻子和我还在餐桌旁，心灵感应一般地，茱丽娅说道："像李尔王。"

"我们三个活生生就是他们三个。"

"你说的是什么意思？"我妻子说道。

"李尔王、肯特和弄臣。"

"哦，亲爱的，别又是要再来一遍刚才那折磨人的福尔纳夫船长了吧。不要再解释了吧。"

"我怀疑我能不能解释得了。"我说。

又上去了，又猛地掉下来。值班的服务员把东西系牢，关好，迅速将搁不稳当的装饰悉数拿走。

“好了，我们吃完了晚饭，显出英国人的镇定来了。”我妻子说，“走吧，去瞧瞧有什么好玩的。”

去往休息厅的路上，有一次我们三个人不得不紧紧抱住一根柱子。到休息厅时，看到那里几乎没有人了，乐队奏着曲子，没有人跳舞。摆了几张玩汤博拉纸牌的桌子，可是没人玩。船上的长官专门用下级水手的顺口溜来报数——“甜蜜十六，没亲过嘴儿——房门上的钥匙，二十——敲巴敲巴，六十六”——这时他正和他的同事们有一搭无一搭地聊着天，大厅里稀稀拉拉还有二十来位看小说的、一两桌打桥牌的，吸烟室里还有几个人在喝白兰地。我们两小时以前的客人都不见了。

我们三人在空荡荡的舞池旁坐了片刻。我妻子有一肚子主意，按照她的主意，我们可以不失体统地挪到餐厅另一张桌子上去。“去餐馆吃饭的都疯了，”她说，“一样的饭菜，还得额外付钱。总而言之，只有电影圈的人才去船上餐馆。我不知道我们为什么非得去那儿不可。”

过了一会儿她说：“我的头都疼了，累了。我打算上床睡觉去了。”

茱丽娅和她一起走了。我在船上四处转悠，在一片覆着篷顶的甲板上，狂风呼啸，浪花从黑暗中跳起来，撞在巨大的玻璃窗上，碎成白色褐色的水沫。有人看着，不让乘客们到露天甲板上去。我也下到舱里来了。

在我的更衣室里，所有易碎物品都收妥了，通往客舱的门敞着，被从外面钩开了，我妻子哀怨地在里面呼号。

“我觉得太不舒服了。我不知道这么大的船会颠簸成这个样子。”她说道，眼里充满惶恐和怨怼，像是在最后关头终于明白了的产妇，知道不论小型私人医院多么豪华，不论医生收费多么昂贵，她分娩的痛苦却在所难免。轮船的起落就像分娩时的阵痛一样有规律。

我睡在隔壁房间，或者不如说是我躺在那儿，似睡非睡的。要是睡在一张狭窄的铺位、一张硬床垫上，也许我还可以休息一下，但这里的床铺又大又软。我把能找到的垫子都搜集起来，拼命用垫子把自己固定住，可是一整夜我都随着船一起摇晃、颠簸——此时不仅上下颠簸，而且还左右摇晃起来——我的脑袋里回响着吱吱嘎嘎砰砰砰的声音。

黎明前一小时，我妻子像个幽灵一样出现在门口，她两手扶着门两侧支撑着自己，说："你醒着吧？能不能想点办法？能不能上医生那儿拿点药？"

我按铃叫来了夜间服务员，他那儿有备好的药，能让她舒服一些。

一整夜都没睡实，半梦半醒之间想的都是茱丽娅。在我短暂的梦境里她变幻出上百种奇异可怕又模糊不清的样子，我一醒，她在我脑海里的形象又复原成哀伤的、宝石光芒闪耀发间的样子来——晚饭时我看见的她的样子。

第一道曙光出现以后，我又睡了一两个小时，醒来时脑子非常清楚，还带着某种愉快的期待。

服务员告诉我风有所减弱，可依然猛烈，巨浪滔天。"没有比巨浪更糟糕的东西了，没有什么比它更能毁了旅客的享受。"他说道，"今天早上要早餐的客人着实不多。"

我看了一眼我妻子，她还在睡，把我们之间的门关关好，吃了三文鱼片和冷火腿，然后打电话叫理发师来给我理发修面。

“起居室有夫人的一堆东西，”那个服务员说，“要不要暂时先把东西留在那儿？”

我走过去看了看。原来是船上商店送来的第二批玻璃纸包装的大小包裹，有些是纽约的朋友拍电报订购的，他们的秘书没有及时把我们要离开的消息通知他们，有些是我们的客人在离开鸡尾酒会时买来送我们的。这种天气可不是鼓捣花瓶的好时候。我叫服务员把花瓶都挪到地板上去，又灵机一动，把克拉姆先生送的玫瑰花上的名片取下来，叫人把花和我的情意一起给茱丽娅送去。

我刮脸的时候她来了电话。

“查尔斯，你干了多么惊叹的事啊！这可真不像你！”

“你不喜欢那些花吗？”

“这种天气里你让我怎么处置这些玫瑰？”

“闻闻花香好了。”

停顿片刻，随后是一阵拆包装的沙沙声响。“这些花完全没有香味了。”

“你早餐吃了什么吗？”

“麝香葡萄和蜜瓜。”

“我什么时候能见你？”

“午饭前。再之前有一位女按摩师来给我做按摩。”

“女按摩师？”

“是的，不觉得很奇怪吗？我以前从来没有做过按摩，除了有一回打猎伤了肩膀。每个人在船上都会现出电影明星一样的派头来，这是怎么回事？”

“我可没有。”

“那送来这些让人为难的玫瑰花，又是什么派头呢？”

那位理发师异常敏捷地理着发——确实是很灵活，他站着像一位芭蕾舞中的剑客，时常用两个脚尖轮番站着，轻巧地把刀刃上的泡沫抹下来，船一恢复平稳了，他就飞快地刮我的下巴，可我自己连安全剃刀都不敢用。

这时电话铃又响了。

是我妻子打来的。

“你好吗，查尔斯？”

“累了。”

“你不来看看我吗？”

“我来了一次了。这就再来。”

我把起居室里的花带给了她。这些花让她在这间客舱里创造出的产房气氛完满了。女服务员身上就有助产士风骨，她站在床边，俨然穿着浆洗过的亚麻布衫的安稳支柱。我妻子在枕头上转过头来，凄凉地挤出一丝微笑。她伸出一只光溜溜的胳膊，用指尖抚弄着那把最大花束的玻璃罩纸和缎带。“人们多可爱啊。”她有气无力地说着，仿佛这场八级风只是她一个人的大不幸，别人都要她表示诚挚的慰问。

“我还以为你没起床呢。”

“哦，没有，克拉克太太人很好的。”她总是很快就知晓人们的名字。“不是特别麻烦的话，就时常进来跟我说说外面的情况吧。”

“喂，喂，亲爱的，”那位女服务员说，“今天越少打扰我们越好。”

即使是晕个船，我妻子都把它变成一种庄严的女性仪式。

我知道茱丽娅的客舱就在我们下面一层。我在主甲板扶梯旁边等着她。等她来了我们就绕着这块甲板散步。我扶住栏杆；她挽着我另一只手臂。走起来挺不容易，透过流淌着雨水的玻璃窗，看到的是一个灰色的天空和黑暗的海面易位了的世界。船又摇晃得厉害了，我将她转过身来，让她能用另外一只手抓住栏杆。呼号的狂风弱下来了，可船仍旧嘎嘎吱吱地响动。我们又兜了一圈，这时茱丽娅说道：“天气可真不好。那个女按摩师真够呛。我觉得身子软极了。还是坐下来吧。”

休息厅的黄铜大门已经脱了钩了，正随着船的晃动而晃动。大门有节奏地，看起来又势不可挡地张开又合上，先是这扇，随后又是那扇，每转上半圈时就停顿一下，然后又慢慢移动，随着一记响亮的碰撞再飞速回转。要通过这两扇大门并没有什么真正的危险，只要不滑倒，不被飞速的最后一下撞上。不慌不忙地走过去的时间是有的，不过看到这么个失控的、沉重的金属家伙来回摆动还是让人胆寒。胆小的人大约会畏缩不前，或是赶紧跳过去。过这个门时，我感觉出茱丽娅挽我手臂的手非常稳，知道我在她身边时她完全不害怕，便心下感到欢喜。

“妙极了，”坐在附近的一个男人看到我们说，“我承认我是从另一条路绕过来的。不知怎么搞的，我就是不喜欢这两扇门的样子。他们一上午都在设法把这两扇门修好。”

那一天没几个人，有的这几个也是被互相尊重的革命友谊聚到一起的。他们只是愁眉不展地坐在扶手椅里，偶尔喝一两口酒，互相为彼此都没晕船道着贺。

“你是我见到的第一位夫人。”那个男人说。

“我很幸运。”

“我们都很幸运，”话音未落，他起先像是鞠躬一样，结果扑倒在自己膝盖上。我们之间那块吸墨纸色的地板突然呼地往下一沉，这下摇晃把我们从男人边上抛开了，我们紧紧抓住对方，好在还是站住了，赶紧在与人离得更远的那边坐下。休息厅里已经横着拉上了救生索，我们便成了索内的拳击手。

服务员们走过来。“还是原样吗，先生？威士忌和温水，我想是这样吧。夫人要点什么呢？我可以建议来些香槟吗？”

“你知道吧，事情糟就糟在我总是非常喜欢喝香槟，”茱丽娅说，“多美好的人生呀——玫瑰，半小时按摩，现在还有香槟酒！”

“希望你不要总是提那些玫瑰花了。这可不是我的主意。是人家送给西莉娅的。”

“哟，那可就是两回事了。你是痛快了，可把我的按摩给搞糟了。”

“那时我正在床上让人刮脸呢。”

“我很喜欢那些玫瑰花，”茱丽娅说，“坦白讲，这些花让我大吃一惊呢。它们让我觉得我们这天才开始就不对。”

我懂她话里的意思，这时我感到，冰封十年落在我身上的那些尘埃和沙粒我已经抖掉了一些了。从那时起到现在，不论她怎么跟我说话，是把话只说出来一半，还是只说几个字，是说当时流行的隐晦语，还是用眼睛、嘴唇或是难以觉察出的手势，不论她的思想是多么难以言表，也不管以当时看来有多遥远空灵，更不管这想法是怎么直接从表面深入更深层的地方——像她经常那样——我都懂她的意思。即使是那天，即使我站在了爱的边缘，却还懂她是什么意思。

我们喝着葡萄酒，不大一会儿我们那位新朋友就沿着救生索跌跌撞撞朝我们走过来。

“介意跟你们一起吗？没有什么比一场暴风雨更能把人聚到一起了。这是我第十次渡过海峡，可从来没有碰见过这样的天气。年轻的夫人，看得出来，你坐船的经验很丰富啊。”

“不。事实上我除了去纽约还从未在海上航行过，当然，还是渡过英吉利海峡的。我没晕船，感谢上帝，但是很累。一开始我还以为是按摩闹的，不过我现在敢断定是这条船的缘故。”

“我妻子的状态可就糟透了。她是个经验老到的旅客……不过可能只是表面上吧，是不是？”

他和我们一起吃了午饭，我不太在意是不是有他在。但是很明显他已经喜欢上茱丽娅了，他还以为我们是夫妇呢。他的这种误解和殷勤反倒使我和她更亲密了。“昨天晚上我看到你们俩在船长的餐桌上，”他说道，“和那些名流一起。”

“无聊的名流。”

“照我看来，我就会说名流都无聊都乏味。碰上这样的暴风雨，就会看出人是什么货色来了。”

“你更偏爱不晕船的客人吧？”

“嗯，要是这样说，我倒不知道我有这偏爱——我是说啊，暴风雨让大家聚在一起罢了。”

“那是。”

“比如我们吧。要不是这场暴风雨，也许我们永远遇不上。我的一生中，是曾经在海上遇到过几件浪漫事的。夫人请恕我无礼，我很愿意讲讲我在里昂湾碰到的一次小小艳遇，那时我比现在年轻。”

我们俩都很累，睡眠不够，噪声不断，一举一动所需要的过度劳动让我们累到不行。这天下午我们就待在各自的客舱里。我睡了一觉，醒来时海浪依然凶猛，乌云依然密布，玻璃窗上依然淌着水珠，不过在睡眠中我已经习惯了这场暴风雨，我身体的节奏变成了与它相适应的节奏，让自己变成暴风雨的一部分。我醒来时精神头和自信心都很饱满。茱丽娅也已经起来了，神色如常。

“你看怎么样？”她说道，“那个人今天晚上要为所有不晕船的旅客在吸烟室里举行一次‘聚会’。他邀请我带我丈夫一起去。”

“我们去吗？”

“当然……我不知道我应不应该像我们那位朋友去巴塞罗那途中遇到的那位夫人那样……我不像她，查尔斯，一点都不像。”

“聚会”上一共来了十八个人。除了都不晕船以外，毫无共同之处。我们喝着香槟酒，过了一会儿东道主说：“我可要说了，我这儿有个轮盘赌的盘子，可麻烦就出在我妻子身上，我们不能去我的客舱里玩，可公开的地方又不允许玩轮盘赌。”

于是聚会改到我的起居室继续，我们以小注开始，一直玩到深夜，当茱丽娅离开的时候，那位东道主已经喝得东倒西歪了，所以知道她和我原来并不在一间房里已经感觉不到诧异了。大家都散去了，只有他一个人在椅子上睡着，我也就让他待在那儿。这是我最后一次看见他，因为后来——服务员把轮盘赌具送回那个人的客舱后对我讲——他在走廊里把大腿骨摔折了，被抬到船上的医务室去了。

第二天一整天我和茱丽娅无人打搅地一起度过。我们说着话，很少走动，由于浪很大，我们一直坐在椅子上。吃过午饭，最后一拨儿禁折腾的旅客也回房休息了，只有我们两个人，这个地方好像是专为我们清理出来的一样，好像大家都很有自知之明，人人踮着脚尖悄悄走掉了，只剩下我们两个人。

休息厅那两扇黄铜门已经被固定住了，不过那也是两个海员重伤之后的事了。他们试了各种各样的办法，先用绳子捆，不行再用钢缆绑，可是无论什么东西都无法把这两扇大门固紧。最后，他们往大门底下楔上木楔子——趁两扇大门全张开的片刻把楔子打进去——这才稳住了那两扇门。

晚饭以前，她回自己的客舱去做准备（那晚没人穿礼服），我跟着她，未经邀请，也没有被反对。我随手把门关上，搂住她，第一次吻了她。下午的那种心境一直持续。后来，我在床上随着船的颠簸辗转反侧，在这个漫长的、孤独的、睡意沉沉的黑夜里，心下反复想着这件事，忆起消逝了十年的爱恋。出去前我一面打领带，把栀子花插在扣眼里，一面盘算着这个晚上，盘算着在什么时候，利用什么机会，要冲出起跑线，不计成败开始进攻。“这场仗拖得够久了，”我想着，“必须做决定了。”而对茱丽娅来说却没有阶段，没有起跑线，并且完全没有什么战术。

可是那天晚上晚些时候，她回去睡觉，我跟她到她门前时，她拦住了我。

“不，查尔斯，还不行。也许永远不行。我不知道，我不知道是不是需要爱。”

然后，有某种东西，某种从死去的十年存活下来的幽灵驱使我说（一个人死掉，哪怕只是片刻，也必然会有一些损失）：“爱？我要的不是爱。”

“不，查尔斯，你要的是爱。”她说着，抬起手温柔地抚摸我的脸颊，随后关上了她的舱门。

我摇摇晃晃地往回走，沿着漫长的、光线柔和而又空旷的走廊，先是靠在这边墙壁上，后来又靠在那边。暴风雨似乎具象成一种圆环的形式，一整天我们都在它静止的中心航行，而这时我们又一次处在风口浪尖上了——这一夜的风浪，比前一夜更加汹涌了。

长达十个小时的谈话：我们有些什么要说的呢？事实上大部分很明显，是我们两人的生活经历，久远漫长，天各一方，而现在又联结成为一体，在这个狂风暴雨的夜晚，我整夜都在咀嚼她跟我说过的那些话。她不再是那个轮番变幻的魔女和前夜星空灿烂的幻影；她已经把她过去所有可以交付的东西都交付给我保管了。她把自己的恋爱和结婚的经过告诉了我，前面我已经讲过，她仿佛在深情地翻阅一本当年育婴室的记录一样，给我讲了她的童年，于是我伴随她在草地上共同度过了充满阳光的悠长时光，保姆霍金斯坐在轻便折椅上，科迪莉娅睡在婴儿车里，在穹顶下安睡的夜晚，摇床四面是褪了色的宗教绘画，夜色阑珊，壁炉里余灰未烬。她向我讲述了她和雷克斯的生活，和这次秘密的、邪恶的、灾难性的逃亡。她也同样有她死寂的十年。她告诉我说，为了是否要一个孩子，她和雷克斯长年地争执不休。最初是她想要孩子，可是过了一年以后她知道需要动手术才能生孩子，此时她和雷克斯已经没有爱情了。但他还是想要自己的孩子，她终于同意了，可是生下来的却是死婴。

“雷克斯从来没有刻意对我不好过，”她说，“问题在于他根本就不是一个真正的人。他只不过是人的几种高度发展的本能罢了，其余的什么都没有。才从伦敦度完蜜月回来两个月，我就发现他和布伦达·钱皮恩还藕断丝连着，他竟想不出他这样会叫我伤心。”

“可我发现西莉娅不忠的时候我倒很高兴，”我说，“我觉得这么一来我讨厌她就理所当然了。”

“她对你不忠？你很高兴？那我也很高兴。我也不喜欢她。但你为什么要和她结婚呢？”

“生理上的吸引吧。还有野心。所有人都认为她是一个画家的理想妻子。还因为孤独，失去了塞巴斯蒂安。”

“你爱他，对不对？”

“哦，是的。他是一个先行者。”

茱丽娅理解了。

轮船发出吱吱嘎嘎的声音，战战兢兢、起起伏伏的，我妻子在隔壁门里叫我：“查尔斯，你在那儿吗？”

“在。”

“我睡了好长时间。现在几点了？”

“三点半了。”

“天气还不见好，是吗？”

“更坏了。”

“但我觉得好一些了。你觉得我要是拉铃的话，他们会给我端点茶水之类的来吗？”

我从夜班服务员那里给她弄来些茶和饼干。

“你晚上过得有意思吗？”

“大家都晕船了。”

“可怜的查尔斯。这将会是很愉快的旅行的。也许明天会好一些吧。”

我把灯关了，然后关上我们之间那扇门。

我一会儿醒，一会儿又睡过去，漫漫长夜一直让人极度紧张，船嘎吱作响，忽起忽落，我用力伸展开四肢控制住摇晃，稳稳地仰躺着，在黑夜里大睁着眼，想着茱丽娅。

“我以为妈妈过世后爸爸也许会回英国，或者是再婚，可是他一如既往。我和雷克斯经常去看他。我也渐渐喜欢起他来……塞巴斯蒂安杳无音信……科迪莉娅跟着一个战地救护队去了西班牙……布赖德还过着他自己那种古怪的日子。妈妈去世以后，他打算关闭布莱兹赫德，可是爸爸出于某种原因不愿意关，现在就是我和雷克斯住在那儿。布赖德在上面穹顶里挨着保姆霍金斯占了两间屋子，原先是育婴室的一部分。他像极了契诃夫笔下的人物，我们有时在图书室外面或者在楼梯上遇见他——我根本不知道他什么时候在家——突然之间，像个幽灵一样进来吃饭，出乎人的意料。

“……哦，雷克斯那帮子人呀！还不就是政治和金钱。除了为钱，别的什么都不干。他们在池塘边散步，非得打赌看到几只天鹅……一坐就到夜里两点钟，拿雷克斯带来的姑娘们开心逗乐，听她们讲闲话，十五子棋嗒嗒响个不停，男人们玩扑克牌，吸雪茄烟。那股子烟味臭的！我早上醒来头发里闻得到雪茄味；晚上换衣服，衣服里也有这种味。现在我身上还有烟味吗？你觉得给我按摩的那个女人今天会不会闻出我皮肤里有烟味？

“……起初我还老跟着雷克斯去他那些朋友家里小住几日，现在他再也不让我去了。他认为我没表现出他希望我表现出的样子来，他就觉得不光彩，上了当。又不是他廉价买来的。他看不出我的优点，可是每当他一认定我没有好处，他就觉得过瘾。但是他所尊重的那些男人，甚至还有一些女人都很喜欢我，这让他吃惊不小。他突然看出我和他们对这世界知之甚广，而他却一无所知……我一走开，他就心烦意乱的。要能使我回去他会很快乐。我对他一直忠心不二，直至发生最后这件事情。好教养最最难得。你知道吗，就在去年，我想有孩子的时候，我决定把他教育成天主教徒。以前我从来没有考虑过宗教信仰的问题，那以后也没有了；可恰恰在我即将分娩的时候，我想，这是我可以给她的一样东西。宗教没有带给我很多好处，但是我的孩子该有宗教信仰。奇怪吧，一个人是会想着把自己失去的东西给下一代。可是到头来我连生命都给不了她。我没有看见过她，那时我病得太厉害了，无从知道发生了什么事情，很长一段时间之后，直到现在，我还是不愿意谈到她——是个女孩，所以她没了，雷克斯也不在乎。

“因为和雷克斯结婚我多少受到些小惩罚。你知道，这样的事我没法从脑子里连根拔掉，尤其是——死亡、最后的审判、地狱、保姆霍金斯，还有《教义问答》，等等。如果一个人很小就受到这种影响，那么它就会成为一个人的一部分了。我希望我的孩子也拥有这些……我觉得刚刚发生的就会让我受到惩罚。这也许就是你和我这样在一起的原因吧……都是天意。”

这是我要到下面舱里去把她留在舱门口时她对我说的最后的话——都是天意。

第二天风势又减弱了，而我们仍然在摇摆颠簸中晃来晃去。大家很少再谈晕船，说得更多的是摔断骨头的事。夜晚人们会摔在地上，光洗澡间的地板上就已经发生了许多起令人不快的事故了。

我和茱丽娅前一天已经说了那么多了，又因为我们不得不说的只需要几个字，所以这一天我们便很少说话。我们都带着书，茱丽娅发现了她喜欢的一种游戏。长久的沉默过后，一说起话来就发现我们的思想十分同步。

有一次我说道："你是在护卫着你的悲伤。"

"这就是我得到的一切。你昨天说过。我的报酬啊。"

"这是从生活中得到的一张借据。保兑凭证。"

中午雨停了。到傍晚，云消雾散，太阳从船后突然射到休息厅里我们坐的地方来，登时让所有灯光黯然失色了。

"夕阳西下，"茱丽娅说，"我们的一天也过完了。"

她站起身，尽管船的摇晃和颠簸似乎并没有减弱，她却把我带到船甲板上。她挽住我的胳膊，她的手放在我的手里，揣进我的大衣口袋。甲板上是干的，没有人。只有船疾驶时掠过的风。我们踉跄费力地朝前走着，躲开从烟囱里飞出来的煤烟渣滓，我们俩轮流挤在一起，然后又紧紧地拥抱住，接着又被扯开，我扶住了栏杆，茱丽娅紧紧地抓住我，我们的手指和胳膊都盘结在一起，又撞到一起，又被拉开，在一次更剧烈的颠簸中，我觉得自己都被抛到她身上了，把她紧紧地压在栏杆上，我用胳膊抱住她的两侧免得撞上她，当船下沉到了底仿佛是要积蓄着力量再上升而蓄势停顿的时刻，我们就这样拥抱着站着，光天化日之下，脸贴脸，她的头发拂到我的眼睛上。原本翻腾的黑暗海平线上，这时放出金光，停在我们头上，接着又急转直下，我的眼睛透过茱丽娅乌黑的发梢凝视着辽阔的金色天空，她被甩过来靠在我胸前，我的手撑在栏杆上，她的脸依然紧贴在我的脸上。

这时候，她的嘴唇贴在我的耳朵上，咸腥的海风中是她热热的鼻息，我一直没讲话，茱丽娅说：“好吧，现在。”船平稳下来暂且冲入平静的大海，茱丽娅带我下到舱里。

馥郁华贵的甜蜜还不到时候，到了，自然会随着燕子和香橙花一起来临。在波涛翻滚的海上，就要合礼仪，仅此而已。仿佛占有她的纤细腰身的转让契约已经拟定并且盖了章。我作为一笔财产的完全所有人正把它划入我的私囊，这财产我要不慌不忙地享用和开发。

那个晚上我们在船的最高处——船上餐馆——吃的晚饭，从船舷的窗子看到星星出来，慢慢变得繁星满天，跟我记忆中自己在牛津也曾看过在塔楼和三角屋顶上的满天星斗一样。餐馆服务员打着保票说第二天晚上乐队又将演奏，届时这里一定客满。他们说要是我们想占一张好桌子，最好现在就订好座位。

“亲爱的，”茱丽娅说，“在好天气里我们能躲到哪儿去呢？我们是暴风雨中的两个孤儿。”

这个晚上我离不开她，不过第二天清晨，在又一次沿着走廊回去的时候，我发现走起路来不费力了。轮船在平静的海面上轻松航行，我知道，我们与世隔绝的独处被打破了。

我妻子从她的客舱里高兴地叫道：“查尔斯，查尔斯，我感觉很不错。你知道我正在吃什么早饭吗？”

我走过去看，她正在吃一块牛排。

“我已经和发型师预约好时间了——你知道他们要到下午四点才能给我做头发呢，怎么突然间这么忙？所以我要到晚上才能露面，不过今天早晨有很多人来看咱们，我已经请了迈尔斯和珍妮特来我们房里一起午餐。恐怕这两天我对你来说已经是一位派不上用场的妻子了……你一直在做什么？”

“一个快活的晚上，”我说道，“我们玩轮盘一直玩到夜里两点，就在隔壁，东道主还喝晕过去了。”

“天哪。听着甚是失礼啊。查尔斯，你没有逾矩吧？你没有勾搭上海上迷人心智的妖女吧？”

“几乎就没有女人。大部分时间我都是和茱丽娅过的。”

“噢，那好。我一直盼着你们俩能弄到一起。我就知道她是一个你会喜欢的我的朋友，我希望你是她的天赐良友呢。她近来郁闷得不得了。不过我估计她不会提这些事的……”这时我的妻子开始讲起关于茱丽娅纽约之行的看法。“今天早上，我要请她来参加鸡尾酒会。”她这么决定了。

茱丽娅和其他人一起来，只是离她近一些，我都感到十分幸福。

“听说你一直替我照料我丈夫来着。”我妻子说。

“是啊，我们已经是很好的朋友了。我和他，还有一个不知道名字的男人。”

“克拉姆先生，你的胳膊怎么搞的？”

“就怪洗澡间的地板。”克拉姆说，他详加解释起他是如何摔倒的。

这天晚上船长在他的桌上吃饭，人都到齐了，有两个要求参加的人坐在主教右手，是两个日本人，他们对主教的世界亲善计划表现出浓厚的兴趣。船长一个劲儿地拿茱丽娅在暴风雨中的抗击打能力打趣，表示要雇她当水手。多年的远洋航行使这位船长在任何场合都开得出玩笑。我妻子从理发室出来时容光焕发，将三天来备受折磨的痕迹一扫而光，在许多人的眼里，她比茱丽娅要更加明艳照人。茱丽娅的哀伤忧愁不见了，代之以某种无可言传的满足和宁静。不只对我，对所有人都不可言传。我和她被众人隔开，被人紧紧包围着单独坐在一起，就像前天晚上我们拥抱着彼此那样。

当晚，船上洋溢着欢快的节日气氛。尽管一到天亮大家就要起身收拾行装，可所有人还是打定主意，这一晚要尽情享受险些被暴风雨剥夺的快乐。船上就没有一个清静的地方，每个角落都是人。到处是舞曲和激情热烈的谈话，服务员们端着装满玻璃杯的托盘四处穿插游走，还可以听到那个负责汤博拉纸牌的官员的声音——“凯利之眼，一号；双腿，十一号；要‘摇袋’啰”——斯图伊弗桑特·奥格兰德夫人戴着顶纸帽，克拉姆缠着绷带，那两个日本人彬彬有礼地扔着纸飘带，发出鹅叫的声音。

我没有跟茱丽娅说话，整晚都一个人待着。

第二天，我们在船的右舷见了一小会儿，那时大家都涌到左舷去看出现在船上的长官们，眺望远远的德文郡的绿色海岸线。

“你有什么打算？”

“在伦敦待几天。”

“西莉娅要直接回家去。她想看孩子们。”

“你也回家吗？”

“不。”

“那就在伦敦待着。”

“查尔斯，那个红头发的矮个子男人——那就是福尔纳夫。你看见了吗？两个便衣警察把他带走了。”

“我错过了。船那边挤太多人了。”

“我看了火车时刻表，也拍了个电报。晚饭前我们就可以到家了。孩子们已经睡着了，也许我们可以叫醒约翰约翰，就这一次。”

“你回去吧，”我说道，“我还得在伦敦待几天。”

“哦，可是查尔斯，你一定得回去。你还没见过卡罗琳呢。”

“难道一两个星期她就大变样了？”

“亲爱的，她每天都在长，每天都在变呢。”

“为什么非要现在见她不可呢？我很抱歉，亲爱的，可我必须得把画拆包，看看这一趟跋涉让它们怎么样了。还得立刻把展览的事商量定了。”

“你非这样不可？”她说道。我知道，一旦我搬出我这职业的奇妙能量的时候，她就没法儿再坚持了。“太让人失望了。再者说了，我不知道安德鲁和辛西娅会不会离开公寓。他们本来是租到这个月底的。”

“我可以去住旅馆。”

“可是这样就未免太残忍了。我可受不了回家头一天我就让你一个人在外头住。我也留下来住一晚，明天再回家。”

“你不能让孩子们失望。”

“不行。”她的孩子们，我的艺术，我们各自的两个秘密撒手锏。

“那你回来过周末吗？”

“能回就回。”

“所有持英国护照的旅客请到吸烟室去。”一个服务员喊道。

“我已经安排好让那个可爱的外交官跟我们一桌吃饭，请他带我们早些下船。”我妻子说。

第二章

预展——雷克斯·莫特拉姆在家里

将私人预展安排在星期五，这主意是我妻子出的。

“借这个时机我们可以出来听听批评家们的高见，”她说，“该是他们认真对待你的时候了。他们也知道这一点，这是他们的大好机会。如果你在星期一预展的话，那时候他们大多数人刚从乡下回来，只会在晚饭前浮皮潦草地匆匆写上几段评论——我担心的当然只是几家周刊而已。可如果给他们一个周末的时间思考呢，就可以让他们在乡间保持一种温文尔雅的假期状态。他们吃过丰盛的午餐以后会凝神静气，挽起袖口，写出一大篇华美闲适的文章来，还会不断在精美的小册子上重印……放在周五准定错不了。”

筹备画展的那个月，她在老教区和伦敦间奔波，重新厘定要邀请的客人名单，还帮忙布置画展。

预展那天早晨，我打电话给茱丽娅，“我已经厌倦了那些画，再也不想看见它们了——不过我琢磨着还必须得出面。”

“你想我去吗？”

“我想你最好别来。”

“西莉娅寄来了请帖，上面还用绿墨水写着‘可携亲友’。

我们什么时候见面？”

“在火车站吧。你可以把我的行李捎来。”

“如果你早点收拾好了，我还可以接你一趟，把你捎到画廊下车。十二点我正好要在隔壁试衣服。”

我到画廊时，我妻子正站在窗前望着大街。她身后有五六个不认识的绘画爱好者正一幅画一幅画地挪着观看，手里都拿着目录册子。这些人都曾经买过一幅木版画，因而被列入了画廊赞助人名录。

“一个人还没到呢。”我妻子说，“我十点钟就到这儿了，很无聊。你坐谁的车子来的？”

“茱丽娅。”

“茱丽娅的？你怎么不招呼她进来呢？奇了怪了，我才跟一个搞笑的小个子男人谈到布莱兹赫德，看上去他很知道我们似的。他说他是萨姆格拉斯先生。他显然是科泊勋爵在《每日野兽报》上提到过的已届中年的那个年轻人。我想跟他讲讲你来的，可他好像比我还熟悉你。他说许多年以前在布莱兹赫德见过你。我真希望茱丽娅进来，那我们就能问问她有关他的情况了。”

“我对他记忆犹新呢，那个江湖大骗子。”

“是的没错，一目了然。他说的都是被他叫作‘布莱兹赫德一帮子人’的事儿。显然雷克斯·莫特拉姆已经把这个地方变成了阴谋叛乱的老巢了。你听说没有？特里萨·马奇梅因要是知道会怎么想呢？”

“我今天晚上过去。”

“今天晚上别去，查尔斯。你今天晚上不能去那儿，家里人都盼着你回去呢。你答应过的，一等展览准备停当你就回家来的。约翰约翰和保姆还做了一面‘欢迎’旗子。况且你还没见过卡罗琳。”

“我很抱歉，都定好了。”

“再说，爸爸会觉得太奇怪了吧。博伊星期日也要来家里。你还没看见那个新画室。今天晚上你不能去。他们邀请我了吗？”

“当然。可我知道你去不了。”

“现在是去不了了。可倘若你早点告诉我的话，还是可以去的。我很愿意在家里会见‘布莱兹赫德一帮子人’的。我觉得你真挺狠心的，不过现在不是跟你闹家庭纠纷的时候……克拉伦斯夫妇答应午饭前来的，他们分分钟都有可能到。”

我们的谈话被打断了，尽管并不是什么王室莅临，是一家日报的女记者来访。画廊的经理人把她带到我们面前。她不是来看画展的，而是要采访我在旅行艰险中的“人性的故事”。我把她交给了我妻子，第二天她那家报纸便这样写道：“查尔斯·赖德的‘豪华古宅’之行。丛林中的毒蛇和吸血蝙蝠与梅菲尔区没有很大干系，这就是名流艺术家赖德的观点，他弃华美豪宅，而去追寻赤道非洲的残垣断壁……”

几间展厅渐渐挤满了人，我很快就忙着殷勤接待了。我妻子四处交际，迎接观展的人们，给他们做介绍，巧妙地使来宾们变成是来参加一个派对。我看见她把那些朋友一个接一个地带到让人订购《赖德的拉丁美洲》的签名簿前去。听见她说：“不，亲爱的，我一点儿不惊讶，你也不会想我惊讶的，对不对？你知道查尔斯只为一件事活着——那就是美。我认为他对在英国发现那种现成的美已经感到腻烦了，他只好出去，为自己创造美。他希望征服新的领域。他对乡村住宅已经给出了权威结论，是不是？

不，我的意思是说，他已经完全放弃了那项工作……但我相信为了好朋友们，他总会再画一两幅的。”一位摄影师把我们拉到一起，闪光灯朝我们脸上一闪，这才让我们分开。

不一会儿，人群稍微安静了一下，随着王室成员进来，人们慢慢四散开。我看见我妻子行了屈膝礼，听见她说：“啊，阁下，您真好。”随后我就被带进给贵宾腾出来的地方，克拉伦斯公爵说道：“我想那边一定很热。”

“是的，阁下。”

“多妙的手法啊，把炎热的感觉表现得纤毫毕现。看着让我穿着这件大衣都难受起来了。”

“哈哈！”

他们走了以后，我妻子说：“哦哟，我们午饭要迟了。马戈特夫妇要举行午餐会向你道贺呢。”坐在出租汽车里她又说，“我刚想起一件事来。你为什么不给克拉伦斯公爵夫人写封信，请求她允许把《拉丁美洲》敬献给她呢？”

“我为什么要敬献给她？”

“她很喜欢这本画册。”

“我没想过把这本书敬献给任何人。”

“你又来了……它是你的代表作啊，查尔斯，为什么要错失一个给人愉悦的大好机会呢？”

午餐会有十来个人，他们来都是为了向我祝贺的——尽管这话说起来会让我们的女主人和我妻子高兴，不过很明显，来人中有一半都没有听说过我的画展，他们之所以来，只因为他们受到了邀请，而且闲来无事没有其他约会。午餐时他们一直谈着辛普森夫人，不过后来他们全体，或者说几乎全体，都跟我们一起回了画廊。

午餐后那一小时最忙。在场的有塔特美术馆的代理人和国家艺术收藏品基金的代理人，他们全都答应不久后要跟同事们再来，同时他们还保留了几幅油画打算进一步考虑购买。还有那个最有影响力的评论家，过去曾经用几句令人不快的赞美就把我打发掉了，而此时，他的眼睛在宽边软帽和羊毛围巾的缝隙间凝视着我，抓着我的胳膊说："就知道你才华横溢。我全在你作品中看出来了。我一直等的就是这个。"

我从时髦的和老派人的言谈中都听到了一些恭维话，"如果你要我猜的话，"我无意中听到，"我再也想不到是赖德画的。画得如此阳刚英武具男子气概，如此真挚热情。"

他们全都认为自己发现了什么新东西。我的上一次画展，还是在这几间展室，是我出国前不久的事情，那时的情形与今天完全两样——观展现出了一种显而易见的厌倦迹象，人们并不怎么谈论我而是热衷于八卦画中的房子和房主的轶事。我回忆起来，也还就是那个女人，刚才对我绘画的阳刚英武和真挚热情大加称赞的，那时她站得离我很近，在一幅我呕心沥血画成的油画前说："如此简单，不走心。"

我回忆到那次展览当然还有别的原因，就是在画展的那个星期我发现了我妻子跟人通奸。当时她也像现在这样是一个不知疲倦的女主人，而且我听到她说："不论什么时候，如今我一看到什么可爱的东西——比如说一幅建筑画或是一幅风景画——我心里就想'这是查尔斯画的'。我看任何东西都是通过他的眼睛来看的。于我而言，他就是英格兰。"

我听到她那么说了，这是她说惯了的套话，贯穿我们的婚姻生活，我再三再四地感觉到自己对她说的话无动于衷。可是那一天，在这家画廊里，依然不为所动地听她说着，突然就意识到，她再也无力伤害我了，我是个自由的人了，由于她那短暂的、狡黠的失足，使我获得了解放。我被戴上的那顶绿帽子的双角让我变成了森林之王。

这一天结束时我妻子说："亲爱的，我必须走了。展览超级成功，不是吗？我回家会想办法告诉他们，但我希望事情还是不要变成这个样子。"

"这么说她知道了，"我想，"她很机灵。从吃午饭的时候她就开始警觉起来，嗅出味儿来了。"

我让她先离开这个地方，正打算跟着她出去——几个展厅里几乎都没有人了——此时听到在旋转门那儿有一个很多年没有听到过的嗓音，是一种令人难忘的故意学来的磕巴声，尖声的抗议。

"不，我没有带请帖来……甚至不知道收没收到过请帖呢。我没参加过那次盛大集会。我没有想着硬跟西莉娅小姐交朋友。我可不想让自己的照片登在《闲话报》上。我不是上这儿显摆自己的，我是来看画展的。大概你还不知道这里有画展吧。我个人碰巧对这位艺术家感兴趣——如果这么说对你有任何意义的话。"

"安东尼，"我说，"快进来。"

"我亲爱的，这儿有一位丑丑丑婆娘，她以为我是没没没有请帖硬要往里闯呢。我昨天刚到伦敦，吃午饭的时候凑巧听说你正在举办画展，一听这话，我当然性急地冲到这神庙来致敬啦。我变样了没有？还认得出我吗？画在什么地方？我跟你好好说道说道。"

安东尼·布兰奇跟上次见面时比没什么变化……实际上，我最初认识他到现在都没什么变化。他轻轻穿过展室，走到那幅最醒目的油画跟前——一张丛林风景画——屏息片刻，他像一只机警的小猎犬那样仰着头，问我："亲爱的查尔斯，你在什么地方发现这片郁郁葱葱的丛林的？是在特特特伦特，还是在德德德灵哪个温室的犄角旮旯里发现的？哪个富有的放高利贷的培育出这些绿叶子让你开心的？"接着他又参观了两间展室。有那么一两次他要么深叹一口气，要么就静默不语。直到走到画室尽头了，才比之前更深更长地叹了口气，说："这些画让我看出了，亲爱的，你沉醉在爱情里了。这就是全部了，或者，差不多全部？"

"我的画都差劲到这个地步了？"

安东尼把声音放低成尖细的低语："亲爱的，我们可别在这些善良平庸的人前揭露你的小伎俩了吧，"——他鬼鬼祟祟地朝最后几个观众扫了一眼——"我们可不要破坏掉他们纯真的乐趣吧。我们，只有你知我知罢了，这根本就是一摊子糟糟糟透了的破破破烂事儿，咱们走吧，免得再冒犯了收藏家。我知道附近有一家名声大大坏了的小酒吧，我们还是去那儿，谈谈这回被你征征征服的别的吧。"

我要想起过往，就需要这样来自过往的声音。在这纷纷乱乱的一整天里，那些言不由衷的溢美之声还是在我身上产生了作用，就像一条漫长的道路上不断出现的广告牌一样，一公里接着一公里，钉在白杨树上，指引人们去住某家新开的旅馆，这样开到了车道尽头，身体僵硬，满面尘灰地到了目的地，似乎不可避免地会把车开进那家旅馆的院子，旅馆名先是招他讨厌，接着让他恼怒，最后，那旅馆名儿终于跟他身上的疲劳密不可分地连成了一体。

安东尼带我走出画廊上了一条小街，最后来到夹在两间都破破烂烂的报刊店和药店之间的门前，上面用油漆写着：“蓝色洞窟俱乐部。只限会员。”

“不大像你的环境了，亲爱的，倒挺像我的了，我向你保证。可话又说回来了，你已经在你那个环境里待了一整天了。”

他带我下了楼，从散发着猫臊气的地方走到满是杜松子酒和香烟味儿、收音机大开的地方。

“是‘屋顶上的牛肉’乐队里一个脏老头给我的这个地址。我太感激他了。离开英国这么久，这种合心适意的小酒吧变化可真快。昨天晚上我头一次来这儿，那时候就已经自在得跟在自己家里一样了。晚上好，西里尔。”

“哟，托尼，又来啦？”吧台后的一个年轻人说道。

“我们得喝上几杯，找个角落坐下。你应该记得呢，亲爱的，在这儿你特别显眼……我可不可以说……非同寻常啊，就像我在布布布拉特俱乐部似的。”

房间四壁涂着钴蓝色的涂料，地板上铺着钴蓝色的地毯。天花板和墙壁上杂乱无章地贴着银鱼金鱼花纸，五六个小年轻一边饮酒，一边玩着老虎机。一个看上去稍年长、整洁，可是醉醺醺的人像是管事的，水果软糖贩卖机那里还围着几个人说笑。这时那群小年轻里有一位走到我们跟前说：“你这位朋友想跳跳伦巴吗？”

“不想，汤姆，他不想跳，我也不乐意再给你酒喝了……不用费口舌，现在不给。这是个厚颜无耻的家伙，专事坑蒙拐骗的掘金者，亲爱的。”

“喂，”我说，并且摆出一副轻松自在的样子来，其实在这么个贼窝里怎么也轻松不起来，“这些年来你都做了些什么？”

“亲爱的，我们到这儿来要谈的是你做了什么。我一直留意你呢，亲爱的。我可是个忠诚的老家伙，一直关注你来着。”他讲话的时候，那吧台，那酒保，那蓝色的柳条编的家具，那台老虎机，那台留声机，那在地毯上跳舞的一对年轻人，那些围着自动贩卖机聒噪的人，那个坐在我们对面角落里穿着紫纹笔挺西装喝酒的年长者……整个这些乏味又诡秘的细节地方，似乎都在渐渐隐去，我仿佛回到了牛津，从罗斯金的哥特式窗子眺望着基督教会学院的草地。“我看过你的第一次画展，”安东尼说，“我觉得这个画展——很迷人。有张画是马奇梅因公馆内里，英国腔十足，精准又美妙。‘查尔斯已经干出点儿事情来了，’我说，‘不是他想做也不是他能做的一切，但还是做出了一些成绩。’

“亲爱的，就算那时候我还是有一些不懂呢。我觉得你的绘画中带着一种绅士派头，你一定记得我又不是英国人，不过我真心不能理解那种想有教养的热情劲儿。对我来说，英国人的势利眼甚至比他们的道德观更加可怕。但我还是说了，‘查尔斯已经搞了些美好的东西。不知道下次他会干点儿什么出来？’

“我看到的你下一个物件是帅呆了的鸿篇巨制——《乡村和外省建筑》，是这么个名字吧？的确是巨制无疑，亲爱的，我在里面发现什么了呢？魅力。‘不特别对我的胃口，’我想，‘这些也太过英国风情了。’我喜欢热烈火辣的东西，你知道，我可不喜欢什么雪松和树荫，什么黄瓜三明治、银罐子之类的，也不喜欢英国姑娘打网球时穿的那种英国姑娘必穿的网球服——不是这些，也不喜欢简·奥斯汀、米米米特福德小姐那种。坦白讲，亲爱的查尔斯，我对你极度失望。‘我是一个退化了的老德德德

戈，’我说，‘可查尔斯呢——我指的是你的艺术，亲爱的——却是一位穿着绣花白纱衣的院长之女。’

“设想一下我今天午餐时有多惊讶吧。所有人都在谈论你。我的女主人是我母亲的一个朋友，一位斯图伊弗桑特·奥格兰德夫人，也是你的朋友，亲爱的。那样一个冥顽不化的老东西！完全不是我想象的能和你打交道的人。但是，他们全都看过你的画展，谈论的也全是你，说你是怎么逃走的，亲爱的，逃到热带去了，又是怎么成了另一个高更，另一个兰波的。你能想象到我这颗老心脏是怎么怦怦乱跳的吧。

“‘可怜的西莉娅，’他们说，‘她毕竟为赖德做了这么多事。’‘他的一切都要归功于她，这太糟糕了。’‘还竟然和茱丽娅搞到一块儿了，’他们说，‘还是她在美国表现成那样之后。’‘正当人家要回到雷克斯怀抱的时候。’

“‘可是绘画怎么样呢，’我说，‘还是跟我聊聊那些画好了。’

“‘噢，那些画啊，’他们说，‘这些画不同凡响。’什么‘跟他以往的画完全两样’，什么‘很有力量’了，‘十分野蛮’，‘我认为这些画简直不健康。’斯图伊弗桑特·奥格兰德这么说。

“亲爱的，我在椅子上几乎都坐不住了。我真想冲出屋子，跳上一辆出租汽车，说：‘把我拉到查尔斯的不健康的画展去。’我到了那儿，可是午饭后的画廊挤挤挨挨一大堆荒唐无聊的妇女，戴着鬼知道是什么式样的帽子。我先歇了一小会儿缓缓神——就在这儿休息的，跟西里尔、汤姆，还有一些漂亮的小家伙一起，在这儿休息的。后来在不合时宜的五点钟我又急不可耐地杀回去了。那个急不可耐的劲儿哟，亲爱的。可是我发现了什么呢？我发现，亲爱的，不就是一场特调皮、特成功的恶作剧么。我一下子就想到了亲爱的塞巴斯蒂安，当时他非常喜欢戴假胡须。这又是一种魅力，我亲爱的，是那种简单的、滑腻的、英国式的魅力，装得神气活现。”

“你——说得太对了。”我说。

“亲爱的，当然我是对的。多少年前我说的就是对的——说起来我还挺高兴的，比我们俩显出来的都久——当时我就警告过你的。我有一回带你出去吃晚餐，就警告过你要提防魅力。明确又详细地警告过你要提防弗莱特他们家的人。魅力是一种会损害伟大的英格兰的疾病。这疾病在潮湿的英伦三岛以外不存在。它碰上谁杀谁，神佛不惧。它扼杀爱情，扼杀艺术。我真的担心，亲爱的查尔斯，它也会把你扼杀掉。”

那个叫汤姆的年轻人又走近我们。“别耍我了，托尼，给我买杯酒吧。”我想起还要搭火车，就离开安东尼让他和他纠缠去了。

站在挨着餐车的月台上，看到我和茱丽娅的行李正打眼前过，茱丽娅那个面带愠色的女仆大摇大摆地在搬运工旁边走着。茱丽娅在临关车厢门的时候才到，她不慌不忙地在我前面坐好。我的这张桌子是两个人共用的。这趟列车十分方便，晚餐前半小时开车，晚餐后半小时到达。这之后我们没有按照马奇梅因夫人在世时的规矩换乘支线列车，而是在换乘车站会合的。火车开出帕丁顿站的时候天已经黑下来了，灯火辉煌的城市先让位于零星灯火的郊区，以后又让位于黑黢黢的田野。

“我们好像好多天没见了。”我说。

“才六个小时。昨天一整天我们都在一起。你看起来相当疲倦。”

“这一天简直是噩梦——来宾、批评家、克拉伦斯公爵夫妇，后来又是马戈特家的午餐会，最后在一家同性恋酒吧，我的画挨了半个小时合理的责骂才算完……我觉得西莉娅知道咱们的事了。”

“哦，总有一天她要知道的。”

“而且好像大家都知道了。我那位同性恋朋友到伦敦还不到二十四小时就已经听说了。”

“该死的。”

“雷克斯怎么样？”

“雷克斯根本就不算什么，”茱丽娅说，“压根儿没这么个人。”

火车加快速度，冲过黑暗，这时桌子上的刀叉发出叮叮当当的响声，玻璃杯里杜松子酒和苦艾酒形成的小圆圈，拉长成椭圆，又缩成圆形，随着车厢的晃动，酒凑到唇边，又流回去，没有酒溅出来。我把这一天抛到脑后。茱丽娅把帽子摘下来，丢到顶上的架子上，然后又抖了抖她那深夜般漆黑的头发，轻松地叹了口气——这叹息适合在枕边，在将熄的炉火旁，在看得到星星和秃树的卧室敞开的窗边被听到。

“查尔斯，你回来可太棒了，像往日一样。”

“像往日一样？”我想。

雷克斯四十刚刚出头，已经发福了。他的加拿大口音没有了，代之以他所有朋友共有的沙哑大嗓门，好像为了让观众听到他们的声音而不停大吼来的，好像青春一去不复返，没时间等待说话的机会，也没时间去倾听，没时间去回答……只有打着哈哈笑上一笑的工夫——从喉咙里挤出的笑声暗哑沉闷，聊表善心而已。

挂毯大厅里有五六个朋友：政治家们，都是四十出头的年轻保守党人，头发稀疏，患着高血压病；一位从煤矿来的社会主义者，他已经抓住了那种发音清晰的语言精髓，嘴上叼着的雪茄烟都嚼成末了，在往酒杯里倒酒的时候他的手直发抖；一位比其他人岁数都大的金融家，从人家对待他的态度可以猜出他比别人有钱；一位害相思病的专栏作家，一个人默默无语，阴郁地死盯着在座的唯一的女人——大家管她叫“格里泽尔”，是个放荡女人，大家都偷偷地有点怕她。

他们，包括格里泽尔在内，都怕茱丽娅。她跟他们打了招呼，抱歉说她没能在这儿欢迎他们，彬彬有礼的样子使谁都说不出话来。然后她过来和我坐在壁炉边，谈话声浪又起，在我们耳边轰隆着。

“当然啦，他可以娶她，第二天就宣布她是王后。”

“十月我们会有机会。干吗不把意大利舰队打发到法国或者公海的海底去呢？我们为什么不把斯培西亚炸成火海呢？我们为什么不在潘特莱里亚岛登陆呢？”

“佛朗哥不过是个德国间谍，他们试图拥护他上台，好去建立空军基地轰炸法国。不管怎么样，现在已经摊牌了。”

“这会使英国的君主制比都铎王朝以来的任何时期都更强大。人民是拥护它的。”

“新闻界是拥护它的。”

“我是拥护它的。”

“怎么着？除了几个没结婚的老处女，谁还会操心离婚不离婚的事呢？”

“如果他一意孤行非要跟那帮老家伙摊牌的话，那他们就会消失得像……像……”

“我们为什么不封锁运河？我们为什么不轰炸罗马呢？”

“没有那个必要。只需要一次强硬照会就……”

“只需要一次强硬的演说。”

“一次摊牌。”

“无论如何，佛朗哥会很快回摩洛哥的。我今天看到查普刚从巴塞罗那回来……”

“查普是刚从贝尔维迪尔堡回来的……”

“查普刚从威尼斯宫回来……”

“我们的全部要求就是摊牌。”

“和鲍德温摊牌。”

“和希特勒摊牌。”

“和那帮坏蛋摊牌。”

“……但愿我能看到我的祖国，克莱夫和纳尔逊的土地……”

“……我的霍金斯和德雷克的祖国。”

“……我的帕麦斯顿的祖国……”

“请你千万别这样好吗？”格里泽尔对那个专栏作家说，他一直颇为伤感地想扭她的手腕，“我刚好不喜欢这样。”

“我也不知道哪样东西更可怕，”我说，“是西莉娅的策略和时装，还是雷克斯的政治和金钱。”

“干吗为他们操心？”

“哦，亲爱的，为什么爱情竟然让我仇恨起世界来了？不是应该完全相反才对么。我觉得好像整个人类，还有上帝，都在阴谋加害我们。”

“他们正在暗算，正在暗算。”

“但是尽管如此，我们还是拥有了幸福。此时此刻我们拥有它，他们无法再伤害我们了，对吗？”

“今天晚上不会，现在不会。”

“那会有多少个晚上不会呢？”

第三章

在喷泉边

“你还记得吗，”茱丽娅在一个静谧的、橙花香味弥漫的夜晚说，“还记得那次暴风雨吗？”

“青铜大门乒乒乓乓地响。”

“玻璃纸包的玫瑰花。”

“举办那次聚会，后来再没有看见过的那个人。”

“你还记得吗，最后一天傍晚，太阳不正像今天下午一样露出来？”

那是个乌云低垂的下午，刮着夏天夹雨带雹的暴风，天色灰暗，我不得不时常停下手头的工作，把坐在那里昏昏欲睡的茱丽娅唤醒——她常常这样坐着。给她画像我从不觉得厌倦，在她身上永远能够发现新的华丽而优美的姿态——我们终于早早地洗了澡，下楼时又换好吃晚饭的礼服，在白天的最后半个小时里，我们发现世界变了样：太阳露出来了，狂风减弱成轻柔的微风，吹拂着一树盛开的缤纷，带来了橙花香，空气因近期下过的几场雨而清新怡人，与黄杨树和逐渐干燥的石头的甜蜜气息混在一起。方尖塔的影子落在平台上。

我从柱廊角落拿过来两个靠垫，放在喷泉边上。茱丽娅坐在那儿，她穿着一件黄色的紧身短上衣，套着一件白色的长衣，在水中轻松闲适地转动着手指上的绿宝石戒指反射落日余晖。在她乌黑的发端之上，挺立着石头雕刻的各种动物，石雕上是一簇簇深绿的苔藓，闪着光亮的石头，以及重重的影子，动物四周的泉水亮亮地喷涌，散落成一片光芒。

“……有那么多可回忆的呢，”她说，“从那以后，我们就没见过了。有多少天了……一百天了吧，你说有吗？”

“没有那么多。”

“两个圣诞节”——两次一年一度的、在萧瑟季节里的短途旅行成了一种礼仪。波顿，我们家族的家，我堂兄贾斯珀的家，怀着童年时期愁闷的回忆，又回到家里的松林走廊和滴水的墙壁！我和父亲怒气冲冲地坐在伯父的亨伯牌小汽车里，快到韦林顿尼亚斯林荫道时，我们知道沿着这条路开到头就可以看到我的伯父、伯母、菲利帕姑妈、贾斯珀堂兄，以及这几年才有的贾斯珀的妻儿们。除了这些人，就是那些或许已经到了，或许随时会来的人了，我的妻子和孩子们。一年一度的感恩圣餐把我们联结在一起。在冬青树和雕刻的云杉下，按照仪式举行的客厅游戏，还有带着白兰地味道的黄油，卡尔斯巴德当地的葡萄干，松林走廊里扮成黑人的乡村唱诗班，金线和带着枝叶花纹的包装纸……她和我一起被接受了，尽管这一年丑陋的流言不胫而走。“为了我们的孩子，不管付出多大代价，我们都要维持原状。”我妻子说。

“是的，两个圣诞节……还有在我跟随你去卡普里岛以前那令人陶醉的三天。”

“我们的第一个夏天。”

“你还记得吧，当时我如何在拿波里港游荡，后来又去找你，咱们约好在山路上会面，又是怎么平地响起一声惊雷的？”

“当时我回了别墅，说道：‘爸爸，你知道谁到旅馆了吗？’他说：‘是查尔斯·赖德，我猜。’我说：‘为什么你想起是他呢？’爸爸回答说：‘卡拉从巴黎回来时就说你和他来往密切了。他好像很喜欢我的孩子们啊。不管怎样说吧，把他带到这儿来好了，我想我们有的是空房间。’”

“你一度患了黄疸病呢，还不许我见你。”

“那我得流感的时候，你不是也不敢来了。”

“去雷克斯的选区就不计其数了。”

“举行加冕典礼那个星期，你从伦敦跑了。担着友好使命去见泰山大人。那次你去牛津画了他们的那幅画，他们还不喜欢。哟，不错，足足有一百天呢。”

“两年多时间里浪费了一百天……没有一天感到冷淡、猜疑和失望。”

“从来没有过。”

我们陷入了沉默。只有小鸟在橙树上捏着一把清脆小嗓儿不断鸣唱，只有泉水在石雕动物中间缠绵耳语。

茱丽娅从我的上衣口袋里掏出手帕，把手揩干了，然后点燃了一支香烟。我唯恐打破回忆的咒语，可是我们这一次并没有想到一块去，茱丽娅最后悲伤地说：“还要多少天？又要一个一百天么？”

“是一辈子。”

“我想和你结婚，查尔斯。”

“会有一天的，你这是怎么了？”

“因为战争，”她说道，“今年，明年，战争说不定什么时候就很快发生了。我希望和你过两天真正的太平日子。”

“这样就不太平吗？”

太阳已经落进山谷那边的树林了，对面整个山坡笼罩在暮色里，下面的几面湖水给染得火红，光线把长长的影子拖到牧草上，变得更浓郁、更灿烂，回光返照一般地，太阳光全部折射到这房子的石墙上，照亮了窗棂、檐口、柱廊和穹顶，将堆起的泥沙、石子、树叶的颜色和香气扩散开来，把我身边这个女人的头和双肩照得光彩夺目。

“如若不是此情此景，你说的‘太平’是什么意思？”

“比这复杂多了，”她冷淡干涩的腔调继续说道，“结婚不是凭一时冲动就能办成的事。首先得办离婚手续——两个离婚手续……我们得好好计划一下。”

“计划、离婚、战争——都在这样的一个黄昏办。”

“我常常，”茱丽娅说，“会觉得过去和将来在往两边逼仄得很紧，紧到根本没有‘现在’的地方。”

威尔科克斯走下台阶，进到余晖里，他告诉我们晚饭已经准备好了。

彩绘客厅，百叶窗合上了，窗帘拉上了，蜡烛点燃了。

“哎，这里摆了三个人的餐具。”

“半小时前布莱兹赫德回来了，夫人。他留下话说他要稍晚些回来，请你不要等他吃晚饭。”

“从他上次在这里算起，想来已经有好几个月了吧，”茱丽娅说道，“他在伦敦究竟干些什么呢？”

这是我们两人常常推测的一件事情——由此生发出许多奇怪

的猜想：布赖德是个神秘人物；一个从地底下出来的人；一只躲避阳光、鼻子长、嘴硬能挖洞的冬眠类动物；一生无所事事，进入军界、进议院、进修道院……统统是空话。外面确切知道他做过的一切事情就是他收藏火花——这是因为淡季里消息匮乏，这事成了某家报纸的新闻，标题为“贵族的怪癖”——就是收藏火花；他把火柴盒搁在好几个架子上保存，编了索引卡片，在他那个不算宽敞的威斯敏斯特住所里，年复一年地，火柴盒占据了愈来愈大的空间。最初他对报纸给他煽乎起来名声觉得很不爽，可后来他却非常高兴，因为他发现这起新闻成了他同世界各地的火花收藏家沟通的手段了，现在他和那些人互通信件，互通有无，交换复制品。除此之外，人们就不知道他还有别的什么爱好了。他仍然保持着马奇梅因家联席猎狐专家的地位，他一在家，一个星期里就要跟人家去打两天猎；从不与附近领地更好的猎狐者一块儿打猎……其实他对打猎也没有真正的热情，在打猎季里出外围猎也不过十来次。他几乎没有朋友；会去看望婶婶和姨妈；他会参加为天主教募捐所办的聚餐会。在布莱兹赫德庄园，他履行那里不可推卸的一切责任，他给讲台、餐会以及委员会的会议室罩上他随身自带的他那种迟钝笨拙和冷漠的薄雾。

“上个星期在旺兹沃思[1]，人们发现一个女孩子被人用有倒刺的铁丝给勒死了。”我说道，想起一个古老的奇闻来。

“那肯定是布赖德。他可坏了。”

我们在餐桌边坐了三刻钟，他才来和我们一起吃饭，他穿着件深绿丝绒的吸烟服，闷闷不乐地走进来，这套衣服他就放在布

1. 英国英格兰东南部城市，位于大伦敦郡西南部。

莱兹赫德庄园，一回来就穿上。三十八岁，他就已经笨手拙脚的了，还秃了顶，很有可能被人误认为他有四十五岁。

“哦，”他说，“哦，就你们两个呀。我还以为能在这儿看到雷克斯呢。”

我常想知道他是怎么看我的，怎么看待我一直在这儿住着。可他似乎把我当作家庭一员接受了，一点儿也不感到奇怪。过去两年里有两回他还以太过友好的举动使我感到诧异：一次是这个圣诞节他寄给我一张他着马耳他爵士官服的相片，一次是不久后又邀请我同他一起去一家晚餐俱乐部。这两次举动只有一个解释吧，一来是他相片印得太多，不知道该怎么处置了；二来是他很以他的俱乐部为荣。这是各行各业名流的奇怪的联谊会，每月聚一次，度过一个充斥着繁文缛节却又滑稽的夜晚，每个人都有自己的绰号——布赖德的是“大师兄”——每个人都有一枚专门设计的、戴起来象征各自等级的宝石，就像骑士勋章一样；他们的背心上都缀着俱乐部徽章，并且有一套非常讲究的引荐客人的仪式；吃完了晚饭就读报纸，发表一通搞笑的演讲。显然他们争着要带来名流，可鉴于布赖德也没几个朋友，我呢还算有些小名气，所以我就受到邀请。即使在那样欢快的夜晚，我也能觉察出我们的主人释放出的让社交不安的电磁波，相反地，他置身于由己而来的一潭普遍尴尬的死水里，就像块死原木一样冷静地漂浮着。

他坐在我对面，垂着他头发稀落、粉扑扑的脑袋，俯在他的盘子上。

“喂，布赖德，有什么消息吗？”

“事实上，”他说道，“我有些消息。不过先不着急说。”

“现在就跟我们说说。”

他扮了个鬼脸，我想这是表示“不能当着仆人们的面说”的意思，他接着说：“查尔斯，你的画怎么样了？”

“哪个画？”

“你的任何一幅压箱宝底。”

“我开始画一张茱丽娅的素描，可是今天一整天光线都微妙得不行。”

“给茱丽娅画的？我还以为你以前给她画过了呢。我想这是从画建筑变成画人物吧，要困难得多呢。”

他说起话来常常要停顿很长时间，停顿时思想也仿佛停顿了似的，老得需要别人提醒他刚才他说到哪里了。大约过了一分多钟，他才又说道：“世上充满了各种主题。”

“真是，布赖德。”

“倘若我是个画家的话，”他说，“我每次都要选一个完全不同的主题，具有丰富的能动性的主题，就像——”又一次停顿。我不知道他会谈到什么了，从伦敦到爱丁堡的快车？轻骑兵队的冲锋号？亨莱赛船会[1]？随后他又出人意料地接着说：“——就像麦克白。”把布赖德想象成一个行动派画家那是极为荒谬的，布赖德自己倒常常很荒谬，可他却以他表现出来的冷漠和无情赢得了一定的尊重。他既长大成人，却又稚气未泯，他身上一点儿也没有现时生活的气息，他有一种巨大的刚正不阿和不偏不倚的精神，对世事漠不关心，这些态度倒使人不得不尊重他。尽管我们经常取笑他，不过他真不是那么可笑，他有时甚至令人生畏。

我们一直在谈论中欧的消息，直到布赖德突然打断了枯燥的

1. 指皇家赛船会。

话题，他问道："妈妈的首饰在什么地方？"

"这就是她的，"茱丽娅说，"还有这个。她私人的东西在我和科迪莉娅手里。属于家庭的首饰都送到银行去了。"

"我很久没有看见这些东西了——不知道是不是全部首饰都看见过。都有些什么东西呀？有人跟我说……是不是有些名贵的红宝石？"

"有的，红宝石项链。妈妈过去常戴，你不记得吗？还有珍珠首饰——她总是戴着出门的。不过大部分时间都是搁在银行里。我记着还有一些怪丑的宝石垫座，一个维多利亚时代的宝石项圈，现在也没谁要戴那个了……一大堆呢。你问这个干什么？"

"我想哪天看看这些东西。"

"喂，爸爸不是要把这些东西典当了吧？他没再欠债吧？"

"不，不，不存在这类事情。"

布赖德吃得很慢也很多。我和茱丽娅都盯着坐在两支蜡烛之间的他。过了会儿他说："如果我是雷克斯的话，"——看起来他满脑子都是这类假设，"假如我是威斯敏斯特大主教的话""假如我是大西方铁路公司老板的话""假如我是个女演员的话"，等等，仿佛只是由于造化弄人，他才没有成为他说的那样的人物，说不准哪天早晨一觉醒来他会调整好一件事情——"如果我是雷克斯的话，我就会住在我的选区。"

"雷克斯说不住在那里，每周就可以只工作四天了。"

"很遗憾他不在这儿。我要宣布一件小事。"

"布赖德，别神神秘秘的。有话就说出来。"

他又做了一个"不能当着仆人们的面说"的鬼脸。

当葡萄酒摆到了桌子上，最后只剩下我们三位的时候，茱丽娅说："你不宣布我就不走了。"

"好吧。"布赖德说，他靠在椅子上，双眼死死盯着他的酒杯，"只要等到星期一你就可以看到的，报纸上会白纸黑字地登出来的——我已经订了婚并且马上要结婚了。我希望你们会高兴知道这个消息。"

"布赖德，这太……太让人兴奋啦！跟谁啊？"

"噢，你不认识的一位。"

"她漂亮吗？"

"我觉得她未必称得上漂亮。我认为'好看'这个词儿能跟她联系上。她是个大个子女人。"

"胖的？"

"不，是高大。她是马斯普拉特夫人，教名是贝里尔。我认识她很久了，直到去年她还有丈夫；现在成了寡妇。你们在那儿笑什么？"

"抱歉。一点儿也不好笑。就是太出人意料了。她……她跟你年龄相仿？"

"我觉得可能差不多。她有三个孩子，大儿子才去了安普尔福思。她家境不富裕。"

"不过，布赖德，你是在哪儿找着她的？"

"她的亡夫、海军上将马斯普拉特，也收集火柴盒。"他十分郑重其事地说道。

茱丽娅笑得直抖，差点儿没笑出声来，随后她尽力克制住自己，问道："你不是因为她的那些火柴盒才要娶她的吧？"

"不是，不是，全部收藏都馈赠给法尔默思市立图书馆了。我对她极为倾慕。尽管她生活拮据，可她还是个快活的女人，特别喜欢演戏。她和天主教演员协会有联系。”

“爸爸知道吗？”

“今天早晨我收到他的信表示同意。他一直催我赶紧结婚。”

此时我和茱丽娅同时想着不能一味听凭好奇和惊诧的驱使了，故此便换了一种几乎不带嘲笑的、尽量柔和的口吻对他表示祝贺。

“谢谢你们，”他说道，“谢谢你们。我觉得我非常幸运。”

“可是我们什么时候能见见她呢？我确实认为你应该把她带过来。”

他什么也没说，一边小口呷着葡萄酒，一边发着呆。

“布赖德，”茱丽娅说，“你这个狡猾的、自以为是的老家伙，为什么不把她带来呢？”

“哦，我不能这么做，你知道的。”

“为什么不能？我很想见她。现在就给她打电话请她来吧。这时候撇下她一个人在家，她会对我们见怪的。”

“她还有孩子们呢。”布莱兹赫德说，“再说，你不就是挺怪的吗？”

“你这话是什么意思？”

布莱兹赫德仰起脸来，严肃地望着他妹妹，继续直截了当地说，好像他现在说的事和之前说的一样。“照现在这个情形看，我不能请她到这儿来。不合适。毕竟，我在这里只是个房客。这里眼下还是雷克斯的家。这里发生什么都是他自己的事。但我不能把贝里尔带到这儿来。”

“我简直不理解了。”茱丽娅严厉地说。我望着她。温和的打趣不见了，看上去她开始警觉，几乎要大吃一惊了。“当然，我和雷克斯都希望她来。”

"噢，不错，这一点我并不怀疑。问题根本不出在这里。"他饮尽杯中的葡萄酒，又斟上，把酒瓶推到我面前。"你们应该理解，贝里尔是个笃信天主教的女人，这种虔诚被中产阶级的偏见搞得更加牢固。我不可能把她带到这儿来。不管你愿意跟雷克斯姘居，还是跟查尔斯，或者跟他们两个人一起，无关紧要的——我向来避免窥探你们的私生活[1]——可是无论如何贝里尔是不会同意做你的客人的。"

茱丽娅站起来。"呸，你这个自以为多了不起的蠢蛋……"她说到这儿住了口，转身朝门口走去。

我还以为她忍不住在笑，可随后打开门到她那里时，却惊恐地看到她泪流满面。我犹疑起来。她从我身边溜过去，看也没有看我一眼。

"大概我给别人这么一种印象吧，好像这是一次有利可图的婚姻，"布莱兹赫德继续若无其事地说道，"我不能为贝里尔辩护，毋庸置疑地，我的坚固地位对她很有影响。她确实也是这么说的。不过对我自己而言，请允许我强调一点，我对她倾心不已。"

"布赖德，你对茱丽娅说了多么过分无礼的话！"

"并没有什么会引起她反感。我只不过是说了她自己也很清楚的事实而已。"

她不在图书室里。我上楼到她的房间，也不在。我在她那摆满东西的梳妆台旁站了一会儿，不知道她是否会回来。敞开的窗子外面，房里的灯光从阳台倾泻而出，与暮色交融，探到了喷

1. 原文为法文。

泉那里，喷泉总是一处舒适和清新的所在，招着我们过去亲近。一眼瞥见靠在石头上的白裙。夜幕降临了。她躲在最黑的隐蔽处，坐在木椅子上，在环绕着水池的修葺过的黄杨树的凹深处。我把她搂在怀里，她把脸贴到我的胸口。

“在外面不冷吗？”

她没有回答，只是依偎得更紧了，接着就啜泣着颤抖起来。

“亲爱的，怎么啦？你在乎这个干吗？那个老蠢蛋说什么又有什么关系呢？”

“我不在乎，没什么关系。就是震惊。别笑我。”在我们仿佛穷其一生的那两年恋爱时光里，我还没有见她像现在这样激动、这样无助过。

“他竟敢跟你这样讲话？”我说，“这个冷血的老骗子……”我的同情没有得到反应。

“不，”她说，“不是这样。他全说对了，他们，布赖德和他那个寡妇全都知道了，白纸黑字他们看得清清楚楚的。他们在教堂门口花上一便士就可以买到印刷告解了。你要是花上一便士，什么事情都可以知道，白纸黑字印得很清楚，谁也不知道你花了钱。只有一个老太婆拿着扫帚在忏悔室那边哗哗地扫，年轻女人在圣母像前点燃蜡烛，再往盒子里放进一个便士，不放也行，随你的便，然后取走你的告解单，再白纸黑字地印出来，你就明白了。

“归结为一个词，也就是归结为一个简单的、平平的、致命的，但会荼毒你一生的词。

“‘姘居’。不仅仅是做了错事，像我当初去美国做的错事。做了错事，知道错了，不再做了，就忘记它。他们说的不是这个。

这完全不是布赖德的本意。他的意思就像用白纸黑字表明的一样。

“姘居，或者生活在罪恶中，总之一样，就像一个受到悉心照料和保护他不受世人影响的白痴孩子一样。‘可怜的茱丽娅，’人们说，‘她可不能再抛头露面了。她必须知道她的罪孽何在。这种事居然还有，真遗憾哪。’他们会说，‘罪孽还如此深重。积习难改，茱丽娅会带着她小小的、痴狂的原罪。’”

“一小时前，”我想，“她还坐在夕阳下，在水里转动她的戒指，数着幸福的日子。而白天的阴郁才结束，正是星星初现的时候，她已然陷在这莫须有的悲伤里了！在彩绘客厅发生了什么事情？烛光投下了什么阴影？两句粗口，一个陈词滥调。”她气得抓狂，全盘失控，她的声音一会儿在我胸前闷响，一会儿清晰而充满了痛苦，以零乱的词和断续的句子听在我耳朵里。

“过去和将来。那些年我还试着去做一个好妻子，在缭绕的雪茄烟雾中，筹码在十五子棋盘上哼哼响，在男人们桌旁斟酒的那个‘笨蛋’男人；当我打算为他生个孩子的时候，又被那死胎撕成碎片；抛开他，忘掉他，找到你，和你在一起的两年，和你在一起的将来，所有和你、不和你在一起的将来，战争来了，世界末日——原罪。

“很早以前就从坐在圣母像前，坐在壁炉旁，就是烛火编织的霍金斯保姆那里听到‘原罪’这个词。每个星期日午餐以后，在妈妈房间里，我和科迪莉娅都带着《教义问答》。妈妈带着我的原罪去教堂，在伦敦灯火通明前再偷偷溜出来；带着我的原罪走过空荡荡的街，大街上送牛奶车的马前蹄蹬在人行道上。妈妈是因为我那使她痛苦的原罪而死的，这原罪比她自己的病还要致命。

“妈妈是因为我的原罪死的；基督是缘由世人的原罪而死，手脚都给钉在十字架上。原罪笼罩着夜里育婴室的床，年复一年地笼罩在法姆大街那个狭窄、铺着油毡的书房，笼罩着那座只有一个老太婆扬起灰尘、只有一支蜡烛燃烧的晦暗教堂；正午时高高笼罩在人们和士兵的头上，除了吸饱了醋的海绵和几句窃贼宽慰的话之外，没有别的慰藉。永远笼罩着；冰冷的墓穴和裹尸布永远不会掉到地板上，黑暗的墓穴里也没有香油和香料；永远都是正午的太阳，和骰子掷到无缝衣服的咔嗒声。

“没有退路；大门上了闩。圣徒和天使倚墙排列。抛掉，废弃，腐烂。一身狼疮的老头拄着叉根手杖，黄昏时分一拐一拐地出去翻垃圾，盼望着能找到什么装进麻袋里，找到可以出售的东西，可还是作呕地走开了。

“没有名字，死掉的，就像那个死婴。我还没有看到她，就被他们包裹起来拿走了。”

她啜泣着讲着讲着陷入沉默。我做不了什么，自身像是漂流在陌生的海上；把手放在她那件紧身短外衣的金线上，又冻又硬。我的眼睛很干。她在黑暗中紧紧抱住我的时候，我的精神却离她很远，就像多年以前在从火车站回家的路上，我给她点燃纸烟时一样远；就像当年她在老教区旧宅精神错乱的那些冷漠、空虚的岁月一样远；就像我在大林莽时一样远。

眼泪随话声涌出。过了一会儿，她默默地停止了哭泣，坐起来，离我远了些，拿着我的手帕，颤抖着，站起来。

“好啦，”她用一种听起来接近正常的声音说道，“布赖德总是干这种跟炸弹爆炸一样惊人的事，是不是？”

我跟着她进屋，来到她的房间。她坐在镜子前。“我认为我已经摆脱歇斯底里恢复正常了，”她说道，“并不是一点儿好也没有。”她的眼睛又大又亮，苍白的面颊上燃起两块不正常的红晕，那是她做姑娘时常常搽胭脂的地方。“大部分歇斯底里的女人看上去都好像得了重伤风似的。你最好先换掉这件衬衫再下楼，全是眼泪和口红。”

“我们还下去吗？”

“当然，我们不能把可怜的布赖德在订婚当晚丢下。”

再回到她房里的时候，她说：“查尔斯，我很抱歉刚才那骇人听闻的一幕。我不能解释。”

布莱兹赫德正在图书室里抽着烟斗，平静地读一本侦探小说。

“外面天气好吗？如果我知道你们要去的话，我也就会来了。”

“很冷。”

“我希望雷克斯从这儿搬出去不会感到不便。你知道，巴顿大街的房子对于我们和三个孩子来说就太小了。而且贝里尔喜欢乡下。爸爸在来信中建议把这里所有地产即刻转让。”

我记得我作为茱丽娅的客人初到布莱兹赫德时雷克斯曾经多么热烈地欢迎我。“多让人高兴的安排啊，”他曾这么说，“对我简直太合适了。老家伙一直照料这个地方，而布赖德和那些佃户搞那些封建地租的玩意，我就免费管管房子，只有伙食费和宅子里仆人的工资是开销。你没法再要求比这更公平的待遇了，是不是？”

“我觉得要他走他会很伤心的。”我说道。

“哦，他会在别处找到更合算的地方的，”茱丽娅说道，“相信他。”

“贝里尔还有几件自己钟爱的家具。不知道那些家具在这里是不是合用。你知道，是些栎木的餐具柜，几条架棺材的凳子之类的。我想她可以放在妈妈那间屋子里。”

“不错，放那儿正好。”

就这样兄妹二人坐在一起讨论如何安排这栋住宅，一直谈到要上床睡觉的时候。“一个小时以前，”我暗忖着，“在那黄杨树篱的黑洞洞的隐蔽地方她还在为她的上帝死掉而哭得死去活来；而现在她却讨论起贝里尔的孩子们是住在原先的吸烟室好呢，还是住在他们自己的教室里好。”我已经迷失在云里雾里了。

“茱丽娅，”我后来说，此时布莱兹赫德上楼去了，“你看过霍曼·亨特的一幅叫作《觉醒的良心》的画吗？”

“没有。”

前几天我在图书室看到一本《拉斐尔前派》。我把这本书又找出来，给她读了罗斯金的论述。她十分快活地大笑起来。

“你说得太对了，这正是我感觉到的。”

“可是亲爱的，我不相信那场痛哭是由于布赖德几句话引起来的。你一定一直在考虑这件事情。”

“几乎没有。有时候也想想；最近想得多些，由于最后审判日的号声越来越近了。”

“当然，这是心理学家才能解释清楚的事情。从儿童时期就提前做好思想准备；在育婴室就受到的离谱的教育里产生了犯罪感。你心里也知道全都是废话，是不是？”

“我多希望那全都是废话呀！”

“塞巴斯蒂安有一次跟我说过几乎同样的话。”

“你知道，他已经信教了。当然他也从来没有像我这么干脆地脱离过宗教。我已经走出太远，不可能回头了。我明白这一点，如果你所谓的废话指的是这个的话。我希望的，无非是趁着人类秩序还没有结束的时候，把我的生活按照人类的生活方式纳入某种常规里去——此为我想跟你结婚的原因。我想要个孩子。这是我能做的唯一的一件事……再上外面去吧。月亮这时一定升起来了。”

满月高悬。我们在大宅周围漫步。茱丽娅在橙树下停下脚步，随手折断一根长长的嫩枝，这是去年长出来的，垂在树干周围，她一边走着，一边把树皮剥去做了一根鞭子，与孩子的做法一般无二，可是她含羞带怒的姿态已经完全不是孩子了，她神经质地揪下树叶，用手指捻碎，她又开始剥树皮，用手指抠着。

我们又站在喷泉边。

“它好像是喜剧的背景，”我说道，“地点：一个贵族之家的庭院巴洛克喷泉旁。第一幕，日落；第二幕，黄昏；第三幕，月光。据无以言传之原因，剧中人物总是聚在喷泉旁边。”

“喜剧吗？”

“是戏剧。悲剧、闹剧，随你怎么叫。这是和解场景。”

“原来吵嘴了吗？”

“第二幕时出现了疏离和误解。”

“啊，别用这种该死的古怪方式说话。你为什么看任何事情都要隔着一层？为什么这一定是一出戏？我的良心为什么一定是一幅拉斐尔前派的画呢？”

“这就是我的方式。”

“我讨厌这种方式。”

她的震怒来得就像这一晚千变万化的心情一样出人意料。突然她用那条鞭子抽了一下我的脸，要多重就有多重的热辣辣的一下。

“现在你知道我多讨厌它了吧？”

她又抽了我一下。

“好吧，”我说道，“尽管抽下去吧。”

随后她虽然扬起手来，却停在半空了，把这条剥光一半皮的树枝扔进水里，它漂在水面上，在月光下漂得黑白分明。

“疼吗？”

“疼。”

“真的……我真抽了？”

她的愤怒倏忽间消散，眼泪又涌了出来，流到我的脸上。我隔着一臂的距离扶着她，她垂下头，用她的脸摩挲着我放在她肩上的手，像猫那样，可又不是猫，流下一滴泪在那儿。

“猫在屋顶上呢。”我说。

“人面兽心的家伙！”

她作势咬我的手，在我既没有抽回手，她的牙也已经碰到我的时候，顺势一变，那咬变成了亲吻，亲吻又变得更缠绵了。

“猫在月光里呢。”

这就是我所明白的心境。我们转身朝屋里走。走到灯火通明的大厅时她说：“你可怜的脸，”她用手指抚摸着那些伤痕，“明天还会留下痕迹吗？”

“我希望留下。”

“查尔斯，我是要发疯了吗？今天晚上发生了什么事？我太累了。”

她打了个呵欠，接着又打了一连串呵欠，她在梳妆台前坐下，头低下来，头发遮住了脸，忍不住地打着呵欠。再仰起脸时，我从她的肩头看见镜中那张脸疲倦得像溃军一样，她旁边是我的脸，上面留着两道鲜红的印痕。

“太累了，”她又说了一遍，随后就脱掉她的金色束腰上衣，任它落在地板上，“又累，又疯狂，又没有用处。”

我照料她上了床。蓝色的眼睑合上了，盖住了她的眼睛。苍白的嘴唇在枕头上嚅动了一下，不知道是向我道晚安，还是喃喃祈祷。单纯的育婴室的诗句传到她那在悲愁和睡梦之间的幽冥世界。这是从古代一直传到霍金斯保姆的古老的虔诚歌谣，是几个世纪前用爱催眠的低语，经过几番演变，从朝圣路上使用驮马的年代流传下来的——我说不清楚。

第二天晚上，雷克斯以及他的那些政界同僚和我们在一起。

“他们不会开战。”

“他们不能开战。他们没有钱，他们没有石油。”

“他们没有钨，他们没有人。”

“他们没有勇气。”

“他们害怕。”

“怕法国人，怕捷克人，怕斯洛伐克人，怕我们。”

“这是讹诈。”

“当然是讹诈。他们的钨在哪儿呢？他们的锰在哪儿呢？”

“他们的铬在哪儿呢？”

“我要告诉你们一件事……”

“听着听着，肯定是好事。雷克斯要跟你们说件事。”

“……我的一个朋友骑着摩托在黑森林里跑，就几天前，刚从那儿回来，在我们打了一轮高尔夫球的当儿把这话告诉我的。是这样的，这位朋友开着摩托车，沿小路开到公路上。除了一支军事护送队以外，他还能看见什么呢？不能停下来，他就照直开了进去，正撞在一辆横在路上的坦克身上。这不是自己找死吗……等一等，这就是可笑的地方。”

“这就是可笑的地方。”

“他干脆穿了过去，连漆皮都没有蹭掉。你们猜怎么回事？坦克是用帆布做的——竹子和画好的帆布做的。”

“他们没有钢。”

“他们没有机床，他们没有劳动力，他们填不饱肚子，他们没有肥肉，儿童们都得了佝偻病。”

“女人们都生不了孩子。”

“男人们阳痿。”

“他们没有医生。”

“医生都是犹太人。”

“现在他们都得了肺结核。”

“现在他们都得了梅毒。”

“戈林跟我的一个朋友说过……”

“戈培尔跟我的一个朋友说过……”

“里宾特洛甫告诉过我，只要希特勒能凭空搞到东西，军队就会支持希特勒继续执政。一旦有人和他对抗他就完蛋了。军队就会把他灭了。”

“自由派会把他吊死。”

“共产党会把他肢解。”

“他会自我毁灭。”

“要不是有张伯伦的话，他现在就毁灭了。”

“要不是有哈里法克斯的话。”

“要不是有塞缪尔·霍尔的话。”

“还有一九二二年委员会。”

“和平保证。”

“外交部。”

“纽约银行。”

“需要的就是一条坚不可摧的战线。”

“雷克斯的战线。”

“我的战线。”

“我们要给欧洲一条坚不可摧的战线。欧洲正等着雷克斯讲演。”

“还有我的讲演。”

“还有我的讲演。全世界热爱自由的人民团结起来。德国会崛起，奥地利会崛起，捷克和斯洛伐克一定会崛起。”

“致我和雷克斯的讲演。”

“打一局牌怎么样？威士忌怎么样？你们谁想来一支大雪茄？哎，你们两个要出去吗？”

“嗯，雷克斯，”茱丽娅说，“我和查尔斯要去晒晒月亮。”

我们把身后的扇扇窗都关上，聒噪声停止；霜一般的月光洒在露台上，喷泉的淙淙水流声悠然入耳；阳台上的石栏杆许是特洛伊人的城墙，静寂的园子里支着希腊人的帐子，克瑞西达是夜就躺在里面。

“几天，几个月。”

“时不可失。”

“在月亮升起与落下间的一生。然后黑暗降临。”

第四章

不合世俗的塞巴斯蒂安

“当然西莉娅会照看孩子们的。”

“那当然。”

“那老教区的房子怎么办？我想你不想和茱丽娅住在那儿，然后嘭嘭地敲我的门。你知道，孩子们把这里看成他们自己的家。而且罗宾要到他叔叔死了才有自己的住处。况且，毕竟你从来也没用过那个画室吧？罗宾前几天还说画室可以布置成像样的儿童游戏房——那里大得够打羽毛球了。”

“罗宾可以买下老教区的房子。”

“现在，关于钱的问题，西莉娅和罗宾自然不愿意接受任何东西，可是孩子们的教育却是问题。”

“这些事都会安排妥当的。我会找律师谈。”

“好吧，我想那是重中之重，”马尔卡斯特说，“你知道，我一辈子见过几起离婚案，可还没有见到过一次离婚案件解决得让当事人双方都高高兴兴的。差不多总是这样，不管两人开始时多么相亲相爱，可是一旦涉及具体问题，就会互相仇恨。恕我冒昧，在这两年的时间里，有几次我认为你对待西丽娅的态度很是有点儿粗暴。可摊到自己妹妹的头上我又很难讲什么，只不过我一向认为她是一个十分迷人的姑娘，哪个小伙子都梦想着拥有她——喜好艺术，正好和你趣味相投。我必须承认你的好眼力。我对茱丽娅一向偏爱。不管怎么说吧，事情走到这步田地也算皆大欢喜了。有一年或更长时间，罗宾一直迷恋着西莉娅。你认识他吗？”

“模模糊糊，半生不熟的那么一个人。我记得是个小年轻。”

“哦，我要说的不完全是这个。他很年轻，当然了，关键是约翰约翰和卡罗琳都很喜欢他。查尔斯，你那里还有一双漂亮儿女呀。代我向茱丽娅问好吧，为了过去，愿她万事如意。”

“这么说，你正在办离婚呢，”我父亲说，“你们在一起过了这么多年幸福日子，离婚委实没有必要吧？”

“你知道，我们不是特别幸福。”

“你们不幸福？你们不幸福？我清楚记得去年圣诞节看到你们在一起，照我看你们很幸福呀，当时还纳闷为什么呢。你会发现的，你知道一切都要重新开始，这种事会把人搞得焦头烂额的。你多大了？——三十……四有了吧？这不是重新开始生活的年龄。你应该慢慢安定下来。你有什么打算吗？”

“有。等离婚一办妥了我就结婚。”

“哦，我非得说这可是太离谱了。我能理解一个人在他没结婚的时候试着挣脱婚姻——虽然我自己从来没有过这方面的体验——可是甩掉一个妻子，马上再娶另外一个，这成何体统么。再说，西莉娅一向对我很好。我在某种程度上也很喜欢她。要是你和她在一起都不能幸福的话，那你还怎么指望跟别人就会幸福呢？听我一句劝吧，孩子，快打消离婚的念头吧。”

“为什么把茱丽娅和我扯进来？”雷克斯问道，“如果西莉娅想再婚的话，好，很好，让她结去。这是你跟她的事。不过我觉得我和茱丽娅本来过得很幸福。你总不能说我这个人不好相处吧。许多家伙都龌龊得很。我希望自己是个人情练达通世故的人。我也有自己的事业。离婚，总体而论不是一般的事情，我从来不知道离婚对什么人有过好处。”

“这是你和茱丽娅的事。”

“得了吧，茱丽娅决意要这么干。我希望你能说服茱丽娅，让她回心转意。我一直尽量不碍你们的事，如果我在这时出没得多了，尽管跟我说，我不在乎。屋漏偏逢连夜雨，这么多事一下子出来全凑一块儿了，布赖德想要把我从这儿扫地出门，那麻烦大了，我心里的事已够多的了。”

雷克斯的社会生活正面临着危机。事情进行得并不如他计划的那样顺利。我对财政一窍不通，但是我听人说，他的交往遭到正统的保守党人的非议。甚至他的那些好品性，如待人亲切和办事有力都对他不利起来，在布莱兹赫德那伙人里也引起了纷纷议论。报纸上他的消息一向过多，他和报界大亨以及报界大亨的那些眼神黯淡、笑逐颜开的幕僚过从甚密。他讲演时说的话都是舰队街能“制造大新闻”的料，这种情况对他同他那个党的头头们一点好处没有，只有战争才能使雷克斯的财务状况好转，并且让他上台。离婚对他的伤害并不大，更确切地说吧，就是他现时运营着一家大银行，根本忙得抬不起头来。

“如果茱丽娅坚持离婚，我觉得她肯定能离成。”他说，“但是她选择的时机实在太不好了。告诉她稍微缓缓，查尔斯，你是一个好人。”

“布赖德的寡妇说：‘这么说，你正和一个离过婚的男人离婚，而且还要跟一个离过婚的男人结婚。这事听起来有够复杂。不过我亲爱的’——她称呼我为‘我亲爱的’大约不下二十次了——‘我常常发现每一个天主教家庭里总有一个叛教的人，而且往往是最漂亮的那个。’”

茱丽娅刚参加了罗斯康芒夫人为庆祝布莱兹赫德订婚而举行的午餐会回来。

“她人长得怎么样？”

“高大，性感；当然，相貌平平；公鸭嗓，大嘴，小眼，头发染过了——有个事我要告诉你，关于她的年龄，她可骗了布赖德了。说她四十五岁绝不为过。我看她一个继承人也没有。布赖德始终从她身上挪不开眼。整个午餐会流着口水贪婪地紧盯着她，着实招人厌恶。”

“可还友好？”

“谢天谢地，还可以，是那种屈了她的尊的方式。你知道，我想她以前在海军的圈子里一定是颐指气使惯了，有一帮子将军副官围着她转，还有一堆想往上爬的青年军官对她大献殷勤。嘿，在范妮舅妈的午餐会上，她明显不能过于盛气凌人，有我这个害群之马在场，倒让她轻松了。实际上她鼎力跟我周旋，征求我对商店和别的事的意见，还说，非常直截了当地说，她希望在伦敦常常见到我。我想布赖德的顾忌只是怕她和我睡在同一屋檐下而已。很明显，我不能给她在女帽店、美容店或者是丽兹饭店午餐时带来什么严重的伤害。所谓顾忌，都是从布赖德一方来的，那个寡妇不可思议地难搞。”

“她管着他？”

“眼下还没有，还不厉害。他掉到情网里摔昏了头，可怜的家伙，简直不知道他今夕何夕身在何处了。她只是个心善的女人，一心想给孩子们找个好人家，不愿意让任何人妨碍她。她正起劲地夸大宗教信仰的价值。我敢说她一旦安顿下来，就会变得随和点了。”

这两起离婚事件在朋友间引起热议。即使在这个普遍恐慌着的夏天，有些地方还是有人把别人的私事放在首位重视。我妻子有本事让人相信，离婚对于她是十分值得庆幸的一件事，同时让我声名扫地。而且还能让人家觉得她表现得很好，只有她才能忍得了这么长时间。人们在背地里议论，罗宾比她小七岁，以他的年龄来说还是有些不成熟，但是他对可怜的西莉娅忠心耿耿，在她经历了诸多苦痛之后，她理应得到爱情。至于我和茱丽娅，还是老生常谈。“冒昧地讲一句，”我的表兄贾斯珀说，口气仿佛在他一生中就不曾用过别种方式一样，“我实在搞不明白你为什么费那劲去结婚。”

夏天过去了。疯狂的民众欢呼内维尔·张伯伦从慕尼黑归来；雷克斯在下议院发表了一通狂暴的演说，这通演说以某种方式决定了他以后的命运；它所决定的，就像曾经海军中的任命一样，为日后在海上任职铺平了道路。茱丽娅的家庭律师们开始办理她离婚的漫长的诉讼手续，上面描着“马奇梅因侯爵”字样、包着铁皮的黑箱子，多到能塞满一个房间。而我自己，有家只隔了两个门的更活跃的公司，几个星期以前就着手办理我的案子了。对于雷克斯和茱丽娅，他们必须正式分居，而眼下他的行李和贴身男仆都转移到了他们伦敦的家。显然茱丽娅不能跟我住在我那儿。布莱兹赫德举行婚礼的日子定了下来，圣诞节一开始就办，这样他那些继子也就可能参加了。

十一月里的一个下午，我和茱丽娅站在客厅窗前向外望，看寒风把橙树的叶子吹落，然后又把枯叶卷起来吹得团团打转，后来又吹过阳台和草坪，把树叶卷过水洼，吹到潮湿的草地上，贴在墙上和窗玻璃上，最后树叶就湿漉漉地堆集在石砌的房基旁。

“看来春天我们就看不到这些了，”茱丽娅说，“也许永远也看不到了。”

“以前有一回，”我说，“在我离开的时候想着我再也不会回来了。”

“也许好多好多年以后，再来旧地重游，看看这里的遗迹，回忆我们的往事……”

在这个黑暗的房间里，身后的一扇门打开又关上。威尔科克斯穿过壁炉的火光走进落地窗附近的暮色里。

“有一个电话留话了，小姐，是科迪莉娅小姐打来的。”

“科迪莉娅小姐！她在哪儿？”

“在伦敦，小姐。”

“威尔科克斯，太好啦！她要回家来吗？”

“她刚动身去火车站。晚饭后她就会到这儿。”

“我已经有十二年没有见到她了。”我说——并不是从那个我们一起吃晚饭，她说要去当修女的时候算起，而是从我在马奇梅因公馆画那间客厅的傍晚算起。“她是个迷人的女孩子。”

“她的生活很奇怪。起初是在修道院，后来西班牙内战，那里不行了。从那时起我就再也没有看到她了。战争结束，战地救护队其他的姑娘都回来了，她却留下了，协助人们回归自己的家园，还在战俘营里帮过忙。多么奇怪的姑娘。她长大后相貌普通，你知道。”

“她知道我们的情况吗？”

“知道，她还给我写过一封甜蜜的小信呢。”

想到科迪莉娅长大了“相貌普通”，这真叫人痛心。只需要想想她炽热的情感都耗费在血浆注射和除虱粉上面就叫人难受。她到家时，由于舟车劳顿而疲惫不堪，而且衣衫褴褛，神情举止似乎无意取悦别人，我觉得她是个难看的女人。说来也奇怪，我想，同样的遗传因子，经过不同的排列组合，怎么就会产生出布莱兹赫德、塞巴斯蒂安、茱丽娅和她这样不同的人来。她毫无疑问是他们的妹妹，既没有茱丽娅或塞巴斯蒂安身上的优雅，也没有布莱兹赫德的庄严持重。她显得生气勃勃注重实际，浑身都浸透了战俘营和救护站的气味，经历了大苦大难，失去了优雅快乐的神情。她看起来要比二十六岁大，生活磨砺使她变得粗糙了。长年说外语与人交往把她的语言音调的细微差别都磨平了；她坐在壁炉边稍稍叉开双腿，说了一声“回家来真是太好了”。这话听起来好像是一头野兽回到巢穴时打的呼噜。

与茱丽娅的白皙皮肤，丝绸般柔软、珠光宝气的头发对比过，又与留在我记忆中的科迪莉娅少女时期的模样对比过，所以起初半小时她给我的印象特别鲜明。

“我在西班牙的工作已经结束了，”她说，“当局对我很客气，对我所做的一切表示感谢，还颁给我一枚奖章，然后就打发我回来了。看样子这里好像不久也会有同样性质的工作了。”

接着她又说：“现在太晚了，没法去看保姆了吧？”

“不晚，她一直坐着听她的收音机呢。”

我们三人一起上楼去，到了过去的育婴室。我和茱丽娅每天总要在这儿消磨一段时间。霍金斯保姆和我父亲都是那种永远不变的人，他们的样子比我最初看到他们时一点都没见老。霍金斯保姆桌上那寥寥几件心水之物里——一串念珠，一部红色烫金封面的《英国贵族名录》，包着干净的棕色的纸书皮，还有几张照片和几份礼物——现在又添了一架收音机。当我们突然向她透露我和茱丽娅要结婚的消息的时候，她说："啊，亲爱的，我希望一切都好。"她的宗教信仰使她不好张嘴询问茱丽娅的行为是否妥当。

她一直不喜欢布莱兹赫德。听到他订婚的消息时她说："他肯定费了好长时间才拿定主意的。"后来她查《英国贵族名录》，查不到马斯普拉特夫人的亲戚中有任何贵族，又说，"我想，是她把他攥在手心里了。"

我们看到她时，她就像平时傍晚的样子，端坐在壁炉旁，身边还有她的茶壶和一块她正在编织的羊毛小地毯。

"我知道你们会上来的，"她说道，"威尔科克斯先生派人来告诉我说你们要来。"

"我给你带来一些花边。"

"哦，亲爱的，真好啊。这跟可怜的夫人望弥撒时常穿的衣服花边差不多。不过我始终不明白人们为什么要把花边做成黑色的，要知道花边本来应该是白色的。这东西可真惹人爱。"

"奶妈，我可以把收音机关掉吗？"

"嗨，可以可以。我没注意它还开着呢，见到你看把我高兴的。你把头发梳成个什么样子了？"

"我知道它难看极了。现在我回来了，可以好好捯饬捯饬了，亲爱的奶妈。”

我们坐着谈话，在注意到科迪莉娅脉脉含情的眼睛注视着我们几个时，才发现她也有自己的美丽。

“上个月我见到塞巴斯蒂安了。”

“他走了多久了！他还好吗？”

“不太好。这也正是我去那儿的原因。你知道西班牙离突尼斯很近。他在那里和修道士在一起。”

“我希望他们会好好照顾他。我料到他们会觉得他是个难对付的人。一到圣诞节，他总是给我寄贺年卡，不过和他在家里的时候感觉可不一样。我一直不明白你们干吗总要去外国呢。就像爵爷一样。有阵子都说要跟慕尼黑干仗了，我就自言自语‘科迪莉娅和塞巴斯蒂安，还有爵爷，他们全都在国外呢，这下可有罪受了’。”

“我想让他跟我一块儿回家来，可他不愿意。现在他蓄起了胡子，你知道，而且虔诚地信了教。”

“我不信，就算亲眼看见我也不信。他一向是异教徒来的。布莱兹赫德倒是个适合进教会的人，塞巴斯蒂安不是。再说，哪来的胡子，那么花哨，他皮肤那么白，那么干净，就算一天不沾水也还是那么干净。话说回来，就算你给布莱兹赫德怎么擦怎么洗，他也白净不了。”

“多可怕啊，”茱丽娅有一次说道，“想想你怎么把塞巴斯蒂安完全给忘了。”

“他是一个‘序幕’。”

“这是你在那场暴风雨中说过的话。从那时起，我就一直想，我也许也不过是个‘序幕’罢了。”

“也许，”我想，同时她的话还在空气中飘荡，就像一缕青烟——一个将要像一缕青烟一样变淡，又消失得无影无踪的念头——“也许我们所有的爱情只是些暗示和象征；这只不过是在门柱上和前人走过的疲倦的路上随手涂抹的文字罢了；也许你和我是典型的人物，那时落在我们中间的悲伤有时是来自我们在寻找中感到的失望，每个人都在努力你追我赶，不时瞥见拐角处对方的影子，而那影子总是要比我们快上一两步。”

我没有忘记塞巴斯蒂安。他在茱丽娅身上每天都和我在一起，在遥远的田园牧歌式的日子里，我在他身上认识了茱丽娅。

“对一个姑娘来说，这是一种冷酷的安慰。”当我试着解释时她说道，“我何以知道自己不会突然变成另外一个人呢？就是个糊弄人的好法子。”

我没有忘掉塞巴斯蒂安；这幢房子的每一块石头都勾引起我对他的回忆，听到科迪莉娅说起她在一个月以前看到了他本人的时候，萦绕脑海中的全都是我这位失去踪迹的朋友。我们离开育婴室时，我说道：“我想听听关于塞巴斯蒂安的全部情况。”

“明天吧。一言难尽。”

到了第二天，我们在寒风呼啸的园林里散步时，她告诉我说：

“当时我听说他快要死了。”她说道，“是布尔戈斯一位刚从北非来的新闻记者告诉我的。说那儿有个穷困潦倒的人，叫弗莱特，大家都说是英国勋爵，神父们发现他的时候他已经快要饿死了，他们就把他收留在迦太基附近的一家修道院里了。我就是听到这个消息。那时候我还不太确定它属实——虽然我们为塞巴斯蒂安做的事相当有限，可最起码还应该有给他寄的钱吧——不过我还是立刻动身了。

“说着容易。我先去了领事馆，他们对他的情况很清楚。他正在传教神父总部的医院。照领事的说法，塞巴斯蒂安是某一天坐着一辆从阿尔及尔开来的公共汽车到突尼斯去的，后来他请求雇他当教会的杂役。神父们看了他一眼就拒绝了。后来他又开始喝酒。他住在阿拉伯人居住区边上的一家小客栈里。我去看了看那地方，是个酒吧，上边有几间小房，希腊人开的，里面全是热油、大蒜、变了味儿的葡萄酒和破衣烂衫的味道。一些希腊小商人到这地方玩玩跳棋，听听收音机。他在那里待了一个月，喝的希腊苦艾酒，总出去溜达……他们也不知道他去什么地方，回来再喝。人们怕他出事，有时候就在后头跟着他，可他不是上教堂去，就是搭车去城外的修道院。那里的人都喜欢他。不管他到什么地方，也不管他的情况多窘迫，他一直招人喜欢。他身上招人喜欢的东西是永远不会消失的。你们真该听听那个旅馆老板和他一家人是怎么说他的，他们一个劲儿掉眼泪，那些人明明把他劫了，却也照顾他，想着法儿让他吃上饭。可是把他们惊着的是他不想吃饭。他身上带着那么多钱，却还那么瘦。当我们用很特别的法语聊天时，又进来几个住在那里的人，他们说的情形也都一样。多么好的人呀，他们说，看到他穷困潦倒的样子他们都很难过。对于让他落到这步田地，他们对他的家庭很有罪恶感。他们说，他们的人就不会发生这样的事，我相信他们说的。

“无论如何，这是后话了。从领事馆出来，我直接去了修道院，见了院长——一个严肃的丹麦老人，在中非待了五十年。他跟我说了他所知道的那部分：塞巴斯蒂安是如何被发现的，跟领事的说法一致，他留着胡子，拿着小提箱，要求留下来当打杂的僧侣。‘他态度诚恳，’院长说，”——科迪莉娅模仿着他奇怪的腔调；我记得她上学的时候就有一种模仿的本事——“‘请不要以为这里面有什么可疑之处——他神志完全正常，态度诚恳。’他希望到未开发的丛林里去，走得越远越好，到最纯真的人们中去，到食人族里去。院长说道：‘我们教区里可没有食人族啊。’他说，好吧，俾格米人就行，或者河边的原始小村子，麻风病人住的地方也可以——麻风病人是他求之不得的了。院长说：‘我们倒是有不少麻风病人，可是他们全住在有医生和修女的居留地里，那里井然有序。’他又想想，然后说也许他希望的并不是麻风病人，而是一座靠着河边的小教堂——你看，他老想要一条河——神父走了以后，教堂可以由他照管。院长说：‘不错，这样的教堂是有。你给我讲讲自己的情况吧。’‘我整个人乏善可陈。’他说。‘我们看出他是个怪人，’”科迪莉娅又模仿起院长的调子来，“‘他是个怪人，不过很诚恳。’院长给他讲入院前要经过见习期和培训期，然后又说，‘你不年轻了，我看你身子骨也不结实。’他说道：‘不，我可不想受培训，我不想做那种非得培训才能做的事情。’院长说：‘我的朋友，倒是需要一位传教士来管你，’他说：‘是啊，当然。’院长就把他打发走了。

“第二天他又回来了。他又喝了酒。他说他已经决定当一个见习修道士，并且愿意接受训练。‘好啦，’院长说，‘有些事情是上丛林工作的人禁止做的。其中一条就是喝酒。喝酒虽然不是最糟糕的事，但却是致命。我又把他打发走了。’以后每个星期他都要来个两三回，总是喝得醉歪歪的，以至于后来院长吩咐门房不准他再进来。我说：‘噢，亲爱的，他烦着你了吧。’当然了，这是那种地方的人理解不了的事情。院长就说：‘除了为他祈祷外，我觉得没有别的办法去帮助他了。’院长是一个圣洁磊落的老人，在别人身上也看得出圣洁来。”

“圣洁？”

“是，查尔斯，这就是你必须要了解塞巴斯蒂安的地方。

“嗯，最后有一天他们发现塞巴斯蒂安躺在门外不省人事，原来是他步行——平常他总是搭车——后来摔倒了，在那儿躺了一夜。一开始他们还以为他又喝醉了，后来才明白原来他病得很重，这样他们就把他送进医院，打那以后他就一直待在那儿了。

“我陪他待了半个月，直到他度过病情最严重的时期。他的样子很可怕，看不出岁数，头顶秃得厉害，胡子乱蓬蓬，但行为举止还跟平时一样亲切可爱。他们让他住到单间里，单间比修道士的密室只强一点儿，一张床，一个十字架，四白落地。起先他连话都不能多说，看到我一点也不觉得奇怪，可后来他奇怪了，又不愿意多说话，我都要离开了，他才把他的故事全告诉我了。他讲的大部分都是他那位德国朋友库尔特的事。对了，你见过库尔特的，想必你也明白了。库尔特这人的事听着就招烦，不过塞巴斯蒂安被他照看着倒是挺愉快。他告诉我，他和库尔特住在一起时，他一度几乎戒掉了酒。库尔特有病，还带着医不好的伤。塞巴斯蒂安照看他脱离苦难。后来库尔特身体好了，他们就去了希腊。你知道德国人一旦到了一个风雅的国度，就会出来一种正气。这样的事情好像也在库尔特身上发生了。塞巴斯蒂安说库尔特在雅典变得非常有人情味。后来他给送进监狱，我就不十分了解是什么原因了——显然错不全在他——是跟一个军官吵起来了。他被拘留起来，德国人就逮着他了。当时德国当局正在围捕国外的侨民，让他们都加入纳粹组织。库尔特不愿意离开希腊，希腊人却又不需要他，于是他和一大帮地痞流氓一起，被直接从监狱押上一艘德国船，运回德国去了。

“塞巴斯蒂安找他，找了一年也没找到。终于在一个外省城市里查到他，这时他已经穿上纳粹冲锋队的衣服。他一开始不愿意跟塞巴斯蒂安来往，后来却不断打起德国官腔来，什么复兴祖国，他属于祖国，在他那个种族的生活可以充分发挥自己的才能……这不过是些浮皮潦草的洗脑话。塞巴斯蒂安六年对他的影响毕竟比希特勒一年对他的影响要大；最后，他抛开了这些表面文章，承认他恨德国，想逃出去。我不知道他想离开的原因在多大程度上是由于贪图安逸的生活，指着塞巴斯蒂安过日子，去地中海游泳、在咖啡馆闲谈、让人把他的皮鞋擦得锃亮。塞巴斯蒂安说根本不是这么回事情。他在雅典就已经变得成熟了。也许塞巴斯蒂安说得对。不管怎么说吧，他决定逃跑。可是他的决定并没有实施。不管他做什么都要倒霉，塞巴斯蒂安说的。他们又逮住了库尔特，把他投进集中营。这下塞巴斯蒂安没法儿接近他，也得不到关于他的消息了，甚至连他给关在哪个集中营也打听不出来。他在德国晃悠了小一年，又喝开了酒，后来有一天他喝醉了，交上了一个朋友，恰好这人才从库尔特待过的集中营里出来，这才知道库尔特在头一周就在他的牢房里上吊死了。

“塞巴斯蒂安的欧洲之行就这样结束了。他又回到摩洛哥，他在那里本来过得很快活，沿地中海坐着船停停走走的，从一个地方到另一个地方，直到有一天他清醒过来了——现在他已经到了酗酒的地步了——他就产生了要逃避到野蛮人中去的想法。以后他就在那里了。

“我没要求他回家。我知道他不愿意回来，再说他的身体也太虚弱了……没办法说服他打消这个念头。我离开时他好像还挺高兴。他永远不可能去丛林了，当然也不可能担任神职，不过院长会照管他的；他们打算让他当一个下级勤杂工。你知道，在一个宗教组织里，总有几个吃闲饭的人，这些人既不适合过世俗生活又不适合院里的清规戒律——我觉得我就是这种人。只不过碰巧我不喝酒，所以我比较适合让人家雇用。”

我们已转到了路的拐弯处，这是最后也是最小的一个水塘尽头的石桥，桥下漫出来的水瀑布一般地落下来，流入下面的溪流。远方，小路折转过来回到大宅那里。我们在桥栏杆边停住脚，凝视着下面黑黝黝的水面。

“我过去有个女教师，她从这个桥上跳下去自杀了。”

“嗯，我知道。”

“你怎么知道的？”

“这是我听说的关于你的第一件事——在我见到你以前。”

“好奇怪……”

“你跟茱丽娅谈过关于塞巴斯蒂安的这些情况吗？”

“大体上说了说。不过不像我跟你说的。你知道，她不爱他，不像我们现在这样爱他。”

“像现在这样。”她用现在时态责备我。在科迪莉娅用动词“爱”时，没有过去时态。

“可怜的塞巴斯蒂安！”我说，“太可怜了。以后可怎么收拾呢？”

“查尔斯，我想我能确切地告诉你。我见过他这样的人，我相信他们离上帝更近，更爱上帝。他的生活一半出世，一半入世，是我们都熟悉的一个带着一把扫帚和一串钥匙游游荡荡的人。他会是老神父的大宠儿，也是见习修道士玩笑打趣的对象。大家都知道他喝酒的事，他每个月都会失踪两三天，大家就会摇摇头，会心一笑，异口同声地说：‘老塞巴斯蒂安又豪饮去了。’后来，他回来时邋里邋遢，一脸羞愧，一两天里他在小教堂会显得更加虔诚。他也许在花园附近还有几个小储藏点，藏着瓶酒，不时地偷偷大口喝上一通。但凡有哪个说英语的客人来访，他们就会请他当向导，而他会表现得很可爱，这样在人家告别时，他们会问起他的事，他也许会隐隐约约地向他们暗示他在国内还有一些很有名的亲戚朋友。如果他活得够久，一代又一代从远方各地来的传教士会把他看作一个奇怪的老头子，是他们学生时期的家乡的一部分，他们做弥撒的时候会想起他来。他还有了笃信宗教的各种怪癖，还有他热烈崇拜上帝的仪式。他偶尔也会在小教堂里出现，他没来人们就会想他。一天早晨在他狂饮了一通之后，他会在大门口被人拎起来，只有一口气了，给他举行最后圣礼的时候，只有眼皮子动动表明他还有知觉——这样度过一生也不算太坏。”

我想起了在繁花似锦的栗子树下带着玩具熊的那个年轻人。“谁会料想到这样的光景，”我说，“他没有受苦吧？”

“嗯，他受了苦，我想他受了苦了。像他那样受到很大的伤害——没有尊严，没有了意志力，人根本想象不出他痛苦到何种地步。可是人不受苦无以成圣贤。这就是他痛苦的形式……近年来我看到的苦难太多了。过不久还要经受更多苦难。这是爱的春天……”接着她又对我的异教说宽宏大度地说，“他住在非常美丽的地方，你知道，在海边——白色的修道院、钟楼、一排排绿油油的蔬菜，太阳落山时会有修道士浇园子。”

我哈哈笑起来。“你认为我不懂你的话？”

“你和茱丽娅……”她说道。后来我们往大宅走回去时，她又说，“昨晚你见到我时是不是这么想的，‘可怜的科迪莉娅，多迷人的小姑娘，却长成了一个姿色平平、虔诚信教、好事做尽的老处女了？’你有没有想到‘挫折’这个词？”

现在推脱不过去了。“是的，”我说，“想到过。我不知道，没想那么多。”

“很可笑的，”她说，“这个词恰恰是我为你和茱丽娅想到的，是我们在楼上跟保姆待在育婴室里时。‘受挫的感情。’我这么想。”

她说着话，带着她母亲遗传给她的温柔精致的嘲讽调调儿，傍晚将至时，我又想起她的话来，活灵活现的。

茱丽娅穿了一件绣花的中国风长衣，那件长袍是我们俩在布莱兹赫德单独吃晚饭时她常常穿的。这件长衣的分量和硬褶强化了她安娴的体态，戴着淡雅金项链，她的头优雅地仰起，双手平静地搁在膝上绣的几条龙上。在数不清的夜晚，我看着她这么端坐着就感到欢喜，这个夜晚，注视着她坐在火光和罩着灯罩的灯光间，美得让我挪不开眼。我突然想：“我在别的什么时候看过她这种样子？为什么总会想起另一次幻影呢？”我回想起是那天海上风暴来临前，就在那艘轮船上，她就是这样坐着的。那时她的样子也是这样，我意识到重新获得了我认为她永远失去了的东西，那就是吸引我的她迷人的哀伤，就是她那“受挫”的面孔，她仿佛在说：“我还能为别的目的而生吗？”

那晚我在黑暗中醒来，躺在那儿，脑子里翻腾着与科迪莉娅的谈话。我何以说得出来“你认为我不会理解你的话”这样的话？我常常感觉自己像是被猛地卡住了，像一匹全速奔跑的马不肯跳过障碍而急急停住那样，不顾马刺的踢扎而向后退，由于太胆怯甚至不敢用鼻子闻闻和看看那是什么东西。

这时我的脑海中现出另外一个幻象，北极圈里的一间小屋，一个身畔是野兽毛皮、煤油灯和火堆的孤单的捕兽人。一切都很干燥，井然有序，屋子是暖烘烘的，屋外是冬天最后的一场暴风雪在呼啸，大雪封住了屋门。无声无息在木门上形成了越来越大的压力。门闩闩得紧紧的。屋外的漆黑一团中，白色的雪堆分分秒秒地封住屋门，不久风小了，太阳从冰封的斜坡上露出脸来，融雪的时候到了，巨大的冰块就会移动、滑落、翻滚着，在高处积蓄的力量让整个山坡雪崩，这时那个小小的闪亮的小屋就会裂开、碎掉、消失，随着雪崩滚进深谷。

第五章

马奇梅因勋爵在家里——死在中式客厅里——最后见分晓

我的离婚案子，不如说我妻子的离婚案，预定的聆讯时间和布莱兹赫德婚礼的时间大体相同。茱丽娅的离婚案要等到下一个开庭期才会提交。就在这时，大搬家的游戏全面开始了——我的东西从教区长旧宅搬到我的寓所，我妻子的东西从我的寓所搬到教区长旧宅，茱丽娅的东西从雷克斯的住宅并从布莱兹赫德搬到我的那套房里，雷克斯的从布莱兹赫德搬到他的住宅，马斯普拉特夫人的从法尔默斯搬到布莱兹赫德——我们所有人，都不同程度地无家可归了，这时候突然有人叫停。因为显然是其大儿子的行动楷模的、喜欢采取戏剧性的、不合时宜行动的马奇梅因勋爵突然宣布，鉴于当前混乱的国际局势，他打算回英格兰来，在他的老家安享晚年。

这个家庭中，唯一会从大变动中得到好处的人就是科迪莉娅了，在这场喧闹中她很遗憾地受到了冷落。布莱兹赫德确实向她正式提出过，只要她愿意，请她把他的住宅当作自己的家。但是听见她嫂子打算婚礼之后立刻把自己的孩子们安顿在布莱兹赫德庄园，让她一个姐妹和她朋友来照看着，科迪莉娅就决定搬出去了，还说要独自住在伦敦。这时，她发现自己像灰姑娘一样，一下被擢升为大宅的女主人了，而她的哥哥和嫂嫂原本有望几日内便成为庄园的主人，现在倒成了片瓦不存贫无立锥之人了。已经正式写就只差签字的庄园转让契约书，这时只好卷起来存到林肯酒馆的一只黑铁皮箱里。这事让马斯普拉特夫人好是心酸，她不是一个野心多么大的女人，其实别的没有布莱兹赫德那么阔气的地方也足能使她满意，她衷心希望的不过是给孩子们找一处过圣诞的地方罢了。现在，法尔默斯那幢房子已经搬空了，正准备出售。再者说，马斯普拉特夫人已经向邻居告过别了，同时无可非议地谈论了一番新居的阔气，他们不可能再回到旧居去。马斯普拉特夫人不得不匆匆把她的家具从马奇梅因夫人的住房里搬到一个废弃已久的马车房里，又在托基租了一套带家具的别墅。正如我说过的，她并不是个野心很大的女人，可是她的希望、胃口曾经给吊到那么高的程度，再一下子掉落成这样，任谁也要尴尬不安。村里那批装修工作本是为准备迎新娘子进门的，眼下已经开始往下拆彩旗上的“Bs”徽记，换上“Ms”的，并且抹去了漆上标志着伯爵爵位的尖点，再用模具印上花球和草莓叶子，为迎接马奇梅因勋爵的归来做准备。

有关马奇梅因勋爵种种计划的消息，在一大串前后矛盾的电报中传来，先是到了私人律师那儿，接着是科迪莉娅，然后到了茱丽娅和我这里。马奇梅因勋爵会准时参加婚礼；他将在婚礼之后抵达，因为在布莱兹赫德勋爵和夫人途经巴黎时他已和他们见过面；他将在罗马见到他们。他的身体不大好，全然不适合旅行；他正要启程；他对布莱兹赫德的冬天有着十分不快的回忆，故而要等到春暖花开，暖气设备彻底检修完了才回来；他独自回来；他要带着那位同居的意大利女人回来；他希望自己的归来不对外通知，要过完全与世隔绝的生活；他将要举行一次舞会……直到最后才选定了在一月里的一天到家，后来证明这个选择是正确的。

普兰德比他提前几天到，这里出现了一点小麻烦。普兰德并不是布莱兹赫德大宅的老人，他在义勇骑兵队时是马奇梅因勋爵的随从，与威尔科克斯在搬主人行李的一个尴尬场合下才见过一面，当时刚打完仗，他决定不回家了。后来普兰德成了贴身侍从，按官方的说法，他现在也是。不过在过去几年里，他引荐了一位像是副手的人物，是个贴身女仆，由她打理勋爵的服装，有机会时还要帮着做一些家里不那么体面的家务。事实上，他成了这个变动不定的流动家庭的大总管了。有时候他甚至在电话里称自己“秘书”。在他和威尔科克斯之间横着一英亩薄冰。

好在这两个人惺惺相惜、气味相投，再加上进行的一系列三边商讨均有科迪莉娅参加，所以问题得以解决。普兰德和威尔科克斯二人成为勋爵联席贴身侍从，就像“布鲁斯”和“救生员”一样，享有平等的优先权，普兰德把爵爷的私人房间当作自己的管辖区域，而威尔科克斯的势力范围则是公用房间。给了相对老资格的仆人黑色上装制服，并被擢升为酒类、膳食的主管；说不上来是什么的贴身女仆到来的时候会穿上便装，且完全享受贴身男仆的待遇。大家的薪水普遍提高了，使之与其新的显要职位相匹配。皆大欢喜。

一个月前我和茱丽娅已经离开了布莱兹赫德，想着我们不会再回来了，却还是回来为马奇梅因勋爵接风洗尘。到了那一天，科迪莉娅去火车站迎接，我们则留在家里。天气阴冷，刮着阵风。房子、大厅都装饰好了；当晚的篝火晚会和请乡村银管乐队在露台上演奏的计划给取消了，可是那面二十五年没有飘扬过的家族徽旗，被悬挂在山墙上，在铅灰色的天空下迎风招展。不管粗糙刺耳的声音在中欧的大喇叭里嘶喊，也不管兵工厂的车床怎么飞旋，马奇梅因勋爵重归故里是四里八乡的头等大事。

马奇梅因勋爵应该三点到。我和茱丽娅在客厅里等候，直到和车站长预先定好随时通气的威尔科克斯宣布“火车已经发出进站信号了”，一分钟以后又宣布，“火车已经进站了，爵爷在路上了”。我们就去了前院门廊，和管家们在那里恭候着。不久那辆劳斯莱斯出现在车道拐弯处，其后不远是两辆行李车。汽车停了，科迪莉娅率先钻出车来，接着是卡拉，随后是片刻停顿，只见一块小地毯递给了司机，一根手杖递给了男仆，这时才有一条腿小心翼翼地伸出来。普兰德此时已经站在车门旁了，另一个仆人——贴身女仆——也从一辆货车里现出身，他们合力把马奇梅因勋爵抬了出来，让他站稳，他摸索着找到他的手杖，紧紧抓住，然后站了足有一分钟，缓一口气，走上通往前门的那几级低矮的台阶。

茱丽娅发出了一声轻微的惊叹，碰了碰我的手。九个月以前我们曾经在蒙特卡罗见到过他，当时他还是腰板挺直，法度庄严，跟我在威尼斯初见他时没什么变化。此时却已老态龙钟了。普兰德跟我们说起过他的主人近来身体相当不好，但是他并没有让我们对这一点做好十足的思想准备。

马奇梅因勋爵佝偻着身子，蜷缩着站在那里，厚大衣沉重地压在身上，脖子上随便地围着一条白围巾，一顶布帽子低低地压在前额上，他脸色苍白，脸上布满了皱纹，鼻子冻得通红，眼眶里凝饱了泪水，不是激动的，是被东风吹的，费劲地喘着气。卡拉替他掖好围巾，小声跟他说了几句什么。他抬起一只戴着手套的手——中学生戴的灰色羊毛手套——向聚在门口的人们做了个无力的手势算作打招呼，然后非常迟缓地，眼睛盯着脚底下，走进了屋里。

大家给他脱去大衣、帽子、围巾，还有穿在里面的紧身皮上衣。脱掉了这些，他越发显得瘦骨嶙峋，但是更显得风度优雅。疲惫不堪和寒碜狼狈的样子不见了。卡拉把他的领带弄正，他用一块印花大手帕揩了揩眼睛，然后又拄着手杖蹒跚地走到前厅的壁炉前。

壁炉架旁边有一把刻着纹章的小椅子，是靠墙摆着的套椅中的一把，仅仅因为椅背刻上了精致的纹章图样，使之不宜于用来招待客人。这套椅子自从做出来以后也许就没人，甚至连细瘦的仆人也没坐过。马奇梅因勋爵坐在上面擦擦眼睛。

“是冷风吹的，”他说，“我都忘了英国有多冷了。让人喘不过气来。”

“您需要什么吗，老爷？”

“什么也不要，谢谢。卡拉，那些讨厌的药片在什么地方？”

“阿力克斯，医生说过一天用量不能超过三次。”

“该死的医生，我觉得喘不过气。”

卡拉从提包里取出一个蓝色药瓶，马奇梅因勋爵吃了一片药。遑论药瓶里装的是什么药，反正让他恢复过来了。他一直坐着，长腿前伸，手杖夹在两腿当间，下巴拄在象牙手柄上，不过这时他开始注意到我们大家，一边和我们打招呼，一边吩咐。

“恐怕今天我身体不合适。这趟旅行折腾得我散了架了。本来该在多佛尔住一宿的。威尔科克斯，你给我准备的是些什么房间啊？”

“您原来住的那些，老爷。”

“不行。等我缓过劲儿来再说。楼梯太多，只能住在一楼。普兰德，楼下给我搭张床。”

普兰德和威尔科克斯不安地互相看了一眼。

“是，老爷。我们把床放在哪间屋子呢？”

马奇梅因勋爵思索了片刻。“就在那间中式客厅吧……还有，威尔科克斯，我要那张‘王后的床’。”

“中式客厅，老爷，还有那张‘王后的床’？”

“对，对。我也许要在那间房里住上几个星期。”

中式客厅是我从来没见用过的房间。实际上除了门口被绳子围起来的那块不大的地方以外，谁也不能近前一步。大宅向公众开放时，游客们就在圈起来的那一小块地方向里面张望。这是一间虽富丽堂皇却不宜居的博物馆，里面都是齐彭代尔的木刻家具、瓷器、漆盘，还有各种彩绘挂毯。“王后的床”也是一件仅供展览的东西，巨大的丝绒床幔像圣彼得大教堂祭坛上的华盖似的。我很奇怪，马奇梅因勋爵是在离开阳光灿烂的意大利前就想好了让自己像这样供人瞻仰遗容呢，还是在他漫长的凄惨的旅途中的灵机一动？还是此时一种儿时的回忆苏醒了，在育婴室里的旧梦——“我长大后要在中式客厅里的王后的床上睡睡”——彰显成年人的威严呢？

当然也再没有别的事情能把这里搅得更加鸡犬不宁了。原以为只是一番仪式罢了，但这一天却把大家累得个死去活来。女仆们开始生火，取走床罩，铺上亚麻床单，围着围裙从来没有正式露过面的男仆们把家具移走，召集领地的木匠们把那张床大卸八块。整个下午，拆散了的大床部分分批搬到了主楼楼梯下。洛可可式的大部件，覆盖着丝绒的横梁。扭曲的、镀金的、包着丝绒的床柱；未抛光原木做的桁条，在帷幕下面起着看不见的床架的作用；染了色的羽毛从镀金的鸵鸟蛋里伸出来形成华盖；最后是四个床垫，每一个都要劳烦四个壮劳力才抬得动。马奇梅因勋爵似乎从他狂想的结果中获到不少乐趣。他坐在壁炉旁，看着人们忙作一团，这时我们——卡拉、科迪莉娅、茱丽娅和我——站成一个半圆陪他说话。

他面颊上恢复了血色，眼睛也有了光彩。“布莱兹赫德和他的妻子同我在罗马一起吃了饭，”他说道，“既然都是家里人”——他的眼睛揶揄地从卡拉身上移到我身上——“我可以毫无保留地说话了。我认为她很可悲。我了解到，她的前夫原来是一位航海的人，看起来为人并不苛刻。可是我的儿子，正当三十八岁的壮年，除非情形发生很大变化，是可以随意挑选英国女人中的任一个，怎么竟决定了——大概我得这么称呼她吧——决定了选贝里尔呢……”他故意含有意味地让这句话没有说完。

马奇梅因勋爵显然不愿意再挪地方了，所以过了一会儿我们就把那些椅子——那些刻着纹章的小椅子——拖过来，客厅里别的东西都太笨重了，围着他坐下来。

“我相信要等夏天来了我才会真正健康起来，”他说道，“我可盼着你们四个让我高兴高兴哩。”

在这样的时刻，我们也是没有办法来安慰这种阴暗的心情。他在我们中竟是兴致最高的人。“给我讲讲，”他说道，“布莱兹赫德求婚的过程。”

我们把知道的情况告诉了他。

“火柴盒子啊，”他说，“火柴盒子。我想她已经过了生育年龄了吧。”

仆人把茶点端到了客厅的壁炉前。

“在意大利，”他说，“谁也不相信会有战争。他们认为事情可以‘安排’好。茱丽娅，我想你再也没有渠道听到政治方面的消息了吧？卡拉在这儿由于婚姻关系，幸运地成为英国臣民了。这件事情她不习惯提到，不过也许事实会证明这是有价值的。在法律上她是希克斯太太，是吧，亲爱的？我们简直不了解希克斯这个人。不过我们仍然要感谢他，如果爆发一场战争的话。还有你，”他说着把矛头指向了我，“无疑你会成为一个职业画家吧？”

“不会的。事实上我现在正为特别预备役进行磋商。”

“噢，可是你应该成为艺术家。上次大战期间在我原来的那个连队就有一个，他和我们一起待了几个星期——直到我们上了前线。”

像这样尖酸刻薄的话是新鲜的。我常觉察到在他的温文尔雅之下掩盖着的恶意，现在这恶意就像他塌陷皮肤下面的骨头一样凸出。

床还没弄好天就黑下来了。我们都过去看看弄得怎么样了，这时马奇梅因勋爵步子轻松地穿过中间隔着的房间走过来。

“祝贺你。它看起来真是好极了。威尔科克斯，我好像记得还有一个银脸盆和一个银水壶——这些东西放在我们称为‘主教化妆室’的房间里，我想——让我们把这些东西放在这里的架子上吧。还有，请你把普兰德和加斯顿派到我这儿来，行李什么的可以等明天再说——只需要那个化妆盒和晚上要用的。普兰德知道的，如果你让普兰德和加斯顿留下的话，那我可要上床睡觉了。我们回头再见吧。你们在这儿吃晚饭，让我开开心。”

我们都转身走了，在我走到门口时他把我叫住。

“这张床非常不错，是不是？”

“非常不错。”

“你可以把它画下来，哦——就叫它‘临终床’怎么样？”

“不错，”卡拉说，“他回家就是准备等死的。”

“可是他刚到的时候还那么信心满怀地谈到恢复健康呢。”

“那是因为他病得太厉害了。在他还比较正常的时候，他就知道自己要死了，并且接受这个现实。他的病时好时坏。有时候一连很多天不好，可突然一下子他又硬朗起来，看起来很有生气，他就说都准备好死了；然后又坏下去，就又怕得不行。我不知道他身体越来越差了会是什么样子。这一天很快会到。在罗马的时候，医生估计他活不过一年了。伦敦会有人来，我想可能就在明天吧，他会告诉我们详细病情的。”

“什么病？”

“心脏病。一个很长的医学名词。要他命的就是那个很长名字的病。”

这天晚上马奇梅因勋爵精神很好。那房间有着霍格斯式的风貌，四人用的餐桌和椅子摆在异域的中式壁炉架旁，老人靠在几只枕头上，啜着香槟，品着，赞叹着，可是并没有碰那一道道为他重返旧居而准备的菜式。威尔科克斯为这个场合特地取出了那个金盘子。从没见用过那金盘子。一面面镀金的镜子、漆器和大床的帷幔，还有茱丽娅的中式绣花长衣，让此情此景充满了哑剧以及阿拉丁山洞的气氛。

一吃完饭我们大家要离开了，他的情绪显见地低落下来。

“我还不睡呢，”他说，“谁陪我坐一会儿？卡拉，卡莉西玛，你们累了。科迪莉娅，你要在这个客西马尼园[1]守护一个小时吗？”

第二天我问科迪莉娅这一晚上是如何度过的。

“他差不多立刻就睡了。我两点钟还进去看了看他，还添了火。几盏灯还亮着，他又睡着了。可能是中间醒了开的灯吧——他得起床才能开灯。我觉得他害怕黑暗。”

科迪莉娅有在医院工作的经验，由她来照料她父亲是件很自然的事情。那天医生们来给老人看病，也本能地把医嘱交给她。

“除非病情恶化，”她说，“我和贴身男仆可以照看他。能不用护士，我们就尽量不用。”

到了这种地步，医生们除了指示说让他舒服一些，开一些他心脏病发作时服的药物以外，也再没有什么可建议的了。

“还会有多长时间？”

“科迪莉娅，有些医生预言病人活不过一个星期，可是病人愈活愈来劲，还能四处转悠呢。我在医学上学会了一件事：永远不要预言。”

那两个远道而来的医生告诉她的就是这些。从当地医生那里得到的无非也是用医学术语说出来的同样的话。

这天晚上马奇梅因勋爵又谈起了关于他新儿媳的话题，由一整天的各种含糊的暗示表现出这件事，一直在他脑子里转个不停。这时他靠在枕头上，终于又说起她来了。

1. 原意为“榨油之地”的植满橄榄树的客西马尼园，为记载中耶稣受难前常常祷告与默想之所。

“在这以前，我在感情上从来不太在乎天伦之乐，”他说道，“可是坦率地讲，我很害怕那样一种前景——贝里尔将来会处于当年我母亲所处的位子上。这样一对相看两厌的夫妇为什么要无儿无女地坐在这里，看着这个大宅子在眼前慢慢颓败呢？不瞒你们说，我是不喜欢贝里尔的。

“大概坏就坏在我们是在罗马会的面吧，其他任何地方都可能会让我对她更有同情心一些。然而如果有人来考虑这一点，我在哪里见她而又不感到厌恶呢？我们在拉尼尔里餐馆吃的晚饭；这是一家安静的小餐馆，多年来我常常光顾——你们无疑也是知道这地方的。贝里尔非常喧宾夺主。当然是我做东道了，可是谁听到贝里尔逼我儿子吃饭吃菜的调门，谁都会认为是另外一种情况。布莱兹赫德一向是个贪吃鬼——一个真正打从心眼里关心他的妻子应该想办法去约束他。不过，这毕竟还是个小问题。

“她肯定听说了我是一个生活不检点的男人。她对我的态度我只能姑且称之为调皮捣蛋。一个下流的老头子，这就是她对我的想法。我猜测她以前遇到过什么下流的老海军将军，并且知道怎么逗他们…… 我不打算重复她说的话了。我就给你们举一个例子吧。

“那天早晨他们去梵蒂冈听布道，也就是为他们结婚祈福——当时我并没有很在意地听——这样的事情以前也发生过，我想无非是从前某位丈夫、某位教皇那种的吧。她却活灵活现讲起来了早些时候，是她怎么跟几对新婚夫妇一起去参加这样的布道的。一行人当中大部分是意大利人，还有一些穿着婚纱的单纯姑娘，她们是怎么评价对方的，新郎们有不住地瞟着姑娘们，拿自己的那位和别人的比较，诸如此类的吧。然后她说：‘这一次，当然

是咱们私下里说了，不过你知道吧，马奇梅因勋爵，我当时就觉得在新娘队伍里我可能要拔头筹了。’

“她说这话的时候真乃下流坯子，我当时还不太明白她的意思。是她拿我儿子的名字逗着玩呢，还是——你们说，还是指他无可置疑的童贞呢？我猜是后者。无论如何，我们就是说着这种玩笑过的那一晚上。

“我认为她住在这儿绝对不相适宜，你们觉着呢？以后我该把这地方留给谁呢？限定继承权到我这儿就算完了，你们知道吧。塞巴斯蒂安，我的天啊，就不必谈了。谁想要它？谁呢？卡拉，你想要吗？不想要，当然，你是不会想要的。科迪莉娅呢？我考虑要把这所房子留给茱丽娅和查尔斯。”

“当然不行，爸爸，这是布赖德的。”

“也是……贝里尔的吗？哪天我得赶快叫格雷格森上这儿来，赶紧考虑考虑这事。现在是时候把我的遗嘱修订好了。这地方净出反常乖张又不合时代的事情……我还是很愿意把茱丽娅安顿在这里的。今儿晚上多美好啊，亲爱的，老这样美好；非常适宜，太适宜了。”

这话说过去不久，他就派人去伦敦找他的律师来，可律师来的这天，马奇梅因勋爵的心脏病犯了，不能见他。“时间还充裕，”他在费劲的呼吸间中说，“哪天等我身体好一些了再说。”不过选继承人的事一直在他脑际盘旋，他还常常谈到我和茱丽娅应该在什么时候结婚，在什么时候可以拥有这个庄园。

“你觉得他真打算把这庄园给我们吗？”我问茱丽娅。

“是啊，我想他是这么打算的。”

“可是这对布赖德太可怕了。”

“是吗？我觉得他对这个地方没那么在意。倒是我在意，你知道。他和贝里尔在别处小一点的地方住会觉得更满足。”

“你是想接受？”

“那当然了。这是爸爸本人愿意留给我们的。我认为你和我在这里会很快乐。”

这给我展现了一个前景，一个人在林荫大道转弯的地方可以看到，就像我和塞巴斯蒂安在一起第一次看到过的那样，一片与世隔绝的幽谷，一面湖水流入下面另一面湖水，前景是那座大宅。丢弃、遗忘了世上的一切。一个充满静谧、爱和美丽的世界；这是一个在异国宿营的士兵的梦想；它是在经历了多日沙漠中饥饿的白天和豺狗出没的黑夜之后，一所神殿高高的尖顶所提供的前景。如果有时会被这样的幻象迷惑吸引，我需要责备自己吗？

病重的几个星期好不容易挨过去了，这所房子的生活步调也跟上了病人跌宕起伏的精力。有过那么几天，马奇梅因勋爵穿戴停当，站在窗前，由他的贴身男仆搀扶着，穿过一楼的几个房间，从这个壁炉旁走到那个壁炉旁；也有几天客人来来往往的——邻居、佃户或是从伦敦过来办事的——这时一捆捆新书被拆包并商讨，一架钢琴也移入了那间中国式的客厅；二月底有一次，在意外的阳光灿烂的一天，他吩咐把汽车开过来，他竟一直走到前厅，穿着那件皮衣，才坐到大门口。又突然对乘车出游失了兴趣，说道：“现在不去了，以后再说吧，等到夏天哪一天再出去。”然后又挽着仆人的胳膊回到他的椅子那儿。有一次他一时兴起要换房间，详细吩咐要如何搬到彩绘客厅去。他说这间中国风的屋子妨碍他休息——他在夜里要让所有的灯都亮着——可是随后又灰了心，收回成命，仍然住在原来的屋子里。

在其他的日子里，他高高地坐在床上，用几个枕头支撑着，辛苦地喘着气，整个宅子就安静下来了。即使在这种时候他也希望我们在他身边，不管是黑夜还是白天，他都没法儿忍受一个人待着。当他说不出话时，他的眼睛就跟着我们转来转去，如果有谁离开了房间，他就会露出难过的样子；卡拉在他身边常常一坐就是好几个小时，靠着枕头挽着他胳膊，她说："没关系，阿力克斯，她就会来的。"

布莱兹赫德和他的妻子度完蜜月回来，在这儿住了几个晚上。正赶上马奇梅因勋爵身体不好的时候，他不让他们靠近。贝里尔还是第一次到这里做客，要是她不对这个几乎已经是她的家、现在又唾手可得的地方感到很大兴趣的话反而不正常。贝里尔很正常，她在逗留期间把这所房子里里外外勘测了个遍。看来由于马奇梅因勋爵的痼疾所造成的混乱局面需要大加改观。她有一两次谈到她访问过的政府大厦以及与大宅规模相仿的各类机构的管理办法。白天，布莱兹赫德就带着她去拜访各个佃户，晚上她就跟我谈绘画，再不就和科迪莉娅谈医院，或者和茱丽娅谈衣服，带着愉快的自信。而背信弃义的阴影，以及他们正当的期望即将落空，这一切只有我这一方才知道。跟他们在一起时我很不自在，不过这一点对布莱兹赫德来说也不是新鲜事，在他经常走动的腼腆人的小圈子里，我的内疚并没有被他发现。

最后，局势开始变得愈来愈明朗，马奇梅因勋爵不想再看到他们。老人只允许布莱兹赫德单独待一分钟用来告别，随后他们就走了。

"我们在这儿没事可干，"布莱兹赫德说，"而且对贝里尔来说也很痛苦。病情要是恶化我们再回来。"

这时病患发作的时间越来越长也越来越频繁了，所以雇了一位护士。“我从未见过这样的房子，”她说，“跟哪儿都不像，居然半个便利的地方都没有。”她努力想把她的病人搬到楼上去，楼上有自来水，一间可以供她单独使用的化妆间，还有一张她可以“转圈”的——她习惯如此——“灵敏”的小窄床，可是马奇梅因勋爵不愿意动。不久，他连白天黑夜都分辨不出了，这时又安排了第二位护士。医学专家们又从伦敦赶来，提出了一个新的，并且颇为大胆的治疗方案，但是他的身体仿佛厌倦了所有的药物，吃了没有反应。再往后没什么好说的了，只是迅速衰败过程中的短暂波动而已。

把布莱兹赫德叫回来了。正是复活节假期，贝里尔照顾她的孩子们没法儿分身。他一个人来的，在他父亲床前默默站了几分钟，他的父亲也坐着默默看着他，然后他就离开了屋子，在图书室里找到我们，他说：“该给爸爸找位神父来了。”

并不是第一次提出这样的话题。马奇梅因勋爵才到的时候，教区神父——由于小教堂业已关闭，所以梅尔斯特德又有了新教堂和长老院——上这儿礼节性拜访。科迪莉娅又是道歉又是求宽恕，可是等他一走，她就说：“还不到时候。爸爸还不需要他呢。”

当时在场的有茱丽娅、卡拉和我。我们每个人都有话要说，才想开口说，考虑之下还是三缄其口了。因此我们四人绝口不提这个问题。茱丽娅单独和我在一起的时候，她说：“查尔斯，我看宗教问题将来会是个大麻烦。”

“他们就不能让他安详去世吗？”

“他们所谓的‘安详’是有截然不同的含义的。”

“那会是一种暴行的。谁也说不清他这一生对宗教是什么想法。他们现在要来了，趁他神不守舍，无力反抗，他们会要求他做临终忏悔的。到现在为止，我对宗教信仰还是相当尊重的。但他们要是这么干，那我就知道说他们的那些个蠢话是真的了——都是迷信和骗人的玩意儿。”茱丽娅一言不发。“你不同意？”茱丽娅还是一言不发，“你不同意吗？”

“我不知道，查尔斯，我真的不知道。”

尽管我们谁都不提这件事，可在马奇梅因勋爵患病的这几个星期中，我始终感到这个问题是存在的，并且越来越大。科迪莉娅每天一大早就开车出去做弥撒，我看到了这个问题；卡拉开始跟她一块儿去的时候，我又看到了这个问题；这片巴掌大的小乌云，马上就要膨胀起来，在我们中间掀起一场暴风雨。

这时布莱兹赫德以他沉重而又无情的方式，把这个问题摆在我们面前。

“哦，布赖德，你认为他会吗？”科迪莉娅问道。

“我得让他同意，”布莱兹赫德说，“明天就把麦凯神父带到他那儿去。”

乌云越发暗沉，没有消散。我们谁都没吭声。卡拉和科迪莉娅回病房去了，布莱兹赫德去找一本书，找到了，也离开了。

“茱丽娅，”我说，“我们怎么制止这一愚蠢的行为呢？”

她一时没有回答，后来说：“我们为什么要制止呢？”

“你像我一样了解。这就是——就是一件不恰当的事情。”

“我有什么资格去反对什么不恰当的事情呢？”她悲伤地问，“话说回来，这样做会有什么损失么？还是去问问医生吧。”

我们问了医生，他说：“这很难说。当然，可能会惊着他，可另一方面，我也知道它对病人反而起到一种意想不到的舒缓作用。我甚至还知道它会有兴奋的积极作用。对亲属来说嘛，这通常也是一种极大的安慰。实际上我认为这应该由马奇梅因勋爵自己来决定。请注意，没有必要操之过急。马奇梅因勋爵虽然今天特别虚弱，不过明天他又会强壮起来的。等一等再做不是很平常的事吗？”

“好嘛，医生也没有太大帮助。”我们离开他后，我对茱丽娅说。

“帮助？我实在不明白，你为什么对这件事如此上心，非不让我父亲做临终圣礼呢？”

“不过是一大套魔法和伪善罢了。”

“是吗？无论怎么说，这一大套搞了已经差不多两千年了。搞不懂你为什么现在突然发起脾气来。”她抬高了嗓门。近几个月来她动不动就发怒。“看在基督的份上，你可以给《泰晤士报》写文章，到海德公园演说，再演一出‘禁止天主教’的闹剧好了，但是不要老拿这事来烦我。我爸爸见不见教区神父，这和我，或者和你又有什么关系呢？”

我理解茱丽娅的这种强烈情绪，和那次在月光下喷泉旁攫获她的一样，可以隐约知道这种心情源自何处，也知道单靠说话是无法让它平息的。我无法再说什么，问她的问题我自己也还没有答案。我意识到，不止一个人的命运在等待裁决，还意识到高坡上的雪团开始滑动了。

第二天早晨，布莱兹赫德和我一起吃早饭，在座的还有刚刚下班的夜班护士。

“他今天精神好多了。”她说，“差不多睡了三小时。加斯顿来给他修面的时候，他还挺爱说话的。”

“好，”布莱兹赫德说，“科迪莉娅去做弥撒了。她要把麦凯神父带过来吃早饭。”

我以前和麦凯神父见过几次，他是个矮胖、温和的中年格拉斯哥-爱尔兰人。每当我们见面的时候，他总爱问我这样一些问题：“赖德先生，现在你是不是会说画家提香比画家拉斐尔的确更富于艺术性呢？”更使我为难的是他想起我的回答，问我，“赖德先生，上次有幸见到你时，你说过的一番话我还记在心里，不知道现在这么说对不对，就是画家提香……”而且通常是以这样的见解来结束谈话的，“哎呀，赖德先生，一个有你这样的才能，又有时间来发挥这种才能的人是多么快乐啊。”科迪莉娅可以惟妙惟肖地模仿他这种语调。

这天早晨他吃了一餐丰盛的早饭，浏览了一下报纸大标题，然后用一种职业上的活泼口气说道：“喂，布莱兹赫德勋爵，你认为那个可怜的人愿意见我吗？”

布莱兹赫德把他带到门外，科迪莉娅也跟着出去了，只剩我一个人在早餐桌子边。不到一分钟我就听到他们三个在门外说话。

“……只能抱歉了。”

“……可怜的人。请注意，这是要见一张陌生的面孔，相信我，这是——一个意想不到的陌生人。我很理解。”

“……神父，我很抱歉……大老远把你请来。”

“千万不要这么说，科迪莉娅小姐，啊，在戈鲍尔家我还挨过瓶子砸呢……要给他时间。我以前遇到过几个更糟糕的病人，却走得很美。为他祈祷吧……我以后再来……如果你们不见怪的话，我就去看看霍金斯太太。是的，确实是，我认得路。”

然后科迪莉娅和布莱兹赫德走进屋来。

“我猜，他这回没有成功。”

“没有。科迪莉娅，等麦凯神父从保姆那儿下来，你可不可以开车送他回去？我要给贝里尔打电话，看看她要我什么时候回家。”

“布赖德，这太糟了。我们怎么办呢？”

“能做的我们都做了。”他说着走出了房间。

科迪莉娅脸色阴沉。她从盘子里叉起一片火腿，在芥末里蘸了蘸，吃了。“该死的布赖德，”她说，“我就知道不成。”

“发生什么事了？”

“你想知道？刚才我们排着队进去。卡拉正在大声给爸爸读报纸。布赖德说：‘我带麦凯神父来见你了。’父亲说：‘麦凯神父，恐怕你是误会了。我还没到临终的时候呢。我已经有二十五年不参加你们教会的各种仪式了。布莱兹赫德，把麦凯神父领出去吧。’于是我们全体向后转，出来了，我听见卡拉又开始给爸爸念起报纸来。查尔斯，就是这样。”

我把这消息带给茱丽娅，她正躺着，旁边的小桌子上堆着许多报纸和信件。“巫师走了，”我说道，“那个巫师已经走了。”

“可怜的爸爸。”

“这下可叫布赖德大失所望了。”

我感到胜利了。我是对的，其他人都错了，真理占了上风。那晚以后，在喷泉那里感觉悬在我和茱丽娅头上的威胁消除了，也许被永远地消除了。还有一个——现在我可以坦陈了——另一个没有表达也表达不出的、不够光彩的小胜利，我还暗自庆幸了一番：我认为这天早晨发生的事情使布莱兹赫德离他的合法继承权更远了。

在这一点上我猜对了。一两天后，伦敦的律师们派遣的人到了。全家上下都知道马奇梅因勋爵立了一个新遗嘱。但是我失算在自认为已经平息了的关于宗教的争执，却在布莱兹赫德待的最后一天晚饭后再次爆发。

“……爸爸说的是，‘我还没到临终的时候呢，我已经有二十年不参加教会的各种仪式了。’”

“不是‘教会’，而是‘你们的教会’。”

“我看不出这有什么区别。”

“区别大了。”

“布赖德，他的意思再清楚不过了。”

“我认为他说的是认真的。他的意思是说他一直不习惯各种圣礼，是因为他还没到弥留，所以他——还不打算改变他的习惯。”

“这简直是诡辩。”

“一个人想把话说得确切一些，可别人为什么总是认为他在诡辩呢？他清楚明白的意思就是这时候他还不愿意见神父，可到临终时他就愿意了。”

“我希望有人跟我解释一下，”我说，“圣礼的意义到底是什么。你的意思是不是说，如果他一个人孤独地死去就得下地狱，而如果一位神父往他身上抹了油的话——”

“哦，不是油，”科迪莉娅说，“是疗愈。”

“那就更奇怪了——好吧，无论神父做的是什么——做了以后他就会上天堂。你们信奉的就是这个？”

这时卡拉插了话：“我想护士告诉过我，别人也说过，有人相信，神父在尸体未冷前来了，一切就很好，是这样的，不是吗？”

人们群起而攻之。

“不，卡拉，不是这样的。”

“当然不是。”

“你理解得完全不对了，卡拉。”

“哦，我记得阿尔芳斯·德·嘉涅特死的时候，嘉涅特夫人让一位教士藏在门外——他一看到教士就受不了——尸体还没冷就带他进去了。她亲口告诉我的，他们给他做了一场规模很大的安魂弥撒，我也参加了。”

“做了安魂弥撒也不意味着一定会升入天堂。”

“嘉涅特夫人认为是升了天堂的。”

“哦，那她可就错了。”

“你们这些天主教徒有哪一个知道，这个神父能做出什么好事来呢？”我问，“你们如此安排只是好让你们的父亲有一个基督教的葬礼吗？还是你们要避免他下地狱？我倒是愿意听听。”

布莱兹赫德多花了一些篇幅给我讲了讲，话音才落，卡拉就提出了一个简单的疑问：“我以前没听说过这些。”多少破坏了这一天主教统一战线的联盟。

“请搞清楚一点，”我说，“他必须按照自己的意愿行事，他必须悔悟，并且希望被宽恕，对不对？可是只有上帝才知道他是否真的按照了自己的意愿行事，神父也说不清楚。没有神父在场，他就会独自依照自己的意愿行事，不就跟有一位神父在场一样了么。在一个人的身体太弱，自己的意愿无法表达的时候，他的意愿仍有可能继续起着作用，对不对？他即使躺在那儿等死，也一直具有意志力，会被宽恕的，上帝理解这一切，对不对？”

“或多或少是这样。”布莱兹赫德说道。

“那好，看在老天的份上，”我说，“神父有什么用？”大家都不说话了，这时茱丽娅叹了一口气，布莱兹赫德吸了一口气，仿佛要把种种说法开始进一步分析。在静默中，卡拉说：“我就知道请神父来我得特别当心。”

“老天保佑，”科迪莉娅说，“我认为这是最好的回答了。”

我们各执己见，不再争下去了，大家都认为再争也争不出什么结果来。

过后茱丽娅说：“我希望你不要再挑起这样的宗教争论来。”

“我没有。”

“你没有说服别人，你也没有真正说服自己。”

“我只是想知道那些人相信的究竟是什么。他们都说那样做是合乎逻辑的。”

“如果你让布赖德把话讲完，他就会把这件事说得完全合乎逻辑。”

“你们一共有四个人。”我说，“关于宗教，卡拉什么也不懂，所以她可能信可能不信；你懂一点儿，却一个字也不信；科迪莉娅懂很多，疯狂迷信；只有可怜的布赖德懂得，而且相信，可是一到让他解释解释的时候，他就出洋相了。人们翻过来倒过去地说：‘至少天主教徒知道他们信的是什么。’今天晚上我们做了相当有代表性的——”

“哦，查尔斯，别说大话。我看你越来越怀疑自己了。”

几个星期过去了，马奇梅因勋爵依然活着。六月，我的离婚判决下来了，我的前妻紧接着就结了第二次婚。而茱丽娅九月里才会自由。离我们的婚期越来越近，我留意到，茱丽娅谈到婚事时就越来越渴望。战争也日益迫近——我们两人谁也不怀疑这一点——但是茱丽娅那种温情的，有时似乎是冷漠、绝望的渴望并非来自她自身之外的任何不确定因素，当她像一头被关在笼子里的野兽想要冲破她对我的爱的牢笼时，这种渴望就会突然变得近乎短暂地发泄仇恨一般。

我被叫到战争部，面试，登记在册以应急。科迪莉娅也一样，被登入另一份名册中；于是名册就像我们中学时那样，再次成为生活的一部分。所有的一切都在为应付迫在眉睫的“紧急情况”做准备。在那间黑乎乎的办公室里，没人提到“战争”这个词，那是一项禁忌。如果有了“紧急情况”，我们就会被召集起来——不是说发生冲突、以人类意志为转移的行动；不是复仇或者报复那么简单明了；就是紧急情况——一个露出海面的东西，一个看不见头尾，从深海里冒出来的庞然大物。

马奇梅因勋爵对他房间以外的事件几乎都不感兴趣。我们每天给他送来报纸，尝试读给他听，可是他眼睛却跟着面前错综复杂的图案，在枕头上转着头看。“还要往下念吗？”“如果不烦就请接着念吧。”可他并没有在听。偶尔听到某个熟悉的名字他就咕哝：“欧文……我认识他——平庸之辈”；有时还扯一些不着边际的评论：“捷克人是优秀的马车夫，仅此而已。”但他的心却已远离尘嚣了；他想的就是此时，就是此刻，他自己。除了为自己活下去进行孤独的斗争之外，他没有力气再去进行别的斗争了。

我对那个天天和我们在一起的医生说：“他有很强的求生意念，是不是？”

“你想这样来解释吗？我看倒不如说是极端怕死。”

“有区别吗？”

“哦，亲爱的，有区别。你知道，他从恐惧中可汲取不到什么力量。恐惧让他精疲力竭了。”

仅次于死亡，他最害怕的就是黑暗和孤独，或许因为这两者像死亡一样。他喜欢让我们在他房里，让一盏盏灯在那些塑像中间整夜整夜亮着；他不愿意我们多说话，但是他会自言自语的，声音很小，小到常常听不出他说的是什么；他之所以要说话，我想，是因为只有他自己的声音才是他能信任的，只有在说话的时候，他才确信他还活着；他的话不是说给我们听的，也不是说给任何人听的，是给他自己听的。

“今天好些了，今天好些了。现在我能看见壁炉那个角落里，那个清朝大臣手里拿着金铃铛，他脚底下那棵歪树开花了。昨天我脑袋乱了，把那个小宝塔也当成人了。过一会儿，我就会看到那座桥和三只鹳了，我还知道哪条道儿通上山。

“明天会更好的。我们住在家里的时间长，结婚却晚了。七十三岁的年龄并不算很大。茱丽娅姑奶奶、我父亲的姑姑，活到了八十八岁，在这儿出生，在这儿去世，从未结过婚，曾经在灯塔山上看到过特拉法加角战役的炮火，她总是把这个地方叫作‘新房子’；这是他们在育婴室或者在打仗时给这房子起的名称，不识字的人记得很久以前的事情。你们现在在乡村教堂附近还可以看到那所旧房子；他们管那片田地叫作‘城堡山’，是霍利克家的地，坑坑洼洼，有一半荒废了，地里都是茂密的荨麻和荆棘，太深了，没法耕种。他们把房屋的根基挖出来，把石头运来盖新房子；茱丽娅姑奶奶出生时，这所房子已经有一百年了。这些石头就是我们在城堡山废弃洼地中的根；也是在荆棘和荨麻丛里的根；而且在老教堂和附属小教堂的墓地上，没有牧师唱诗。

“茱丽娅姑奶奶知道这些坟墓：有跷着二郎腿的骑士，有一个伯爵还是跟罗马参议员差不多的侯爵来着，二选一吧；有石灰石的，雪花石膏的，还有意大利大理石的；她曾经用她的黑檀手杖敲打过那些带纹章的盾牌，还把盔瓣做成花环放在老罗杰爵士的墓上。那时我们家是骑士，自从阿金考特战役就成了男爵，乔治王朝荣誉就更大了。他们后来居上了；男爵爵位仍然保留下来。如果你们都死了，茱丽娅的孩子就要用他那些出生在全盛期以前的祖先的名字来取名了。全盛时期是剪羊毛和广阔玉米地的时期，是欣欣向荣、大兴土木的时期，也是排清沼泽，开垦田野的时期。一位先祖建了一所房子，他的儿子在上面加了一个穹顶，儿子的儿子又给两翼添上厢房，筑上河堤，拦住河水。茱丽娅姑奶奶眼瞅着他们建起那个喷泉来，喷泉装置运来以前就已经很古老了，在那不勒斯的太阳下曝晒了两百多年，纳尔逊时代用军舰运回来的。这个喷泉会枯竭，直到雨水给它注满为止，水池里的落叶就漂起来；芦苇在湖面上蔓延开，又缩小。今天好些了。

“今天好些了。我过得一直很在意，裹严实不让冷风吹着，吃的是应季的时令菜，喝的是上等红葡萄酒，睡觉盖我自己的被单。我还能活很长时间。我五十岁的时候，他们让我们下马，要把我们送上前线；年纪大的都留在基地，这是命令，可是我的顶头上司——也是我的近邻沃尔特·维纳布尔斯说：‘阿力克斯，你和那些小伙子一样棒。’我当时确实是这样；现在我还是这样，只要我还能呼吸。

“没有空气。丝绒帐下一丝风也没有，等夏天来临时，”马奇梅因勋爵说着，他已经完全忘却了那些根深叶茂的玉米，渐渐成熟的果实，吃多了的蜜蜂在他窗外闷热的午后阳光里悠闲地寻着蜂巢，“夏天来临时，我就会下床，坐到外边去，自如地呼吸了。

“谁会想象得到，所有的小金人、在自己国家是绅士的人，不呼吸还能活这么长时间啊？就像煤里的蟾蜍，在矿井深处，无忧无虑。上帝知道，他们为什么要给我挖个洞？难不成一个人还要在自己的地窖里活活憋死吗？普兰德、加斯顿，给我把窗子打开。”

“窗子都开着呢，老爷。”

一只氧气瓶放到他床边来了，上面有一个长长的软管、一只面罩，还有一个可以自己控制的小旋塞。他老是说：“里头空了——护士瞧瞧，没东西出来啊。”

“不，马奇梅因勋爵，里面满着呢，你看这个球形玻璃管里的气泡就知道了。气压也足，听听，你没听见嘶嘶声吗？马奇梅因勋爵，慢慢慢慢地呼吸，这样就感觉好了。”

“像空气那样自由，大家都这么说——‘像空气那样自由’。而现在他们却把我的空气装在一只铁罐里给我。”

有一次他说：“科迪莉娅，那个小教堂怎么样了？”

“爸爸，妈妈去世时他们把它关了。”

“那小教堂是她的，是我送给她的。我们一向是我们家族里的建造者。我为她建的那小教堂，建在亭子背阴的地方。在旧围墙后面用旧石料重建的，是新房子的最后一部分，可也是第一个没的。战争爆发前一直有个牧师。你们还记得他吗？”

“那时我还太小呢。”

“然后我走了——留下她一个人在小教堂里祈祷。这教堂是她的，是她的地方。我从来没有打搅她祈祷过。人们都说我们为自由而奋斗。我获得了自己的胜利。这是罪过吗？”

“我想是的，爸爸。”

“向苍天呐喊着复仇吗？你想想，这不就是他们把我关在这个洞穴里，带着一黑筒子空气，伴着贴墙站着的、没空气也能活的黄皮小人的原因？你也是这样想的吗，孩子？不过风一会儿就会来了，也许是明天，到时候我们又可以呼吸了。坏事对我倒成了好事。我明天会好些的。”

就这样，直到七月中旬，马奇梅因勋爵躺着奄奄一息了，做着最后的垂死挣扎。后来，由于预计不会迅速恶化，科迪莉娅就去伦敦她的那个妇女组织看看有没有“紧急情况”。可这天马奇梅因勋爵的情况突然恶化。他静静地躺着，一点儿声音也没有，只是费力地喘着粗气；只有他那睁着的眼睛，不时扫一扫屋子四处，表示他还有知觉。

“弥留？”茱丽娅问。

“没法儿断定。”医生回答，“弥留之际，很可能就是现在这个样子。他也许还能再一次缓过来。关键是千万别打搅他，一丁点惊扰都是致命的。”

“我要去找麦凯神父。”她说。

我一点儿不惊讶。看得出整个夏天她想的就是这个。她走以后我对医生说：“我们必须制止这种瞎胡闹。”

他说：“我的责任是照管病人的身体，不是跟人辩论活着好还是死了好，或者争论一个人死了以后怎么样。我只是想方设法让他活着。”

“你刚才说的是，任何惊扰都会害死他的。对于一个怕死的人来说，就比如像他这么怕死的人吧，还有什么比给他招来一位神父——这位神父又是被他有精力时赶走了的——还有比这更糟的事吗？”

“我想，这也许会害死他。”

“那你还不制止？”

“我没有权利制止任何事情。我只能提供参考意见。”

“卡拉，你是怎么想的。”

“我只想他快乐。现在只有一个希望了，希望他安然死去。可我还是愿意这儿有一位神父。”

“那你可不可以好好劝劝茱丽娅让神父先别进来——真不行了再进？此后就算神父进来了也没有危害了。”

“我会请求她让阿力克斯快乐的，好吧。”

过了半小时，茱丽娅带着麦凯神父回来了。大家在图书室里见了面。

“我已经拍电报告诉布赖德和科迪莉娅了，”我说，“希望你能同意，等大家都到齐了以后再说。”

“他们要在这儿就好了。”茱丽娅说。

“你不能独自承担责任。”我说，“其他人都反对你。格兰德医生，请你把刚才对我说的话跟她说一遍。”

“刚才我说，看到神父引起的震惊可能会置他于死地；如果不惊吓他，他也许会熬过来。作为一个医生，对于任何可能惊扰病人的事情，我一概反对。”

“卡拉，你呢？”

“茱丽娅，亲爱的，我知道你是尽力想把事情办好，可你要知道，阿力克斯不信教，对宗教他向来是嘲弄的态度。我们千万不能趁着他现在身体虚弱强加给他，以此来安慰我们自己的内心。要是等他失去知觉时麦凯神父再到他跟前去的话，那么就可以用妥当的方式把他安葬了，是这样吗，神父？”

“我去看看他现在怎么样了。”医生说完就离开了我们。

“麦凯神父，”我说，“你知道上次来时马奇梅因勋爵是怎么对待你的，你以为他现在顿悟了吗？”

“感谢上帝，指靠神的恩宠，是有可能改变的。”

“也许如此，”卡拉说，“他睡着了你可以溜进去看看，对他念念赦罪文……他不会知道的。”

“我见过许多男男女女去世，”神父说，“可从来没见过谁临终前会不愿意我在身边。”

“可他们是天主教徒啊，而马奇梅因勋爵除了名义上是，其实根本就不是天主教徒呀——不管怎么说吧，已经有很多年不是了——他是一个天主教的嘲弄者，卡拉这么说的。”

“基督宠召的不是善人完人，而是罪人悔改。”

这时医生回来说：“没有什么变化。”

“喂，医生，”神父说，“我怎么会惊扰人呢？”他先把他漠然、纯洁、乏味的面孔转向医生，随后又转向我们，“你们知道我要做什么吗？事情很小，没有什么排场。你知道，我没有穿专门的服装。我就像现在这样去。他见过我现在的打扮，没什么可惊恐的。我只问问他是否对自己的罪孽感到追悔，我希望他能做出很少的一点同意的表示来，无论如何吧，我希望他不要拒绝我，然后我就祈求上帝宽恕他。然后——虽然这一点并不很重要——我还希望给他举行涂油式。这没有什么，只是从这个小盒里蘸一点油，用手指碰一碰。看，对他完全没有害处。”

“哦，茱丽娅，”卡拉说，“我们应该怎么说呢？让我去跟他讲一讲吧。”

她去了中国式客厅，我们默默地等着。在我和茱丽娅之间隔着一道无形的墙。不一会儿卡拉回来了。

“我觉得他没有听见，”她说，“我认为我知道该怎么向他说。我就说：‘阿力克斯，你还记得从梅尔斯特德来的那个神父吗？他来看你时，你非常任性。你伤了他的感情。现在他又在这儿了。我希望你看在我的面上见见他，做个朋友。’但是他没有回答。如果他失去知觉，那么看到一位神父也就不会让他不高兴了吧，是不是，医生？”

原来一直默默地站着不动的茱丽娅这时突然动了。

“医生，非常感谢你的劝告。”她说道，“无论发生了什么事情，我都承担全部责任。麦凯神父，现在请你来看看我父亲吧。”她连看也没有看我一眼，就带着神父向门口走去。

我们大家也跟着去了。马奇梅因勋爵还像我早晨看到时那样躺着，不过这时他的眼睛合上了，双手放在被单上面，手心向上；护士的手指在给其中一只手诊脉。“请进，”她乐观地说道，“你们现在不会打搅他了。”

“你是说……”

“不，不，但是任何事情他都注意不到了。”

她拿起那个氧气装置凑到他脸前，只听见床边逸出的氧气发出的嘶嘶声。

神父向马奇梅因勋爵俯下身去，为他祝福。茱丽娅和卡拉在床脚边跪下。医生、护士和我就站在他们身后。

“现在，”神父说道，“我知道你为你一生中种种罪恶深感悔恨，是不是？如果能够，请你做个表示。你悔恨了，是不是？”可是病人什么表示也没有。“努力回忆你的罪恶吧，对上帝说，你已经悔恨了。我就要给你举行忏悔仪式了。当我给你举行仪式的时候，请告诉上帝你因为违犯了他的旨意而悔恨。”接着他开始用拉丁文念叨起来。我听出这些话是“我以天父的名义宣布你无罪……”我看到神父画十字。这时我也跪下来，并且祷告：“啊，上帝，如果真有上帝，请宽恕他的罪恶吧，如果真有罪恶这种东西。”这时躺在床上的人睁了睁眼睛，发出了一声叹息，这种叹息我以前认为是人们临终时发出来的，但是他的眼睛动了动，所以我们看出他的身上还有生命迹象。

这时我突然感到渴望有所表示，即使只是出于礼貌，即使只是为了我爱着的那个跪在我前面正在祈祷的女人。她祈求的就是一个表示。我知道，她祈求的事情其实很小，小到只是在人群里点点头承认收受了一份礼物而已。我的祷告更加简单：“上帝啊，请宽恕他的罪过吧”和“上帝啊，请让他接受你的宽恕吧”。

祈求的是那样微不足道的事情。

神父从他的口袋里掏出那只小银盒，又用拉丁文念起来，同时用一小团蘸了油的东西碰碰这个临死的人。他干完了他该干的，就收起小盒子，念诵起最后的祈祷。突然马奇梅因把手移向自己的额头，我还以为他感觉到了圣油，要把油揩掉。“啊，上帝，”我祷告，“千万别让他这样做。”但是完全不用担心，那只手缓慢地移到胸前，又移到肩膀，马奇梅因勋爵做出了画十字的表示。这时我才明白，原来我祈求的并不是小事，也不是一种随随便便地点头致礼，我想起孩童时听到的一句话，从头到尾撕开圣殿面纱。

结束了。我们站起来，护士回到氧气瓶旁边，医生俯下身检视病人。茱丽娅小声对我说："你送麦凯神父出去好吗？我在这里待一会儿。"

门外麦凯神父又变成了我从前认识的那个单纯和蔼的人了。"嗯，你看，这件事看上去很美，我以前一次又一次看到过。魔鬼顽抗到最后一刻，然而神恩浩荡。赖德先生，我想你并不是一个天主教徒，可是你至少会因为女士们得到宽慰而喜悦吧。"

在我们等司机的时候，我猛然想起麦凯神父应该得到举行仪式的报酬，便很狼狈地问他。"哦，赖德先生，不用想这个，是我的荣幸，"他说，"不过无论你赠送什么，在我这样的教区里都是用得着的。"我发现钱夹里还有三个英镑，就把这些钱悉数给了他。"哎，你实在是太慷慨了，上帝赐福予你，赖德先生。我会再来的，不过我认为那个可怜的人不久于人世了。"

茱丽娅一直在中式客厅待到傍晚五点钟她父亲去世，她父亲的死证实了神父和医生的争执，两方都对。

到这里，我来谈谈我和茱丽娅之间的最后一些零星谈话，我最后的回忆吧。

茱丽娅的父亲去世后，她在他的遗体旁待了几分钟。护士到隔壁来宣布死亡消息，这时我从开着的门朝里瞥见她一眼，她跪在床边，卡拉坐在她身旁。过一会儿两个女人一起走出来，茱丽娅对我说："不是现在，我要带卡拉去楼上她的房间，以后。"

布莱兹赫德和科迪莉娅从伦敦赶来了，她还在楼上。我和茱丽娅终于像两个偷情的年轻恋人一样，单独见了面。

茱丽娅说："我们就在这阴影里，在这个楼梯角落——用一分钟来告别吧。"

"这么长时间就这么一句话。"

"你已经知道了？"

"从今天早晨起，从今天早晨以前起，从今年这一年以前。"

"到今天早晨我才明白。哦，亲爱的，但愿你能理解。那么我就能够忍受分离了，或者说能更好地忍受分离了。我得说我的心已经碎了，如果我相信心会碎的话。我不能跟你结婚，查尔斯，我再也不能和你在一起了。"

"我知道。"

"你怎么知道的？"

"你以后打算怎样？"

"就这么过下去——一个人过下去。我怎么知道今后会怎么办呢？你了解整个的我。你知道我不是会伤心一辈子的人。我一直都很坏，很可能以后还会再坏，再受到惩罚。但我越坏，就越需要上帝。我不能拒绝上帝的慈悲，不能开始一个只有你，而没有他的生活。人会鼠目寸光，只盼能看到前面的一步，但是今天我看到一件不可饶恕的事——像在教室里犯的错误，坏到没办法惩罚，只有妈妈才能处理——这件坏事我正要做，但我还没有坏到那种程度，没有做。我要开始一件比得上上帝的至好的好事。可为什么是我理解了这一点，而不是你呢，查尔斯？也许是因为妈妈、保姆、科迪莉娅、塞巴斯蒂安——也许还有布赖德和马斯普拉特夫人——他们一直都在为我祈祷吧，也许这是我和上帝之间的一桩私人交易。如果我放弃了这唯一的，我那么想要的事情的话，那么不管我有多坏，上帝到头来也不会对我绝望。

“现在我们两个都要单独过了，而且我也没有办法让你理解了。”

“在这件事上，我不想你轻松，”我说，“我希望你心碎，但是我又特别理解。”

雪崩落下来，荡涤了后面的山坡；最后的回声消失在白茫茫的山坡上；新的土丘闪着光亮，静静地躺在寂静的山谷里。

尾声

旧地重游

“到现在为止，这是我们战斗过的最差劲的地方了。”指挥官说，“没有什么康乐设施，旅部就驻在我们的上头。弗莱特圣玛丽那儿有个酒馆，大概能坐二十来人——当然，那地方是不准军官进去的。营区还有个三军小卖部。我希望每周上梅尔斯特德-卡布里跑一趟运输。马奇梅因家的大宅离这儿有十英里路，等你到那儿一切也都玩儿完了。军官们首先关心的就是给他们连队的士兵组织娱乐活动。M.O.，我希望你去看一眼那些湖，看看适不适合泡澡。”

“是，长官。”

“旅部指望我们把这所房子给他们打扫干净。我本来认为我看见的剃了一半胡子、成天无所事事，只会在司令部闲逛的军官们会免了咱们这趟苦差。但是……赖德，你去找五十人一组的杂役，然后在十点四十五分的时候去那所房子向营指挥官汇报，他会向你们布置任务。”

“是，长官。”

“看来我们的前辈们魄力并不很大嘛。这个山谷有很大潜力来进行突击训练和迫击炮射击的。武器训练官，今天上午侦察一下，旅部到达前把一切布置妥。”

“是，长官。”

“我要亲自和副官出去侦察一下训练区域。有谁碰巧知道这个地方吗？”

我没说话。

“那就这样，干活吧。”

“就其自身而言，这个旧宅子了不起，”营指挥官说，“可惜毁得太厉害了。”

他是一位上了年纪的、退了伍又被重新任命的陆军中校，从几英里外过来。我们在大门前一块空地上见面，我带着我集合起来的半连兵士在这儿待命。“请进。我一会儿带你到处转转，看看。这地方的房子很多，不过我们只征用了一楼，还有五六间卧室。楼上那些其他的仍是私人财产，大部分都塞满了家具。你绝没有见过那样的东西，有些可是无价之宝。

“顶层还住着一个看房子的和两个老仆人——他们绝不会给你添麻烦的——还有一个受了闪电战袭击影响的红十字会随军牧师，茱丽娅女士给了他一间屋子——一个成天紧紧张张的老鸟，不过他也不妨事。他已经开了那个小教堂；那地方禁止部队入驻；用这个小教堂的人多得叫人吃惊。

“这个地方是茱丽娅·弗莱特女士的，现在她这样称呼自己。她原来嫁给了莫特拉姆，不知道是个什么部的部长。她现在在国外的某个妇女服务部门工作，我尽力给她照管这些东西。说来也怪，老侯爵把所有东西都留给她了——对儿子们太狠了。

“现在这是最后一处安顿办事员的地方了；不管怎样，还有很多房间。你看，我已经叫人把墙壁和壁炉都用木板盖住了——

下头是很有价值的老艺术品。哎，好像有人在这儿捣蛋呢，一帮搞破坏的要饭的，战士们！幸亏我们发现了这个地方，要不然就得让你们给糟践了。

“这是另一间大房子，里面过去都是挂毯和绒绣。我建议你把这间屋子当会议室。”

“我只是来这儿打扫的，长官。以后旅部的人会分配房间。”

“哦，嗯，你可捞了一件轻松差使；最后来的这批人真不错。可是他们不该把壁炉弄成这个样子。怎么弄的这是？壁炉看起来很结实。不知道还能不能修好了？

“我估计旅长会把这间屋子作为他的办公室的。上一位长官就是这样做的。这间屋子里有很多画没法移走，画在墙上了。像你看到的，我已经尽可能地把墙面都遮上了，可是当兵的什么事都干得出来——就像旅长在那个角落里干的那样。另外还有一间画了画的屋子，在外面廊柱下——都是现代画，你要问我的话，我得说那是这个大宅里最出彩的东西了。这里是原来的通讯部，他们弄得个乱七八糟的，太不像话了。

“这个难看的房间是他们原来当食堂用的，所以我就没把这间屋子的墙盖上，就算有损毁也问题不大。这地方总使我想起一家巨豪华的拍卖商店，你知道——叫‘和风家’……这是接待室……”

没花多长时间我们就看完了这些说话有回声的空房间。随后，我们出来走到露台上。

“这间房子是其他级别军官的厕所和盥洗室，真猜不透他们干吗偏偏把厕所建在了这个地方。我接手以前这地方就被搞成这样了。这里和前边原来是隔断的。我们铺设了穿过树林的小路，能跟大路连上，虽然不那么雅致吧，但还算实用。进进出出的运输车多得很，也把这地方弄得乱七八糟的。看看，不知哪个冒失鬼正从黄杨树篱间穿过去了，所有栏杆都撞倒了……知道的是一辆三吨卡车，不知道的会以为至少是一辆丘吉尔型坦克干的。

“那个喷泉是我们的女主人最心爱的一处地方。每逢招待宾客的夜晚，青年军官们会经常在里面取乐，这个喷水的装置太破了，我就用铁丝网把它圈起来了，再关掉水源。现在看着还是有些不利索。司机们都把烟头和吃剩的三明治扔到里面……你们没办法进到里面去打扫的，拉了铁丝网了。真是个漂亮的、了不起的地方，是不是……

“哎，要是你所有地方都看过了，那我可就走了。祝你今天顺利。”

他的司机把一只烟头弹进喷泉干涸的水池里，敬个礼，然后打开车门。我敬了礼，这位营指挥官的车就开走了，穿过橙树林中那条新铺的碎石路的豁口。

“胡珀，”我叫道，这时我看到我的人已经开始干起来了，“你看这伙人让你带半小时行不行？”

“刚才我一直在琢磨，不知道我们能在什么地方搞些茶叶来。”

“看在基督的份上，”我说道，“他们才刚刚开始。”

“大家都烦透了。”

“叫他们别松劲儿。”

“好极了。”

在凄凉空荡的一楼逗留的时间不长，我上了楼，徘徊在那熟悉的走廊里，试着推推锁住的门，打开没锁的门进去看看，里面的家具一直堆到天花板上。终于碰见了一位老女仆，她手里端着一杯茶。“哎哟，”她说道，“这不是赖德先生吗？”

“是我。我正在想什么时候能碰到一个认得的人呢。”

“霍金斯太太正在上面她的老房间里呢。我这是给她端茶过去。”

“我替你拿给她。”我说，穿过一扇扇挂着粗呢布的门，走上没铺地毯的楼梯，到了育婴室。

保姆霍金斯直到我说话才认出我来，我的到来让她一时有些慌乱，直到我挨着她在壁炉边坐了一会儿，她才恢复了原先的平静。她在我认识她的这些年里变化都不大，只是最近才显出老态。最近几年的种种变故都发生在她的老年，很难让她接受和理解。她告诉我说她的眼力已经不行了，只能做一些粗针线活计了。她由于多年温和的交谈而变得尖锐的嗓音，现在又恢复到最初那种柔和质朴的声调了。

“……只有我还在这儿，还有两个年轻的女仆，和那个可怜的蒙布灵神父，他的家遭了轰炸，炸得片瓦不存，一件家具也没有了。后来茱丽娅菩萨心肠把他带到这儿住，他的神经受到了些刺激……还有布莱兹赫德夫人，现在是马奇梅因夫人了，照理说，我该尊称她一句‘夫人’的，可是这么叫她，我别扭，她也别扭。起先，茱丽娅和科迪莉娅打仗去了，她就带着两个男孩到这儿来了，后来军队把他们赶出去了，他们就去了伦敦。在家里连一个月都没有住到，布赖德就像可怜的爵爷一样，跟义勇骑兵队走了，他们的家也遭了轰炸，所有的东西都没了，她过去搬到这儿的、存放在马车房里的家具也没有了。她在伦敦郊区又找了一所房子，后来也被军队占用了。我最后听说，她现在住在海边一家旅馆里，那种地方总归跟自己的家不一样吧？看着也不大合适。

“……你昨天晚上听了莫特拉姆先生的讲话没有？他把希特勒骂了个臭死。我对伺候我的女仆艾菲说：‘如果希特勒在听他的讲话，如果他听得懂英语的话，虽然我不太相信，那他一定也会觉得没脸见人了。’谁想得到莫特拉姆会干得这么漂亮呢？还有他的那么多在这儿住过的朋友也干得不错。威尔科克斯先生经常搭公共汽车从梅尔斯特德来看我，每个月两次，他人可真好，我很感激。我对他说：‘真没想到，我们招待的还是一帮天使呢。’因为威尔科克斯先生向来不喜欢莫特拉姆先生那些朋友，我没有看见过那些人，都是听你们说的，茱丽娅也不喜欢他们，不过他们干得很漂亮，不是吗？”

最后我问她：“有茱丽娅的信吗？”

“科迪莉娅来过信，只是上个星期，她们俩一直在一起。茱丽娅在信纸下边附了一句问候我的话。她们两个都很好，尽管她们不能说在什么地方，可是蒙布灵神父说，从字里行间可以想见得到那地方是巴勒斯坦，布赖德的义勇骑兵队也在那个地方，这可就好了。科迪莉娅说，她们盼望着打完了仗就回家来，我相信我们大家都盼着这一天呢……不过我能不能活到那天，就是另外一回事了。”

我在她那儿待了半个小时，离开时答应常来看她。我走到走廊时，发现人们没有干活的迹象，胡珀一脸内疚。

“他们都得去拉垫床的草去了。布洛克中士告诉我我才知道。我不知道他们是不是快回来了。”

“不知道？你怎么下达命令的？”

“噢，我告诉布洛克中士说，如果他认为值得一拉的话，那就把士兵的垫床草拉回来，我的意思是说如果晚饭前还有时间的话。”

这时已经将近十二点了。“胡珀，你们又头脑发热了。六点以前什么时候去拉草不行呀。”

“噢，上帝啊，对不起，赖德，布洛克中士——”

“都怪我自己走开了……吃完中饭就把那批人集合好带到这儿，非得把活干完了才能放他们走。”

“好极了——啊，哎，你不是说你以前认识这个地方吗？”

“认识，很熟悉。它是我一个朋友的。”当我吐出这几个字的时候，听起来就像塞巴斯蒂安说这话时一样古怪，那时他没有说“这是我的家”，而是说“这是我家的地方”。

“这也看不出有什么意义啊——这么大地方的一个家。有什么用呢？”

“嗯，我想旅长会觉得它很有用的。”

“但这并不是它当初建造的目的，对吗？”

“不是，”我说，“当然不是为这个造的。也许只是出于一种建筑方面的兴趣而已，就像生一个儿子，却不知道他会怎么长大成人。我也不知道，我什么也没有建过，而且我也失去了把我的儿子抚养成人的权利。我没有家，没有儿女，人到中年，没有爱情，胡珀。”他看看我，看我是不是在开玩笑，后来断定我说真的呢，就笑了起来。“现在回营房去吧，避开指挥官，如果他侦察完了回来，别向任何人透露我们上午干的蠢事。”

“好——赖德。”

这所大宅有一处我还没有去过，现在我去了。小教堂并没有露出年久失修的病态；那幅“新艺术”绘画还像以前一样鲜明和光彩照人；“新艺术”的灯又在祭坛前点燃起来。我念了一句祈祷文，那是一句古老的、新学来的祈祷词，念完就离开了那儿朝营房走去。在往回走的路上，我听见前方炊事班号声响起来了，这时我想：

“建筑者们不知道他们的建筑将会派上什么用场。他们用那个旧城堡的石块建造了一幢新房子；一年又一年，一代又一代，他们不断地丰富、扩展这大宅；一年年过去，园子里郁郁葱葱的树木长大成材；直到突如其来的霜冻，才出现了胡珀的时代；这片地方荒凉了，整个工程也白费了；尘归尘，土归土[1]，一切都是过眼云烟。

“但是，”我一边思索着，一边步子更加轻快地走向营房，原来的号声停顿了一下，接着又响了起来，发出“快来——吃——哦，快来——吃——哦，热土豆哦”的号声，“但是这还不是最后的话，甚至也还不是恰当的话，而是十年前一个死了的字眼。

“某种与建造者的预期相距甚远的东西，出自他们的建筑，出自我也在其中扮演了角色的、残酷的人间悲剧；我们当时始料未及的东西，一团小小的红色火焰——一盏设计精美的黄铜灯盏，挂在教堂的黄铜大门前——这是古老的骑士们从坟墓里看到的火焰，燃烧，又熄灭；这火焰再次为远离家乡，心却更加远离阿克里或耶路撒冷的士兵重新燃烧起来——是建造者和悲剧作家再次点燃了它。今天早上我在那里发现了它，在古老的基石中重新燃烧。”

我加快步子，赶到了我们用作会客室的小屋。

“你今天看来不是一般的愉快。”那位副指挥官说。

1. 原文为拉丁文。

〔全书完〕

旧地重游

产品经理 | 马伯贤　　装帧设计 | 星　野　　监　　制 | 应　凡
执行印制 | 陈　金　　后期制作 | 朱君君　　出 品 人 | 路金波

刀 锋

[英] 威廉 · 萨默塞特 · 毛姆——著 韦清琦——译

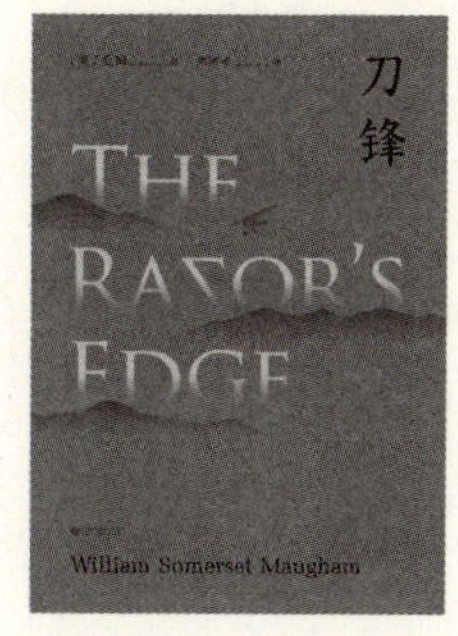

“故事高手”毛姆晚年重要作品，兰登书屋典藏本全文翻译。两度改编电影，入围奥斯卡多项大奖，影响几千万欧美读者，是文艺青年的梦想之书。

飞行员拉里没有野心，对名利也毫无欲念；无论成为何种社会名流都令他厌恶；于是，他或许很满足自己选择的生活，只做好他自己就已足够。

你很难不扪心自问，生命究竟是什么，有没有意义，是否只是无常命运中一个悲哀的错误。

夜色温柔

[美] 弗朗西斯 · 司各特 · 菲兹杰拉德——著

杨蔚——译

1948年权威修订，兰登书屋现代文库版全文翻译，两百余处精心注释；美国“迷惘的一代”代表作家菲兹杰拉德呕心沥血的自传体长篇小说。

这是菲兹杰拉德身前最后一部长篇小说。他人生的最后阶段正是最黑暗艰难的时期，生活上出现严重的经济危机，妻子泽尔达也深陷精神疾病的煎熬。菲兹杰拉德通过这部作品挖掘心路历程，描绘“大萧条时代”来临美国梦的破灭，一切来得那么快消失得也那么快，就像一场短暂的梦。

图书在版编目（CIP）数据

旧地重游 / (英) 伊夫林·沃著 ; 良品译. -- 天津:
天津人民出版社, 2020.6
ISBN 978-7-201-15944-7

Ⅰ. ①旧… Ⅱ. ①伊… ②良… Ⅲ. ①长篇小说—英
国—现代 Ⅳ. ①I561.45

中国版本图书馆CIP数据核字(2020)第070633号

旧地重游
JIUDI CHONGYOU

出　　版　天津人民出版社
出 版 人　刘　庆
地　　址　天津市和平区西康路35号康岳大厦
邮政编码　300051
邮购电话　022-23332469
网　　址　http://www.tjrmcbs.com
电子信箱　reader@tjrmcbs.com

责任编辑　王　琤
特约编辑　康嘉瑄
产品经理　马伯贤
装帧设计　星　野

制版印刷　北京盛通印刷股份有限公司
经　　销　新华书店
发　　行　果麦文化传媒股份有限公司
开　　本　880毫米×1230毫米　1/32
印　　张　12.75
印　　数　1—5, 500
字　　数　286千字
版次印次　2020年6月第1版　2020年6月第1次印刷
定　　价　49.80元

图书如出现印装质量问题，请致电联系调换（021-64386496）